学缘

我和北大社会学

北京大学社会学系 / 编

北京大学出版社
PEKING UNIVERSITY PRESS

图书在版编目（CIP）数据

学缘：我和北大社会学 / 北京大学社会学系编. —北京：北京大学出版社，2023.11

ISBN 978-7-301-34481-1

Ⅰ.①学⋯ Ⅱ.①北⋯ Ⅲ.①故事 – 作品集 – 中国 – 当代 Ⅳ.①I247.81

中国国家版本馆CIP数据核字（2023）第183898号

书　　名	学缘：我和北大社会学
	XUEYUAN: WO HE BEIDA SHEHUIXUE
著作责任者	北京大学社会学系 编
责任编辑	武　岳
标准书号	ISBN 978-7-301-34481-1
出版发行	北京大学出版社
地　　址	北京市海淀区成府路205号　100871
网　　址	http://www.pup.cn
新浪微博	@北京大学出版社　　@未名社科 – 北大图书
微信公众号	北京大学出版社　　北大出版社社科图书
电子信箱	编辑部 ss@pup.cn　　总编室 zpup@pup.cn
电　　话	邮购部 010-62752015　　发行部 010-62750672
	编辑部 010-62753121
印　刷　者	北京中科印刷有限公司
经　销　者	新华书店
	710毫米×1000毫米　16开本　彩插4页　26.25印张　348千字
	2023年11月第1版　2023年11月第1次印刷
定　　价	139.00元（精装）

未经许可，不得以任何方式复制或抄袭本书之部分或全部内容。
版权所有，侵权必究
举报电话：010-62752024　电子信箱：fd@pup.pku.edu.cn
图书如有印装质量问题，请与出版部联系，电话：010-62756370

费孝通夫妇与潘光旦、吴文藻

20世纪80年代初恢复建系时期在社会学系任课的老先生们
(左一为韩明漠,左三为黄淑娉,左四为全慰天,右一为王康,右二为袁方,右三为任扶善,右四为戴世光)

20世纪80年代，费孝通和袁方合影于费先生在中央民族大学的寓所楼前

20世纪80年代，雷洁琼和袁方在沟通工作

1992年，北京大学社会学系十周年系庆合影

1992年3月，参加在杭州举办的中国社会学会年会
（左起：李海富、风笑天、蔡文媚、袁方、卢淑华、韩明谟、张小天）

1993年3月，接待台湾学者
（左一为杨善华，右三为袁方，右一为韩明谟）

1994年6月14日,摄于北京大学社会学人类学研究所会议室
(前排左起:李毅夫、费孝通、袁方、陈永龄、宋蜀华、韩明谟;后排左起:马戎、潘乃谷、包智明、谢立中)

1998年夏,北京大学社会学人类学研究所师生合影
(前排左起:蒋力蕴、赵旭东、郭建如、张敦福;后排左起:金曦霞、申容、于惠芳、刘能、潘乃谷、任环岫、马戎、严康敏、李艳红、麻国庆)

1997年，北京大学社会学系十五周年系庆合影

费孝通给袁方手写的赠诗

2002年，北京大学社会学系二十周年系庆合影

2012年，北京大学社会学系三十周年系庆合影

2017年，北京大学社会学系1983级（首届）本科班毕业三十周年返系活动

2022年，北京大学社会学系四十周年系庆合影

序言

2022年,恰逢北京大学社会学系恢复重建40周年,燕京大学社会学系建系100周年。100多年前,北大校长严复先生将"Sociology"译为"群学",开启了中国社会学跌宕起伏的光辉历程。1922年,为谋中国社会新生,燕京大学社会学系成立。1982年,在费孝通和雷洁琼等先生的努力下,社会学系在北大恢复重建。2000年,社会学系和社会学人类学研究所合为一家,成就了今天的北京大学社会学系。

无论是100年还是40年,北大社会学的历史,都由生活在中国这片土地上的人们滋养,由师生、同行、同道一起创造。我们同心若金,甘苦与共,大家的志向、才情、奉献,乃至日常生活中的喜怒哀乐,都成为北大社会学历史的一部分,也永远充满了生机和力量。

几代社会学人对"社会学中国化"理念的追求,承载了社会调查和社区研究的理论和方法探索,寄托了志在富民和文化自觉的实践和理想信念。北大社会学与改革开放的中国一起成长,在学术交流中砥砺前行,形成了诸多生机勃勃、成就斐然的领域。北大社会学的学问扎根于中国传统,紧跟时代步伐,与中国人的生活和生命融为一体。

从燕京学派的"社区研究"到北大社会学的"田野调查",一以贯之的是"从实求知"的精神旨趣。在深入持续的田野中触摸到社会心态和社会底蕴,就已经超越了田野在时间、空间上的局限性而进入社会形态学意义上的结构和文明层次,犹如从一花一叶中看到根深叶茂的构架和春去秋来的变迁。这是用宏博阔大的社会学理论和方法去触摸、感受和探索一个个细微深沉、具有长久文明和历史积淀的小小社区的过程,是以汇聚中西学问的深厚功力在一个个小小社区中把握中国大地脉搏跃动的过程。"社会学中国化"不仅仅是这个过程的结果,更是这个过程本身。投入、展开和完成这个过程,需要严格的训练、高超的技艺和专注的精神品格,而这正是北大几代社会学人之间传承的主要内容。

学问在人,学者的识见和血气构成学术的脉延。师生、同行、同道之间的砥砺和缘分,恰如春泥沃土,把活泼的热力输入学术的一花一叶,生生不息。大学、系科和学派,都因为这些朴实的心力而成为值得为之奉献的事业。十年树木,百年树人。北大社会学若是根系广袤的林木,第一粒种子必成于为学之人的勠力同心。

在北大社会学系恢复重建40周年时,我们特别邀请曾求学北大社会学系的一批学者,撰文讲述了自己和北大社会学的缘分。本书所收录的32篇文章在2022年由系庆公众号"北大社会学"陆续推出。这些朴实深挚的文字,饱含学子们对北大、对母系培育的感恩,也是对北大社会学育人之道最好的阐释。留在学子心中的学生时代,无不是社会学系这个大家庭的一部分,这本身就构成了一段智识和情感同样充盈的系史。

本书的作者代表了北大社会学系滋养的历届学人。费孝通先生是再造北大社会学的灵魂,而从费先生开始,学者们虽然学有专攻,却都将母系的精神品格和学术理想传播开去,激励和影响了更多的后来者。

序 言

40多年来，正是通过一代代优秀学子的发扬光大，北大社会学的追求才能像灯炬一般，照亮燕园之外的广大世界。

"惟日孜孜，无敢逸豫。"40多年来，北大社会学人以不懈的努力继承着前辈的事业，我们也将从这里记录的历史再出发，和执着不懈的系友一道，努力书写属于中华文明的群学大义，使其辉光日新。

北京大学社会学系

2023年8月

目录

但开风气不为师——费孝通学科建设思想访谈 / 潘乃谷　001

我和北大社会学的四十年 / 王思斌　038

锲而不舍，砥砺前行 / 杨善华　071

旧燕归来——谈北大社会学人类学研究所 / 马　戎　109

相知便守一辈子 / 邱泽奇　129

回忆三位老先生 / 于长江　148

前世燕缘 / 吴晓刚　160

群学印证人心 / 王天夫　174

"凡我所在，便是北大社会学" / 应　星　187

世界很复杂，关键是你怎么看 / 项　飙　194

我所领悟的北大社会学定性研究 / 刘亚秋　203

在田野调查中理解社会和学习做研究 / 吴愈晓　213

蓬勃的生趣——我在北大社会学系的学生岁月 / 王利平　230

一个文青的社会学之路——忆北大社会学四年 / 田晓丽　239

北大社会学：尘土中的光亮 / 宋　婧　252

缘短情长，绵延不绝——我与北大社会学系 / 郑丹丹　259

十一年受教，永远的母系 / 梁　萌　265

桃李不言，下自成蹊——北大社会学的育人环境与学术传统 / 蒋　勤　270

我们走在同一条道路上 / 肖文明　279

社会学系与我的胎记 / 刘雪婷　287

北大三年给我打上了社会学的"底色" / 姚泽麟　303

傲气读书，谦逊做人——我所感受的北大社会学系教育 / 陈家建　310

情深而文明 / 安文研　320

北大给了我一片"天空" / 常　宝　324

一场社会学的青春梦 / 吴肃然　336

北大社会学教给我的——社会学就在自己的生活里 / 纪莺莺　345

此心安处是吾乡 / 杜　月　357

得其所哉——在北大认识自己，认识社会 / 付　伟　366

一群人·一件事·一生情 / 向静林　375

学贵求通——我在北大社会学系收获的心得 / 张巍卓　387

找到平静自洽的生活 / 郭　冉　392

一切幸运，始于与北大社会学系的相遇 / 陈　龙　402

后　记　413

但开风气不为师

费孝通学科建设思想访谈

潘乃谷 祖籍上海，北京大学社会学系教授。1978年底，在费孝通先生倡议下，由内蒙古借调来京，搜集整理父亲潘光旦的著作。1979年，随同费先生参加学科重建工作，1986—1991年任北京大学社会学系主任。代表成果有著作《重归"魁阁"》（与王铭铭合编）、《边区开发论著》（与马戎合编）等，论文《费先生讲"武陵行"的研究思路》《潘光旦释"人世间的三角"》《潘光旦释"位育"》等。

编者按 1995年是费孝通先生江村调查60年前夕和北京大学社会学人类学研究所成立10周年，潘乃谷老师以"学科建设"为题对费孝通先生进行了访谈，并整理了这篇访谈稿。1996年8月《民族社会学研究通讯》第4期收录了此篇访谈稿。

潘乃谷（以下简称潘）：近几年来您发表了多篇有关学术思路回顾的长文章，如《中华民族的多元一体格局》《中国城乡发展的道路》《个人·群体·社会》《从史禄国老师学体质人类学》《农村、小城镇、区域发展》《从马林诺斯基老师学习文化论的体会》，在学术界里有很大影响。今年您又在北京大学社会学人类学研究所举办的社会文化人类学高级研讨班和庆祝该所成立10周年的两次讲话中一再提倡"开风气，育人才"，要开创一种新的学风，殷切地希望年轻一代接好班。

在此"江村"调查近60年之际，您是否愿意就社会学人类学学科建设的思想做一回顾，以鼓励年轻一代继续开拓前进？

费孝通（以下简称费）：我想这个建议很好。我多次说过，我们这些老人向前看，看到的是下一代，看到的是那个通过新陈代谢而得以绵续常存的社会。这种"逝者如斯夫，不舍昼夜"的历史感克服了我对重建社会学的畏难情绪。为了完成前人的遗愿，为了我几十年来的信念，为了子孙发展的导向，我也得勉为其难，多少得出把力，把下一代的社会学者培养出来。我们老一代有责任把我们一生从社会学人类学里学到的东西，通过年轻人，还给社会。

在谈学习马林诺斯基文化论的体会时，我曾介绍过他的一个基本见解，即把文化看成是由人类自己对自然世界加工创造出来，为人类继续生活和繁殖的人文世界。文化就是通过老少相接，一代代传下去和发展起来。时代在变化，老的所传下来的不一定都是对的或有用的，但如果没有老一代传下来的东西作基础，年轻人也不可能平地起家，创造新的。年轻人就是要在传下来的东西里善于挑选出到下一代还是有用的，好好学到手，再推陈出新，不断创造新的东西。所以说，文化要通过传递和创造的结合，才能日新月异，自强不息。

一个学科的建设也是同样的道理，老一代在传递学术接力棒的时候，不仅要传递知识和学问，还要传递做学问和做人的道理，更希望把自己碰到的困难和经验教训也告诉下一代，即给后人搭桥开路，希望他们少走弯路。社会学人类学学科的情况比较复杂和特殊，回顾和反思更是十分必要的。

潘： 您能否进一步讲讲这门学科的复杂性和重建中所遇到的困难？

费： 1985年我讲过社会学作为一门学科的复杂性，我心中有底。1978年胡乔木同志要我牵头恢复这一门学科时，我是犹豫的，主要是自知能力不够。当时我想过重建社会学这个任务真是谈何容易。我原来没有学好，又荒疏了这么久，即使有老本本可据，我也教不了。何况社会科学和自然科学不同，自然科学多少还可以向国外去搬，而社会科学必须从自己土里长出来。这门学科在中国还得从头做起，加上那个历史包袱，绝不是呼之即来的，现在分析这个复杂性可否从这几方面来看：

第一，社会学是一门综合性较强的学科，它把社会作为一个整体，综合研究社会现象各方面的关系和其发展变化，包括人们对人际关系的知识和理论。它最根本的任务是要解决一个生在社会里的人，怎样学会做人的问题。人人生活在社会中,他要和人合作相处,他的行为要适应社会的发展变化,他就要懂得社会的发展规律。我们生活在中国,当然要立足于自己的社会。要用社会学的概念来分析和认识中国社会,进而为社会的改革和建设服务,这是很不容易的。而人类学还涉及民族之间和国际社会中的跨文化研究,可以说是一门更广泛的综合学科。

第二,虽然对人际关系的重视,一直是中国文化的特点,但过去并未把它视为社会学学科的重要来源给予重视。谈到社会学作为一门现代学科是19世纪末和20世纪初从西方直接或间接通过日本传入中国的,开始时并不联系中国的实际,是以引进西方为主的社会学,因而"出身不正"。

第三,社会学在新中国成立前没有打下结实的基础,而且在它刚刚自觉地要改造成为一个能为中国人民服务的学科的时刻,又被中断了,所以"先天不足"。

第四,这个学科实际中断了27年,决定重建时,我的老师一辈活着的已寥若晨星,我自己也快70岁了。早年在大学里学过社会学的人,那时改业多年,分散各处,年轻的大多也已接近60岁。可以调动的实力不强,底子单薄。

第五,一门学科可以挥之即去,却不能唤之即来。科学知识需要积累,积累在人们的头脑里,要代代相传,推陈出新,一旦恢复或重建,就得从头做起,从培养人做起。

第六,本来学术是最忌速成的,但草创阶段又不能不采取一些速成的做法,所以水平低,力量薄弱,基础不扎实。

第七,由于"出身不正"、"先天不足"、屡遭批判又长期中断,种种历史原因造成社会上对这个学科有所误解或存在偏见,因而变得比较"敏感"。

第八，我们要在创建具有中国特色的社会学的过程中，用自己的成果和实力来表明这门学科的真正价值，这是一项极其艰巨的任务，绝不是哪几个人能凭空想出来的。它的建设要比其他学科更困难，需要几代人为之艰苦奋斗，对很多问题才能做出答案。

潘：我们是否可以这样看？正因为我们一开始就对重建这门学科的困难有充分的估计和认识，所以对重建的方针提得十分明确，十多年来学科建设才能得到比较顺利的开展。

费：我想可以这么看。党的十一届三中全会以后，邓小平同志在1979年3月作的《坚持四项基本原则》讲话中，讲到了社会学，并说："现在也需要赶快补课。"[①] 在新形势和新问题面前，社会学不是个恢复问题。它既不应恢复这门学科旧有的内容，也不应照搬西方社会学的内容。这个认识十分重要，我们就是要在这样复杂和困难的条件下，加速培养新一代的社会学者，这是一个艰巨的历程，我们必须知难而进。

从筹建社会学工作开始，我们一直遵循着一个方针：以马克思主义为指导，结合中国实际，为社会主义建设服务。这是我们始终没有背离的原则。我们的基本标准很明确：一是以马克思主义为指导。我们是社会主义社会，我们要反映的是社会主义条件下的社会情况，它应该是客观的、实事求是的。二是要结合中国的实际，不能照抄外国学者的成果来建立中国的社会学。我们对中国社会了解还很少，缺乏系统科学的认识。但是我们一定要自己来搞，搞出一个社会学的中国学派。三是我们要为社会主义建设服务，不是单为社会学而创建社会学。

---

① 《邓小平文选（1975—1982年）》，人民出版社1983年版，第167页。

我们的目的是清楚的，概括地说就是人们要把自身的社会生活作为客观存在的事物加以科学的观察和分析，以取得对它正确如实的认识，然后根据这种认识来推动社会的发展。社会学是一个从整体出发研究社会的学科，向这方面发展起来，做得好，可以为国家，为社会主义的发展做出贡献。

作为一个中国人，首先要认识中国社会。我认定自己这一生的目标是了解中国的社会。这个目标固然具体，但中国之大，历史之久，如何下手呢？我相信科学研究必须有可靠的资料为依据，最可靠的资料出自自己的观察，所以一开始要着重实地调查。

研究社会，就是观察人的生活，要正确地认识中国，必须首先是认识占人口百分之八十的农民，这种看法奠定了我以农民为基本研究对象并以社会调查为基本方法的研究方向。

潘：您所讲到的这一目标，实际上是社会学工作者的共同目标，也是学科建设中大家的一个共同奋斗的目标。虽然每个人的研究领域及研究内容各不相同，但作为一个学科的建设是有一个共同奋斗的目标的。您能否进一步阐述一下这一具有时代性的目标？

费：我常说，我们这一代人，正经历着人类历史上一次最激烈和最巨大的社会文化变革，旧的在消失，新的在成长，我们从幼到老，就在这亲身经历的变革中取得我们对人生的体验、对历史的理解。

我们的社会将从一个封闭的、乡土的、传统的社会转变为一个开放的、现代化的社会，它正在发生些什么变化？怎样变化？为什么这样变？这些都要探索，我们要勇于探索，新的东西要有新的认识，而新的认识来源于实际。

现代化在我的理解中就是由不断进步的科学技术无休止地改造人

的物质和精神世界的历史进程。联系到我国，如果用比较具体笼统而易懂的话来表达，现代化就是要把一个习惯于生活在自给自足的农业小天地里的乡下佬变成一个和一刻离不开计算机的全球性大社会的运转相配合的角色。这句话包括了生产的机械化、流通的商品化、信息的高速化等现代都市化的过程。再概括一下，是从乡土社会到后工业化社会的转变。

我们这个国家从来没有经历过像这几十年这样激烈的变动。重大的社会改革理应在思想领域里引起相应的激荡，孕育一代文章。"一介书生逢盛世"，我多少自觉到不应辜负这个大时代。

70岁那年，我开始恢复学术生活，也可以说开始了第二次学术生命。我曾说过我要好好利用以后的10年时间，在学术研究上，认真地做一些工作。有这样条件的人已经不多了。我希望能代表这一代人最后做点事。在我过去研究工作的基础上，为认识和分析中国社会做点扎扎实实的调查研究工作。写下一些记录给后代作参考。人老了，也要有壮志，一生机会难得，我们又生逢盛世，处在这个大变革的时代，要开阔眼界，给后来人搭桥开路。

我对学生们说，中国的社会科学称得上真正用科学态度进行研究还刚刚开始，你们这一代主要不是继承，而是开创，要开创中国式的社会学。

我们今天这个时代，进行社会学研究，条件比以往任何时候都要好得多，我们应当有能力搞好我们的社会学。我们社会的这种大变迁，就为社会学提出了最生动的课题。社会学研究的素材太多了，我们日益变迁着的社会是极好的社会学研究的素材。我们既要观察社会、认识社会，又在影响社会，也受社会影响。只有到了我们的认识成果能够影响社会的时候，社会学才算有了一点作用。

潘：1985年您在教委召开的社会学专业研讨会上说，自从1979年重建社会学以来已经六个年头了。至此，初建的第一阶段可以告一结束，开始进入第二阶段。形象化的说法是戏台搭好了，现在要看各位演员在台上的实践中充实和提高这门学科。至今又过去了10个年头，回顾这10年的实践，您认为最值得提出来总结的问题是什么？

费：我想最有意义的是我们在实践中培养了队伍，明确了一些不是在口头上、概念上争论可以解决的问题。

首先马克思主义是学科建设的指导思想不再被人看成仅仅是口号了。1988年在我主持的两个"七五"国家重点课题的学术研讨会上，我在发言中谈到"十三大"一个最大的贡献就是解决了"定位"问题，指出了我们国家在社会发展的进程中所处的地位，提出了目标和道路。我们最迫切要解决的问题是怎么走上这条路。我们要不停地探索，首先就是要学习，向实践学习。当时我们正在进行的"小城镇与新型城乡关系"和"边区与少数民族地区发展"课题，其实就是中国社会经济发展问题。

现在"十四大"确立了邓小平有中国特色社会主义理论是当代中国的马克思主义的历史地位，它是把马克思主义基本原理同中国的国情和时代特征结合起来，在研究新情况、解决新问题和总结群众的实践经验中形成和发展的。同时进一步阐明了社会主义初级阶段，是逐步摆脱贫穷，摆脱落后的阶段；是由农业国逐步变为现代化工业国的阶段；是由自然经济半自然经济占很大比重，变为市场经济发达的阶段；是通过改革和探索，建立和发展社会主义经济、政治、文化体制的阶段；是全民奋起，勤俭建国，艰苦创业，实现中华民族伟大复兴的阶段。

处在这样一个空前大变革的过程中，新生事物层出不穷，只要我们从实际出发，解放思想，实事求是，到处可以发现值得研究的问题。如果能抓住问题，群策群力，全力深入，不懈努力，一定能逐步积累反映中国社会的科学知识，建立起具有中国特色的中国社会学。这种社会学是从群众中来、到群众中去的，是理论联系实际的，是为人民事业服务的。我们社会主义国家有条件可以发展这种社会学，我认为也只有发展这种社会学才能在世界学术讲台上取得我国的地位。

这个时代是我们理论研究工作者大有用武之际，我们要有时代使命感。我们要根据"十四大"的精神，找到自己的"定位"，每个人、每个单位都有自己的"定位"问题。我们要有"一盘棋"思想，每个人、每个单位都要找到自己适当的位置，把自己配到全国这个大"七巧板"上。

我们要求"演员把戏唱好"，不断提高水平，包括科研成果、教材内容、课程建设，以至于整个学科的水平，关键在于怎样把马克思主义理论结合中国实际，理论水平必须通过和实际结合才能真正提高。所以必须克服从书本到书本、从概念到概念的学习方法，要开展实地调查。而离开了理论指导的社会调查也只能罗列现象，不能提高对正在急速变动中的中国社会本质的认识。要做到理论和实际结合的社会学研究，事实上必然要经过一个艰苦的学习和实践的过程。

其次，65年前，老一代社会学者吴文藻先生提出了"社会学中国化"的主张，立下了要建立一个"植根于中国土壤之上"的社会学，使中国的社会和人文科学"彻底中国化"的决心。这些年我们有条件继续实践，我们希望社会学工作者通过这种实践能懂得这一学术改革工作的深刻意义，并逐渐能用切实从中国社会中观察到的事实和实践经验来充实学科的内容，以真正地提高社会学的理论和应用水平。高等院校里的社会学系所和社会学专业的科研机构十多年来做了很多工作，出了不少成果，到一定时候可以分头总结一下。

再次，就我个人讲，在中国复兴社会学是我一个自觉的任务。在这方面，在主观上我是想尽力而为的。这些年，我深刻体会到学科建设不是设立一些学校或研究所就能成事的，设立机构固然必要，更重要的是这些机构里必须要有有科学头脑的人，他们能实事求是地进行细致艰苦的脑力劳动，这样才能积累起精神文明的实质。我自己如果不能率先做出学术成果，又怎能谈到重建这门学科呢？

凭我这些认识，我是这样做了，以身作则，带头下乡，在这十多年里足足花了我绝大部分的时间和精力。我一再表明，我取得的科学成果很不结实。如果能说我这点心血没有白费的话，我只在这门学科的建设中做了一些开路和破题的工作。我在客观和主观的种种限制下，尽力之所及为研究我国城乡社会发展勾画了一些素描和草图，并跟着实际的发展不断提出了一些问题，开辟了一些值得研究的园地。说这是科学成就，可能夸大了些，最多能说是一些科学探索，说是充实了社会学的内容，我想是可以的。因为我所认识的社会学范围比较广泛，一切企图对社会现象进行理解的探索都可以被包括在内。当然社会学本身比我这一生所探索的范围要广阔得多，我绝无用自己所研究的范围来作社会学界限之意，社会学研究的方法也是八仙过海，大可各显神通。我这一生所采用的实地观察方法只是其中之一，而且又限于学力和社会的条件，并没有能够充分发挥这种方法的长处。

潘：您作为学术带头人，在1985年以后的文章和讲话中，多次回顾和反思自己的学术思路，并一再表示"但开风气不为师"。我们怎样更好地理解学术带头人的作用和责任呢?

费: 从事社会学研究工作和教学工作,是我一生的主流。当过老师的,都知道做导师去指导别人做研究工作,是叫我们帮助年轻人学会怎样做研究,怎样写文章。做指导工作,既不应当掠夺别人的成果,也不应当硬要别人接受自己的意见。导师的责任是在把自己的想法告诉受指导者,至于受指导者是否接受这种想法那是不能强制的。导师也不应当替受指导者去写论文,那是没有好处的。因为这样做并不能培养人。跟导师做论文的人就得有自主的精神,自己要有点创造性才行。

学术带头人不仅要像导师那样去指导学生,他还要站在学科的前沿,时时关心学科的处境、地位和作用,除了明确提出一些方向性的主张外,主要是在培养能起改革作用和能树立新风气的人才。我在今年北京大学社会学人类学研究所成立10周年纪念会上讲话时特别谈到了吴文藻老师就是这样一位学术带头人。他在65年前提出来的"社会学中国化"是当时改革社会学这门学科的主张,至今还是应该进一步认真对待的问题。

学术是要通过学人来传袭和开拓的,学人是要在加强基础学力和学术实践中成长的。人才是文化传袭和发展的载体,不从人才培养上下功夫,学术以及广而大之的文化成了无源之水、无根之木,哪里还谈得上发展和弘扬?

学术工作又是细致的脑力劳动,不发挥研究者的自觉、自主不行。可是这里面也有研究者的觉悟水平问题。我这里所说的自主是建立在自觉的基础上的。这里牵涉一个人的品质、作风和境界,只能加以潜移默化而不能强迫灌输。

因此,我力求能继承吴文藻老师的"开风气,育人才"和"身教重于言传"的精神,用我自己的研究工作带动北大社会学学科师生的实地研究风气,这样开始我的"行行重行行"。

"但开风气不为师"是龚自珍的一句诗。开创一个新的学风,实事求是互相学习的风气,不搞门户之见。龚自珍自注"予生平不蓄门弟子",意思是他不按传统方式收门生。门户之见就出于过去的拜师收徒的制度。所以不为师可以作不立门户解,我很赞同他这句诗的精神,反对传统的门户之见。每个学人都可以有独创的见解,每个人对别人的见解都有赞同与反对的权利。认真求证,不唯上,不唯书,就不致有门户之见了。

潘:培养新一代社会学者始终是学科建设的首要任务,可喜的是经过十多年的共同努力,社会学已经培养出一批学生,有了一支年轻化的教学科研队伍。但要锻炼出一批真正做学问并能为学科建设勇于开拓、艰苦奋斗的学者,并不那么容易。您对此有何看法?

费:前面我们已经谈到,重建社会学是一项开创性的工作,任务复杂而艰巨,需要几代人不懈地努力奋斗。做学问固然要在业务水平的提高上下功夫,但更重要的是如何做人,实际上做学问也是做人的问题。我回想自己当学生期间,从燕京和清华的很多老师那里学到的就不仅是学问这一个方面。做人这方面多年来重视很不够,从家庭、学校到社会都有责任大大加强。

我这些年写了多篇文章,纪念故去的师友,编辑在《逝者如斯》的杂文选集中,希望年轻一代能读一读。我想在这个时候看看老一辈的人怎样立身处世,怎样认真对待他们的一生,怎样把造福人民作为做人的志趣,对我们是有益的。他们具有的共同特点就是有较广阔的学术底子。凭一己的天赋,在各自的专业里,执着坚持,发愤力行,抵得住疾风严霜,在苛刻的条件下,不求名,不求利,几十年如一日地为我国学术的基础,打下了一个个结实的桩子。在过去艰苦的条件下,也就是因为有这样的学者无私奉献于学术和教育事业,才使兢兢业业的学风得以相传。

怀念他们的时候,我们不禁要扪心自问:我们在科学事业上是否还有前辈们的抱负?是否还有他们的学识水平和治学精神?

潘:我在读您所写的这些文章时,体验到一种巨大的精神感召力,我想那就是您在《清华人的一代风骚》里说的"清华人"精神,也是北大现在仍时时提倡的"北大人"精神。这能不能说:正是中国知识分子中世代相传的民族精神、做人的道理?

费:汤佩松先生是一位自然科学家,我和他接触机会很少,但读了他的回忆录《为接朝霞顾夕阳》,我被他所描述的"清华人"精神所吸引。他是一位杰出的科学家又是一名出色的运动员。他一生奉行的信念,首先是"忠于科学",同时他是一个在科学阵地上善于突破的超前人物。所以我把他的一生比喻成为一场球赛。

他的球门是他一生都在探索的"生命的奥秘"。他一丝不苟地严守着科学家的竞赛道德,又毫不厌烦地组成一个抱成一团的科学队伍,在困难重重中,不顾一切私人牺牲,冲在别人的前面。

这里提倡的是竞赛道德和团队精神,前者是对人处世的基本原则,后者是成事创业的不二法门。我说这两条其实是人类社会赖以健全和发展的基本精神,是无论在什么行业中还是什么单位里都应有的精神。

曾昭抡先生,这位中国学术界杰出的人才,留下了令人怀念的高风亮节。他是个从不为自己的祸福得失计较的人,名誉地位没有左右过他人生道路上的抉择。年轻时他立志为祖国奠定科学的基础，宁愿接受十分艰苦的条件。他所日夜关心的，并不只是自己能教好书，做好研究，而是要在中国发展化学这门学科，为中国建设服务。在遇到极不公正的待遇时，他能处之泰然，即使在死神的威胁下还决心学通一门过去不曾掌握的语言。他不是以学科为自己服务，而是以自己的一生能贡献给学科的创建和发展为满足。

就社会学学科的前辈中，我接触最多的几位老师看，也是各领风骚。

吴文藻先生在为中国社会学引进的新风气上，身教胜于言谈。他深思远谋的是着眼于学科的改造和开创，为此他不急于个人的成名成家，而是开帐讲学，挑选学生，分送出国深造，建立学术研究基地，出版学术刊物，等等。

杨开道先生是一个想用社会学知识去改变当时农村贫困落后的人。这是他的抱负，我就是从他那里学得了这一点。

潘光旦先生一生学术工作，充分体现了他锲而不舍、一丝不苟的治学精神。除了他独厚的才能，卓越于常人的是他为人治学的韧性。他的性格是俗言所谓"牛皮筋"，屈不折，拉不断，柔中之刚，力不懈，工不竭，平易中出硕果。他善于顺从难于改变的客观条件来做到平常人不易做到的事。即使在受批贬的年代，仍以负辱之身，不怨不尤，孜孜不倦，勤学不懈。

吴泽霖先生说，衡量一个人一生的事业有个天平。我叫它人生的天平，就是说你受之于社会的有多少，贡献给社会的又有多少，你称一称，你一生的评价就定了，不是你自己说好就好了，而是要在这客观的天平上称一称，看一看。吴先生在答谢同人庆贺他九十大寿时，还表示自己应当给社会做的贡献还很不够，还欠了债，他表示只要一息尚存，还要努力争取使天平两端基本上取得平衡。

他的这种历史观和社会观告诉了我们上一辈的境界。这给了我们一个启示,就是这种把个人放进历史和社会的天平上来衡量自己的观念,是推动我的上一辈人才辈出的力量,这不正是我们现在迫切需要在年轻一代中广泛提倡的社会责任感的价值观念吗!

费孝通在魁阁

潘:您在文章中提到的"大普集"(现名大普吉)和"魁阁"作为抗日战争时期的自然科学和社会科学的研究中心,在学科建设中有着特殊的意义和作用。能否请您详细介绍一下?

费:抗战时期,云南大学和燕京大学合作成立了一个社会学研究站,开展社会学调查,1940年为免遭敌机的轰炸,疏散到呈贡县农村的魁星阁,"魁阁"成了我们的工作基地。阿古什撰写的《费孝通传》里对魁阁的研究站描述得比较详细,其中说到战时条件给研究带来很多困难,讲得很真实:

> 他们没有钱从事大规模研究计划,没有钱雇助理和秘书,甚至于买不起照相机和胶卷等简单器材。出版物大部分是油印的,费孝通花了很多时间亲自刻蜡版和印刷。他们虽处于贫困之中,也自得其乐。没有书籍,没有助理而又居住在农村,于是他们发展了以直接观察为基础的"游击战术",后来又发展了有关人员之间的小规模

研究。他们团结一致，目的性强，相信他们的研究一定会为战后的重建提供根据。①

魁阁的学风是从伦敦政治经济学院人类学系传来的，采取理论和实际密切结合的原则，每个研究人员都有自己的专题，到选定的社区里去进行实地调查，然后进行集体讨论，个人负责编写论文。这种做研究工作的办法确能发挥个人的创造性和得到集体讨论的启发，效果是显著的。

魁阁成为实践吴文藻先生实现"社会学中国化"的主张和"开风气，育人才"的实验室，这一批青年人在十分艰苦的条件下，进行了内地农村社会学研究工作，并取得了一定的科学成果。

这一段时间的生活，在我一生里是值得留恋的。时隔愈久，愈觉得可贵的是当时和几位年轻的朋友一起工作时不计困苦，追求理想的那一片真情。战时内地知识分子的生活条件是够严酷的了，但是谁也没有叫过苦，叫过穷，总觉得自己在做着有意义的事。我们对自己的国家有信心，对自己的事业有抱负。那种一往情深，何等可爱。这段生活在我心中一直是鲜红的，不会忘记的。

大普集是昆明北郊的一个小镇，抗战时也是为了避免敌机空袭的干扰，清华大学农业研究所迁到了这里，汤佩松先生在此主持植物生理方面的研究，他决心"要在这个后方基地为百孔千疮的祖国做出我应当做，也能做的贡献"。大普集成了我国抗战时有名的科学中心之一。汤先生是这样回忆这段难忘的岁月的："就我个人（及我的研究室的许多

---

① 大卫·阿古什：《费孝通传》，董天民译，时事出版社1985年版，第78页。

同事）来说，这一段的生活占了抗战时期最长的时间，是工作和收集青年工作人员最活跃最旺盛的时期。这段时间内在生活上愈来愈艰苦，工作上由于物资的来源和供应愈来愈困难也更加艰苦。而正由于此，我们之间也愈来愈团结，意志愈坚强。无论是在工作中，在生活上，总是协同一致、互相帮助……这六年在为国效忠和为国储才上也是一个最集中和最高潮的时期。"

一门学科要有它的生命，需要科学家本身的代谢作用才能持续和发展下去，学术带头人在自己冲锋陷阵之外，要建立一个科学队伍，培养后来人是他们义不容辞的责任。"大普集"和"魁阁"虽是两个不同行的研究工作基地，却都在极其困难艰苦的条件下，起到了"为国效忠和为国储才"的作用。"大普集"和"魁阁"的精神在现在和将来都是要大力提倡和发扬的，只不过时代不同、条件不同，精神则是一样的。

1985年我回到北大创建社会学研究所，把主要精力放在学术工作上，还是为了要在重建社会学时再建一个"魁阁"，用我自己的研究工作去带动一批年轻人的实地研究风气，希望为培养一个扎实的科学研究队伍多出一点力量。令人欣慰的是，经过10年的努力，已经形成了一个小小的队伍，在学科建设和联系实际开展研究方面，做出了一些努力。在回到北大后我曾说过，想不到这原是旧燕归来，我从未名湖畔开始走入社会学这门学科，现又回到未名湖畔来继续谱写生命之曲的尾声。

潘：我们还是结合您的学术实践来谈谈怎样建立中国社会学的问题。马林诺斯基在《江村经济》序言中对社会学中国学派的方法论做了评价，那么社会学中国学派的特色是什么？

费：30年代初期在当时的社会学界要求实现"社会学中国化"，把中国社会的事实充实到社会学的内容里去，已逐渐成为普遍的要求，做法上出现了两种不同的倾向：一种是用中国已有书本资料，特别是历史资料填入西方社会和人文科学的理论；另一种是用当时英美社会学通行的"社会调查"方法，编写描述中国社会的论著。吴文藻老师感到这两种研究方法都不能充分反映中国社会的实际。1932年燕京大学社会学系请了美国社会学芝加哥学派的派克（Robert Park，又译为帕克）教授来讲学，介绍了研究者深入群众生活中去观察和体验的实地调查方法，这种"田野作业"方法是从社会人类学中吸收来的。1935年又请了英国著名人类学家拉德克利夫－布朗（Radcliffe-Brown）来讲学，他是英国人类学功能学派的创始人，他和派克同调，认为社会人类学实在就是比较社会学。派克从社会学这方面攀近社会人类学，布朗是从人类学这方面靠拢社会学，一推一拉就在中国实现了这两门学科的通家之好，名虽不同，实则无异。受他们的影响，学生们开始走出书斋，到社会生活中去接触实际，并纷纷下乡做社会学的"田野作业"。吴文藻老师提出了有别于"社会调查"的"社会学调查"的方法论，把这种方法归纳为"现代社区实地研究"。

  社区研究是指研究一个一定地域，具有一定社会组织、一定文化传统和人为环境的人类群体。我们必须把社区看作是整体来研究，考虑这整体中各部分之间的关系，包括环境。我们必须记住整体还有层次，没有和周围隔绝的系统，也没有真正自给自足的社区。我们社会学者的作用在于指出这个运转着的系统中的社会因素之间的重要关系，描述互动的机制。系统是客观存在的，不是我们发明的，我们只是把它弄清楚，用语言描述出来。这样做，我们能转过来影响这个系统的运转，这是因为社会系统是通过人们的头脑和行为运转的，如果我们的思想改变，那么社会系统将改变。如果我们理解这个系统，那么在这系统里生活的人将变得自觉。

社区研究比社会调查要进一步,它不但要叙述事实、记录事实,还要说明事实之间运转的关系,解释事变发生的原因。它的好处在于弄清人类生活各方面的关系。社区研究要从实地调查入手,注重实地考察,切身体验,直接去和实际社区生活发生接触,同本社区人一样的感觉、思想和行为,像这样真切的体验,绝不是书本上可以得到的。

我们要调查一个社会问题,必须对一个具体社会现象进行观察,社会现象是人的活动,是具体的,总是发生在一定的时间、一定的地方。所以社会调查必须以一定的社区为范围,社会问题总是发生在一定社区里生活的人中,而人的生活也总是在社会里进行的。所以要研究社会问题必须从在社会中生活的人出发,观察他们的行为、思想和感情。

所以,我一向认为要解决具体问题必须从认清具体事实出发。对中国社会的正确认识应是解决怎样建设中国这个问题的必要前提。科学的知识来自实际的观察和系统的分析,也就是现在所说的"实事求是"。因此,实地调查具体社区里的人们的生活是认识社会的入门之道。

我在燕京毕业后又到清华研究院接受了人类学家史禄国教授体质人类学方面的训练,后来才到英国师从马林诺斯基,因此我早年的学习就穿梭于社会学和人类学之间,是两者的杂交种。我喜欢社会学和人类学融合的想法。社会学和社会人类学实际上是一门学问,它们在理论与方法上的相互交叉,对我们去认识中国实际的社会是非常有用的。

社区研究在当时被认为是这个学派的特色。在社会学学科里可以说是偏于应用人类学方法研究社会的一派,在社会人类学学科里可以说是偏于以现代微型社区为研究对象的一派,即马林诺斯基称之为社会学的中国学派。

潘：马林诺斯基在《江村经济》序言中还预言此书将被认为是人类学实地调查和理论工作发展中的里程碑。我们怎样理解它在学科发展中的意义？

费：不论在英国还是美国，社会或文化人类学在30年代前一直是以当时欧洲人所称的"野蛮人"作为研究对象的，指的是落后的民族、小民族、非白种人、殖民地的人民，而且不讲现实问题，也不涉及现实的改造问题。《江村经济》是第一本把中国农村的一些状况用科学方法总结出来的著作，我研究了一个有文化的农村，研究了本国的问题。所以马林诺斯基说我在国际人类学界带出了一个新的风气，即开创了一个用社会人类学方法研究东方有悠久历史国家的社会文化的风气，把研究文明国家的社会文化的风气作为社会人类学的奋斗目标，使这个学科从过去被囚禁在研究"野蛮人"的牢笼里冲出来，迈向开阔庞大的"文明世界"的新天地。

另一层的意义是说我开辟了"一个民族研究自己的民族的人民"的新的方向。这在国外人类学界还是没有过的，所以说在研究中国社会方面，我提出了一个新的方向。

在英国除马林诺斯基外，我一直得到弗思（R. Firth）老师的支持，他还提出了"微型社会学"的概念，用来反映社会学中国学派的特点，并且说微型社会学是人类学战后可能的发展方向。他们的接班人弗里德曼（M. Freedman）发表了《社会人类学的中国时代》的讲话。继派克和拉德克利夫－布朗教授，美国芝加哥大学的雷德菲尔德（R. Redfield）教授也是极力主张中国社会学和人类学研究中国社会文化的有力支持者。他们或看到了这个学派产生的苗头，或期待这个学派的成长。我们一批年轻人在40年代抗战时期极其困难的条件下，也曾为之努力奋斗过,遗憾的是由于种种历史原因中断了,直到学科恢复后才得以在实践中进行重建。

潘: 从40年代到80年代,从学术研究和学科发展上看,我们损失了太多的时间,不过经过这十多年的实践,从上面谈到的"新方向"看,您一直在坚持着。我们能不能把早期的实践和重建后的实践连贯起来,就社区研究方法论方面的问题做一回顾?

费: 学术大师们站在学科发展的前沿,常常能敏锐地发现"苗头"和指出方向,这是十分重要的,但是要坚持一个方向,并且形成一个具有特色称得起的"学派"就不是一朝一夕能够做到的。《江村经济》发表以后,其他学者很自然地提出两方面的问题:一是像中国人类学者那样,以自己的社会为研究对象是否可取。二是在中国这样广大的国家,个别社区的微型研究能否概括中国的国情。对这类问题虽然学者可以有不同的看法,但它们都是十分重要的,需要通过实践认真的探索,拿出有说服力的答案。

我想应从实际情况出发,而不是从概念出发去寻找答案。我先谈谈江村研究,江村是我认识中国农村社会的一个起点,作为一个村子的社区研究,是解剖了一个"麻雀",从这个起点怎样才能去全面了解中国农村,又怎样从中国农村去全面了解中国社会,有一个怎样从点到面,从个别到一般的问题。这是下一步要解决的。但就江村这个个案研究看,可以说是微型社区研究的一个样本。

费孝通访江村

微型研究就是在一定的地方，在少数人可以直接观察的范围内，同当地人结合起来，对这地方的居民的社会生活进行全面的研究。"微"是指深入生活的实际，而不是泛泛地、一般化地叙述，要做到有地点、有时间、有人、有行为。这样才能说是"直接的观察"。"型"指把一个麻雀作为一个类型的代表，解剖得清清楚楚，五脏六腑，如何搭配，如何活动，全面说明，而且要把这个麻雀的特点讲出来，它和别的麻雀有何不同，为何不同，等等。这样的"微型"研究是研究工作的基础。

有人评价《江村经济》为功能分析或是系统结构分析做出了个标本。或说《江村经济》完成在从单纯的社会调查走向社会学调查的转折点，从中国江南的一个村落农民的实际生产和生活过程来探讨中国基层社区的社会结构和社会变迁过程。如果说这种社区研究方法能够表达人类社会结构内部的系统性和它本身的完整性我是同意的，因为这是微型研究的价值所在。

因为人对事物的认识，总是从具体、个别、局部开始的，有了微型研究的基础，通过比较不同的"型"，我们就可以逐渐形成全面的宏观的认识。

潘：40年代在云南进行的内地农村研究是否提供了这种比较的经验和方法？

费：《云南三村》是从《江村经济》基础上发展出来的，上面提到《江村经济》是对一个农村社区的社会结构和其运作的素描，勾画出一个由各相关要素有系统地配合起来的整体。在解剖这只"麻雀"的过程中提出了一系列有概括性的理论问题，这些见解是否能成立，单靠一个个案的材料是不足为凭的，所以提出了类型比较的研究方法。

中国有千千万万的农村，而且都在变革之中，我们要全面调查是做不到的，同时我也看到这千千万万个农村，固然不是千篇一律，但也不是千变万化的，各具一格，于是我产生了是否可以分门别类地抓出若干种"类型"来的想法。农村的社会结构在相同的条件下会发生相同的结构，不同的条件下会发生不同的结构。条件是可以比较的，结构因之也可以比较。如果我们能对一个具体的社区解剖清楚它的社会结构里各方面的内部联系，再查清楚产生这个结构的条件，就有了一个具体的标本。然后再去观察条件相同的和条件不同的其他社区，和已有的这个标本做比较，把相同和相近的归在一起，把它们与不同的和相远的区别开来。这样就出现了不同的类型。我称这种研究方法为类型比较法。

应用类型比较法，我们可以逐步地扩大实地观察的范围，按着已有类型去寻找条件不同的具体社区，进行比较分析逐步识别出中国农村的各种类型，也就由一点到多点，由多点到更大的面，由局部接近全体。类型本身也可以由粗到细，有纲有目，分出层次。这样积以时日，即使我们不可能一下认识清楚千千万万的中国农村，也可以逐渐增加我们对不同类型的农村的知识，步步综合，接近认识中国农村的基本面貌。

《云南三村》在应用类型比较的方法上表现得最清楚。从江村到禄村，从禄村到易村，再从易村到玉村，都是有的放矢地去找研究对象，进行观察、分析和比较，用来解决一些已提出的问题，又发生一些新的问题。换一句话，这就是理论和实际相结合的研究方法。

潘：70年代末社会学重建以后，这方面有哪些新的发展？

费：1982年以后，我的社区研究领域比三四十年代已经扩大。首先是从农村扩大到小城镇，提高了一个层次，把小城镇看成是城乡接合部，进行深入调查研究，研究的地域也从家乡的一个村扩大到吴江七大镇，再扩大到苏南地区。到1984年，我走出了苏南，进入苏北，对苏南、苏北进行了比较研究。走出江苏后分两个方向前进。一是沿海从江苏到浙江经福建到广东的珠江三角洲,再进而接触到广西的西部。另一路是进入边区,从黑龙江到内蒙古、宁夏、甘肃和青海。其间又去过中国中部的河南、湖南、陕西等省。中国的沿海、中部和西部我大体都考察过了。

在小城镇和乡镇企业的研究中,我提出了"模式"的概念,这个概念是从发展方式上说的。因为各地所具备的地理、历史、社会、文化等条件不同,所以在向现代化经济发展过程中采取了不同的路子,这是可以在实际中看到的。不同的发展路子就是我所提出的不同发展模式。

模式不是样式,模式是一个系统结构,表现出来各经济社会要素间搭配起来的特有格局。这个新概念,来自于我们身边正在发生的客观历史事实。新概念的形成反映着客观实际的变化,是实践的产物;同时又成为认识工具,帮助进一步认识新生事物和促进实践变革。发展模式的概念把我的研究工作推进了一步,要求我从整体出发,探索每个地区发展的背景条件和在此基础上形成的与其他地区互相区别的发展特色,这就促进我进入不同发展模式的比较研究。

各种模式之所以能相互比较,是因为它们是在一个共同的基础上出发,又向同一目标发展的,共同的基础是我们传统的小农经济,同一目标是脱贫致富、振兴民族经济。提出发展模式的概念,是有利于采用比较方法,但也必须防止偏重各模式之"异",而忽视其所"同"。

模式作为一个概念,我认为在一定意义上充实了社会人类学田野工作的方法论,而且适应了社会人类学当前发展形势的需要。我相信在实践中,我是能取得解决难题的方法、概念和理论的。模式作为一个研究人文世界方法论上的概念,我是在过去半个多世纪的学术实践中逐步取得的,而且觉得行之有效,所谓"有效"是指对解决中国社会发展的问题有其实用。一个理论或一种研究方法是否能站得住,应是以实际社会效益来衡量和裁决的。

特别要强调的是,创造性的构思总是来自直接接触劳动者本身。我所讲的种种模式都是各地方农民自己创造出来的东西。我们研究工作者只是去看出它的意义,讲出它的道理,并加以分析和推广,决不能凭我们主观原理去创造任何模式。所以,做具体研究工作的人最基本的一条,是要善于发现群众的创造。群众不能不创造,因为人类要改善他们的生活,这是最大的动力。

潘:社会学中国学派的重要特色之一是在社会学学科中引进了人类学的方法,前面我们谈了很多人类学方法的运用,请您进一步谈谈它如何与社会学方法相结合,特别是当代计算机技术日趋发展,计量研究也必将更好地发挥作用。

费:社会学常做大面积调查,一般是在规定出一定的问题和指标以后,设计调查问卷,向有关的对象按问卷调查。然后集合起来进行统计分析,找出答案。用问卷进行调查的方法主要是解决量的问题。而现代社会主义建设中,我们必须处理大量的社会现象,需要很好地发展计量的研究,这方面国外比我们发展得快,有一套方法要引进和消化。

这种定量研究方法和前面谈到的定性方法并不

费孝通在江苏吴江县进行社会调查

矛盾，二者必须结合。首先必须用直接观察方法做好小社区内的微型调查。在这个基础上，再做大面积的问卷和调查，定量的分析绝不能离开定性的分析。一般来说，定性在前，定量在后，定量里找出了问题，还是要回过头来促进定性。无论哪一种方法，都是为科学地认识社会实际。用得不好，以偏概全或为计量而计量，盲目地应用数据，都是反映不了真实情况的。

坚持做好实地调查和问卷调查工作都是不容易的。调查什么，怎样调查，怎样可以得到正确的资料，怎样去整理分析这些资料，都是问题，不经过严格的训练，刻苦的实践，不容易成为一个科学的社会调查者。

社会调查是一项很细的工作，不要以为很容易，人人都能做到，问卷不是凭自己的一些设想就能制定出来的，没有亲自观察、细致分析是做不好问卷的，没有问卷也就不容易知道全面的情况。

我们可以有意识地、有计划地在不同类型的社区建立社会调查基地，也可以说是"社会实验室"，正像气象研究机关在全国各地建立的气象观察站一样，可以及时地反映社会的"气象"。这样得出的社会情况比现在西方国家"民意测验"的正确性可以高得多，其实这也就是把我们的群众路线科学化、组织化。

建立一些不同社区类型的调查基地，还要在一个基地上反复地在不同的时间进行调查，所谓追踪调查，这样可以得到不同时期可以比较的资料，科学研究离不开比较，既有空间的也有时间的比较。何况中国之大，中国之复杂，不比较就看不到共同之处，区别之所在，有共同、有区别才能看到全面，也看到个别。

因此，我主张不要丢掉我们的长处，深入地"解剖麻雀"的微型研究一定要下功夫做好，并要及时地把它与大面积、大范围的计量分析结合起来，共同性和个别性要结合，定性与定量要结合，个案描述和统计表格要结合，这是我们超过国际的路子。

根据自己的经验，我愿意搞典型的深入的直接观察并用定性在前、定量在后的调查方法，在我主持的"小城镇"和"边区开发"研究中都采用了社会学与人类学相结合的思路和方法，取得了较好的效果，但是要结合得好，总结出一套办法来，还要有一段认真反复实践的过程。

从我的实践经验看，把社会学和人类学结合起来，以社区为对象，用实地调查研究方法，对学科建设和培养年轻一代扎实学风很有必要，而且突出了北大的特点和优势。这样可以继承传统，加强国际学术交流，也更加名副其实。为此，我建议把1985年在北大创建的研究所称社会学人类学研究所，这个所成立10年来，主要从事了三个方面的工作：边区开发、城乡研究、中华民族多元一体格局的探讨。这些研究都是跨学科的，体现了社会学和人类学综合的想法，它们都是结合人类学来创建和改造中国社会学的学科建设中的基础工作。

潘：请您谈谈您对人类学者以自己的社会为研究对象是否可取的问题的看法。这方面我们听到两种截然相反的意见，而且这在人类学者看来是一个很基本的问题。

费：人类学者首先是他自己的社会中的成员。他生活在自己的社会中。他怎样在自己的社会里生活是从小向社会中其他成员学习来的。在一个变动很慢的社会里，人们的生活是习以为常的。一般是如孔子所说的是"由之"的，是不需要"知之"的。人类学家就是要把人们习以为常的生活讲出道理来，要"知之"。从"由之"到"知之"的变化是困难的，所以这种工作是艰难的。要改变习以为常的生活方式得通过"知之"的过程，所以这种工作是有价值的。

为解决怎样能知之的问题，现代人类学里才产生了一套实地调查的方法，这套方法的入门就是"参与"研究对象的生活实际，要参与就得学会当地的语言，进入他们的社会结构里的各种角色。参与当地人的生活，才能体会他们的生活内容。这是现代人类学的基本方法。

人类学者能不能研究别的社会依赖于他能不能参与别的社会的生活实际，首先要解决好的是个"进得去"的问题，而以自己的社会为研究对象的人类学者能不能研究得好却依赖于他能不能超脱他所生活在其中的社会，是个"出得来"的问题。由于研究对象不同，出现了进和出的区别。参与的程度和超脱的程度都可以不同，也就决定了研究成果的质量。

一个地球上、一个国家里共同生活的各种文化中塑造出来具有不同人生态度和价值观念的人们，他们带着思想上一直到行为上多种多样的生活方式进入共同生活，怎样能和平共处，共存共荣，是世界和各个国家都必须重视的大问题。有人类学修养的人应懂得"各美其美"和"美人之美"。"各美其美"是指各个民族都有自己的价值标准，各自有一套自己认为是美的东西，这些东西在别的民族看来不一定美，甚至会觉得丑。能容忍"各美其美"是一大进步，只有在民族间平等的往来频繁之后，人们才开始对别的民族觉得美的东西也觉得美。这是我所说的"美人之美"，是高一级的境界。"美人之美"的境界是从上面所说的超脱了自己生活方式之后才能得到的境界。这是境界的升华。

我是不大相信一个不能"美人之美"的人能成为人类学者的。凡是能"美人之美"的人，不仅能研究自己的社会，也可以研究别人的社会。在他那里并不发生研究对象是自己的社会还是别人的社会的问题，因为他是超脱的，是在较高的境界里看一切社会，看人们不同的生活方式。

如果人类学的训练确实可以引导人们"美人之美",那将会大有益于今后带着不同传统的许许多多民族能在一个地球上或一个国家里和平共处,共存共荣。"美人之美"的境界再升华一步就是"美美与共"。能容忍不同价值标准的存在,进而能赞赏不同价值标准,那么离建立共同的价值就不远了。"美美与共"是不同标准融合的结果,那不就达到了中国古代人所理想的"天下大同"了吗?能不能说这就是"人类学的道路"?

潘: 从您刚才所谈的道理,我感到我们要重视引进人类学不光是个方法问题,还有提高学者的学术修养和眼光的意义。您多次强调社会学人类学学者是做人的研究,眼光要放远些,要懂得世界上和周围在发生什么事,要善于观察发生在周围的变化,抓住问题不放,深入研究下去。您能否就此谈谈看法?

费: 这个题目很大,不过我愿意谈谈大家关心的如何面向21世纪的问题。

最近图联的同志也给我出了一个题目,涉及图书馆在世界新格局中的使命问题,实际上各行各业都存在如何面向21世纪的问题。

目前,世界经济迅速发展,不仅发达国家大大发展了世界性的市场经济,发展中国家也在致力于发展市场经济,社会主义国家和原社会主义国家也都在进行由计划经济体制向市场经济体制的转变。中国正满怀信心地深入改革,向社会主义市场经济发展。市场经济的特征是商品交换,一个商品通过交换可以不受地区和国界的限制,走向世界。经济发展的结果,使得世界各地区、各国家之间利害相连,休戚与共,形成一股强大的力量,推动世界逐步地走向"一体化"。正像人们所形容的,世界变得越来越小,全球将成为一个巨大的村落。科技和经济的发展为世界一体化准备了必要的条件。同时我们也应当看到,世界经济的日益密切,不仅增强了人与人之间相关的意识,也增强了个人的自我意识、民族的自主意识、国家的民主意识,加之当前世界的政治、经济发展不平衡,存在国家、民族、个人的巨大差异,表现为社会、文化的多元化,它与世界经济一体化发展是共生共长的。文化作为一种观念形态,深受历史继承性的影响,具有相对的独立性和独特性,强化了多元化的存在和发展,必然会使经济一体化的世界呈现出文化多样性的绚丽色彩。

一体化和多元化相辅相成,要求各种经济和文化在发展中相互交往,应当相通而不应当相撞。既然经济一体化是客观发展的要求,为什么不同文化就不能相互沟通呢?

因此,21世纪要解决的重要问题之一是,各种不同文化的人,也就是怀着不同价值观念的人,怎样才能和平地一起住在这个地球上。这里我想重复一下,1992年我在纪念"北京大学社会学十年"时所写的《孔林片思》中的一段看法,即我们中国人讲人与人的相处讲了3000多年了,忽略了人和物的关系,经济落后了,但是以后全世界看人与人相处的问题越来越重要了。人类应当及早有所自觉,既要充分认识人与环境的关系,更要明白人与人之间怎样相处才能共同生存下去。所以这个世界这么多人怎么能和平相处,各得其所,团结起来,充分发挥人类的潜力,来体现宇宙的不断发展,这是个大题目。

我从30年代开始从事社会学和人类学的学术工作以来,所接触的问题还主要限于中国农民怎样解决他们的基本物质需要的问题,通俗地说是解决农民的温饱问题,也可以概括说是人们对资源利用和分配的问题,人和人共同生存的问题,这些问题都属于人文生态的层次。我个人的研究到今天为止，还没有跨出这个层次。现在走小康的路是已经清楚了，但是我已认识到必须及时多想想小康之后我们的路子应当怎样走下去。小康之后人与自然的关系的变化不可避免地要引进人与人的关系的变化，进而到人与人之间怎样相处的问题。这个层次应当高于生态关系，称之为人的心态关系。心态关系必然会跟着生态研究提到我们的日程上。

生态和心态有什么区别呢？我们常说共存共荣，即共同生存和荣辱与共。共存是生态，共荣是心态。共存不一定共荣，因为共存固然是共荣的条件，但不等于共荣。

我们这个时代，冲突倍出。海湾战争背后有宗教、民族的冲突，东欧和苏联都在发生民族斗争，炮火不断。这是当前的历史事实，在我看来这不只是生态失调，而已暴露出严重的心态矛盾。看来当前人类正需要一个新时代的孔子了。新的孔子必须是不仅懂得本民族的人，同时又懂得其他民族、宗教的人。他要从高一层的心态关系去理解民族与民族、宗教与宗教和国与国之间的关系。目前导致大混乱的民族和宗教冲突充分反映了一个心态失调的局面。我们需要一种新的自觉。考虑到世界上不同文化、不同历史、不同心态的人今后必须和平共处，在这个地球上，我们不能不为已不能再关门自扫门前雪的人们，找出一条共同生活下去的出路。我希望在新的未来的一代人中能出生这样的孔子，他将通过科学、联系实际，为全人类共同生存下去寻找出一个办法。

中国人口这么多，应当在世界的思想之林有所表现。我们不要忘记历史，50个世纪这么长的时间里，我们中国人没有停止过创造和发展，有实践，有经验，我们应当好好地去总结，去认识几百代中国人的经历，为21世纪做出贡献。

潘： 您提出了一个中国人文社会科学应在世界做出重大贡献的大课题，也是对社会学人类学学科发展的展望，提醒研究工作者要见社会也要见人，既要重视生态研究，也要重视心态研究。您能否结合个人的研究实践进一步谈谈您对一些重要研究领域的设想？

费： 我一生主要做了两篇文章：一是农村经济和社会变迁，二是边区和少数民族地区的发展。从社区研究领域上是农村调查、小城镇研究向区域经济发展扩展；从路线上分成两个方向扩大范围：一路是沿海，一路进入边区。我在行行重行行的实地调查过程中探索什么是适合中国国情的可行的工业化的道路。农民在农业繁荣的基础上，利用来自土地的积累兴办了乡镇工业。这种工业也以巩固、促进和辅助农业经济为前提，农副工齐头并进，协调发展。这条农村工业化、城乡一体化的道路已经切切实实地开始出现在我们面前。它不是从理论上推论出来的成果，而是中国农民在改革实践中的创造。跟踪不同地区、不同类型或模式的乡镇发展研究和城镇建设的研究仍然是必要的。

在东南沿海和西北地区进行的实地调查，使我感觉到沿海和内地（特别是边区）发展不平衡的问题已经十分引人注目了。从全国一盘棋和实现共同富裕的观点来看，有必要重视这个事关全局的东西差距。

我国的少数民族大部分聚居在我国西部地区，东部和西部的差距里包含着民族经济水平的差距。西部的发展离不开少数民族的发展，通过西部的经济开发和社会发展，可以使当地的少数民族进入现代文明，与汉族共享繁荣，这是一个具有重大意义的课题。

我们常说的民族地区即少数民族聚居地区，是一个若干民族共同聚居的地区，它不仅具有特殊的地理条件和独特的丰富资源，而且和四周地区存在着不可分离的物质和社会关系。因此，我从来主张民族研究的对象不应限于单一的民族,而应是一个区域,一个区域常常是多民族的。

当然由于少数民族分布在山区、林区、牧区为多,而且经济结构也常常具有特殊性,我们对待少数民族地区的社会经济发展要区别不同情况,根据其特点分类研究。譬如边区与内地的少数民族有所不同,聚居、杂居和散居的情况有所不同,人口多少差别也很悬殊,历史文化、风俗习惯和宗教信仰更是错综复杂。因此民族研究必须着重现场调查,并要因地制宜采用多种方法。

中部地区能不能加快发展,不光是中部自己的事情,也是决定沿海地区能不能进一步发展的关键。探索中部地区加快发展的路子是一个重要的研究题目。在农业传统悠久的中部地区,从农业到发展工业之间要有一个过渡。这个过渡可能是发展庭院经济,为广大农民切实增加收入,早日脱贫致富,积累资金,自力发展乡镇企业。在增加农民收入的基础上,加快中部地区的整体发展。

我国改革开放以来,进入经济迅速发展的时期。通过农村工业化和城市化,走上了城乡一体化的道路。小城镇的兴建正进入高潮,中大城市都在发展扩建。同时,社会主义市场经济的蓬勃成长,已使过去经济关系在不同程度上处于分裂和疏隔的各层次行政区域,已日益感到协作和互补的需要而相互开放和联系了起来,而且已出现了超越行政界限的各种形式的协作和结合,我身处这个大势之中,从研究工作的实践中逐步意识到区域发展研究的重要性,它是我近几年提出的一个新课题。它牵涉的范围较广,问题众多。这个研究课题,需要微观和宏观相结合,需要理论和实践相结合,需要人文和地理相结合,它不仅要把全国的经济发展看成一盘棋,而且应该联系着全球经济发展的大趋势来思考。

除了上述领域，还有一些关系全局发展的课题研究是我一直关注的，如人口问题、自然生态和人文生态失调问题、智力资源问题等。我历来主张人口要控制，生育要节制，但解决我国人口的根本出路，在于社会和经济发展。目前中国的人口数量难以一下子得到完全的控制，更急迫的问题是不断增多的人口怎么办，即多余的劳动力怎样处置。因此人口研究不能限于围绕着人口数量的多少做文章，而应着力研究怎样使现有人口成为现实生产力，提出调整人口分布的前景。所谓人口分布问题，包括人口的行业分布和地域分布两方面，也就是人口结构问题。

调整人口行业分布所产生的近乎奇迹的威力和效益，在近年来已逐渐为人们所认识。但是，调整人口地域分布的重要意义仍未引起足够的重视。这正是一个应由社会学、人口学、经济学及其他学科共同研究的问题。

人口流动是个现实中存在的问题，要因势利导，发展这个趋势的积极方面，防止与矫治其中的弊害。首先我们应当找出不同性质的各种形式的人口流动，然后分析哪种流动会和当地社会发生矛盾，再进一步观察、了解矛盾产生和发展的过程，研究如何使人口流动为发展经济文化服务，符合社会主义建设的需要。

在西部以及中部一些地区，不但要重视自然生态失调的问题，还要重视研究人文生态失调的现象。人文生态是指一个地区的人口和社会生产结构各因素存在着适当的配合，以达到不断再生产的体系。人文生态失调是指这种配合体系中出了问题，劳动生产率日益下降，以致原有生产结构不能维持人口的正常生活和生殖。

这个问题，实际上是西部地区共同的问题，它只有通过改革才能逐步解决，并且应该根据具体情况采取不同形式，应当承认这并不是轻而易举的事，是一个值得继续深入研究的课题。

我们中国这样一个国家，怎样开发智力资源？向哪一方面发展？怎样发展？这些是极重要的问题。什么叫智力资源？智力资源是一个人群知识的总和，是社会性的。它是靠一个一个人的积聚，需要一代一代人的努力。这同物质资源不一样，物质资源用掉就没有了，消耗了，智力资源在运用中保存和生长，越用越多。智力交流不仅是互通有无，交流还是一个生长过程、丰富过程，所以知识不能垄断，要百家争鸣。

智力资源又一特点是多科性，内容丰富，文法理工农医，解决人生的各种问题。可是每个国家、每个时候，情况各不相同，为什么历史上有的时候人才辈出，有的时候人才萧条，而且重点还不一样？应该把它好好分析分析，与其他资源做个比较，也可以和别的国家做个比较。

上面谈到的研究领域或研究专题，既是大课题也包括了很多小课题，如环境问题、教育问题等，都是可以深入研究的。同时我想说明，社会科学的研究工作说到底是研究者所接触到的社会变动的反映。我个人一生研究过程离开了中国这几十年的历史变化连我自己都是无法理解的。看来科学不可能也不应该脱离现实，也很难超越现实，所能要求于科学工作者的可能是忠于现实，就是从现实出发，而不是以主观愿望歪曲现实。

潘：谈到最后我们又回到了前面的主题，学科的重建和复兴关键在于学术要代代相传，后继有人。您是否愿意就此向年轻一代提出希望和要求？

费：这一方面前面谈到了不少，不过有几点我愿意再强调一下。

1995年夏天我在北大社会学人类学研究所承办的社会文化人类学高级研讨班上讲课，强调了个人的学术思想是有历史来源的，从整体上看一代有一代具有它特点的学术思想，但同时一代接一代，代代之间有密切联系，这也可以说是世代继承的特点。我谈到了马林诺斯基是学术的世代交替中的接班人，并用"三才分析法"对他进行了分析。天、地、人就是传统所谓"三才"，天时是指历史的机遇，地利是指地缘优势，人和是指个人在人际关系中的地位。马林诺斯基所处的时代，人类学在老路上走不下去，时代借它的未来开创了人文学科中的一代新风气。

我希望年轻一代能看到当今的世界局势正在进入另一个更伟大的时代，一个出现"全球村"的时代，也许正是这个时候，时代又在找它的借手了。我希望年轻人不要辜负了这个"天时"。我总有一种感觉，从区位优势来看地利，研究人这门科学很可能要到东亚来找它的新兴宝地了。

机遇是存在的，但是要时代来借你的手，你得具备一定的条件，人类学社会学学者是研究人的人，他要具备什么条件呢？首先，要有正确的世界观、宇宙观和人生观，学习怎么做人，明白自己一生的任务，对这些要有清楚自觉的认识。其次，要明白怎么学，怎么将知识积累起来，除了扎实的基础和功底，就是要脚踏实地、勤勤恳恳地去接触实际。要读书，要理论，但一定要联系实际，不要迷信书本，要用自己的头脑分析问题。要清楚理论来源于实践，认识是在实践中不断提高、不断深化的，有了正确的认识，才能总结出理论来，这对我们重建学科尤为重要。真正的本领是在艰苦的学习和实践中磨炼出来的，没有本领，碰到机遇也抓不住。

1985年，在《重建社会学的又一阶段》讲话中，我曾经提出要警惕两种倾向：一是庸俗化，一是中心外倾。现在看来仍然适用，我们必须强调把社会学（包括人类学）作为一门科学对待，明确社会调查与社会学调查的区别。在引进外国的理论和概念时，警惕"食洋不化"的现象。我认为社会学应该是有地域性的，不同的社会制度、历史条件，就决定了其内容和方法不同，我们很需要借鉴外国的社会学，但是必须培养自己的社会学家。中国的社会学人类学必然是靠自己的学者在自己的土壤中培植和生长出来的。

回顾我的研究成果，总起来看还是没有摆脱"见社会不见人"的缺点。我着眼于发展的模式，但没有充分注意具体的人在发展中是怎样思想、怎样感觉、怎样打算的。我虽然看到现在的农民饱食暖衣、居处宽敞、生活舒适了，我也用了他们收入的增长来表示他们生活变化的速度，但是他们的思想感情、忧虑和满足、追求和希望都没有说清楚，原因是我的注意力还在社会变化而忽视了相应的人的变化。我不能不想到我的启蒙老师派克教授早就指出的人同人集体生活的两个层次——利害关系和道义关系。我捡了基层，丢了上层，这是不可原谅的。为此，我强调社区研究必须提高一步，不仅需要看到社会结构，还要看到人，也就是我指出的心态研究。这主要有待年轻一代了。

新的时代，科技和信息技术发展很快，要想向世界所面临的新课题挑战，还要有打破以往学术研究的框框进行综合研究的眼光，提倡打破文理界限的多学科交叉的研究。这样对新一代的学者也就提出了更高的要求，信息情报工作也要进一步加强，博士和专家都要既专又博，要成为有头脑、能抓住问题的人才。这不但要求学者个人素质的提高，而且需要有团队的合作精神，因此我寄希望于年轻一代保持艰苦创业的精神，建设一个勇于开拓创新的队伍。

新时代、新形势、新问题，需要新的胆略、新的智慧，深望后继有人，创出个新天地。

我和北大社会学的四十年

王思斌 河北沧州人，北京大学社会学系教授。1977年考入北京大学哲学系，后转入社会学"南开班"学习，1982年毕业留校任教于刚刚恢复重建的社会学系。1982—1985年成为北大恢复社会学学科后的第二批硕士研究生，导师为雷洁琼先生。1986—1992年担任社会学系副系主任，1992—1994年任代理系主任，1994—2000年任系主任。代表成果有著作《社会工作概论》《社会学教程》《社会行政》等，论文《中国社会工作的嵌入性发展》《体制改革中的城市社区建设的理论分析》《中国社会的求—助关系——制度与文化的视角》等。

编者按 王思斌从研究城乡和组织社会学开始，继承了雷洁琼先生以实证的社会学推行社会工作研究的理念，是中国社会工作研究重要的开拓者。2022 年 1 月，应"北大社会学"公众号的邀请，他的学生、北大社会学系教授刘爱玉对王老师进行了深入的访谈，从为学、治事和为师等方面谈及了王老师近四十年来的学术生涯，特别回顾了北大社会学系恢复重建以来几代社会学人的不懈努力。

一、为学

刘爱玉（以下简称刘）：今年是我们系恢复重建四十年，系里想搞一些纪念活动。您是系里的"老人"，我想请您从三个方面谈谈。第一块是为学，您自己当学生的经历；第二块是治事，您是怎么治理或者管理社会学系、做带头人的；第三块是为师，您当老师是怎么上课、怎么带学生、怎么做研究、怎么处理这些关系的等等。先说第一块，为学。您为什么在哲学系读得好好的，然后报了社会学的南开班？是通过什么样的信息渠道得知了这件事，然后做出了转学社会学这样一个大决定的？您能不能讲一讲这种专业选择、职业筹划？

王思斌（以下简称王）：你们不要觉得这件事多么重大。之前香港的一个老师问我：王老师，你怎么做出选择社会工作这个决定的啊？她老是想问这里边有什么重要原因。我说没有什么重大原因。可能大家不理解：转学社会学这么大的事情，怎会没有重大原因呢？但是，如果你读了布迪厄的实践理论，可能就不这样想了：布迪厄的研究里有多少重大事件吗？它就是个过程。我（做出这个决定）没有一个大家所认为应该有的"划时代的"事件。背后有原因，但不是惊天动地的。

我是1977年考上北大的。当时考大学的时候，北大在我们当地（河北省沧州地区）有名额。我想，除了北大，别的学校我也不想去了。因为当时我已经是中学老师了，可以带着工资去上大学。这使我有一种决策上的"主动权"：不中意的学校我可以不去。我不上大学，在当地也是一名好老师，而且当时我还进了我们学校（河北交河中学）的领导班子。我们那个中学是县中，很好，在河北省也是有名的。我初中就上县中，在那里又接着上了高中。后来"文化大革命"期间回家务农（我不是"下乡知识青年"，是"回乡知识青年"，因为我父母是农民），再后来又回到我原来读中学的县中教书。我转了正，到1977年工龄已有五年。那年高考通知下来后，我的同学们都说要去考，我的同事也鼓励我参加高考，我自己也认为应该去考，因为不去考就觉得太亏了。我是1967届高中生，高中阶段我在班上学习是最好的，每年总平均分都是第一。"文化大革命"整整耽误了我们十年，因为我是1977级嘛！我当时要不考真够亏的。我上高中时理科更好，但后来物理化学知识有的忘了。1977年北大在我们那个地方招哲学专业，北大哲学系又是全国最好的，我就报考了哲学系。

刘：分配的名额影响了您的报考。那后来您怎么转而学社会学呢？

王：1978年2月28日我来到北大，进了哲学系学习。1979年国家要恢复社会学，这就是邓小平同志那个有名的讲话。邓小平讲话之后，费（孝通）先生他们就着手筹备恢复社会学研究，于是有了几期社会学讲习班。由各大学、各省市社科院的教学研究人员组成的社会学讲习班,进行1—3个月的培训。当时还没有培养师资这种说法,就是把社会学先搞起来。请社会学界的老前辈和一些香港的教授,还有外国的教授来讲课。我没能参加这类讲习班,因为我是在校大学生。那时

南开班部分学员合影(右一为王思斌)

候谁去了呢?哲学系的夏学銮老师去了。所以夏老师是有意无意把我带进社会学的人,他也是我大学时的班主任之一。后来,费先生等人认为只对大学和社科院的人进行1—3个月的短期培训,还不能比较好地完成师资培养的任务,于是通过一番操持,决定要在南开大学办由大学毕业班的学生组成的社会学专业班。

刘:您怎么知道办南开班这个消息的?是夏老师告诉您的?

王:夏老师参加了社会学讲习班,带回来一些资料——一些油印的资料,传到我们班上,有兴趣的同学都借过来看,我也看了,还做了笔记。后来系里通知要选人到南开学习这件事。

刘:您怎么决定去学社会学呢?

王:说起来有点阴差阳错。我上高中的时候学的是俄语。到了北大之后我发现英语更有用。改革开放了,西方的东西进来了,西方马克思主义、萨特的存在主义等等。要学习和研究西方哲学,就得读英文,我觉得我做不了。

回过头来说,那个时候,夏老师参加了社会学讲习班后,带回了

很多油印资料。班里比较敏锐和活跃的那些同学就先去看，我是后面才凑上去的。那些材料有"中国农村社会学概论""马克思主义社会学概论"，也有西方的一般社会学比如城市化方面的东西。他们看，我也跟着看。我看了之后，觉得比我当时读的一些比较教条式的东西有意思，比教条化的哲学有趣。上面说过，我"搞"哲学，可能出不了什么东西。一看社会学，觉得跟我还有点关系，我对现实生活比较感兴趣。社会学是这样一个关心现实的学科，所以我就报了名，想学社会学。

刘：当时还没有开南开班的计划吧？

王：好像没有，至少我不知道。后来听说，费先生认为仅在大学、研究所里招一些年轻老师和研究人员，学1—3个月，这样推动社会学还不够。他觉得还得从大学生毕业班里招人，集中学习一年，再回到大学里去教书，这样就可以逐步把社会学学科搞起来。这就有了南开社会学专业班。

据说最初费先生想把这个专业班放在北大：一是北大名气大，另一个原因是雷洁琼先生曾在北大。至于把恢复社会学放在北大，是否承载着雷、费重温几十年前在此地工作学习的思绪，我没有问过两位老先生。但是北大不想承办这个班。南开的苏驼老师、杨心恒老师很想做事，所以费先生就到了南开，南开的校长同意办这个班。教育部批准在南开办班，要招全国最好的综合性大学的文科学生，当时给了北大五个名额，人大四个，中山大学四个，复旦四个，南开当然也有一些。

刘：北大有多少个人申请了这个班？

王：当时学校有五个名额，主要在哲学系、经济系招。最后我们哲学系去了两个人，报名的有一批人。后来学校怎么筛选的我也不知道，据说是咱们系潘乃穆老师主抓的这件事。

刘：后来在咱们系的只有您和孙立平老师两个？

王：报名的具体情况当时我也不清楚。我们哲学系应该是"大头"，因为很多同学对现实感兴趣。北大有五个名额，最后哲学系去的是我和另一个同学（现居美国），经济系去的是曹建民，外语系去的是阮丹青——她现在在香港，还有就是孙立平老师。据说，计划中没有打算招中文系的学生。我不知道孙老师怎么知道这件事了，报名非要去。后来听说是孙老师找了潘老师四五次，坚决要去。潘老师看了他写的东西，答应他了。

刘：主观能动性还是起了作用。

王：孙立平老师很敏锐，反应很快，也有批判精神，我在这方面比不上他。哲学系选了我去南开班，后来听说有一个原因是我的数学好一点，高考时我的数学分比较高。因为社会学总要跟数学、统计打交道。如果看活跃程度，哲学系轮不上我。当时很多人关心现实社会问题、社会走向，刚改革开放嘛。有些同学认为社会学这个新学科是跟现实紧密联系的，比那些古板的（学科）要好一点。我也随大流进到这个地方。我不是对哲学没有任何兴趣，让我接着读哲学，我也能当个大学老师，讲课没什么问题，但要希望我有多深的造诣，恐怕比较难。

这样，我们就去了南开。一年读下来，林南、布劳是我印象最深的两位美国社会学家。他们教给我，系统的社会学理论和研究方法是社会学的看家本领。所以我很感激林南、布劳，因为他们讲授的是新内容，让人开眼界。

再回到开头，你说这个过程中发生多大的事情了吗？并不能很明确地说有一个事件影响了我，选择了社会学。这其实是一个过程。如果当时不恢复社会学，那我也看不到那些资料。要办这个班，对学生素质的

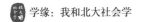

要求是综合一点，我还能跟得上，被选上了，也就这样。

刘：当时你们去南开班学习是带着使命去的。

王：当时学校没跟我们说，没说是师资班，后来才说的。

刘：所以一开始的时候您是对专业、知识感兴趣，跟您的经历很契合，后来学着学着就说要成为师资，对吧？带着这个使命，等于是当时就已经知道，北大要发展社会学，甚至是要建系。您在南开学习的时候，林南和布劳这两个人对您的影响比较大。在南开学的这一套社会学的理论也好，方法也好，或者是经验的那些东西也好，您觉得当时对于一个在专业发展上要有所担当的老师，那套知识够了吗？

王：说实在的，我后来这么多年没有碰见过一个像南开班这么团结和拼命的。我当时不确定要回去当老师，但是我知道这个班是为了培养师资。当时北大去的五个人，我算是负责人。有什么重要的事情，我要跟学校汇报。我每次回北大，都跟潘乃穆老师报告一次。后来到四年级快毕业的时候，南开班就结束了，愿意回本校的回本校，愿意留南开的也可以留在南开继续读研究生。我们几个北大的没留在那里，就回来了。

回来当老师，我觉得南开班那边学的知识对教一般本科生是够用的，因为国内绝大多数人不知道什么是社会学，新课好教。但是真正轮到教北京大学学生的时候，就觉得所学很不够用。我们回来是1981年底，参加毕业分配。

刘：您当时是留在哲学系吗？

王：不是，是留在社会学教研室。我被分配到国际政治系了——当时学校在1980年先成立了社会学教研室，挂靠在国际政治系。

刘：对，国际政治系的社会学教研室。

王：第一次开课是在二教大阶梯教室，开全校性选修课——"社会学概论"。我和孙立平老师每人一个班。我们讲的东西大家都很愿意听，300人的大教室坐得满满的，没有逃课的，从来没有大课那么火过。孙立平讲得比我好，他在课中加了一些新东西，也有批判性。比如社会现代化，当时是热门话题。我没有他那么创新，比较按部就班。后来我觉得自己讲得还不够，因为北大的学生知道得很多、思想发展得很快。学生太聪明、太活跃也是个"麻烦"，总逼着老师讲新东西。就社会学的系统知识来讲，我觉得当时的知识有点不够用。

刘：还不够深。

王：是的。我在南开学社会学时，统计学就讲了基本的参数和指标计算，复相关、多元回归就没有讲。因为任课老师的知识也比较旧。林南讲社会学研究方法、讲指标体系、讲网络分析就好一点，他把美国社会学界当时研究的成果介绍过来，给我们讲社会网、网络节点和社会资源的运用，对我们影响很大，他给我们做了一个如何做研究的示范。受他的影响，我后来也做了一点研究，我把我们村的社会网（亲属网络）画出来了，研究108个家庭的血缘关系、姻亲关系，我觉得很好玩。

刘：我一直不知道您写出那篇文章是受林南的启发。

王：就是这个网络，这是一个独立网。后来再讲结构洞，他讲这个东西我觉得十分有意思。所以，南开班讲的方法我很感兴趣，当然我对理论也挺感兴趣。后来我在系里，还想研究组织社会学或者说进行组织研究。

刘：这当中也受到了布劳的影响？

王：对，我觉得布劳讲的社会的结构化、从个人关系如何生成结构关系，都很有意思。但是大家会发现我所谓的组织社会学并非在研究实体组织,而是在研究社会是如何组织起来的。比如说我讲社区、村子里的结构,其实是在讲村子里的党政结构、居委会里的结构、村民间的结构关系,而不完全是以具体组织为对象和边界的研究,不完全是按照韦伯的套路往下走。

后来我研究家庭联产承包责任制和家族的关系、村级组织的结构和功能。家族,我认为是一个组织结构,但不是一个现代组织结构,而是中国农村本土的组织结构。研究农村必须对村庄的组织结构很清楚,谁和谁有什么关系,包括辈分关系、亲属关系、利益关系。这个东西在南开没什么人讲,这是布劳理论的间接影响,还有费先生。

刘:那费先生什么时候讲的什么课,在哪个方面影响了您?

王:我在南开班学习时,费先生去过多次,主要讲他的江村调查和社会学的发展问题。1982年初,我留校在社会学教研室工作,9月让我们教全校性选修课。我们留下来后,潘乃穆老师来找我们,说:"你们本科留校学历差一点,是不是要读研究生?"我和同时留校的曹建民商量,他说我们读,在北大当老师没有研究生学历将来受影响。我们也不怵,就考了。

刘:您当时一是要做考的决定;二是考的话,您跟谁读?

王:刚报名考试时,还没有跟谁(选导师)的问题。研究生上了之后才分方向、选导师。我和曹建民都考上了,系里又跟我们说:"知道你们的水平了,研究生可以不上了。"我就跟曹建民商量怎么办。他比我年轻,他说既然考上了就应该上,后来系里也没说不让上,我们就上了研究生。1982年9月,我们脱离教师岗位去上研究生,但是,在课表上安排好的课我们还要开,这就是上面说的全校性选修课"社会学概论"。

刘：您考上研究生后，系里没给您分导师？

王：我们读研时，一开始没分导师。

刘：系里不是认为你们考上后可以不读了吗？后来怎么又读了？

王：我考上了，又不让我读，不就太亏了吗？（笑）

刘：（笑）后来您讲到费老了。

王：我认识费老是在南开班，但是因为我不是活跃分子，所以向费先生深入讨教并不多。与费先生深入讨教学习是在我读研究生之后。1982年9月，我研究生入学，系里请费先生来给研究生讲课。课上讲什么内容？不是《乡土中国》，而是《生育制度》，在生物楼一层西头南面那个小教室里，讲一个学期。《生育制度》这本书比《乡土中国》更系统。费先生讲课不是照本宣科，而是结合他的社会调查和观察讲，然后让我们读书，写学习心得。实际上，费先生的苏南话我有很多听不明白，好在有他写的很多文章。我听他讲课，觉得讲的内容就是跟我们当地农村的家庭状况一样，所以对课程很感兴趣。他讲完课我总是拿自己的经历去对比，就觉得太像我们村子了。

我写的作业就是《生育制度》的读后感，我觉得这本书实际上是一个社会学概论，关于家庭和乡村的社会学概论，我的作业得了85分。实际上这本书就是讲的农村社会的结构和延续，里边阐释了《乡土中国》中的很多东西。这本书是从家庭史和人的生命史角度出发，讲的东西和农村特别贴近，我觉得我也可以这么做。所以当时报导师我想报费先生。

刘：跟我一样，我一开始也是。然后呢？我觉得您的兴趣跟费老还挺合适。

王：比较合适。后来系主任袁方先生跟我解释说，费先生不是北大的,是(社科院)社会学研究所的人。他在社会学研究所当所长,他有他的任务,我的导师得在系里的老师里边选。因为雷先生研究家庭,我想研究我们村的家族很容易,就选了雷先生。

刘:那您选雷老当导师的时候,雷老给你们讲过课吗?

王:雷先生在系里没有系统地讲过课,只是开讲座。

刘:您那个时候还不认识她?

王:那时候就认识了,因为建系了嘛。在建专业的时候,我记不清楚在国际政治系的时候,我们在一起开没开过会,应该开过。因为从南开回来后,到社会学系独立建系,时间很短。一建系,雷先生就成了我们系的人了。

刘:当时袁先生在教研室里面,而雷老又是什么角色?

王:建系时,雷先生的编制不在北大,她的学术活动在社会学系,等于是把她请回来当教授。她1979年就当了北京市副市长,后来是全国政协副主席、全国人大常委会副委员长,所以她人事关系没在北大,但是她的整个学术关系在北大。虽然她人事关系不在我们这里,但是每次系里开重要的学术会议,她都参加。只要她外面没会,这边开会她就来。我们知道雷先生是我们系的人,所以后来分导师就跟雷先生了。

刘:那么您能谈谈您跟雷老读硕士的时候,她指导您的那些情况吗?就是学术上、当老师上、科研上传授给您的。

王:这一点说实在的,因为我以前当过老师,所以当老师我不发愁,到北大就是学术环境变了,要求高了,师承也就重要了。

雷先生受过严格的社会学训练,她的硕士论文在南加州大学得了奖,很规范、有见解。我们在南开班接受的教育和雷先生的学术训练是一致的,就是美国学院式的,以实证为主。比如,布劳讲的东西都是实证的，林南更不用说。后来我跟着雷先生读硕士，她一直强调实证，实证派的特点是说话要有根据。

雷先生给我的另一点比较明显的感受是比较坚持历史唯物主义，这是她自己说的。她很崇尚历史唯物主义，比较注重讲框架、经济基础和结构的关系。虽然并没有用马克思的话来讲，但她有一个坚定的信念，即社会事实与解释要匹配。在指导我的论文时她给的就是框架，她认为事实应该建立在一个比较宽厚的经济基础之上才能说清楚，光说观点是站不住的。再一个是严谨，我觉得雷先生太严谨了。我记得20世纪80年代，我们跟着她去房山做课题，研究北京市的农村家庭。她问得就比较细，也很关心抽样的代表性。她给我的感觉是，如果没有脚踏实地地认真调查，好像就不能做研究一样。后来我跟她做过一个北京市基层社区建设的课题，在蓝旗营居委会。她也去问情况、问数据。她很关心数据的准确性、资料的可信度。

雷先生对资料特别敏感。我写学位论文的时候，她给我的不是观点上的指点，而是框架上的指导，关注研究假设与数据资料的关系。能做到方法和方向上的指导，我觉得就挺不容易了，所以我很感谢雷先生的指导和教诲。

刘：那是的。

王：雷先生不以国家领导人自居，特别珍惜教授这个头衔。之前发生过一件事情，她到咱们系里来参加学术活动，没有告诉北京市公安局，海淀区

到雷洁琼先生家拜年
（左起：唐军、吴宝科、雷洁琼、王思斌、杨善华）

公安局也不知道，于是海淀公安就被批评了。后来上面要求雷先生来系里就得先报告给海淀区公安局，公安局会派人来保卫。她一来，就有一些警察做保卫，她觉得不自在。后来她说去北大太麻烦了，参加学术活动还兴师动众，她就是个教师。在这一点上她是清楚的，见了我们学术人，她就用学术来说话。

雷先生在做人方面对我的影响很大。我跟着雷老这么多年没坐过她一次车，去她那里汇报工作、谈课题，即便是比较晚了，她也没留我们吃过一顿饭。咱们十五周年系庆的时候，印了一批文化衫，师生每人一件。当时系里商量，认为先生也应该有。我们想给雷先生、她的秘书、她侄女，还有她的司机每人一件。可送到她家，她只让留下她和她的秘书的，因为她说她们俩与北大社会学有关。无功不受禄，与北大社会学无关的不留纪念品。这真让人感慨，我也将这种精神牢记于心。

二、建系

刘：王老师，为学这一块您讲得挺多的了，现在还想请您再讲讲建系的情况，比较完整地讲一讲您所知道的建系的整个过程，包括当时老师的变动情况，以及大家是怎么样建系的。

王：这个也许我说不太合适，因为最初的情况我并不都清楚，后来又要涉及很多其他人。我试着说。最开始咱们是建社会学专业。

刘：建系的时候您已经是老师了吗？

王：建系的时候我是老师了。我 1982 年 1 月本科毕业后留在国际政治系社会学教研室，我们系是 1982 年 4 月 9 日正式建系。

我们前面先是建专业，就是由北京大学向教育部申请建社会学专业,这是 1980 年的事。1980 年初,原在北大国际政治系的雷先生邀请费先生去见北大党委书记韩天石等学校领导,商量北大发展社会学的问题,得到了校领导的支持,并向教育部提交申请,不久得到批复,同意北大设立该专业。该专业挂靠在国际政治系。当时的国际政治系主任是赵宝煦教授,所以应该感谢赵宝煦教授收留了我们。批准建立社会学专业后,潘乃穆老师就去调集教师,先后调进了袁方、华青、韩明谟、潘乃谷、夏学銮等老师,系党支部书记兼办公室主任是王永生。1981 年底,我们在南开班学习的几个人回来了;1982 年初,我、孙立平、曹建民、阮丹青留校任教。这时,赵宝煦先生就跟袁先生说,社会学只是个教研室,不能对外,也不能直接对学校,办事不方便。如果我们自己建系就可以直接和学校说话、进人。他支持我们专业建系。袁先生等采纳了这一建议。1982 年 4 月,原来的社会学教研室升格为社会学系。在选调教师方面,潘乃穆老师做了大量工作,因为她当过北大党委组织部副部长,人事关系和程序较熟悉。刚建系时,教师较少。我记得我们最初在 28 楼一层东南角的一间大屋子里办公,后来才搬到 27 楼一层,有了几间办公室。

刘:那个时候反正学生也少。

王:刚建系时,我们只有 1981 级的六个硕士研究生,主要是追随袁先生从当时的北京经济学院考过来的几位,包括杨小东、翻译科尔曼的《社会理论的基础》的邓方等人。1981 年底入学的生源主要是 1977 级的本科生。我们是 1982 级研究生,1982 年 9 月入学,两个年级入学时间差半年多,但有些课是一起上的。我的这一段经历比较特殊,1982 年初留校当老师,在国际政治系。建系时我是社会学系的老师,当年 9 月我又变成研究生了,脱产读研究生。

王思斌（右一）在27楼资料室进行硕士答辩

刘：您读硕士的时候又不当老师了？

王：不当老师了，我们不在编制里。

刘：那您讲讲您为什么愿意读这个硕士？

王：读硕士是这样：当时系里让我们考研究生，也是为了我们好。因为没有硕士学位在北大教书会比较难受，除非你出类拔萃。我们考完之后系里又不想让我们上了，也有其理由，就是系里教师太少，又要招学生，压力大（我们系1983年开始招本科生）。但是我们考上研究生了又不能上，我们不愿意。那时候很少有在职读硕士的。所以为了将来的发展，也不辜负自己考试一场，就去读研究生了。我1982年2月到9月是北京大学的老师。之后读了三年的硕士研究生，1985年7月毕业，再留校当老师。孙立平老师没读研究生，凭借自己的努力和天才，一直在系里当老师，而且得到好评。

刘：您是放弃了教师的身份，读了硕士。

王：但是我们也讲课，我讲大课"社会学概论"。

刘：就一边读硕士，一边还讲概论？

王：是的。系里说：你们去读研究生可以，但是课你们还要教，系里人少。当时，孙立平是系里唯一能干的社会学的年轻老师。那时候我是边教课，边读研究生。我记得教了两年的"社会学概论"，到做论文的时候就没再教课了。我们研究生毕业后，再分配时也没想过再留校的问题。也是因为我们在研究生阶段一直深度参与系里的学科建设，我们心里想的是，研究生毕业后系里是会留我们的。

刘：刚才您讲了一部分渊源了，那么咱们系恢复重建四十年，您有没有觉得存在不同的发展阶段？您认为大概分哪几个阶段？请您讲讲其间的不同之处吧。

王：我还得说说建系中的事情。袁先生真让人尊敬，他把整个心思和精力都搭进去了，系就是他的家。袁先生的心思天天在系里。什么课都去听，请外边的人来讲课他都去陪着听。有的学生不听课，他就急了，说："一节课听一句话有用也是好的。"老先生说这个话，是让学生学会做人，首先要尊重别人，要从里边听到哪些是新东西，是可挖掘的东西。

当时社会学系的风气当然是求新的，但是我们也很尊重一些很基础的知识，尤其是要请老先生来讲课。老先生来讲课可能不如年轻人有朝气、有新观点，但毕竟人家有几十年的经验。当时吴文藻来过，费孝通、林耀华等都不用说，统计系的、哲学系的、经济系的也都来。这些老师课都讲得很好吗？也未必。但是袁先生觉得我们没有更多的资源，办法只能是请人家把老传统带过来，所以就让我们做笔记、整资料。袁先生觉得里边有很多内容，当然这也是一种尊重的态度，实际上有些内容我们看不出高水平来。但袁先生很重视这些事情，这是第一点。

第二，他不遗余力地去网罗很多人来。开始是调来了地理系的江美球老师，后来又调进了郭崇德、卢淑华等老师，这几个人实际上都被认为是很好的。所以最初系里是这几个老先生在撑着。当时十来个老师中，孙立平是最"火"的，他也做了很多事情。这样说来，第一阶段应该说到1986年。我当副系主任是从1986年12月开始的。

刘：对，这样看来的话，按照大潘老师（潘乃穆）的说法，第一个阶段（1980—1986）是从头开始建专业。专业开始建立的时候，可以说是我系在母胎里孕育的时候，之后孕育了几年，1982年就正式诞生、恢复重建了。1980—1986年这一阶段都是袁先生当系主任，这个历史阶段中袁先生就像一位大家长，社会学系的师资力量是通过他亲力亲为组建的。袁先生对知识特别渴望，工作特别艰苦，而社会学系有点青黄不接，基本上是依靠老先生支撑。师资包括原西南联大的老师，也有袁先生自己认识的朋友，还有一些袁先生看上的、对社会学这个学科有帮助的人，另外一些就是年轻的、刚刚接受了南开班培训的、研究生阶段的学业也好的人。总之，就是以老先生们与非社会学专业背景的中年教师为主，再加上少量年轻人的初创队伍。

王：1982年还不能算是真正把系建起来，社会学系真正成了规模、能够运行起来，是1983级第一届本科生招进来后，特别是1984级本科生进校之后。到了1985年，费先生从社科院社会学研究所过来了，与社会学系密切合作，我们系在全国率先招收博士研究生，接着是第一家建立了博士后流动站。招博士生和建博士后流动站这两件事情对咱们系支持很大。同时，费先生、雷先生、袁先生这中国社会学三巨头都在这里，北大社会学就真正站起来了。费先生来到北大之后，整个学科更加丰满，社会学系的本科教育、研究生培养，与社会学人类学研究所的社会调查结合在一起，力量强大了。所以我觉得到了1985年、

1984级本科生和部分教师合影
（前排左起：王思斌、夏学銮、雷洁琼、袁方、王晓义）

1986年，我们真正建成了社会学系。费先生在1986年发表过一篇文章——《重建社会学的又一阶段》，说社会学的"戏台已经搭好，班子已初步组成，现在是要演员们把戏唱好了"。实际上北大社会学是走在了前面，到这个时候，咱们系各方面的人差不多齐了，结构也完整了。

刘： 那个时候厉害的也就他们三巨头（费、雷、袁）吗？

王： 他们的光芒使得北大很厉害，而且国家的社会学重大课题都由他们主持，三位先生人品也好。就等于在这里既实干，也做社会研究，又培养人。所以那个时候北大社会学系就开始全面地在全国占有不容置疑的核心地位，因为天时、地利、人和咱们都占了。

刘： 辛辛苦苦搭架子，在这第一阶段。

王： 第二阶段是由中年教师和一帮年轻人撑起来的。1981级、1982级硕士研究生毕业后，系里留下其中六七个人当老师，接着是博士研究生毕业留校。我们1985年开始招博士，1988—1991年有几个毕业的，大多数留校任教了。

刘： 正好那几年是过渡期，潘乃谷老师当系主任。

王： 对。那时候潘乃谷老师在这边（系里）当家，在那边（所里）也当家。我们这届班子于1986年12月成立，潘老师是系主任，我和顾宝昌是副系主任。之后的一段时间内，潘老师是以系为主的。顾宝昌是老北大，是赵宝煦教授的学生，他在美国读了社会人口学博士回来，负得起责任，外语也好，与外面交流也很好。顾老师主管本科生教学和外事；我管研究生教育和科研；潘老师是行政干部，抓总。社会学系真正到了唱戏阶段。那一段学校里又比较活跃，我们三个都很忙，天天都在办公室。过了两年，顾宝昌离职不干了，调到中国人口与发展研究中心，许多教学管理任务又加到我身上，我只能是尽力维持。1992年初，潘老师说这几年她系里的工作顾得比较多，社会学研究所的工作有所放松，现在系里的整体架构比较完整了，各方面也比较顺了，所以她把主要精力放回到社会学研究所，我被任命为社会学系代理系主任。

到这个阶段，一个重要的现象是几个中青年骨干自动联系在一起（我作为系领导积极支持和参与），开展学术研究。我们没有以团队的形式申请国家重大课题甚至一般课题，而是发挥大家的智慧，集合大家的力量，发最好的论文，反映北大社会学的实力。孙立平学术牵头，王汉生积极组织，我和杨善华、林彬、程为敏等积极参与，集体讨论、确定框架、分配任务、互相批评、共同修改，花了一年左右的时间，我们几个人写了那篇《改革以来中国社会结构的变迁》（发表于《中国社会科学》1994年第2期，作者为孙立平、王汉生、王思斌、林彬、杨善华），可以说这是当时全国社会学界水平最高的论文之一，至今仍有影响。我们真得感谢孙立平老师，合作写文章这个主意是孙立平、王汉生出的，主要思想是孙立平提出的。实际上是他敏锐地看到了"总体性社会"这个概念，结合我国的改革和现代化，把这个概念用活了：中国是总体性社会，正在发生重要变迁，这反映在单位体制、户籍体制、组织等方面。每位老师负责一块，有了大致明确的思路，分头作业、集体修改，最后磨出了这篇文章，也得到了全国社会学界的广泛好评。

我们这几个人除了我和孙立平之外，都是博士毕业的，都是中国比较年轻的、社会学知识底子厚实、对社会有洞察力的人。大家关系又好，谈得来，也能相互批评。我觉得王汉生也非常厉害，思想特别犀利，组织能力强，问题想得清楚明白。

刘：她的特点是能抓住要害，大气。

王：她经常去做调查，与政府部门有学术关系，思路清楚。老孙有很开放的思想，对学术和政治的东西也很明白。当时大家在一起，想为北大社会学系做事，很团结，气氛好。

刘：80年代中后期，虽然不同的学科背景的人凑在一起，也有点青黄不接，但是很快我们自己的力量就成长起来了，形成了有北大特色的学术团体，有担当，对社会有敏锐观察力，然后又能够用社会学的相关概念和理论来进行写作。

王：你说得对。1986年台子搭好的时候，老先生在这里，年轻人也在这里，国内外声望也在这个地方，虽然大家不知道到底怎么样，但知道北京大学有那么几个人在这儿做事情。到1986年之后，就是稳步前行了，但是我们还得维持着。当时比我们稍年长的人有卢淑华和郭崇德。卢淑华原来是学物理的，曾在北大无线电电子学系任教，底子厚、学风也好。江美球也很厉害，是北大地理系的"三把刀"之一。他们都对我们系的发展做出了重要贡献。

刘：那么就等于是说你们接上来了。这是第二个阶段。那篇文章应该是1993年写的，然后1994年发表，所以从您当副系主任开始，也就是差不多从1987年开始一直到1993年，这是第二个阶段。

王：这个时候老先生很多都开始退休了，潘乃谷老师回到社会学人类学研究所。

刘：您当代理系主任是哪一年？

王：1992年。潘老师1986年底开始当系主任，她也把心思扑在系的行政上。后来她发现精力顾不上了，就把精力放回研究所那边了。

我当代理系主任，实际上是个维持者。我这个人魄力不够，不是帅才，但我能团结人，有包容性，能维持住局面。那几年我也是被迫"民主"，是大家说了算。当时孙立平、王汉生他们找我，说我们中青年教师"要弄出点东西来",让我支持他们。我说这没问题,大家做事情嘛都没问题,也没有动用系里一分钱,就是一个松散的课题组。由孙立平、王汉生他们来操持这件事,为了使我们系进一步立起来。我就是尽可能地支持这件事情,比如系里召集开会为他们做保障。我也参与课题,承担任务。因为我也是做学术研究的,所以我能跟老师们说到一起,我能理解大家,有点像哈贝马斯说的"沟通理性"。都是有能力的人,还能团结在一起做事,这是很难得的。

刘:这是第二个阶段,现在要开始说第三个阶段了。

王:这个时候系里已经是比较稳定地在发展了,在趋于成熟。最好的老师坚持给本科生上课,骨干教师都有自己相对固定的研究领域,有一帮优秀的硕士研究生和博士研究生。我们写那篇文章表明我们有一个统一的想法和学术方向,但是每个人也都有自己的一个专业方向,后来专业方向成了主要的东西,大家在专业方向上各显其能,促进着社会学系的发展。

刘:那篇文章是你们合作的高峰,因为那篇文章正好也是分了几大块,然后各个方向都分开来做了。我觉得是不是某种程度上恰恰反映了北大社会学在学科和研究领域上面的开拓,不是说不团结了,而是说通过这样的合作、思想的沟通交流,树立了信心,然后把我们这个学科又往前抬了一步,能不能这么理解?

王:这么理解是对的。

三、治事

刘:那能不能再谈谈您从代理系主任到系主任的这个阶段,在人才、学科规划、学生的培养以及师资队伍建设这些方面的事情？

王：今天我说完了之后，你可能对王老师比较失望。因为我不是个强势的人，能够把大家（团结）在一起，系里不出什么事情，能往前走，这就行。比如到了1993年、1994年，系里的骨干都是同代人，都是一块儿成长起来的人。谁管谁，谁说谁？都不是。每个人都有一片天地，所以就很好，没问题。

当时所谓人才的问题，就是留住年轻人的问题。能留住好的年轻人，社会学系就会更好地发展。当时孙立平、王汉生和杨善华他们对选留青年教师起了重要作用。他们说得对、看准了人，我就同意支持。

刘：我想知道，我们为了学科发展，人才队伍建设是怎么谋篇布局的？您当时有一种什么样的理念，用了一些什么样的方法策略，克服了什么样的困难？

王：当时确实很关键。从1984级之后，我们系就渐渐发展起来了。生源好，老师们也用心，往前走。比如1993级研究生，有李猛、李康、应星、周飞舟、王荣武等，他们素质好，又愿意上进、做研究。有几个人对孙立平老师的东西特别感兴趣。孙老师就带着这些人读书，读法国年鉴学派，读布迪厄，做口述史研究。他们做的都是学术前沿的东西。我们留下来的学生确实有很多好苗子。

孙立平和王汉生他们说，要想办法把好学生留下来。我就到学校要名额。说到布局，也是这样，这么多好学生，但学校不能同时给这么多留校名额。那么先让谁留下，让谁再接着读书，我们思量过。李猛和李康都很好，我们都想留下来。但是学校不可能一年给系里两个硕士留校名额。大家商量了一下，就让李猛先留下来，让李康再继续读博士，读完了博士再留校。能带李康的是孙立平老师，但是孙老师当时还没有带博士的资格。怎么办呢？最后我们商量好，把李康放在我名下，实际上是孙立平带。为了系里留人，我们大家都通融，整体考虑，互相帮助。

刘：这件事情我作为学生的理解就是，你们两个都有胸怀、格局：孙老师没有博士生导师的名分，但他愿意出力；而您也没有门户之见，不在乎用了您的指标。为了系里能够留一个未来有用的人，你们都不计较。

王：是这样的，是为了系里好。当时只要是有可造之才、爱读书的人，我们就会想办法留下。我为什么说我这人比较傻？我1993年晋升教授后，袁先生就跟我谈，让我带博士。我说我先不带，觉得自己水平不够。我是当了三年教授之后才开始招博士，招的李康。有的人喜欢尽快招博士，觉得招博士、当博导是一件挺荣耀的事。我无所谓。我说系里这么多事情，先忙好系里的事。我在系里工作，是为系里整体好。

刘：对，所以我理解人才队伍建设的第一步就是看系里的硕士研究生、博士研究生中有哪些优秀的人，然后通过各种努力去培养，再想办法把他们留下来充实我们的师资队伍。第二步应该说就是眼光向外。一个是向里的，一个是向外的。在您当系主任的时候，我们还引进了张静老师、谢立中老师、方文老师、熊跃根老师吧？

王：张静也不完全是我引进的，但是我做了正确的决定。孙老师和张静联系比较多，她搞政治社会学，人事关系在中国人民大学，她当时还在香港读博士。有一次我去香港中文大学访问，见到张静，说到她毕业后是否来北大工作的问题，张静说她出来读书与人大有约，要回去工作，违约要赔偿。后来是我们系对人大做了经济补偿，才争取到张静来系里工作的。大家都说值得。

刘：向外的话，您是怎么去发现这些人的？然后是怎么努力把他们引进系里的?那些年您是怎么在学科、人才培养方面,为我们系做贡献的?

王:发现人才不是我一个人的工作,许多老师参与其中。大家看中了某个人,说有可能"动",我们就去试探、做工作。当然有的人也不是挖来的,有的人就是想来。我在系里工作的时候,很多人想来,不讲条件,谢立中就是代表。他先来北大跟着袁先生做博士后。他留下来之后,我让他当教学秘书,他就当,一句话也没多说。我布置做什么事,说一句话他马上办,做得很好,从无怨言。他后来说:"能到北大来还有别的想法吗?有别的想法就是带着利己主义来的。能到北大来教书,这就是人生的追求了。"他不计较北大要求高、任务重,愿意"自投罗网"。这样招人就容易了。

刘:也就是说,谢老师、方老师、熊老师都是做了博士后,系里发现不错留下的。那在您当系主任的时候,年轻人培养了一拨,再引进了几个,还有博士后几个,师资队伍就基本齐了。王老师,我还想问的是:您从1992年到2000年把主要精力都放在学科的谋篇布局上,在保持北大社会学在全国核心位置的同时,是如何推进和发展社会工作专业的?

王:为什么我敢放心地去社会工作那边,是咱们社会学有一帮老师在顶着。他们每人都是一把火,都能顶起一片自己的天地,所以我就敢去搞社会工作。可以说社会学系的学科架构、知识架构和人才架构使得我可以分一点儿心去做其他东西。同时,还有个现实的迫切需求,就是社会工作没人带。我不认为社会学和社会工作是分家的,我没说北大的社会工作和社会学完全不一样,我们的社会工作也不是天天做实务。这也是为什么熊跃根老师来到北大工作,他是做社会政策和理论分析的人,也不是做实务的人。如果要问北大社会工作做的到底是什么?我想应该是做知识生产的,这和社会学是一样的。所以我不觉得我分裂,我不是一个真正完全意义上的社会工作人,我是用社会学的思想来看社会工作的人,同时我又比社会学的人多了一点儿对社会工作的理解和领悟。

四、为师

刘:为师这块,还请王老师谈谈您带学生的经验。

王:我这人一直是被形势逼着走,或者说是在结构和过程之中过来的。关于带学生,我有两点。第一,对学生的要求比较严格。我家里没有什么其他的事情,我当系主任的时候就成天泡在系里,所以也希望学生和我一样。我不会和学生称兄道弟,比较古板。对学生基本上就是学术对学术,雷先生也是这样,公是公,私是私,公私不掺和。第二,我对学生是"放养"的,希望学生可以创新,这既好也不好。我希望学生有感兴趣的问题去研究、去做论文,不一定要跟着我走。我曾经在别的学校的论文答辩上说过,跟着老师做课题不一定能做出来好论文。论文是论文,课题是课题。论文的理论性要更深、更强。我有个学生是民政口的,想做几个协会之间的关系,有很丰富的经验资料,但理论性不强。我帮她提出了一些观点,这些观点现在还有影响。很多学生的主要观点,是我们一起想出来的,毕竟老师看的书多,知道的更多,清楚该写到哪个点上。老师在这些方面要做到可以为学生贡献创新的观点。

刘:我觉得这一点特别难得。我在想:为什么很多老师,大家明知道他很有水平,但在指导学生上却没有那么投入?

王:我想应该是没想到学生其实是"多年之后我就成了你",没有把这当成是知识传承的过程,这不应该。我会为了帮学生而去看新的东西,即使他写的领域我并不熟,但是我也会去看,尝试从别的学科,像政治学、经济学中去借知识,看看到底能不能行得通。我会尽力帮学生做好论文。知识积累的过程有了,学生能顺利毕业,我就很高兴。

刘:您指导学生的时候,是想把学生培养成什么样的人呢?

王:北大出去的论文得像个样子,不能给北大丢人。这代表了知识水平。我认为每篇论文都要有新东西。《中国社会科学》的编辑冯小双来约我的稿子,我一直说还得再完善一下。她说:"哎呀,王思斌,你不要非得语不惊人死不休。"我实际上就是这种人,论文里面一定要有新东西,全是旧东西没人看。所以我指导的硕士生、博士生,也包括本科生,他的论文里面一定要有一点新东西。

前些年我指导一个本科生的论文。学生的理论底子很好,又能自己出去做实习和调查,对政府与社会服务机构的关系有较深入的了解,也有初步的新想法。我们一起讨论、提炼论文的理论焦点,她对我曾经拓展阐述的承认理论有新的认识,提出互构性承认的观点,做了一篇很好的论文,很快被核心期刊刊用。我鼓励学生有根据、有较准确概括的创新。首先是学生基于实践和观察,对问题有兴趣、"有感觉",再就是规范、扎实、有新意。我认为,一是要有扎实的学术积累,二是要有创新意识,没有积累的夸夸其谈不行。在这个意义上,学术基础的扎实和一定的创新意识是我对学术和学生毕业的要求。

学生的论文我会一个字一个字地看,一个字一个字地改。但话说回来,我不是说帮着学生做论文,我可以贡献自己的一些思路和想法,但重要的是学生必须在此基础上拓展。我是从很多知识中聚合了一个点给到学生,需要他自己往前走。我相当于搭了一个小台阶,带着学生一起往前走。想要真正地走上来，需要看很多东西。

刘：王老师，那您在教课方面有没有什么经验？

王：我们系里有一个在有些人看来挺奇迹的现象，就是坚持教授给本科生上课。当时我在系里负责教学工作的时候，就要求教授、最好的老师必须给本科生上课，用土话讲，就是都"把"着一两门主要的课，保证教学不出问题。我知道有的学校的教授出了名，就在课程开始时点个卯，后面让年轻老师去上，我觉得这有点不负责任。在教育部提出教授要给本科生上课的要求时，我们都觉得奇怪：那些不给本科生上课的教授尽职了吗？我们系一直坚持教授要给本科生上课，要对得起学生，对得起北京大学教师的身份。这也是我们系一直很稳、一直往前走的原因。关键就在于老师是稳定的，课程体系是稳定的。同时，系里允许大家创新。90年代后，我们虽然只有几个人留下来，但每个萝卜都占了几个坑，每个人都负责几门课。因为老师教的是北大的学生，所以大家都很认真。记得王汉生说过一句话，她说：当你站到讲台上，看见下面那些学生眼睛都瞪着、机灵灵地看着你的时候，你能不好好备课和讲课吗？北大招来了好学生，老师们必须有压力，必须讲好课。

刘：说得太对了。

王：我们的教学可以称得上是一板一眼。我始终觉得，教师的身份让我们有一种责任感。在这一点上我很赞同雷先生，我们是当老师的，不是当官的，不是政治家，国家形势大事当然得清楚，但说来说去我们是老师。说实在的，当老师还是一个讲良心的活儿，要做一个对学生讲良心、对社会讲良心的老师。所以我这辈子讲课，一节课也没落过。

对学生我也是这样。好学生我很喜欢，有的学习能力较差的学生也找我做导师，怎么办？三稿也写不出像样的东西来，我只能尽量帮他提升到过得去的水平。大家常常说老师就是蜡烛，燃烧自己照亮别人，实际上好老师还真是这样。不管怎么样，人家都考到北大来了，最后你放羊一样什么都不管，那人家背后也会说你，你自己也会觉得不舒服，对不对？

我不知道你怎么觉得，我老觉得课时不够用（笑）。为什么不够呢？因为讲某个重要概念和理论时，我总希望讲透，讲着讲着就觉得课时不太够用了，老觉得应该给学生多讲一点，这成了职业病。我认为，如果老师没有在学生读本科的时候帮他把知识轧得很扎实，那老师是有问题的。给本科生讲的基础课，要概念清楚、逻辑清楚、知识扎实、贯通联系。

刘：作为学生，我体会一下老师您讲的意思。在学生培养上，北大的学生是全国最优秀的学生，面对最优秀的学生，在人才培养上，我们在社会学的课程体系设置上，在课程和老师的匹配上，就安排最优秀的老师去教本科生最核心的基础课、专业课，保持队伍的稳定，这是一点。另外，在教学方面，还尤为重视学生素养的培养，或我们称之为"为人"这一块，因此尤其重视师德师风。第三点是注重基础知识的扎实稳固，在这个基础上再去讲创新。如果基础知识都没有牢固，创新是没有办法完成的。最后，要不断把研究、创新、学习和上课结合起来，严格要求自己，像您刚刚说的那样，"春蚕到死丝方尽，蜡炬成灰泪始干"，要有这种胸怀，要有这种无私奉献的精神。

王：在这方面，袁先生对我的影响比较大，真是言传身教。咱们系老师对学生的严格要求，尤其是在论文上，是数一数二的。当年咱们系也搞过几年在职申请学位的教学教育，学生不脱产周末来学校上课，这些学生的课我们都是派系里最好的老师认认真真地讲，认真指导学生的

袁方（前排左三）、王思斌（前排右二）与来访者及师生合影

论文。当年我去研究生院汇报工作时，学位办副主任说："就你王思斌卖力气，你们系的论文我们放心。"这是学术良心，是吧？袁先生是搞教学的，很认真地对待教学过程和质量。

刘：对的，他经常这么要求我们。

王：学生就是我们的产品，学生就是我们自己的影子。学生出问题，那也是我们的问题。咱们系的老师在这一点上是做到了的，对学生有学术要求，带着学生走，既严格又宽容。我对学生要求严格，但我也很佩服现在的年轻老师，能跟学生们打成一片，这种氛围可能更好一点。因为现在整个教学过程、教学方法也在发生改变，我觉得这也是不错的。比如说现在周飞舟和卢晖临他们带着学生做调查。你也很关心实际，关心劳工问题，带领学生做研究。我觉得很好。

刘：对，他们调查是很有方法的，我的调查也是跟着他们慢慢学的。

王：昨天杨善华给我打电话，商量推荐雷先生文章的事。他说他又要出去带学生做调查。我觉得，杨善华带着学生搞调查像着了迷一样。实际上，系里的老师，一说要去调查，到基层了解人们的现实生活，眼睛马上就睁开了。这是很好的系风，是专业情怀。我虽然没怎么领着学生做大调查，但是一到现实里我们马上就比较敏感，至少看见了到底是怎么回事儿。在讲课中或者在文章中，我们可以分析现实的东西，知道它有什么样的社会学意义。在这一点上，系里的老师可能都是比较自觉的。做社会学和社会工作，就得接地气，社会学比较强调底层关怀。这一点我觉得还是挺好的。

刘：王老师，最后想请您给我们讲讲做研究。您认为您自己在研究方面有一些怎样的特色？因为您的角色不一样，所以我问得比较散。您觉得哪个比较重要？请给我们讲一讲。

王：我觉得你问得特别好，因为我实际上就是这么一个人，就这样展现在别人面前。

刘：其实我理解您的研究，一块是农村社会学，一块是组织社会学，还有一块是社会政策的研究。

王：这是一种分法，另外一种分法就是社会学和社会工作，这两个我觉得是结合的。要说论文，我觉得最能代表我观点的是两篇论文：一篇是发表在《中国社会科学》上的《中国社会工作的经验与发展》，另一篇是发表在《社会学研究》上的《中国社会的求—助关系——制度与文化的视角》。后面一篇其实是尝试用费老的差序格局来讲中国人的求助。包括后来飞舟他们做的研究，希望弄清楚"关系"在历史上儒家是怎么说的，现实中是怎么回事儿，老百姓是怎么想的，现实生活中是怎么发挥作用的。我没有那么细致，但我尝试把这个结构的历史、现实、文化与规范说明白。

刘：我写博士论文的时候就把您所有的论文都下载了，挨篇读。然后我觉得您最有理论性、有穿透力的文章就是后面这篇。社会工作的那一篇，我觉得也是特别好的。

王：后面那一篇，我是讲了专业和非专业的关系，讲了政府和民间的关系。我不是处理具体的个案，而是从整个社会的结构、制度、文化和变迁来看问题。

关于做学问，我没有一板一眼地按照实证主义的路子去做，在这个意义上我受到了费先生的影响。什么意思呢？就是看透事情没有。看透了，就去看事实是不是更进一步证明那种看法。如果你自己连这种感觉都没有，论文是写不出来的。我把这个叫"第一眼"。第一眼你看到什么东西，第一眼你是什么想法，这个在认识论上可以叫本质主义或实质主义，即看问题要看本质，它跟大胆假设、小心求证的实证主义有不同。

我写文章是从实际出发，而不是从概念出发。文献要做，但不能陷在里面出不来，文献梳理得很好，可就是没有自己的观点，这不行。我是先有了感觉才写东西，如果找不出相关的理论来分析它，那你的见解就不可能有洞察力。

第二点，是我的体会，但我也很忐忑。我会对原来的概念做适当延伸，做出新的解释，有时不完全按照概念原来的内涵去用。有些概念在西方也是理想型的，况且又是西方社会的。中国的情况跟西方和那些学术大家看到的可能不同，我们要解释自己的社会、自己的生活。在社会学、社会政策、社会工作研究中，我对自己的角色定位是，希望从已有的社会学理论中找到一些合适的概念，来解释中国的实际、社会政策和社会服务，或许能发展概念和理论。我对"嵌入性"等概念的运用就是如此。在社会工作研究方面，我提出"嵌入性发展"的概念，把嵌入看成一种历史发展过程，这与波兰尼的说法有所不同。这一两年我又想用"嵌合""嵌合性发展"的概念，解释我国专业社会工作的发展过程，也会用到"脱嵌"。我对霍耐特的"承认理论"也做了某种拓展，效果还不错。总的来说，我是基于中国实际，让概念为解释现实服务，而不是反过来。

当然，我也有一些担心，很专业的社会学家可能认为我使用概念不是太规范，超出原意。所以，一般我不会走得太远，而是基于现实对某些概念有所拓展。如果大家能够理解我的心态的话，再看我的文章，可能会认为我讲的还是有点道理的。也就是说，我其实更想做面对现实的事情。

刘：我觉得一般人很难做到，既有各种学科的扎实基础，还能融会贯通，更重要的是还要有经验感。

王：对，这是很重要的东西。

刘：那么经验感来自哪里呢？光读书是创新不了的，一定是要从实求知。如果没有经验感的话，最好的概念也没有任何用处。我觉得是要有两个方面的结合，要有经验感，这个也要在理论扎实的基础上才能结合。

王：关于结合，要先明确问题域，再沿着问题去找文献。等你阅读了大量文献后，你仿佛觉得一些文章的角度还可以，但没有冲击力，这其实是最关键的概念没有提出来。那我们就接着找概念。我们都知道找概念很苦啊（笑），弄半天也找不出来。如果你可以从比较熟悉的概念入手，再挖掘它的新层次，我觉得会更具操作性。这个新的东西其实就是你对现实问题的理解，这个东西可以加进来。问题域和知识库的结合，在我看来是这样一个过程。

刘：您刚刚提到概念的提出，我比较好奇的是：您在向学术界阐释您这种加了一些新的理解的概念时，会遇到怎样的反应呢？

王：我也受到过一些质疑。比如有人就会从学理上来质疑我对"嵌入性"概念的使用：你如何从学理上和这个概念进行对话呢？我认为，如果说要对话，我的做法其实可以看作是对原有理论的丰富和延伸。我其实是在复杂性里找东西。而且我的新阐发并不是凭空的,我一定是确认了我的新想法是为了解释一个真问题才提出来的,超出我的条件限制的事情我管不了,但是在这个条件限制内我的解释是有道理的,就够了。拥有绝对真理是很难的,但部分真理就可以做学问。如果要完全拿出一个普遍真理来,我们现在这帮人很难做到,对不对?我们现在就是要在相同里边找不同、找细节,而且这个细节不是一个偶然性细节,是一个必然性的细节,它就是树的某一个根的组成部分,这样大家才都能够承认:"哦,是这样的。"

但这件事情说起来轻松,做起来可不容易。我更主张抓住一个实际问题,这个问题是大家承认的,接着去分析。用彻彻底底的实证主义去研究中国的问题,会遇到一些困难。所以我觉得通过本质主义或实质主义方法去发现问题,用具体资料来说明、旁证,再进一步分析它的机理,是一种研究的进路。一定要有对问题的初步认识。你可以说我的看法不全面,但是我在这方面有比别人深入的认识,就可以。

锲而不舍，砥砺前行

杨善华 祖籍浙江宁波，北京大学社会学系教授。1984—1990年在北京大学社会学系读书，获得硕士学位、博士学位，师从雷洁琼先生，1990年博士毕业后留校任教。代表成果有著作《经济体制改革和中国农村的家庭与婚姻》、《家庭社会学》、《西方社会学理论》（上、下卷，与谢立中合编）等，论文《感知与洞察：研究实践中的现象学社会学》《家族政治与农村基层政治精英的选拔、角色定位和精英更替——一个分析框架》等。

2022年4月8日，我受邀参加了社会学系召开的庆祝北大社会学系恢复重建40周年茶话会。轮到我发言时，我真有一种百感交集的感觉：自1984年9月入学始，自己在北京大学社会学系浸润38年，可以说社会学系已经与我的后半生交融在一起，无法分开了，而我自己也在社会学系完成了从一个社会学的后学向社会学学者的转变。所以，我说我今天发言的主题是四个字："感谢，感恩。"

"锲而不舍"是2005年我跟学生杜洁聊天时说的自己从事学术的体会，因为学术研究需要的是探索与积累，这必须要靠长期坚持在学术领域不辍耕耘才能收到效果。"砥砺"，我在这里想解释为"自我反省"，就是在建立起学术标准后，个人需要不断地自我反思，自己与自己切磋。用我的话来讲，就是在北大见识了天外有天之后，就要改变"只有自己的一亩三分地是最好的"这样的想法，要随时准备放弃以前认为是正确的，而现在随着自己在实践中认识的深化，发现它已经过时了或者已经出现了偏误的这样的学术见解。2022年1月，我在梧州与学生吴情操聊天，他说他自己在做人这方面总结的最重要的经验是两条：第一条是换位思考，第二条是自我反省。我完全赞同，我的回顾也据此而展开。

一、求学：真诚的探寻和积极的求之于己

1983年初，我第一次因为学术方面的事情进入北大，那也可以说

是我和北大结缘的开始。那次来北大,是因为我给自己找的一个研究题目,我想了解一下旧中国社会学关于婚姻问题的初始调查是由谁设计与完成的。那是我第一次来到大图(北大图书馆),因为有些杂志,比如燕京大学社会学系编的《社会学界》,只有北大图书馆能够找到。我出示了上海社会科学院的介绍信,得到了大图旧杂志室工作人员的热情接待。我在这里看到了全部的《社会学界》,也看到了费先生发表在《社会学界》上的本科毕业论文《亲迎婚俗之研究》。我当时的感觉是若论做学术,那北大的条件真的是太好了,将来若有机会在这里学习和工作该有多好!不过我马上就摇头笑笑,否定了自己的想法:这是完全不可能的。

但是还没过一年,机会就来了。1984年,全国部分高校获准招收硕士研究生。报考年龄放宽到37岁!而我恰恰符合这个条件!当时我也看了一下招考情况,中国社会科学院与北京大学社会学系都招硕士研究生。我因为参加过1981年的社会学讲习班,所以对中国社科院社会学研究所的情况还稍有了解,而对北大社会学系却几乎是一无所知。不过由于中国社科院社会学研究所招的研究生要在北大代培,因此考试的试卷也与北大一样,所以我想还是报考中国社科院的研究生。虽然考试和录取过程有点曲折,但是我最终还是被中国社科院研究生院录取,并在1984年9月来北大研究生院报到,用我的中国社科院研究生院的研究生学生证换取了北大的研究生学生证。

来到社会学系,尤其是开学上课后,我才了解到更多的情况。社会学系是1982年恢复重建的,袁方教授是当时的系主任,费先生和雷先生都是系里的教授。袁先生我知道,1981年中国社科院社会学研究所举办讲习班的时候,袁先生来做过一个讲座。现在能够近距离地亲聆他们的教诲,心情还是蛮激动的。从1981年开始,北大社会学系硕士生已经招到了第四届，那个时候，1981级的硕士生已经毕业，他们中间有两个人——杨小东和刘沈生——留校任教。1982级之后，都有中国社科院社会学研究所在北大代培的硕士生，他们那时都没有毕业，所以我跟1982级、1983级的硕士生都有接触和交往。有的时候，因为师资不足，我们还一起上课。

提到师资，这是当时袁先生最着急的事情。我在《矢志田野，传承薪火》那篇访谈中也回忆过当时的情况，那时的社会学系可以说是百废待兴，而最紧迫的是师资，因为没有老师就无法把课开出来。我记得1985年的时候，很多课程要么就是代课老师年纪特别大——比如说华青，华老师教我们"国外社会学学说"这门课，他就是西南联大毕业的，西南联大毕业的老师当时都和袁先生差不多岁数，袁先生是1918年出生的。当时还有全慰天先生，也是袁先生在西南联大的同学，他研究的是中国民族资本主义和民族资产阶级，出过一本名为《中国民族资本主义的发展》的专著，给我们研究生开一门类似中国社会经济史这样的课。因为是小班上课，连老师带学生不超过10人，所以全先生是坐着给我们讲课，经常拿个大玻璃瓶当茶杯，显得从容不迫。

当然，袁先生还有一个办法就是请外教。比如我们那级的方法课，是请的美国艾奥瓦州立大学社会学系的老师，也是袁先生西南联大的一个同学，叫张奚之。还有一个是艾奥瓦州立大学社会学系的系主任克朗兰（G. E. Klonglan）。克朗兰讲的时候，张奚之给他做翻译。张奚之个子高高的，头发梳得一丝不乱，虽然穿的是夹克，但是非常整洁，显得风度翩翩。他说话的语调也是不紧不慢，那时我就觉得他特别像上海人说的"老克勒"。我就是在他们的方法课上第一次听到了要反对"还原论"这样的说法，这是非常典型的涂尔干的观点。除此之外，当时还在纽约州立大学奥本尼分校社会学系的林南教授,也给我们开过一门叫"社会结构与网络"的课程。

所以,袁先生几乎是把他手里所有的资源都用上了。到了我们研二的时候,系里要开"中国社会思想史",他给我们请来了陈定闳教授主讲这门课。陈先生是中国第一代社会学家孙本文先生的学生,1949年中华人民共和国成立后一直在重庆师范学院历史系教书。等到他来讲课时,社会学系1985级研究生也入学了,而自1985级硕士研究生招生开始,北大社会学系就更改了考试科目,入学的同学未必都要考两门数学。不过为了加速培养人才,他们的学制改为两年。毕业后撰写论文,答辩通过可以授予硕士学位。这个班当时招了34人。为了减少陈先生的奔波,这门课就改成两个年级一起上了。

陈先生跟我们1984级的五个同学处得还可以,我们对他也很尊重。那时社会学系在27楼,旁边挨着五四操场,有栋平房,学校在那里开了个名叫"燕春园"的餐馆,卖些小炒,价钱比在食堂吃稍贵一点。我们在那里请陈先生吃过饭,陈先生也请过我们。吃饭时他聊起袁先生,说他很感动袁先生把他请到北大,但是那时北大住房紧张,他居然没有住的地方。不过袁先生调到北大之后,学校在18楼到24楼这些教工住的筒子楼里给袁先生分了间宿舍,袁先生就把这间宿舍让给陈先生住。袁先生还跟陈先生商量,除了讲课,最好还能把"中国社会思想史"的教材写出来。陈先生有感于袁先生待他的真诚,一口答应下来,并在1989年完成了书稿,1990年由北京大学出版社出版。平心而论,现在看陈先生写的这本教材,除了较为系统外,学术特色并不是很明显。但是,正如费先生在《社会学概论(试讲本)》前言中所说,要"本着'先有后好'的精神,不怕起点低,只怕发展慢"。所以整个20

世纪 90 年代，我们都用的是陈先生的书当教材。

在北大求学，我觉得一大好处是她提供了一个可以让个人有更大发展空间的平台，学生可以有更多选择的自由。老师对学生自己的学术探索也持一种鼓励的态度。因此我们同学之间的学术互动还是很多的。像读商务印书馆出的福泽谕吉的《文明论概略》，读明白这本书需要了解当时日本的学术和社会背景，我看了一遍没有看懂。和我们级张杰同为沈阳老乡的下一级的"大个儿"张伦有时到我们宿舍串门聊天，大家一起讨论读这本书的体会，对我非常有帮助。那时的海淀，图书城还没有修起，顺着逼仄的"军机处"这条小胡同，穿过"老虎洞"就可以顺着一条小路到苏州街，在八一中学的边上有个旧书店，那是我们这些学生经常光顾的地方。记得商务推出的弗洛伊德的《精神分析引论》刚刚出来，我们听到消息都坐不住了，赶紧跑去买。新书到手，大家都是一脸喜悦，好像是抢到了什么宝贝。

20 世纪 80 年代，那是一个社会急剧变化的年代，也是一个探索的年代，所以经常有外面的单位跑来找我们这些研究生帮着做课题。当时，1983 级的硕士生王汉生因为交友广泛，来找她的人就比较多。我们这一级当时也接了一个课题，是共青团中央研究室和中国消费者协会组织的于 1986 年在中国 18 个大中城市进行的青年结婚消费的问卷调查。这个课题最初我们班的五个同学应该都是参加的，但到最后，只留下了四个人。钱江洪主持了这个课题，最后投到《中国社会科学》杂志的论文也是由他统稿。我就是在这个过程中，逐渐体会到学术积累的重要性。虽然自己做的是婚姻家庭这一块，本来觉得做这个调查还是自己的长处，但是一到实际分析的时候，就发现自己的学识太单薄了，远远不够。我亲眼看着钱江洪毫不留情地将我负责撰写的部分改得体无完肤，一段段打"×"删掉,最后,以"我们的结论是:青年结婚消费的变化与我们的整个文化系统的变化一样,充满了进步与落后、文明与腐朽的矛盾冲突。但青年结婚消费总的变化方向与我们整个社会文化系统的变化方向是一致的——都是向着现代化、文明和进步的方向,其中的种种矛盾和痛苦正是文化更新的阵痛"①结束了全文。我在边上看着,就想:这样的文字为什么自己就写不出来呢?

稿子写完,我们也不知天高地厚,就投到了《中国社会科学》杂志。当时《中国社会科学》杂志社负责社会学这一块的编辑名叫沈熙。1981年中国社科院社会学研究所在日坛宾馆举办第二期讲习班的时候,她也来旁听,那时我就见过她。她一再说,《中国社会科学》欢迎大家投稿,而且不论资排辈,只看文章有没有真知灼见。她最自豪的就是,他们曾经拒过费先生的投稿。没想到沈熙老师看了我们的文章竟说可用。最终,这篇文章刊登于1987年第3期的《中国社会科学》杂志。虽然我排名第三,但毕竟这是我第一次作为作者出现在《中国社会科学》杂志上,心里还是很高兴的。

差不多与此同时,张杰对"中国社会的世俗化"这个课题开始感兴趣,认为世俗化的标志就是一种功利主义文化的兴起。功利主义文化的特点就是崇尚"有用的就是好的"这样的价值观。如果了解一点西方社会学理论,就会知道世俗化其实就相当于韦伯眼里的"除魅"。不过那个时候我们还没有读到韦伯,于晓、陈维纲等翻译的《新教伦理与资本主义精神》1987年才由生活·读书·新知三联书店出版,所以张杰

---

① 钱江洪、张杰、杨善华、张伦:《我国大中城市青年结婚消费研究》,《中国社会科学》1987年第3期。

的这些观点对我们就很有启发性。可惜张杰主持的这个课题随着1987年我们毕业，他和钱江洪去了中国人民大学任教，最后没有做完，只是在当时的《经济学周报》上发表了一篇长文。

这两个课题大概就是我在攻读硕士学位期间所做的社会学研究，但还没有进到经验层面。不过对于我来说，这就是学术积累的开始。

1987年我硕士研究生毕业，也面临一个去留的问题，最终我选择了考雷先生的博士。我跟雷先生在1983年连云港的"五城市家庭研究"课题讨论会上见过面，而且我在上海社会科学院社会学研究所的老师薛素珍是当年雷先生在燕京大学教书时的学生，所以她也帮忙推荐了我。记得那次为报考的事情去雷先生家里，雷先生对我说："你考上了我就收你。"这样就成全了我跟雷先生之间的师生缘。

我读博士的三年，正好赶上雷先生接了"经济体制改革以来农村婚姻家庭的变化"这个国家哲学与社会科学"七五"规划项目。她提出了"以家庭联产承包责任制为主要标志的农村经济体制改革对农村家庭的影响首先是从改变家庭的生产功能开始的，进而影响到家庭的其他功能、家庭关系和家庭结构，从而导致农村家庭的全面变迁"这样的假设。这个假设被课题组所接受，成为贯穿整个课题研究的一根主线，主导了问卷的设计。所以我攻读博士学位期间从事的社会学研究主要是做雷先生的学术助手，协助雷先生完成从调查到研究报告和论文的写作这样的研究过程。

虽然是做问卷，但是这个项目还是给了我一个了解处于社会分化中的幅员辽阔的中国农村的机会。1987年夏天，我们在北京郊区的延庆农村调查。1988年1月，我们到了四川，我在成都郊区的金牛乡和圣灯乡调查，然后去了当时川东的黔江。不说当时还属于国家级贫困县的黔江，单是成都郊区的圣灯和金牛这两个乡，因为离成都市区的距离不同，在发展上也有着明显差异。1988年春，我们到了位于上海郊区的上海县、青浦县和南汇县，看了一下处于长三角的发达地区的社会发展和家庭情况（在我的记忆中，那时上海郊区的发展不如珠三角）。在1988年的暑假，我又去了广东，先到的是珠三角的番禺县，随后又到了地处粤北的英德，从仿佛是天堂的珠三角来到处于丘陵地区的英德，真有恍如隔世的感觉，这还是在同一个省。

除了完成问卷，我认为通过这段时间的调查，我所得到的主要收获就在于有了对中国社会的一种整体性认识。一方面，我看到了直辖市—省会—地级市—县城—乡镇—农村这样一个行政等级金字塔，看到了资源按照行政等级金字塔进行配置；另一方面，也看到了随着工业化和城镇化的进程，中国城乡社会出现的分化和农村通过城镇化向城镇的过渡。这一点，在1988年1月从重庆出发去黔江调查的时候我的体会最深。从重庆出来，我们在朝天门码头上船，首先到的是盛产榨菜的、当时归属四川的涪陵（因为船要停靠比较长时间，我们还特意上岸看了看；当时的涪陵比照重庆这样的特大城市，相差绝对不止一个数量级）。过了涪陵，船就驶入乌江。我们的船是逆流而上，只见天空湛蓝，江水碧绿，两边陡峭的青山相对而出，空中翱翔着苍鹰，真的是景色如画。可是船行了好久，也没见对面有船驶过，两岸也是一片静谧。我当时就想，这里环境那么好的原因就是没有工业。到下午4点左右，我们的船才到彭水县城的码头，我们必须从这里上岸，再沿着陡峭的山区公路向东行驶135公里才能到黔江县城。因为事先打过招呼，所以黔江县政府办公室的黄副主任带了车在码头等我们。一直到晚上8点后，我们才到了黔江。在黔江的调查就都在农村了，我看县城里的干部，和涪陵的政府干部一样，都穿着蓝色海军呢的大衣，我知道这就等于是他们表示身份的制服。但是到了乡镇就不一样了，比如我们在县坝乡调查，见到了乡党委书记，他脸色黝黑，穿的衣服上满是尘土，和农民不同的是他穿的棉衣的左上衣袋插着一支钢笔。这不就是行政等级金字塔的现实生活版吗？最终，在我写博士论文《经济体制改革和中国农村的家庭与婚姻》时，将工业化与城镇化导致农村向城镇过渡的想法发展成关于城乡社会变迁的"续谱"假设；而行政等级金字塔的构想，则作为影响变迁的社会背景体现在《中国城市家庭变迁中的若干理论问题》（刊于《社会学研究》1994年第3期）的分析框架中。通过自己的学术积累过程，我真切地体会到"实践出真知"：要想做好社会学的研究，就必须投身社会实践。当然，我也衷心地感谢为我提供了这样的机会的恩师雷先生。

学好社会学需要一种开放的心态，这种开放意味着必须拓宽眼界，借鉴国外社会学的理论与方法。我很幸运的是，在北大社会学系读博三年间，雷先生为我创造了这样的机会。1988年，美国密歇根大学社会学系和人口研究中心获悉我们在做这样的调查，表示愿意与我们合作，让我们这边派人去密歇根大学学习，他们可以提供经费，当然前提是我们与他们共享部分数据资料。雷先生认为这样的条件可以接受。这样，我在1988年10月中旬来到了安阿伯（Ann Arbor），在那里度过了一个半月的访问学者的生活。我的任务主要是学习数据处理，我很清楚这与我的博士学位论文的写作有直接的关系。1988年，设在27楼的北大社会学系的机房设备还很简陋，只有一台IBM微机，还有一台杂牌机。最初的统计分析我们是请冯方回老师做的，他是北大前副校长冯定先生的小儿子，在美国学过数据处理。记得那时出一张双变量交互分类表需要

20 分钟，冯方回老师经常是写好一个程序让计算机执行，然后过半天再来看结果。

在美国的学习让我对 SPSS 统计软件更加熟悉，回国后自己从录入到统计分析就都能做了。

当然，还有非常重要的一点是了解了美国的学者，他们是怎么做学问的。我记得我问过负责接待我的人口研究中心副主任芭芭拉·安德森教授，她为什么会选择学术作为自己的终身职业，她的回答是她纯粹是出于兴趣。因为在美国，当教授的工资待遇和律师、医生是没法比的。我跟马丁·怀特教授也有了直接的接触，他对研究中国社会有着很浓厚的兴趣，这也促成了我们社会学系与密歇根大学社会学系在 20 世纪 90 年代初的合作——完成在河北保定市的养老调查项目。

二、教师生涯：敬业与传承

1990 年 8 月 5 日，我通过了博士论文的答辩。在此之前，王思斌老师已经通知我，毕业后留校任教。我自己在社会学系已经泡了六年，可以说对这个系的老师已经有了较为充分的了解。而学生呢？1983 级本科和 1984 级本科，因为师资力量不足，我们在一起上过好几门课，所以也有些认识的人，比如 1983 级的杨小冬、李国庆、孙戎、沈红，1984 级的付喜国、蒋耒文等。1986 级本科的同学，则因为在我之前毕业的王汉生和程为敏两位研究生时的同学已经当了老师，并且开始接触学生，所以也有些了解。而 1985 级本科的同学，我在 1987 年曾带着他们去延庆调查，至少跟我去调查的那些人，像蒋理、何建新、洪小良和杨力伟等，也是认识的。总体上说，虽然社会学系的老师在我毕业的时候还没有完全解决青黄不接的问题,但这毕竟是在北大,所以说人才济济也是不错的,因此,当时我考虑的,主要是自己靠什么在社会学系立足的问题,用现在的话来说,就是想给自己立一个什么样的人设。

其实在这些方面,老先生已经给我们做出了非常好的榜样。当时在系里,跟自己接触比较多的老先生,除了雷先生之外,就是袁先生了。我在系里读书的时候,就知道袁先生以系为家,每日早出晚归,无休无止,把全部精力都投到工作上,他也因此评上了北京市劳动模范。袁先生平易近人,他应北大学报之约,要写一篇《中国老年人在家庭、社会中的地位和作用》的文章,嘱我帮他查点资料。这本来很简单,就是学生帮老师做点事情。但是做完后,有一天袁先生把我叫到他办公室,拿出一张稿费单,让我到邮局取汇款,然后跟我讲:"你有家、有孩子,这笔稿费就当补贴家用吧。"我拿了这笔钱,心里很是感动,觉得老先生真是处处为学生着想。我博士毕业前,袁先生又找我,跟我说:"雷先生对社会学系的建设做出了很大的贡献,但是现在因为一些原因,系里跟雷先生的关系疏远了。你留校了,以后就要做系里与雷先生之间的桥梁,多跟雷先生进行沟通。"袁先生的所言所行,我都牢牢记在心里。

至于雷先生,那就更不必说了。1990年5月,正是我写论文的关键时刻,自己突然流起了鼻血,而且怎么都止不住,我只好申请推迟答辩。雷先生去世后,我在怀念她的文章中写了当时雷先生的付出:我跟先生商量,希望她能一章一章地审阅,这样逐章定稿就可以省出时间了。先生当时已是85岁高龄,又政务繁忙,想到要劳累先生,增加她的负担,我心里很是不安。没想到先生很痛快地答应了。那年,她简朴的寓所还未装上空调。先生顶着北京的盛暑,挤出时间,逐字逐句一丝不苟认真批阅我的初稿，发现问题就用铅笔在句子底下画上道，同时在稿纸边上打上问号，以和我讨论。当她发现我在论文中使用的学术概念有些没有给出定义和说明时，就很认真地对我说："写论文一定要对概念做出界定。如果没有界定，别人就看不出你的概念和你后面内容之间的联系，也不知道你所讨论的问题的范围在哪里，理解上就会有歧义。所

1990年8月5日，勺园2号楼门口，杨善华通过答辩后与雷先生合影

以，界定概念是论文写作一定要遵守的规范。"先生这一批评语重心长，既是老师对学生的严格要求，也体现了老师关爱学生的拳拳之心，令我至今不敢忘怀。在我向她表示感谢时，雷先生只有淡淡的一句话："不就是为了你要得学位嘛。"从此之后，这句话就永远被我记在心里，我决心以雷先生为榜样，把学生的事情当作最大的事情。

我留校任教后，系里给我的第一个教学任务是给1987级本科的同学开设"家庭社会学"这门课。我当时就问主管本科教学的王思斌老师："有没有备课时间？"王老师的回答是按规定没有备课时间。所以这门课我只能一边备课一边讲课。当时的北大，虽然有新教师的培训，但是对于像我们这样第一次上讲台的新人来说，这样的培训是解决不了我们的课堂应对问题的，因为这需要长期的教学经验。更何况当时系里的老教师其实也是脱离教学岗位很久的人，所以也谈不上传帮带，全靠

自己摸索。我当时想的是如何打响第一炮，所以就如我在《矢志田野，传承薪火》一文中的回忆，我的选择就是讲讲自己从事社会学研究的体会，没想到因为出乎学生的意料，居然效果不错，这就增强了我的信心。我自己的优势是以前做调查的时候走了很多地方，同时做问卷也访问过不少人，所以上课时可以讲讲自己的所见所闻，结果发现学生都爱听这种见闻。这大概就是我"案例教学"的开始。

到了1991年秋季学期，因为华青老师退休，系里决定让我接下"国外社会学学说"这门课。这门课在别的社会学系其实就叫"西方社会学理论"。而西方社会学理论对我来说不是强项，所以这肯定是挑战。根据自己在西方社会学理论课上听讲的体会，我觉得这门课的教学最重要的是让学生理解，能听懂西方社会学理论家的观点和见解的真实意思。而要让学生听懂，那教师自己先要搞明白。所以我就找来我能找到的所有西方社会学理论的教材，自己先来"啃"。我的长处是我的学术评价能力不错，这跟我以前在黑龙江下乡时当土记者的经历有直接关系，所以我可以比较每本教材的长处和不足，最后编出自己的讲义。至于课堂教学的效果，我自认为还算可以，至少没有被学生轰下来。上这门课最大的好处是让我对西方社会学理论的来龙去脉、主要人物和他们的理论体系有了相对系统的了解，这对我做经验研究还是有很大的助益的。不过，我还是有自知之明，知道能讲这门课与能做社会学理论的研究还相差甚远（后来虽然主编了《当代西方社会学理论》，但我一直说自己没有写过一章，主要的事情都是李猛、李康他们做的）。所以我从不敢说自己的研究专长是社会学理论。

我当老师之后，一直在跑和密歇根大学合作的项目。这件事起因当然与1988年我去密大有关，但是中间人是王丰。王丰在密歇根大学博士毕业后，因故未能来北大社会学系工作，但他一直很想帮系里做点事情。当时马丁·怀特教授想与我们合作，在河北保定做市民的家庭婚姻调查，但是因为一些特殊情况，这项合作一直未能获得批准，最后王丰自己想办法筹了一笔钱，让我们在1991年暑假去保定调查。这一年正好是1988级本科的同学上三年级，按教学要求，他们有综合实习课程，所以可以把这两者结合起来。这样，我就带着1988级的同学来到保定。当年保定一共有三个市区：一个是新市区，一个是南市区，还有一个北市区。1988级的同学思维敏捷，活泼可爱，做起事来非常认真，最后我们圆满完成了这一调查任务。我与同学们也在调查中结下了深厚的情谊，至今我还保留着当年我们在保定古城宾馆的合影。

我对调查至今记忆犹新的一点是，当时的保定老城区市民中有很多跟农村有着千丝万缕的联系。我记得在北市区一个铁路桥下的平房小院里调查过一个肤色黝黑的中年妇女，当时她正在吃晚饭，我特意留心了一下，看到她吃的主食是馒头，菜就是一盘素炒四季豆。所以这样的入户调查让我深切体会到，保定市民的消费跟北京、上海这样大城市的还有不小的差距。

这项调查的一个成果是，我和我的同事鄢盛明共同署名，发表在《北京大学学报（哲学社会科学版）》1992年第4期上的论文《经济体制改革与市民消费生活方式——保定市民消费研究》。这是问卷里的一部分内容。我们当时的一个理论假设是中国城市社会在改革开放之后出现的分化带来的异质性，导致了城市和城市之间在消费方面的差异。论文的结论指出，保定市民的消费生活方式具有鲜明的特色，"市民转向多层次、多种类的消费步履是坚定的，但也是缓慢的"，"新的消费意识和消费方式在80年代后五年迅速进入市民家庭。但这种消费意识和消费方式在保定市民家庭中的普及将是一个相当长的过程"。

1992年，中国老龄科学研究中心肖振禹副主任将与密歇根大学合作的保定市民养老调查转到了他们那里，这样我们系就变成了参加者，项目可以实施了。所以我还在1994年带过1990级本科生和1991级本科生在保定的实习。实习内容就是完成这项问卷调查。当时1990级同学做的是新市区的调查，1991级同学做的是南市区和北市区的调查。我带着同学们走街串巷，进入当时保定老城区那些狭窄破旧的小胡同。那个时候，我觉得我真的是用自己的双脚解剖了保定这个城市的结构。而从另一个方面来说，带这么多同学实习对我来说也是挑战。一方面，我要保质保量地完成调查任务；另一方面，还要做好团队的管理，保证同学的安全和健康。记得那次在老城区调查时，1991级的丁延庆同学突然发起了高烧，我们赶紧把他送到医院，医生一开始怀疑是败血症，把我们几个带队的老师都急坏了。当然我知道自己是负责人，责任最重，所以就一直在医院陪着，随时观察丁延庆的病情变化。所幸后来丁延庆的高烧退了，医院也说他不是败血症，我们才算平安过了这一关。

1994年的保定调查完成后，我们进行了紧张的数据处理。因为当时密大方面想调查的内容很多，所以问卷有点长，问卷处理也费了不少时间。最后的结果是马丁·怀特申请到了一笔钱，于1996年3月在夏威夷组织了一次学术研讨会。因为袁方教授曾经去过一次密歇根大学，所以我们这次也请动了袁先生，当时袁先生已经是78岁高龄，他夫人也有点不太放心。我们再三保证说一定让袁先生平安去、平安回，这样袁先生才得以成行。这次去夏威夷，袁先生挺高兴。会议间隙，我陪袁先生上街，我们在街心花园的一条长凳上坐着小憩，沐浴在夏威夷3月的阳光里。袁先生非常恳切地跟我讲："密歇根大学社会学系的这些教授对我们都很友好,现在我们也成了很好的朋友,你负责外事(当时我作为副系主任分管外事),我们一定要长期和他们保持这种友谊。"这个场面永远定格在我的记忆里。后来袁先生

1996年3月,北大社会学系部分教师去夏威夷访问
(左起:鄢盛明、杨善华、袁方、程为敏、刘爱玉)

去世,系里由吴宝科老师和佟新老师负责主编怀念袁先生的文集,我在自己的怀念文章里也写到了这一段。

  1992年是不寻常的一年,因为就在这一年年初,发生了邓小平南方谈话这件大事。小平同志一再说,思想要更加解放一些,改革开放的步伐要走得更快一些。这样,一个发展社会主义市场经济的大潮就掀起来了。当时在高校教师中也有不少人"下海"去经商。凭良心说,那时高校教师的待遇不算好,社会上也有"搞原子弹的不如卖茶叶蛋"这样的说法。当时的北大校长推倒了北大的南墙,建起一片楼房,想把房子租出去,给学校增加一点收入。所以我也想过自己要不要离职"下海"这件事。但是我马上就否定了这样的想法。其一是,林南教授说过,如果离开学术三年,那就永远不可能再以学术为业。他这段话我一直牢牢记在心里。既然我已经选择了以学术为志业,那就要像自己在"家庭社会学"这门课的开场白中所讲的,要有献身精神,不管这个职业带给自己的是贵还是贱,是贫还是富,我都要一往无前地走下去。其二,是社会学系的小环境,当时社会学系是中青年教师占了多数,大家相处得都

不错，我觉得这也很难得。再说，我刚在 1992 年 3 月被学校任命为社会学系的副系主任，成为王思斌老师的副手，无论如何我都是不能离开的。所以，我就这样坚持下来了。

我一直认为，学生培养是老师职责中非常重要的一部分。我在 1992 年升了副教授，可以带硕士研究生了，但是整个 90 年代，由于每年系里招的硕士研究生很是有限，一般都是十几个人，系里老师多，大家分分，每个老师也就顶多带一两个，这就很难形成气候。而且，刚开始带研究生，我也没有经验，所以这一块是有明显不足的。但是好在还有本科生，他们的毕业论文是要有老师指导的，所以我觉得能把这块做好也可以。我对本科生论文的指导，除了帮助学生一步步完成论文之外，还有一个宗旨是"提携"。因为我一直想着在我读书的时候，雷先生、袁先生他们是怎么提携我，怎么奖掖后进的。雷先生对我的每一点进步都是由衷的高兴，希望我能更快成长起来。她想的是社会学这门学科的发展需要更多成熟的学者。所以我觉得自己的责任就是把我接过来的薪火，再传给后来的学生，使北京大学社会学的传统，能够一代代传下去。提携的另一层意思是不要怕学生超过自己，要利用自己手里的资源，尽量给学生提供发展的空间和机会，比如学生写出好的论文，就要尽力争取帮他们发表。

我记得很清楚，自己指导的第一个本科生是 1987 级的钱雪飞，一个来自江苏南通的女同学，因为对家庭社会学有兴趣，所以选择了这个题材作为自己论文的方向。到了 1988 级写论文的时候，李博柏来找我，他说他想写一篇探讨婆媳冲突的论文。我觉得婆媳冲突作为家庭内部常见的社会现象一直还没有人好好研究过，所以觉得他这个题目选得不错。李博柏在文中引用了美国人类学家玛格丽特·米德在《代沟》一书中的"后象征文化"这一概念来解释为什么媳妇当了婆婆之后会把婆媳冲突再延续下去这一现象。我看了之后，觉得他的分析很是透彻，就向《社会学研究》杂志当时主管家庭婚姻这一块的编辑谭深老师推荐，她看了也觉得不错。这样，这篇题为《试论我国传统家庭的婆媳之争》的本科毕业论文就在1992年第6期的《社会学研究》上刊发了出来。在我的记忆中，这应该是我们社会学系本科生的毕业论文第一次刊登在《社会学研究》这种级别的学术期刊上。这对李博柏也是一个很大的鼓励，后来他去了美国斯坦福大学社会学系攻读博士学位。

第二篇经我推荐发表在《社会学研究》上的本科毕业论文是1990级本科生赵力涛的《中国农村社会转型中社区秩序的重建：制度背景下的"农户—社区"互动结构考察》（指导教师为林彬）。他论文写完后，一个很偶然的机会我看到了论文，觉得不错，就跟他商量，是不是可以推荐到《社会学研究》去发表，他当然是同意。赵力涛跟我去过保定做调查，我对他有比较深的了解，知道他是一个心无旁骛，除了学术没有其他的学生。我这个人爱才，觉得这样的好苗子就应该扶持。但是我也跟他说了我看了文章之后的感受，就是他的文字不够流畅，希望他改进。他做了修改后交给我，但坚持要在论文发表时加上我的署名，以此表示他的感谢。最后，在他保研之后，《社会学研究》于1996年第5期刊发了此文。

第三个学生是赵兰坤。他是1992级本科生，学习成绩在班里不算拔尖。到写毕业论文的时候他来找我，说想写一篇反映医患关系的论文。我鼓励他认真写，给自己四年的本科学习生涯画上一个相对圆满的句号。论文写好后，我觉得还可以，但可能达不到《社会学研究》期待的水平，所以我就推荐到《宁夏社会科学》，结果被《宁夏社会科学》

接受，发表于 1998 年第 5 期（文章题目是《市场经济条件下医患关系的变化对医疗工作的影响》）。我没想到的是，这次发表大大增强了赵兰坤的自信，为他之后的职业生涯加了油。2022 年 1 月，我们去梧州调查，时任国家电投广西电力公司总经理的赵兰坤还特意在百忙中抽空从南宁赶来看我。

这三篇论文，我都在受系里委托，主编《社会转型：北京大学青年学者的探索》（此书为北京大学社会学系硕士及学士学位论文选）一书时将其收入，也算是系里对他们付出的心血和劳动的一种认可。

我至今都不能忘怀的是，2002 年第 1 期的《社会学研究》刊发了我指导的 1997 级本科生许敏敏的本科毕业论文《走出私人领域——从农村妇女在家庭工厂中的作用看妇女地位》，以及巫俏冰的本科毕业论文《社会政策研究的过程视角——以北京市农村社会养老保险制度为例》（同期还刊发了我和苏红合作的论文《从"代理型政权经营者"到"谋利型政权经营者"——向市场经济转型背景下的乡镇政权》）。许敏敏的本科毕业论文资料来自我们在浙江慈溪的调查点 Q 村（也是许敏敏的老家），当时我们在那里已经跟踪调查了三年。她笔下的那些农村妇女，好几个已经成了我们的朋友。许敏敏的文字非常好，看完论文，我跟她说我没有什么可改的，可以推荐到《社会学研究》去试试。结果谭深老师一看，也觉得没什么可改的。

巫俏冰是从贵阳考过来的学生，我们认识比较早。1998 年我们在慈溪 Q 村做第一次调查时她就参加了。后来她在父亲工作的工厂调查下岗工人再就业，想以此做"挑战杯"参赛作品，结果没有得奖，她有点沮丧。我鼓励她说，我们还可以把文章再改改去投稿，这样，压缩了内容之后我把论文（《面向市场，挑战风险——下岗职工成功再就业的探索》）投到《浙江学刊》，被接受了，这对巫俏冰是很大的鼓励。所以写毕业论文时她跟我商量说，我们研究决策，只关心两头——一是决策如何被制定，二是决策执行的效果——但很少去关心决策被执行的过程。我觉得她这个想法很好，等于是揭示了决策研究中的一个盲点。她的论文完成后，我看了也觉得没有什么可改的，就推荐给《社会学研究》负责社工的编辑张志敏老师，结果没想到也发了出来。巫俏冰本科毕业后去香港中文大学攻读硕士学位，最后在美国南加州大学获得了社会工作的博士学位。

好的本科毕业论文，即使一次推荐不能成功，我也会再找其他学术杂志试一下。1999级本科生张婧的本科毕业论文题目是《劳动模范：在道德与权力之间——从社会学的视角看一种道德教育制度》，这个题目因为涉及劳动模范作为道德教育典范的运作过程，揭示了一个盲点，有点敏感。我觉得论文思想深刻，作者视角很具洞察力，已经超出了一个本科毕业生的水平。但大概是前边说的原因吧，投了几家都没有发，甚至计划出版由我主编的自己学生写的毕业论文集的出版社也不愿收。但最后，在时隔四年之后，《开放时代》杂志接受了这篇论文并把它刊发出来。我记得，2008年教育部来做本科教学评估时，我们系本科生毕业论文发表的数量给评估组组长杜维明教授留下了深刻的印象。当时的系主任谢立中教授报告说有18篇，我很自豪的是我推荐发表的就有9篇。

在20世纪90年代，还有一点值得说一说的是，1993级硕士研究生班对社会学系的影响。

1993年秋季，社会学系有15名硕士研究生入学，他们是：薄伟康、蔡泳、胡晓江、李红、李康、李猛、王俊敏、王荣武、王文红、王雪梅、王宗凡、谢桂华、应星、张弨、周飞舟。这就是后来在国内社会学界大名鼎鼎的北大社会学1993级硕士。他们入学后选导师,李猛选了我。我那时已经听说李猛是1989年辽宁省文科高考状元,研究生入学考试也是第一名。但是我第一次对李猛留下深刻印象,是因为在中国人民大学社会学系教社会学理论课的,也是李猛本科毕业论文指导者的林克雷老师。在李猛考上北大社会学系硕士研究生之后,林老师曾经来找过我,向我介绍李猛的情况。他说李猛在人大社会学系非常好学,成绩也是出类拔萃,希望我能给李猛更多学业上的支持。因为都是社会学这一行的,所以对人大的林老师我多少有点了解,知道他是一个很清高的人。这样一个人竟然为了学生能放下身段过来请求一个素未谋面而只是凭风闻有点了解的"他者"支持这个学生,可见这个学生在他心中的分量。

1993级硕士班同学入学后很是活跃。那时我们已经听说他们中以住在46楼1074室的李猛、李康、王俊敏与周飞舟四个人为核心,组织了一个读书小组,号称"麻雀"。我跟代理系主任王思斌老师商量,给他们开一门读书课,课程名字就叫"国外社会学学说研究",就在本科的"国外社会学学说"课程名上加上"研究"两个字。书就按照社会学理论的几大流派来选,当时选了涂尔干的《自杀论》、韦伯的《新教伦理与资本主义精神》、默顿的《论理论社会学》、科塞的《社会冲突的功能》、宾克莱的《理想的冲突——西方社会中变化着的价值观念》以及布劳的《社会生活中的交换与权力》这几本。课程以每三次课为一个单元:第一次是我导读,第二次是同学们自学,第三次是讨论和点评。我就是在这样的教学中,体会到教师点评是一件难度很高的事情。记得当时同学们分了五个组,每个组主评一本书,其他同学补充。我还记得对

《自杀论》的讨论，同学们发言完了之后我找不出他们发言的不足，只能说大家的发言都很精彩。同学们的发言对我也是一种"倒逼"，是在教学相长方面对我的促进。我记得李猛曾在讨论《自杀论》的课上谈到涂尔干采用的"共变法"，这时我才发现自己读《自杀论》时居然漏掉了这一点！

到李猛这一级入学时，我指导的硕士研究生加上1992年从河北大学考过来的李建立，一共是两个。慢慢地我体会到一点，就是真正出类拔萃的学生，因为他已经形成了自己的学术评价能力，在学习过程中会做出自己的学术判断，因而会有很强的自学能力。对于这样的学生来说，他们可能更需要实践和体悟的机会。记得那时我跟李猛私下聊天的时候就坦承读书没有他多，所以能够给他的只是更多的自由和机会。那时孙立平老师的人气很高，他门下已经聚集了不少学生，单是1993级的就有李康和应星。他当时想开读书会，可能是他的学生们向他推荐了李猛，孙老师就来找我商量，想让李猛参加。我当时就跟孙老师说，只要对李猛有好处，就没有问题。这样，李猛就高高兴兴地去了孙门的读书会。后来，赵力涛1995年入学后，我也是一样对待。除了社会调查，对于他的时间安排，我基本上不过问，所以赵力涛利用研究生学习的空余时间，参与了外国社会学家名著的翻译，提高了英语水平，也为他毕业后去美国斯坦福大学留学加强了语言方面的基础。我也在这样的过程中逐渐体会到孔子所言的"因材施教"之深厚内涵。

90年代中期，李猛在社会学的学术圈里已经声名鹊起。他执笔撰写了《中国大陆社会学重建以来国外社会学理论研究述评》，发表在《社会学研究》1994年第6期。这篇文章也可以说是苏国勋老师的约稿，因为他觉得现在已经到了回顾一下的时候了。这篇文章充分展示了李猛开阔的视野以及他在西方社会学理论方面深厚的学养。所以，1995年我们邀请台湾大学社会学系叶启政教授来系里讲课的时候，我就让李猛去给叶老师当助教。在从机场接叶老师回北大的途中，他一路不忘向叶老师请教，从布迪厄到福柯，再到现象学社会学……这顿时让叶老师对中国大陆的社会学理论水平刮目相看。叶老师见了我就说："你们这个李猛，不得了。"这件事也让爱才的叶老师动了让李猛到台大去进修的念头。

所以，进入写硕士论文的阶段，李猛跟我说，他的毕业论文想从福柯对权力分析的传统入手，通过考察日常生活中的权力技术，来看社会学理论的发展如何从大事件因果性逐渐走向小事件因果性。对于李猛的学术能力和认识水平，我从来没有怀疑过。我知道他的特点是做任何事情都有一个高起点，所以他一定会写好这篇论文。我就说："你按自己的思路去做吧。"果然，他交出了一篇高质量的硕士学位论文。李猛在提交给我的论文的扉页上对我的宽容表示了衷心的感谢，看来这件事我是做对了。

从加强系里的社会学理论研究这一点来说，不仅是李猛，李康也有很高的水平。王思斌老师跟我商量，要把他们俩都留下来。但是因为他们都只是硕士毕业，留下一个有可能，留下两个有难度。所以当时想的办法是留下李猛当老师，让李康先读博士，等三年毕业后再留下。这样，做通了李康的工作，最终他们两个人都留在了社会学系（还有周飞舟，于2001年在香港科技大学社会科学部读完博士后也回到了系里）。

李猛留系任教后在社会学理论研究方面做的一件要事就是组织《当代西方社会学理论》各个章节的撰写。这本教材虽然是我主编，但是如前所述，我一章都没有写。李猛自己撰写了"舒茨和他的现象学社会学"、"常人方法学"、"布迪厄"与"福柯"四章，是作者中工作量最大的。我在为这本书撰写的"前言"中也指出，它具有兼顾教材和学术专著这样的特点，"更致力于提供自己研读得到的新见解"，"能反映北京大学社会学系的师生在当代西方社会学理论研究方面的最新成果"。该书出版后，引起了台湾学界的注意，五南图书出版股份有限公司跟我们联系，要走了在台湾出版的版权，于2003年在台湾出版了该书的繁体字版本。

三、以意义探究为特色的田野调查与因材施教的学生培养

我进入田野调查这个领域，其实也有点偶然。众所周知，20世纪80年代处于恢复重建阶段的中国社会学，曾深受美国社会学的影响。我个人认为，哥伦比亚学派的拉扎斯菲尔德与默顿（前者以统计与定量分析见长，后者则以"中层理论"作为定量分析的方法论基础）对美国社会学界定量研究的普及起到了重要的推动作用，深刻地影响了20世纪60年代以后的美国社会学。因为中国早期社会学家大都留学美国，所以中国社会学恢复重建之后，首先打开的是与美国社会学界交流的大门。所以，像北京大学社会学系这样的学术机构，80年代研究生的毕业论文多以问卷调查为基础也就不足为奇了。

不过到了90年代中期，情况发生了变化。那时系里的王汉生老师和孙立平老师与法国社会科学高等研究院"新社会学"的主要成员伊莎贝尔教授合作，开始在河北白沟做田野调查，由此，定性研究开始在北大社会学系生根发芽。我正在考虑如何在问卷调查之外也做一点定性研究之时，机会从天而降。香港理工大学应用社会学系与北京大学社会

学系在社会工作方面一直有着非常密切的合作关系。这个系的阮新邦教授与他的团队，自1994年起，一直在珠三角的东莞做农村家族方面的田野调查，他们非常想在内地寻找合作者，做北方农村的家族研究，以期与东莞农村的家族进行比较。阮新邦教授后来告诉我，在与我们合作之前，他们曾经找过几个合作者，结果都不理想。他们的系主任麦萍施教授建议他们到北大来找，这样他才找了我们。当时我还是系里主管外事的副系主任，这样的合作于公于私都应该重视。大概是1995年11月，我们在北大南门外的中关村酒店商讨合作。他们的条件是，北大方面找北方一个有家族的村庄开展调查，调查资料共享，调查经费由他们提供。那时我对华北农村家族情况几乎是一无所知，多亏老朋友刘小京说他可以帮忙。刘小京老师有个发小，老家在河北平山县，他父亲是当年从平山走出去参加革命的老司局级干部，现在北京任职。刘老师跟我讲，他们的姓——郄非常罕见，全国这个姓的人合在一起也不超过一两万人，这个村里大概有一半人是姓郄的。这就把问题解决了。阮新邦他们也觉得可以，事情就定下来了。

　　第一次进村是1996年2月。在此之前，为了避免村里不认这样的尴尬事，我们还特意去了一次石家庄，通过刘小京老师的关系找到中共河北省委相关部门，请他们打了电话。当时张静老师刚刚来我们系，她也愿意去看看，所以首次去西水村的有程为敏老师、林彬老师、刘小京老师、张静老师，还有我。当时，后来在西水村做了20年党支书的QLP才接任书记不久，刘老师发小的父亲是他的大伯，由于这样的关系我们得到了很热情的接待。因为这次类似踩点，所以我们大概住了一天就走了。我记得临走那天，天还没亮我们就赶往平山县城的长途汽车站，结果QLP特意赶来，送了我们每人一盒鹌鹑蛋。

锲而不舍，砥砺前行 / 杨善华

我们走了之后，刘小京老师在西水村做调查。当时唐军考上了雷先生的博士研究生，因为他要写论文，所以唐军也参加了这次调查。他们在西水村当时的村委会住了大概10天。

我接着去做调查已经是7月了。因为没有做过正经的访谈，说实在的，我还是有点发怵。虽然村干部招待我们很热情，但是，就如我在讲自己的田野体会时所说，当时我对提问和回答的感觉是非常迟钝的，问了也不知道问得对不对，对方回答了我也不知道自己下一步应该问什么。在我走了之后，程为敏、刘小京、唐军、李猛、侯红蕊（我指导的1994级硕士研究生）和赵力涛留在西水村接着做访谈。那个时候大家的积极性很高，因为西水村前前后后发生了不少事。一个漂亮的小媳妇自杀了，偏偏她又是郄家核心的那一支的媳妇，所以村里议论纷纷，各种说法都有。那么，责任到底应该由谁来承担？众说纷纭，正好我们可以寻根究底。

后来，我们团队在11月又去了一次。那段时间对西水村访问很密集是因为除了唐军之外，侯红蕊和赵力涛都准备用西水村的资料来完成自己的硕士学位论文。当时条件简陋，录音器材都是磁带式的，所以我们整理录音时还得写上"磁带翻面"。在这样的调查中，我们慢慢建立起一些判断和概念。比如说，对于北方是否存在家族和家族活动这一问题，我们都很赞同杜赞奇在《文化、权力与国家：1900—1942年的华北农村》一书中的观点："摆脱一族统治村庄的旧思想，北方宗族并不是苍白无力的，虽然它并不庞大、复杂，并未拥有巨额族产、强大的同族意识，但在乡村社会中，它仍起着具体而重要的作用。"用赵力涛在他的硕士论文中的话来说，就是"村里还是有家族"。

西水村调查的第一批成果是唐军的博士学位论文《社会变革中的

家族生长——从事件入手对当代华北村落家族群体的一项实地研究》（1997）。唐军的文字好，访谈材料的使用既充分又得当，分析也很到位。一篇论文写得文采飞扬，所以当时参加答辩的老师都同意给予"优秀博士学位论文"的评价。最后，这篇论文在1998年被评为"北京大学优秀博士学位论文"。因为唐军是雷先生的学生，所以雷先生听说这个消息之后也很高兴。赵力涛的硕士学位论文《家族与村庄政治》是在1998年答辩的，参与答辩的老师们都很吃惊，因为论文文字之老辣与眼光之锐利，完全不像是一个25岁的青年学生所写。记得王汉生老师就说："这篇论文我很喜欢，'事件中的家族'这个概念很有理论潜力。"方文老师看了论文，在答辩时就问："赵力涛今年多大年纪？家是不是农村的？"因为他觉得赵力涛对农民心态的把握太准确了。参加这样的答辩对我来说也是学习，看看别的老师如何评价论文，对于我来说，也是提升与完善自己的学术评价标准的机会。

相比之下，侯红蕊的硕士论文就没有这么亮眼。她的论文题目是《中国北方农村现代化进程中家族的作用及其特点》。如果让我现在来指导，我一定会跟她说这样的题目太大了。这说明当时自己在指导研究生论文方面确实还没有太多的经验。但是侯红蕊的论文聚焦于西水村草根工业能生存与发展的原因，提出家族概念的外延中对姻亲的包容，这是一个重要发现。所以我跟她说，虽然没有评上优秀论文，但是没有关系，我们可以改一改，找一个学术杂志去发表。后来我就做了这件事，将论文压缩修改后定名为《血缘、姻缘、亲情与利益——现阶段中国农村社会中"差序格局"的"理性化"趋势》，发表在《宁夏社会科学》1999年第6期。

那时我还在做的一件事情是完成一篇比较全面地记录西水村变迁的

长文。我们在西水村第一年调查结束后，把访谈录音整理出来寄给了阮新邦教授。他和他的团队当时看了资料很兴奋，觉得很有意思。因此他们就提出由我和他们团队的罗沛霖教授共同主编，将西水村的田野研究成果编成一本书，在香港和内地同时出版。我们这里也做了分工：程为敏写妇女，刘小京写调解，唐军写家族。香港理工大学那边还有三个人各写一篇。

现在来看，我觉得写这一篇东西自己主要的收获有两个。一个与村干部的角色特征有关。当时王思斌老师的学生宿胜军提出"保护人"和"承包人"两个概念，以此来刻画农村经济体制改革前后村干部角色特征的变化。早期还有杜赞奇所做的"经纪人"的概括。但我们团队在讨论时，刘小京老师认为，村干部处在国家与社区交界处的位置决定了他们集国家代理人、社区守望者与家庭代表人三重角色于一身。我们在村庄访谈时听村里老人说起，这个村因为修建黄壁庄水库从原村址迁到这里时，已被任命为村党支部书记的老孙却迟迟不能到职。其实是因为迁村发生在"三年困难时期"的1961年，老孙为了社员少挨饿，就将两缸粮食埋在地里藏起来，没有交到公社。不知是谁向公社告发了这件事，公社就把老孙扣押起来，逼他交代粮食的去向。老孙不说，就一直被扣着，直到他交出这两缸粮食才把他放出来。所以，我们了解到的实际情况使我觉得以刘小京的概括来刻画1949年之后农村干部的行为特征相对来说更为全面和准确。这样，我就提出了村庄的"自由政治空间"这个概念，指出事实上国家对农村基层的控制不可能达到在公私两个领域均实现对农民（包括村干部）行为的全面管束。村干部会采取阳奉阴违、欺上瞒下和抓而不紧三种策略，为自己创造出自主的行动空间，表达自己的意志。

另一个则来自我阅读文本时的发现。我在看录音整理的文字稿时觉得郝家三叔的叙事特别有意思。比如，他在谈到自己的入党问题时这样说："我是1945年2月入党的，先没有入党，当了青救会主任一年后才入党。（入党时党组织）还算是……半保密吧，保密不公开，不公开吧。19个人到地区开会，在那一年就公开了。有个王永顺，我记不太清楚了，当年比我还早点（入党）。他年岁比我大个三四岁。"

但是，他自述的入党时间和登记表上他的入党时间不符（党员名册上登记的是1946年2月）。我的分析是：1945年2月，抗日战争还没有取得胜利，那是艰苦的战争年月，干革命就意味着随时有牺牲的可能，活下来的就是人民的功臣，是英雄。虽说解放战争时期参加革命的也是功臣，但是跨越两个战争年代就意味着更丰富的革命经历和更多的考验，这显然是一种对自己更有利的政治资本，有助于加强自己在村里的社会地位（这也是他一再强调当年艰苦生活的原因）。由此我们可以清楚地看出这种革命经历对个人成长为精英的重要性。就是在这样的分析中，我体会到了如何去把握文本背后的言外之意。

通过这样的阅读与分析我形成了文章的分析框架，并进而完成了论文《家族政治与农村基层政治精英的选拔、角色定位和精英更替——一个分析框架》，发表于《社会学研究》2000年第3期。

因为西水村的研究，阮新邦教授约我们去香港做一次交流，但先约我们去他们在东莞的田野点看看。这样，我们在1999年2月到了东莞。香港理工大学应用社会科学系的罗沛霖老师带我们去看了那里一个姓谭的单姓村的祠堂。因为这个村子出国的华侨很多，所以每房都修了一个祠堂，整个家族还修了个金碧辉煌的大祠堂，给我的印象很深刻。我因此非常具体地感受到了南方家族和北方家族的差别。恰逢那个时候我申请了一个国家社科基金关于农村家族活动的项目,看了一些文献,也比较深入地思考了农村家族研究中一些需要澄清的问题,因而觉得可以动笔撰写《近期中国农村家族研究的若干理论问题》的初稿。最后,此文由我与刘小京老师共同署名,发表于《中国社会科学》2000年第5期。花了三年多时间才写出一篇论文,这一事实让我深刻体会到学术积累的重要性——学术研究一定是厚积薄发的。

到了1999年,我已经差不多做了三年田野调查,自认已经脱离了"菜鸟"水平,稍微有点评判能力了。然后就看了看当时的定性研究,觉得田野调查做得有点"八股"式,都是框架—资料—分析—结论,比较沉闷。由此我开始思考自己的田野调查应该做成什么样子,也就是说,形成什么样的风格。那个时候,适逢我主编的《当代西方社会学理论》出版,其中李猛撰写的四章引起了我的强烈兴趣。首先是开篇的"舒茨和他的现象学社会学"。因为主讲"国外社会学学说",我对韦伯的社会行动理论以及他在此基础上提出的"理解社会学"这样的学科定义很是中意,觉得定性研究做访谈,核心任务不就是理解被访人、赋予他话语和行动的意义吗?这应该就是访谈的方法论进路。但是在看了舒茨对韦伯的批评之后,我觉得舒茨对"意义"的理解远比韦伯深刻。表面上,舒茨提出的"主体间性"这个概念是在讲人际互动,讲社会关系,实际上他是在讨论一个人依据什么样的原则来看他人和自己,因而隐含着对"社会何以可能"这一社会学的基本问题的讨论。在将这一章看了好几遍之后,我觉得舒茨实际上是将我们生活的世界看作是一个"意义的世界",在这个意义上,将舒茨的理论称为现象学社会学绝对不过分。

我对现象学和现象学社会学有了兴趣,但是自己的看法到底准不准一时还没有把握,所以就想跟人探讨一下。这时我想起了张祥龙教授,他是北大哲学系的老师,专攻现象学,所以我就去他家里,讲了自己一些不成熟的想法。没想到他很高兴,给了我很多鼓励。他说:"以往对现象学的探讨都是在思想和认识层面的,还没有进到像田野调查这样的实践层面,你能在这个实践层面进行探索,这很好。"2003年,他的著述《朝向事情本身——现象学导论七讲》出版,也送了我一本。这本书的好处是,因为它是课堂教学的记录,所以写得深入浅出,相对好理解。书中几句话我印象很深。其一,是谈到意义,张祥龙教授说,"意义是传统西方哲学的一个盲点,它提出自己的那些古典问题的时候,总是漏掉了意义问题,这就是胡塞尔在《小观念》一开始讲到的,为什么传统西方哲学包括科学都解决不了认识论问题的原因"。其二,张祥龙指出,康德的"批判哲学"提出的最重要的问题就是"科学认识如何可能"的问题。也就是说,至少康德认为,在他之前,实际上并没有解决"认识何以是可能的"这一可谓认识论最基础的问题。与此相连的,是两个认识论的基本问题:个别何以到一般,现象何以到本质。按照张祥龙的介绍,这正是胡塞尔想要通过现象学来回答和解释的。早些年,张祥龙老师的儿子泰苏在美国耶鲁大学读书,有一年回北京,我们在一起闲聊的时候,泰苏说了一句:"我觉得现象学强调的就是一种积极认知的态度。"我内心很是赞同他这一见解,因为我自己在实践中也体会到,田野调查就是要强调发挥自己的主观能动性去积极感知和理解与各种现象在一起的现象的意义。

这样,到了2004年,我觉得可以对自己这些年的田野调查这种方法做一小结了,就和孙飞宇商量(他那时在读研,还没有出国留学),我们一起来完成这篇总结,这就是发表在《社会学研究》2005年第5期上的《作为意义探究的深度访谈》。

由现象学和现象学社会学入手,我觉得对自己退休之前要做的事情逐渐明确了,那就是:完成一个教学实验(以提升学生的综合能力为教学目标),形成自己的研究风格(将以意义探究为认知目标的田野调查作为切入点的社会学研究),带出一支研究队伍(重点是研究生培养)。

说到带研究队伍,也有契机,那就是2000年开始的研究生扩招。在扩招之后,每年我名下的硕士研究生平均3—4人,博士研究生1—2人,一下子学生就多起来了。于我而言,20世纪90年代指导研究生的经验教训是,学生的水平参差不齐,优秀的学生当然只需要给他们实践的机会就可以了,但是对于本科期间没有接受过严格的社会学专业训练的学生,必须要进行具体指导,甚至是"手把手"教才能让他们逐渐进入社会学之门。

我记得在2001级硕士研究生入校后,我门下的博士生加硕士生有十多人。我原本想学孙立平老师,组织读书会,也安排了社会学系1996级本科生、2000级硕士生姚映然来组织。姚映然是各方面能力都超强的学生,当初是李猛向我推荐的,因为李猛是她的本科班主任。她的本科毕业论文也是李猛指导的,我就找她要来看看,想增加一点对她的了解。论文到手,我一看,她写的是《旧制度与大革命》的作者托克维尔,而且是一个纯理论的研究!文章写得大气、厚重,给我留下了深刻印象。

但是读书会开始后我就发现,参会的有些同学对阅读社会学理论的经典作品没有兴趣,姚映然对此也很无奈。所以后来我也就同意他们可以另外选择经验研究的经典作品来阅读。前边这个读书会,除了姚映然,还有王利平、孙飞宇和田耕愿意坚持读下去,他们形成了一个读书小组。过去了差不多 20 年，孙飞宇和田耕现在在北大社会学系从事社会学理论的教学和研究；王利平虽然在北京大学教育学院任教，但是研究仍带有很强的理论色彩；而姚映然则在毕业后去了上海出版集团，现在是世纪文景在北京的老总。这也是很让我自豪的一点：为社会学的发展留下了几个理论的火种。

根据自己从事社会学理论教学的经验体会，我知道我指导的大多数同学是做不了理论研究的，那么，他们要想入社会学之门及实现入门之后能力的提升就只有一条路：田野调查。我在《矢志田野，传承薪火》一文中说过，老师的基本责任是两条：第一条是激发学生兴趣，告诉他学社会学很有意思，这样他才会投入，而只有投入了才能有能力的提升；第二条是指点方向，告诉他哪条路走下去可能成功，但是走哪条路一定是死路一条。当然对我来讲还有一条，那就是提供机会——像这种田野调查的机会，也包括其他的实践（机会），只要我认为对学生是有意义有价值的。而带着学生到自己的田野调查点去调查，那就是提供机会。所以下一步就是如何建立和经营自己的田野调查点这个问题。

我在《矢志田野，传承薪火》中也讲到布点的情况。其实最早只是考虑让学生有调查实践的机会，所以平山的西水村与浙江慈溪的 Q 村成为首选。Q 村在 2000 年之后我们几乎是每年一定会去。但与此同时，因为想找个南方可以做家族调查的村落，刘小京老师就推荐了他们湖南宁乡老家的 N 村。后来我觉得西部农村也应该考虑，就通过我的朋友、时任宁夏社会科学院副院长的陈通明先生找了银川市北郊的巴村，另外跟我的朋友、四川省社会科学院社会学研究所的李东山老师一起找了当时归属四川的宜宾县的 S 乡。21 世纪初的田野调查基本是在这些点上开展的。

我们团队也是在实践中体会到了田野调查期间每天晚上"消化"白天的访谈对象的重要性。而老师必须亲自参与访谈，晚上才能对学生的发言做出中肯的点评。这项工作属于我上面讲的教师责任的第二条——指点方向。从实践看，学生在教师这样的点评中也是收获良多。我们的讨论会与总结会制度就是在这样的过程中逐渐形成和健全的。

记得 2001 年 7 月，我们在慈溪 Q 村调查，同去的我们团队的程为敏老师在听了头天晚上的讨论之后，就特意关照我，要多帮一下柳莉，因为听柳莉发言，她显然还不知道发言要讲什么。我跟她说，我已经注意到了。柳莉是 2000 年入学的博士研究生，本科是在武汉水利电力大学读的，专业是科技英语。硕士也是在武汉水利电力大学（2000 年该校并入武汉大学），读的是水利社会学。但是非常不巧的是，她的导师在她读研时去世了。她就这样毕了业，考到我们系。一个工科院校，其社会学专业又是刚建的，学生的专业训练会是一种什么情况，这应该是能想象得到的，更何况柳莉本科读的还不是社会学。记得第二天我就找了个时间和她谈话，她很要强，说自己也很着急，只是觉得要补的东西太多，不知该怎么办。我就跟她说，她没做过这样的调查，那就先看老师还有别的同学怎么提问、晚上讨论发言讲什么。再体会一下如何通过被访人的叙述来了解被访人为什么会这样讲。我采取的另一个办法是增加她参加调查的次数。让她通过更多的实践来积累经验。所以 2002 年寒假，我又让她去了银川，参加我们在巴村的调查。因为巴村当时是第一次调查，她就有一个从头开始了解一个村落社区的机会。后来，我又跟她商量，把她博士学位论文的调查点定在巴村。柳莉在这段时间的进步是很明显的，我觉得她最大的进步是形成了自己的学术评价标准，知道什么样的论文才是好论文。但是，毕竟之前基础薄弱，她的痛苦也在于此——知道好文章的标准在哪里,但是自己一下子还达不到。她因此申请了延期半年毕业。最终,她以《日常生活视角下的农村妇女公共参与——对宁夏 Y 市郊区巴村的个案研究》为题,提交了自己的博士学位论文并通过了答辩。平心而论,她的论文分析部分还是稍微弱了点,但是有几个亮点我觉得还是非常值得肯定的:第一是对"国家政治"与"村庄政治"的区分;第二是将农村妇女对村庄公共利益的关心放在日常生活的行为中来考察(比如在聊天与打牌中讨论村庄公共利益的分配问题),从而提炼出"日常生活政治化"这一概念;第三是在资料的运用上,她采取直接撷取的办法对被访人的叙述进行剪裁,既使文章更加精练,又使文章更加生动真实——我觉得这样一种引用材料的方式非常符合现象学社会学"萃取"的本意。这样,答辩后我就跟柳莉商量,将论文修改压缩后投到《中国社会科学》杂志。结果论文得到了杂志社编辑的肯定,最终以《日常生活政治化与农村妇女的公共参与——以宁夏 Y 市郊区巴村为例》为题刊发于《中国社会科学》2005 年第 3 期。对我来说,指导柳莉完成博士学位论文的过程中还有一个意外的收获,那就是认识到对于尚处于初学阶段的学生来说,其入门的标志就是,在其学习与实践中形成社会学的学术评价标准。

宋婧是我们社会学系 1998 级本科生,因学习成绩优秀,曾在大四到日本东京大学交流一年。她在东京大学广泛涉猎了 20 世纪 30 年代"南满洲铁路株式会社"(简称"满铁")在华北所做的"惯行"调查的资料,所以最终她的毕业论文用的就是"满铁"的资料,而且,在我指导的所有本科毕业论文中,这是唯一一篇用英语完成的作品。

宋婧保研后,主要在长三角农村做调查,那时我在江苏常熟和浙江绍兴又找了两个村庄作为田野调查点。当时作为中国最发达地区的苏南和浙东农村,"老板当书记"的现象很是普遍。我们给出的一个解释是,此举是为解决村庄普遍存在的公共产品提供的问题,增加村民的公共福利,因此自然也有助于增加地方政府的政绩。我们调查的常熟K村就是靠当书记的老板之财力解决了全村旧民居的改造问题。但是在这一过程中,村干部和村民的关系发生了怎样的变化?新上任的老板如何建立起他的权威?宋婧跟我说,她想用常熟的调查资料来完成她的毕业论文;我跟她说,可以看看村庄公共权威的变化。论文写完,宋婧以她出色的提炼概括得到了答辩委员的充分肯定。最后她的论文经过压缩,以《经济体制变革与村庄公共权威的蜕变——以苏南某村为案例》为题,投到了《中国社会科学》。因为对农村经济体制改革带来的变化有及时的反映,而且从内容看,对这样的变化有较为深刻的洞察,所以论文得到了《中国社会科学》主管社会学的编辑的高度肯定,她们认为应该及早刊发,这样就刊发在了当年的第6期上。这是2005年的另一个收获。

随着学生的增加,我还在思考的一个问题是,如何让学生毕业后能在激烈的职场竞争中脱颖而出,并能迅速适应分配给自己的这份工作,熟练应对职场中的各种社会关系,因为只有这样,学生才有可能在职场中站住脚并赢得更大的发展空间。我觉得在20世纪90年代,我在培养学生方面认为只要管好学术这一块就可以了这样的想法还是片面了。所以,大约从2002年开始,凡是新进我们团队的学生,我在和他们谈话时就强调了研究生三年我定的目标是培养他们具备三种能力:第一种是学术能力,第二种是组织协调能力(或者说领导能力),第三种是操作能力(或者说办事能力)。而我自己也开始有意识地给学生提供这样的机会,比如我会把参与田野调查的学生分成固定的小组,指定组长负责调研中学生的分工以及录音整理的分配和回收。至于订火车票与食宿的安排等琐事，我也会指定一名行政助理来负责。2003级硕士生杨可与2004级硕士生李静在校期间，都做过这样的事。这样，他们就要学着跟各种人打交道，这对他们来说是一种很宝贵的经验。

2008年北京奥运会之前，北大的邱德拔体育馆因为承接了乒乓球比赛的任务，所以要从学生中招收志愿者来负责安检。我记得，2007级的硕士生郑晓娟带着点忐忑不安来找我，说她被选中了，问我可不可以去。我跟她说："我坚决支持你去做，因为这是难得的实践机会。你去做负责人，就是带一支队伍。你手里没什么资源，却要动员你带的这些同学跟你一起来做好安检。而且，安检只要一出事就一定是大事，所以你必须要兢兢业业，心细如发，才能完成这个任务。你还要学会处理好与上下左右各个方面的关系，而这会对你将来的职业生涯有非常好的帮助。"郑晓娟听了我的话，高高兴兴去做了这件事，并在奥运会后得到了相关领导的表扬。我由此得到的一个启发是，必须把教学生如何做人当作学生培养的一个重点。

记得1997级本科的同学入学后，有一次约我笔谈。我就写了《从事社会学研究的一些感想》这篇短文，开篇我就说，"随着年事的增长和研究的积累，我是越来越感到学问似海，深不可测，个人在学术的海洋面前之渺小"。其实，究我们一生，也不可能穷尽学术，不仅我们是这样，就是像韦伯这样的大家也是这样。因此，我非常赞同渠敬东老师的名言，就是在了解了自己在学术面前的渺小之后，一定要"敬畏学术"。这样，我们才能以海纳百川之胸怀，吸收和包容各种不同的但自己认为有价值的思想见解，永远以屈原的"路漫漫其修远兮，吾将上下而求索"的精神，砥砺自己不断前行。

旧燕归来

谈北大社会学人类学研究所

马　戎　籍贯上海，布朗大学社会学博士，北京大学社会学系教授。1987年入职北京大学社会学研究所，1988年任副所长，1995年任所长。2000年研究所与社会学系合并，2000—2007年担任社会学系系主任兼社会学人类学研究所所长，2016年受聘为北京大学博雅讲席教授，2022年荣休。代表著作有《西藏的人口与社会》《民族与社会发展》《民族社会学——社会学的族群关系研究》《族群、民族与国家构建：当代中国民族问题》《中国民族史和中华共同文化》《社会转型过程中的族群关系》《历史演进中的中国民族话语》等。

学缘：我和北大社会学

编者按 马戎教授在北大执教期间亲历了社会学人类学研究所初建、发展及系、所合并等重要时期。在他看来，费孝通先生既是研究所的创立者，也是它的学术灵魂。作为燕京学派最杰出的学生之一，费先生把在北大创立社会学和人类学的研究所，视为"旧燕归来"，他希望这个机构留在哺育自己学问的燕园，为中国社会学的光大而尽力，这样的心愿和理想一直激励着研究所的同仁。

应"北大社会学"公众号的邀请，马戎老师的学生、北大社会学系王娟老师对他进行了深入访谈。在访谈中，马戎老师既回忆了自己与社会学，以及与北大社会学人类学研究所、社会学系的奇妙缘分，也全面回顾了北大社会学人类学研究所的发展历程和系、所合并的曲折过程。

王娟（以下简称王）：您与社会学以及北大社会学人类学研究所、社会学系的缘分是从和潘乃谷老师结识开始的，我们就从这里讲起吧。

马戎（以下简称马）：1968年我是北京景山学校的学生，那年8月去内蒙古牧区插队，当时18岁，在锡林郭勒盟东乌珠穆沁旗沙麦公社呼日其格大队放了五年羊。1973年，大学开始招收工农兵学员，我报名参加了考试。分数都出来了，突然出了个"白卷英雄"张铁生，我们的考试成绩就不作为录取参考。那时候因为我父亲的历史问题还在审查中，我多少受到些影响，所以我申请的三所大学都没有录取我。

王：您当时报的是哪三所大学？

马：第一个是北大，第二个是南京气象学院（现南京信息工程大学），第三个是内蒙古工学院（现内蒙古工业大学）。当时的想法就是报一个最好的学校,报一个专业的学校,再报一个内蒙古本地的学校,三个档次各报一个。

结果这三所学校都没有录取我。但是很侥幸,内蒙古农牧学院(现内蒙古农业大学)农业机械系系主任王春福老师参加锡盟招生工作。当时大家都不愿意去农学院,农学院的专业多为草原、畜牧、生物防治等,毕业后要去农村牧区,所以申报的人较少。农业机械系实际上是农学院内的工科系,学生需要一定的数理化基础。王春福老师在锡盟招生时查看报考学生的材料,看到我的数学考分比较高,同时他觉得北京知青的学习基础应该不错,就把我录取了。所以我实际上是被一个我没有申报的学校录取了。

当时农业机械系分两个专业,一个是拖拉机修造专业,另一个是农机设计专业。这个系招收的工农兵学员许多是来自基层修造厂的工人,这些人大多被分到拖拉机修造专业。我们这些来自农村的知青学生大多被分到农机设计专业。当时系里分管这个专业的副系主任就是潘乃谷老师,她同时也是分管这个专业的党总支副书记。我就这样认识了潘老师,在农牧学院上学的三年,一直是由潘老师直接管理我们这个班。

王:潘老师是怎么去的内蒙古农牧学院呢?

马:潘老师读书的中学是师大女附中(现北京师范大学附属实验中学),这是当时北京最好的女中。她的同班同学许多是干部子女,毕业后差不多都选派留苏了,潘老师没去。当时中国在宣传农业机械化,潘老师报考了北京农业机械化学院,就是现在中国农业大学的东校区。大学毕业后她就去了内蒙古农牧学院任教,参加了农业机械系的建系工作。内蒙古农牧学院是1952年成立的,潘老师大概是1957年去的,是农机系建系的元老。1973—1976年我在那里上学期间,她是副系主任。

潘老师参与了农机设计专业班的所有政治活动和业务活动,包括我们班去宝昌农机厂、四平收割机厂实习都由潘老师带队。由于我在班上担任过团支部组织委员,这三年里我和潘老师接触比较多。

另外,那时候我正积极争取入党,潘老师作为分管我们专业的党总支副书记,经常和我谈话。那三年学习期间我们班一共发展了两个党员:一个来自伊克昭盟(现鄂尔多斯市);另一个是我,来自锡林郭勒盟。支部讨论我入党那天的情形我记得特别清楚。那是1976年1月9日的晚上,下着大雪——1月8日周总理逝世,校园里一直在播放哀乐,潘老师主持讨论我入党的支部会议。

1976年毕业时,系里希望我留校任教,因为我的成绩还可以。但我觉得应该回到锡盟基层工作,就联系了我曾经实习过三个月的镶黄旗牧机修造厂,在那里当技术员。后来我调到交通运输部公路规划设计院,参加华东地区公路现状调查和制定全国公路发展规划。1978年恢复高考,我中学时学的外语是俄语,但我觉得英语可能更有用,就开始自学英语,1979年考到中国社会科学院马列所读硕士研究生。那年是马列所首届招生,我和刘世定老师是同学。

在马列所读了两年后,正好有一个出国留学的机会。中国恢复联合国合法席位后,联合国人口基金会和我国国家教委合作设立"P01项目",资助中国学生去美国学习人口学。那年国内有六个名额,申请条件是在读硕士生,英语水平要达到基本标准。于是我就报名了,想出去看看西方如何开展社会科学研究。那时中国还没有托福考试,我参加的是英国大使馆文化研究中心组织的英语考试,侥幸通过。那年最后只出去了两个人:一个是我,另一个是上海社科院的石安卿。

1981年确定下来去美国读书,出国前有一年时间做些准备。我先在二外上了个英语强化班，后来听说费孝通先生在北京日坛路全国总工会招待所办了社会学讲习班，请了一批美国教授讲课，潘乃谷老师在组织这个讲习班。当时我想找个练习英语听力的机会，就去找潘老师问能不能旁听。

王：这个讲习班的背景请您再讲一讲，潘老师怎么来了北京呢？

马：1979年胡乔木代表中央和费先生谈话，请他出来主持中国社会学重建工作。费先生当时快70岁了，他做这件事需要助手，他就想到了潘光旦先生的女儿——潘乃穆和潘乃谷两位老师。

费孝通先生和潘光旦先生在民大任教时期一同经历了"反右"和"文化大革命"，两家往来密切。两位潘老师既相对年轻，对社会学学科取消之前的学科老人如吴文藻、吴泽霖、陈达这些与潘光旦先生同辈的学者比较熟悉，和这些老一辈的学生们如袁方、韩明谟、华青等也都比较熟悉，所以协助费先生做联络组织工作比较合适。同时，潘乃穆老师北大毕业后留校任教多年，"文化大革命"前在历史学系，"四人帮"倒台后曾任北大党委组织部副部长，参与对"文化大革命"中冤假错案的平反工作，对北大组织人事方面很熟悉。潘乃谷老师曾任内蒙古农牧学院农机系副系主任，有教学、行政管理工作的经验。所以她们两人是协助费先生重建社会学学科的合适人选。大概在1980年，费先生申请通过组织上把潘乃谷老师从内蒙古农牧学院调到北京做他的助手。

关于重建社会学学科，费先生有个说法，叫"五脏六腑"，指的是在机构建设方面要做的几件事，包括建一个全国性的学会，建一个社会学研究所，在大学里建一个社会学系，建一个汇集学科经典文献和研究资料的图书馆，还要办一个学术刊物等。根据这个设想，1979年就成立了中国社会学研究会——费先生被推举为会长，1982年更名为中国社会学会。1980年1月，在中国社科院创建了社会学研究所，费先生任所长。1982年，费先生和雷洁琼先生共同推动在北京大学重建了社会学系。潘乃穆老师是具体筹备北大社会学系建系的负责人，潘乃谷老师则是费先生在中国社科院创建社会学研究所的主要助手。

中国社会学研究会和中国社科院社会学研究所先后创立后，费先生1980年去美国访问，见到了他的老朋友——美国匹兹堡大学社会学系的杨庆堃教授。他希望杨先生协助中国重建社会学学科的工作。当时费先生计划在北京开办一个"社会学讲习班"，请杨先生帮忙请一些国外学者来讲课。

这样在1980年和1981年，这个讲习班先后办了两期，每期大概两三个月。当时请来讲课的老师除了杨庆堃教授，还有杨先生在匹兹堡大学的同事涅尼瓦萨（Jiri Nehněvajsa）、霍尔茨纳（Burkart Holzner）教授，以及杨先生的学生——在香港中文大学任教的李沛良教授等。

这个讲习班由中国社科院社会学研究所主办，做具体联络和组织工作的是潘乃谷老师。我从内蒙古农牧学院毕业后和潘老师一直保持着联系。我当时已确定1982年夏去美国读书，但我的英语很差，正在努力补英语。得知潘老师组织的这个讲习班有外国教授用英语授课，我觉得这是个提高听力的好机会。于是，我就去找潘老师申请旁听，当时的主要目的不是学社会学，而是为了练习英语听力。

这样我就参加了1981年5月在全国总工会招待所举办的第二期"社会学讲习班"，记得当时参加这一期的有叶小文（国家宗教事务局原局长）、吴青（吴文藻和冰心的女儿）等人。我作为旁听生坐在最后一排，经常和我坐在一起的是后来去了海德堡大学的王容芬。

当时这些外国教授来讲课，社科院外事局的蒋琦是翻译。费先生有时觉得翻译得不准确或需要补充拓展内容，就会站到讲台上亲自翻译。我就这样阴差阳错地旁听了几次，虽然目的是去练英语听力，但实际上也算是对我的社会学启蒙。

王：您就是在这个时候认识费先生的？

马：对，那时候在课间或下课后，潘老师曾向费先生介绍过我，说我是她在内蒙古农牧学院的学生。费先生跟我点头握过手，但没有交谈过，他那时候肯定也不会记得我。

1982年我去美国布朗大学社会学系留学，我的主修是人口研究，副修是城市化研究。我的主修专业是由联合国人口基金会项目指定的，我的导师是布朗大学人口培训与研究中心主任戈尔茨坦（Sidney Goldstein）教授，他是人口迁移和城市化问题的专家，担任过美国人口学会会长。

在我留学期间，1982年底潘乃谷老师也来美国纽约的亨特学院（Hunter College）做访问学者。她的合作者是曾在台湾做过博士论文调查的帕斯特纳克（Burton Pasternak）教授，是少数几个研究当代中国社会的美国学者，他还于1980年参加了改革开放后第一个访问中国大陆的美国学者代表团。通过两国政府协商，1981年他在天津开展了一项关于家庭生计的抽样问卷调查，这个调查是他和中国社科院社会学研究所合作开展的，问卷调查的具体安排事务由潘乃谷老师负责。1982年潘老师来美国进修，和帕斯特纳克教授一起从事调查资料的后期处理，同时系统学习社会调查方法。潘老师在美国期间，我们见过几次面，那时主要是和她讨论我的博士论文选题及我在国内的调查安排。

1985年夏天，我通过了博士资格考试后回国开展博士论文调查。这个时候费先生和潘乃谷老师已经离开中国社科院，在北大新建了一个社会学研究所。

王：这个背景您能讲一讲吗？费先生和潘老师为什么来北大建社会学研究所呢？

马：费先生最初的设想是在中国社科院建一个社会学研究所，在北大建一个社会学系。因为中国社科院是国家级的人文社会科学研究机构，在那里建研究所有利于在全国推动社会学学科恢复工作。1980年，中国社科院社会学研究所就建起来了，费先生担任所长，党委书记吴承义是抗战时期云南大学的地下党，也曾是社会学专业的学生。

1984年，由于社科院人事方面的变动，费先生离开了社科院社会学研究所。费先生当时是民盟中央主席和全国政协副主席，中央对他很尊重。中央统战部认为应该支持他的研究工作，就与当时的国家教委和北京大学共同商议，同意费先生在北大新建一个社会学研究所。1985年初这个所正式成立，潘乃谷老师就和费先生一起来到北大，她的人事关系也转到了北大。由于费先生属于国家领导人，所以人事关系一直在国务院机关事务管理局（现国家机关事务管理局）。

1982年北大社会学系恢复重建后，已经有了一套完整的领导班子和学术队伍，所以社会学研究所是后建并独立于社会学系的研究机构。系和所的双重机构就是这么产生的。当时社会学研究所在北大西门外的海淀乡卫生院租了八间房子，作为办公地点。1985年我从美国回国做调查时，潘老师就在这边办公了。

王：您是从做博士论文调查开始和费先生有实际交往的吗？

马：对，我1985年6月回到北京，当时费先生和潘老师在包头参加一个关于边区发展的研讨会。我就去包头见费先生和潘老师。我最初考虑的论文调查地点是我插队的锡盟东乌旗，因为我对那里的人和环境都熟悉。见了费先生后,他认为东乌旗在内蒙古不具代表性。他不久前刚去赤峰访问过,写了《赤峰篇》。他认为赤峰是农牧经济交错、蒙汉混居地区,又有较长的人口迁移史,在经济和人口结构上能更

1985年,马戎老师在赤峰市翁牛特旗做博士论文调查时,
从一个村前往另一个村的途中
(左二为马戎老师,左三为潘乃谷老师)

好地代表内蒙古的整体状况,所以建议我去赤峰做调查。我很尊重费先生的意见,当时就同意把调查地点改在赤峰。正好参加包头这次研讨会的人员中有赤峰市计委李强主任,费先生就请他协助我安排调查。这样我的调查地点最后就选在了赤峰市翁牛特旗。

我是1985年夏天去赤峰做田野调查的,前后历时三个多月。调查回来之后,就住在社会学研究所办公室整理和录入数据,一直到12月底才录完。那段时间我一直住在办公室,潘老师给了我一张行军床,平时我就和潘老师一起在海淀乡卫生院食堂吃饭。

北大社会学研究所成立后,费先生是所长,潘乃谷老师是副所长。当时费先生承担了国家"七五"两项重大课题:一个是小城镇与新型城乡关系,一个是边区与少数民族地区发展。费先生自己还有许多研究设想,但他年纪大了,需要有年轻人当助手。所以潘老师希望我在布朗大学拿到学位后到这个研究所工作,我对所里的课题也很有兴趣参与,就承诺尽快答辩回北大。可以说1985年我回国调查的这段时间,潘老师

已经把我看成是所里的人了。我整理好了调查数据后，1986年1月回美国开始写论文，1987年2月4日答辩，答辩后根据答辩委员们的意见修订论文，上交后拿到证明信，3月回到北京，4月就到北大社会学研究所报到了。

王：社会学研究所建起来之后，和社会学系是什么关系呢？有几年潘老师是兼任了社会学系的系主任和社会学研究所的所长，对吗？

马：1986年，学校安排潘乃谷老师兼任社会学系系主任。有可能是因为袁方先生年纪比较大了——袁先生是1918年生人，那年68岁了，潘老师当时是50岁。另外，学校可能也希望通过潘老师兼任系主任，让费先生更多地关心社会学系的发展，加强社会学系和社会学研究所之间的合作。当时潘乃谷老师是社会学研究所副所长兼社会学系主任，袁先生任系学术委员会主任。社会学系原来的副系主任潘乃穆老师那年还没到退休年龄，但潘乃穆老师觉得姐妹俩不宜同在一个系的领导班子里，就主动申请了提前退休。

当时中央统战部为了支持费先生的研究工作，为费先生专门成立了一个挂靠中央统战部的直属机构"中国社会与发展研究中心"，由费先生任中心主任，潘老师是副主任，可直接招收专职研究人员，属于中央统战部的事业编制。虽然研究所和"中心"编制不同，但是都由费先生和潘老师统一领导。1989年后中央统战部领导变动，1990年这个"中心"划归北大统一管理，当时"中心"的人员有些出国或离职，留下的人员转入北大社会学研究所编制。

1986年费先生给中央写信，希望在北大设立社会学博士后流动站，1987年秋季获得批准。在我的印象里，这是国内第一个文科博士后流动站。流动站的人员招收和管理工作设在社会学研究所。当时潘老师兼任社会学系系主任，她根据所、系各自专业设置和队伍建设的需要，组织招收博士后人员。那时博士后研究人员的收入高且有博士后公寓，这比一般博士毕业当讲师的条件要好。这个流动站为社会学研究所、社会学系的队伍建设发挥了很大作用，现在还在北大任职的谢立中、王铭铭、邱泽奇、赵斌、方文、熊跃根、钱民辉、朱晓阳等老师都是先在这个流动站做博士后，然后留在系、所工作的。

1989年之后，北大学校一级和社会学系的领导班子都做了调整。潘乃谷老师回到所里专任所长，不再兼社会学系主任。她推荐了时任副系主任的王思斌老师接替她的工作。

当时社会学系和社会学研究所的在职人员在编制上是两个单位，课程和招生由社会学系管理，但在教学和研究生指导方面相互配合。北大社会学专业大概是1985年开始首次招收博士生，第一批两名学生都是从社会学在读硕士中选取的，一名是费先生门下的周拥平，另一名是袁方先生门下的王汉生。1987年，这个博士点的招生名额增至六个，其中三个由费先生指导，一个由雷洁琼先生指导，两个由袁方先生指导。

按照社会学系的课程管理，社会学研究所的老师只承担研究生课程，不安排本科生课程，所以我到北大任教后和本科生接触很少。被录取的硕士生选择导师时，可以选报社会学研究所的导师。由于所里的老师和本科生接触机会少，所以社会学系本科生读研时，报所里老师做导师的很少，所里老师指导的硕士生大多是外校考研考进来的。这也是后来学校推动系、所合并的原因之一。

王：我们先回到社会学研究所的工作吧！当时对于这个研究所要建成什么样，是怎么规划的呢？就是关于要做哪些方向的研究，要引进哪方面的人才，是怎么设想的？

马：社会学研究所的研究规划在很大程度上与费先生的指导思想有关。刚才说过,"七五"期间费先生主持了两个国家重大课题:一个是小城镇与新型城乡关系,一个是边区与少数民族地区发展。所以,那时候所里的研究人员就在一定程度上进行分工合作。如刘世定老师偏重经济社会学,他加入社会学研究所后主要做东部地区农村和乡镇企业的研究,我自1987年回国后主要做边疆和少数民族地区的研究。我和刘世定老师1973年就认识了,后来我们是中国社科院马列所同届的研究生同学。后来,我去美国留学,他硕士毕业后留在中国社科院工作。1987年我到北大社会学研究所任教后,就动员他来北大工作,到1992年他才正式调过来。到所里后,我们一起组织了乡镇企业调查,我在山东威海,他和王汉生老师一起去江苏吴江。

社会学研究所成立后,费先生一直讲要重视人类学研究方法。他认为在中国重建社会学,不能简单借用西方国家的社会学理论,西方理论不一定适合中国国情、文化和土壤,一定要通过人类学的田野调查来进行验证。1992年,北京大学社会学研究所更名为北京大学社会学人类学研究所,先后引进了一批有人类学学科背景的学者。周星从社科院民族研究所博士毕业后加入我们的队伍,后来担任了副所长,他是民族研究所杨堃教授的学生。高丙中是北师大的民俗学博士,1990年进入北大博士后流动站,出站后成为研究所的专职研究员。王铭铭1994年在英国博士后出站后,进了北大博士后流动站,出站后留所任教。1995年开始,我们研究所组织了六次社会文化人类学高级研讨班,费先生亲自参与并做主题讲演。

另外,人口学也是所里的一个重点发展方向,我的专业训练和研究方法主要是偏人口学的。后来我请北大人口研究所的曾毅老师给我推荐一个人口学的博士,他推荐了自己的学生李建新。1999年,我又动员中国人民大学人口研究所所长郭志刚老师加入社会学人类学研究所的研究团队。

1988年我开始担任副所长,分管科研工作。1995年建所10周年,那年潘老师59岁,她向学校提出由我担任所长,她当副所长。当时学校组织部认为没有先例,她给出的理由是她的长处是组织和行政工作,我在学术研究和对外交流方面的能力更强一些,互换位置对研究所的发展更有好处;另外一个理由是费先生已经85岁了,他身边有许多具体工作需要她安排,她需要把更多的时间和精力放在费先生那边。学校同意了潘老师的建议,从1995年开始,我担任了社会学人类学研究所所长。

1995年我们申请成立了中国社会学会下面的民族社会学专业委员会。这应该是中国社会学会下面的第一个专业委员会,此后我们坚持编辑内刊《民族社会学研究通讯》,发送给这一领域的研究人员和学生参考,迄今已编辑发送了344期,为这个专业领域的研究者和青年学生提供阅读素材,鼓励大家进行交流合作。

同时,为了调动大家的研究积极性和扩大研究所的学术影响,我和潘老师特别注意把大家的各类调查成果组成系列及时出版。费先生20世纪80年代的许多书是由天津人民出版社出版的,潘老师和天津人民出版社的编辑很

1996年,北京大学社会学人类学研究所同仁的论文集《社区研究与社会发展》出版,费孝通先生正在翻看样书
(左为马戎,右为潘乃谷)

熟。我们先后联系了几个出版社，编辑出版了"社会与发展研究丛书"9本、"社会学人类学论丛"50多本。通过和出版社签订合作协议，提供课题经费的支持，请费先生题写书名，尽可能把大家的调查报告、课题成果、学位论文等组成系列及时出版。这样不仅调动了研究人员、博士后和博士生的积极性，对外扩大了学术影响，也使大家在求职和单位评职称时居于比较有利的地位。

王：费先生不担任社会学研究所的行政职务后，除了指导博士生，他在所里的各项工作中扮演什么角色呢？

马：应当说费先生始终是我们研究所的学术支柱和治学灵魂。虽然他不担任行政职务了，但是潘老师平均每周要去他家两次，我大概每周去一次。我们向费先生汇报研究工作，给他讲讲北大的情况、与外单位的合作和所里的各项工作，报告一下主要课题的进度，接受他安排的调查和写作任务。不管是大的研究思路，还是人事、招生、单位合作等学术与行政事务，我们都事先征求他的意见。我们汇报完工作后，他会给我们讲讲他的想法，包括对各项工作的基本思路和具体的时间安排。费先生当时担任全国人大常委会副委员长和民盟中央主席，他有自己的调研计划，他会给我们讲讲他最近做了什么事情，近期准备去哪里，考虑开展什么选题等。他有什么想法就告诉我们，课题组织方面的事情大多由我来落实，其他业务方面的事情由潘老师来负责。所里的课题申报、进人等这些大事情，都要听费先生的意见。

费先生外出访问调查前也会和潘老师商量，安排哪个博士生陪同一起去。由于费先生平时来北大与学生交谈的机会不多，所以有时我们就带着学生去费先生家，他会和学生做长时间交谈，出差时也经常带博士生一起去。在旅途中进行交谈和讨论，这是他指导学生的一种主要方式。他每次出差都会带一两个人。一开始潘老师和我陪同他出去过几次，后来学校各项行政事务和讲课任务多了起来，潘老师和我陪同费先生出差的机会就少了，一般安排博士生去。

另外，费先生对所里各项研究工作的思路和进度也很关心，抓得很紧。他的方法是先确定一系列选题，他有自己的想法和思路，组织安排所里的研究人员分别去他家里和他交谈，对谈的人回来整理录音。每次去一个人，每次有不同的选题。他采用这种方法，一是了解我们在做什么研究，基本思路是什么；二是在交谈中也给我们指导，把他的思路和对研究方法的建议告诉我们，和我们一起讨论。这样他可以通过交流了解各地基层社会的情况，了解我们的思路，同时也对我们的研究工作做出具体的指导。虽然他年事已高，但他一直在看书，一直坚持去基层入户访谈，一直和学生开展交流，也一直能够提出具有创新性和宏观层面的新研究命题及研究思路。有时他会让潘老师组织全所研究人员在某个

1998年，北京大学社会学人类学研究所的几位教师在费孝通先生家中
（左起：周星、潘乃谷、费孝通、马戎、刘世定）

宾馆开内部学术研讨会，倾听大家的讨论和交流。记得有一次他在研讨会上提出，社会学在 21 世纪的发展一定要加强对历史学和心理学的关注，吸收这两个学科的研究方法和新进展。可以说一直到 2004 年他住院卧床之前，费先生始终是社会学人类学研究所的灵魂。

王：现在的社会学系图书馆是咱们系的一个宝藏，可以说是北大最好的院系级图书馆，这个馆里面有一半藏书是从社会学人类学研究所的图书资料室并过来的，这个图书资料室的建设过程您了解得比较清楚，请您给我们讲一讲吧。

马：现在社会学系图书馆是由原来的系图书资料室和所图书资料室合并而成，藏书统一管理，但书架和编号还是分开的。社会学研究所的图书资料室可以说是我和严康敏老师共同建起来的。我 1987 年回国到所里来的时候，所里一本书都没有。当时中央统战部有给研究所固定经费，我安排买了几个铁书架，开始系统地建一个社会学图书资料室。我最早去索取和购买的就是历次人口普查资料和各省区统计年鉴。当时我从中国人口情报资料中心找来 1953 年和 1964 年的人口普查资料，那时候 1982 年第三次全国人口普查的资料出来了，我就把 1982 年分省人口普查资料买全了，80 年代后期各省开始公开发行统计年鉴，我成套购买这些基础统计资料，这个传统延续至今。社会学涵盖的领域很广，我在美国读书时深知没有一个好的图书馆，无论教师还是研究生都无法开展研究工作，所以这是一项必须长期坚持的基础性学科建设工作。我们不断从课题中节省经费用于补充基础性图书，有人文社会科学主要学科的基础理论、调查研究方法，还有在各地调查时收集的非公开出版的地县级统计数据和文史资料等。

严康敏老师是 1988 年调入所里的，她专门负责管理图书资料，工

旧燕归来 / 马　戎

作非常认真仔细。我们俩携手建设研究所的图书资料室。当时北大南门外有个风入松书店，大概每个月我们俩都要去一趟，我负责挑书，她负责查重。我看到觉得有价值的书，就往购物车里放，书店把这些书打出书单，她把书单和所里已有的书目对比，凡是不重复的就买。当时我买书也没有特别区分学科，历史、哲学、社会学、人类学、宗教、心理学、研究方法、教育学、法学等，只要是人文社科的经典，我觉得今后研究中可能有用处、可参考的书就买。

这样买书持续了好多年。大概是 2001 年，社会学人类学研究所在北大西门外的办公地点拆迁，我们根据学校安排临时搬到北大东门外北大出版社的四层办公。那时候系、所已经合并，但办公地点和图书资料室仍然是在两处。直到那时候我和严康敏仍然定期去附近的万圣书园买书。

另外，1990—1991 年我去哈佛大学费正清东亚研究中心做博士后，回来的时候从美国带回一批英文书；2000 年去加利福尼亚大学洛杉矶分

系、所部分老师在社会学系图书馆合影
（右起：马戎、潘乃谷、金曦霞、申容、任环岫、陈宏、严康敏；左一为高丙中）

125

校访学，又给所里买回来一批书；2006年去杜克大学访学，又买回来一批书。这样所里图书资料室的英文图书就慢慢充实起来。但是，英文图书的规模和我们期望的仍然相差很远。经费紧张和购买不便是两个主要原因。

在系、所的图书馆建设这件事上，严康敏老师做了很多很辛苦的工作。在系、所合并前，所里的图书按照北大图书馆统一的编目方式来编码，但系里的图书是自编书号，所以查找和使用不方便。系、所合并后，严老师花了几年的时间，每天在系图书资料室工作，把原有的图书、杂志和学生论文全部整理了一遍，按照北大图书馆的统一编目重新编了码。她和我同岁，2010年退休，她在退休前把原来系图书资料室图书的整理工作完成了。（另据严康敏老师回忆，当年在系、所领导的大力支持下，在北京大学图书馆分馆建设负责人沈正华老师、蔡蓉华老师的指导和关心下，严老师与系、所资料室任环岫、金曦霞老师组织了对聘请来的临时工的编目培训，用三年时间完成了社会学系分馆的电子化建设。）这样社会学系图书馆才有了今天的样子。

王：最后我们再简单聊聊系、所合并后的事情吧！系、所合并是在2000年，之后的七年里您担任系主任兼所长，这也是系、所合并的磨合期。您就讲一讲在这个时期，您认为自己做的对社会学系的发展比较重要的事情吧。

马：这几年做的最重要的事情就是从学校为社会学系的教职工争取尽可能多的资源，包括晋升教授的名额、"985"各级岗位名额，还有本科生、研究生的招生名额。

之前系、所的人事编制是分开的，各自申报职称。由于所里的老师不担任本科授课，所以有较多时间出去做社会调查和进行研究写作，发表出版的成果就多一些,这样在职称评审时比较有利。而社会学系的老师们承担全部本科教学任务和指导本科生论文的工作,这占用了他们大量的时间,非常辛苦,虽然对教学和学生培养方面的贡献很大,但是职称评审通常更看重发表与出版,所以他们在职称晋升方面比较吃亏。系、所合并后,就必须把这个单位间历史遗留下来的问题协调好。这是当时我首先面对的难题,这方面单靠内部协调难以处理,还容易导致系、所老师间的隔阂。2001年春节后,我直接去找学校闵维方书记,要求学校当年必须给社会学系安排三个正教授名额,不然我就辞职不干。那年学校就给了三个名额,把王汉生、张静、邱泽奇三位老师的职称一次性解决了。教授名额向系里老师倾斜后,所里一些老师也有些不满,但这也只能多做工作。此后通过相互协调和彼此谅解了,几年后这个问题就基本解决,一些过去的隔阂也慢慢消解了。

另外就是要从学校争取招生名额。2001年,北大建了深圳研究生院,各院系可以在那边建专业、招生。我和刘世定、佟新老师商量后,得到深研院的支持在深圳招生,一年可以招40个硕士生。由于课程需要从北大本部派老师过去讲授,所以讲课的老师们就比较辛苦,但是这样扩大了招生名额,一些年轻的副教授可以指导硕士生,同时扩大了北大社会学系在华南地区的影响。我们觉得深圳在华南地区是一个新型城市化和商业经济的先驱,许多经验是可以在那里调查摸索的。当时另外的一个考虑是给社会学系增加收入,北大各院系都需要通过创收给本单位职工发年终奖金,社会学系也有创收压力,深圳招生的收入基本上可以满足年终奖金的需要。当时于长江老师自愿去深研院分管社会学专业,现在他仍然在深研院。

我当系主任时,刘世定、佟新两位老师是副系主任,刘老师分管科研，佟老师分管教学，我分管外事和图书馆，吴宝科书记分管行政和财务，于长江老师也是副系主任——专职负责深研院社会学专业的日常管理工作，系、所的大事都由党政联席会商定。本来 2005 年就应该换届了，但拖着一直没换。我当时和校领导说，我已经按照 2005 年换届的计划安排了 2006 年春季去杜克大学访学，所以我不能违约。我按期出国一个学期，用这个方法催促学校尽快换届。系主任的工作很辛苦，要处理系里各类琐事，出席学校许多会议，耗费大量的时间和精力，白天我除了上课外基本上都在办公室，一天忙下来，基本没有时间和精力来从事自己的研究。2007 年学校安排换届，此后我便可以把更多的时间用于自己的研究和写作了。

其他的事情就没有需要特别讲的了。今年是北大社会学系恢复重建 40 周年。我们这届班子在 2002 年组织的 20 周年系庆活动还是挺隆重的，当时搞了个"学术活动月"，一个月的时间内举办了 23 场学术讲座，请了很多有影响力的学者，如林南、李沛良、谢宇、周雪光、马丽庄、边燕杰、阮丹青、李培林、李强、李路路、彭玉生等，出版了一本讲座论文集，书名是《21 世纪与中国社会学》。我们在学校办公楼礼堂举办了一场庆祝会，费先生、老校长丁石孙以及教育部、国家民委、民政部等多个部委的领导和国内社会学界能请到的知名学者都出席了。再比如像香港中文大学的金耀基教授等虽然没有出席，都专门题了字送来。那次系庆应该说是一次盛会。

时间过得真快，今年又逢 40 周年系庆，我希望社会学系和社会学人类学研究所越办越好。

相知便守一辈子

邱泽奇 湖北沔阳（现仙桃）人，北京大学社会学系教授。1991年考入北京大学社会学系攻读博士学位，师从费孝通先生。1994年博士毕业后在北京大学社会学博士后流动站工作，1996年留校任教，后出国工作、访学，1998年回校执教至今。现为北京大学社会学系学术委员会主任、北京大学中国社会与发展研究中心主任，主要研究方向为数字社会发展与治理、社会研究方法等。代表成果有著作《中国人的习惯》《朋友在先：中国对乌干达卫生发展援助案例研究》《边区企业的发展历程》等，论文《技术与组织——多学科研究格局与社会学关注》《技术化社会治理的异步困境》《从数字鸿沟到红利差异——互联网资本的视角》等。

我与社会学的相遇，纯粹是命运的安排。如果从我进入社会学直接说起，有点打麻将截和的感觉。我精简语言，还是做些铺垫吧。也希望你多些耐心。故事，总是源流相济的。

我生于六十年代。是的，如果你有兴趣搜索，可以发现有不少图书和文献以"生于六十年代"为名。往俗里说，我们这一代人活得挺复杂，无论顺境逆境、城市乡村或是东南西北，凡是认真生活的，每个人的经历都不简单，有说不完的大小故事。往认真说，这复杂不是我们主动找的，是时代安排的，想不复杂都不行。沿时间线叙事，大致是：记事的年纪遇上"文化大革命"，接着是"批林批孔"，"热情"还没有消退，又敲锣打鼓地欢呼粉碎"四人帮"；正准备回家种地或上班呢，学校忽然说，"返校！准备参加高考啦！"，于是参加高考，上大学；随后，改革开放的每一个阶段，我们都是亲历者，有的人甚至是弄潮儿。至于我咋就以社会学为业了，其实不复杂，是被时代潮水随便拍上岸的。

16岁，在连大学是啥都不明白的时候，我就上了大学。你想说，咋连大学是啥都不知道？我生于乡村，长于乡村，小学、初中、高中在"文化大革命"中度过，上大学前，县城都没有去过，见识有限，不知道大学，正常！在大学，说通俗些，读生物学；说专业些，读植物保护。植物保护？你一定猜出来了，肯定不是什么好大学。是呀！华中农学院荆州分院，与北京大学相比，能算好大学？当然不算！可在当时，连大学是啥都不清楚的人，咋知道啥是好大学，啥是不好的大学呢？能上大学就不错啦。后来我知道，在大学的等级秩序里，农是排在末位的。你可能不同意：不是理工农医吗？但我觉得这是自我安慰。把医和农摆在一起，你看人们选哪个。在大学的等级秩序中，农学院是末流，加上分院，便是末流中的末流。如果毕业时让我遇上如今的就业市场，估计我只能回家种地。

还真是，大学毕业，我就去种地了。只是，不是在我的家乡。

江汉平原是长江中游的冲积平原，鱼米之乡。当年刘备大意失去的荆州，是江汉平原的核心区域。我的家乡位于鱼米之乡的核心，沔水之阳——沔阳。注意，别把这儿的沔水与《诗经·小雅·沔水》中的沔水弄混了。《诗经》的沔水没有水，我家乡的沔水真的有水。沔水是汉江古时的称谓。遗憾的是，某位不读书的沔阳县领导说：沔字太难写，改名吧。于是，沿用千年之久（梁武帝天监二年便有沔阳郡）的古地名消逝在了改革开放的洪流中。

如果允许自己找工作，或许我就回沔阳了。既然种地，回家种地多好！可那时候，大学毕业生服从国家分配是规矩。我得服从分配，不得不背井离乡。第一次离开荆州，第一次乘坐长江客轮，去了湖北省国营龙感湖农场，担任农业技术员。在大学里，我的确读了许多生物学的书，从动物、植物、微生物到病毒，从碳水、脂肪到蛋白质，从细胞结构到毒性、毒理，凡涉及生物活性的，我都上过课、做过实验或读过书。可是，我们读脂肪蛋白质毒性毒理，不像北京大学生命科学学院的学生那样，不纯粹是为了研究毒性毒理背后的科学逻辑，而是为了更有效地杀虫、杀病毒，是为了给农作物防虫治病。

龙感湖农场位于湖北省、安徽省、江西省三省交界处的黄梅县境内。据说黄梅戏起源于当地的小调。搜一搜地图可以发现，黄梅县在长江边，离苏轼当年开荒种地、盖房子、烧肥肉的黄州东坡不远。你是不是想说："还想到苏东坡了？"是啊！不满20岁的年纪，还真是啥都敢想呢！只是，咱哪能跟东坡先生比呀！人家是才子，皇帝面试过的。咱是啥？"末流"学校的毕业生。问题是，当年，硬是脑子没转过弯来，还真想着要立东坡之志，天天向上呢！如果当时脑子转过弯来了，也许就没有我这段社会学的故事了。

咋向上呢？父母是农民，姊妹兄弟是农民，亲戚朋友中没有一个"在朝"的，也没有一个经商的，想调动工作回沔阳侍奉父母都不知道从哪里入手。好在祖先为我这样的"二愣子"留了一个出口——考试。当年，范进有家有室，四五十岁还在考呢，咱光棍一条才20岁咋就不能考？可考什么呢？不是说学生物学的吗？那就考生物学呗。别说，还真有机会考生物学的。那时，中国农业科学院植物保护研究所有位研究员在龙感湖农场做农药毒性的大田实验，我做他的助手，角色扮演不错。作为奖励，这位研究员还资助我去福州参加了学术会议。去福州，是我第一次离开湖北省，也是我第一次乘坐火车！可是，我不喜欢实验室，也不喜欢大田实验，比较喜欢安静地读书。那上哪儿读书呢？没有互联网，打电话不仅太贵也不知道往哪里打。哪像现在的高中生，在上北京大学之前能把学院老师的底细翻一遍，连本科不是从北京大学毕业的老师都要嘲弄一番。幸运的是，这位研究员为了鼓励我报考研究生，给我寄了中国农业科学院研究生院的招生简章，也是我手头唯一的报考资料。从中，我发现了农业古籍整理方向。古籍整理？应该是以读书为主的吧！没有其他任何资料，也就意味着没有其他选择，就它了！

这就是我们那个年代的机会和选择。咱有得选吗？我们这一代人，都是被时代推搡着走的。

研究生院在北京，还没考试，我便琢磨着在北京如何认真学习。你心里可能在想：还真向上！是啊，这是时代赋予我们这一代人的性格，啥事儿都较真儿，啥事儿都看积极面——或许不是每个人都是如此，但大多数人却是如此的。你还别说，待坐上去北京的火车，那心情还真是激动！等真到了中国农业科学院研究生院，却有点受打击。偌大的一个院子，报到的地方却窝在一幢楼的半地下室。后来我才知道，研究生院只有一块牌子和几位办事人员，教师分散在各个研究所或研究室。科研院所为什么要办研究生院，是组织社会学的话题，这儿就不探讨了。由于没有专任教师，研究生院不得不把新生放在不同高校去修基础课。我们那年，新生被分为两个班，研究所或研究室在北方的，被送到北京农业大学；研究所或研究室在南方的，则被送到南京农学院。我老师所在的中国农业遗产研究室在南京，于是我被分配到南方班。在北京办完学籍手续和参加了开学典礼之后，我便和一拨同学坐上火车高高兴兴地去了南京。一个学籍，跑两个地儿，还挺划算的。

问题是，南京农学院也没有我要修的基础课。为此，研究室和南京大学协商，把我送到南京大学的中文系、历史系、考古系去修课。学籍不在南京大学，我自然不能在南京大学吃饭和住宿，就这样，我成了南京大学的走读生，与南京农学院的研究生吃住在一起。我接受了中国古典文献研究的系统训练，文字、音韵、方言、训诂、校雠、目录、版本、历史、考古等课程都修过，教我的老师们也都是术业有专攻的名家，比如程千帆先生。为了写论文，我读了几屋子的线装书、手抄文献，卡片就做了上千张。我的硕士论文《汉魏六朝岭南植物"志录"辑释》近20万字，我手写抄改了三遍。花这么大的功夫，我原以为自己会与故纸堆打一辈子交道的。更巧的是，毕业时，古文献名家胡厚宣先生到南京与恩师缪启愉先生面晤,两位先生也期待我回北京工作,我那时还真以为自己会梦想成真呢!哪知毕业后我被分配到了华中农业大学。华中农业大学正是前面提到的华中农学院。那些年,大学盛行更名风。我初到南京时,住的还是南京农学院的研究生宿舍,不到一年,校门口的牌子便换成了南京农业大学。前两年还叫华中农学院,我工作报到时便已是华中农业大学了。更名的同时还有学科扩张。20 世纪 50 年代初,中国教育从欧美制向苏联制变革时,建立了大量的专业性高校,农学院便是一个典型代表,国家用计划经济的思维在中国布局了多家区域性农学院。随着改革开放政策的落实,教育开放带来的一个潮流是专业性院校纷纷转型为综合性院校。在这股潮流中,华中农业大学的措施之一是扩大文科的学科范围,其中的一个具体做法是将原马列教研室进行拓展,1986 年建立了农村社会学专业,并于当年招收本科生。

学校好不容易逮着一位硕士毕业生,当然得排到前阵呀!就这样,我被分配到农村社会学专业任教。你想确认我的记忆是不是出了问题,对吗?没有!让一个学农业古文献的硕士毕业生担任社会学专业的教师,如果把这场景放到现在,人们一定认为是荒诞剧。可在当时,却是事实。现在你应该理解了,社会学学科在中国的发展是从七拼八凑开始的,我是其中的一个例子而已——咱社会学系恢复重建 40 周年是不容易的,初期的教师也是其他专业转行过来的——当时还在暑假,专业主任就布置我秋季学期配合一位年长的老师给本科生讲"社会调查与研究方法"。好在读大学时,调查方法和统计方法我学得还不错,从生物学调查到社会学调查,对象变了,但调查的科学本质没有变,统计方法更是一脉相承。武汉的夏天,奇热,那时空调还是奢侈品,花几周的时间在汗水里备课,倒也觉得还行。

相知便守一辈子 / 邱泽奇

几个月前,我还以为自己会像导师缪先生那样成为中国农业古典文献专家,可一纸工作分配单就把我搁在了社会学,连选择的机会都没有,完全是命运的安排。

邱泽奇与硕士生导师缪启愉先生合影

可与北京大学社会学的相识,则是我心向往之。即使现在说起来,也有点像追女朋友总算是追上了的感觉。如今,在高校排名榜上北京大学和清华大学总是排在最前面,能上北京大学犹如抢头彩。不过对于我,当年可没有这样的感觉。都读过硕士研究生了,当然知道北大、清华好。可是,我更注重的是自己专注的领域,哪家大学好,哪位先生好。譬如农业古文献,我导师缪启愉先生是最好的。

当年的我,与同龄人一样,有点傻,有点自己的小追求。20世纪80年代盛行出国留学潮,本科同学里有人出国,研究生同学里出国的更多。我也是俗人,也想出国见识一下。农业古典文献是一个非常小众的领域,世界上的同行,一双手的手指都能掰过来。毕业前,导师帮我联系了法国国家自然历史博物馆的梅塔耶(Georges Métailié)教授,他也是巴黎大学(七大)的教授。进入社会学领域的头半年,"社会调查与研究方法"的课程还没有讲完,我就收到了可以去巴黎大学读博士的消息,我以为自己有机会调转方向重回坐冷板凳的圈子。事实却是,我低估了华中农业大学行政程序的阻力。虽经多方努力,可直到第二年夏初,我也未能拿到护照。直到现在,我还为未能利用法国人提供的奖学金而惋惜。故纸堆是回不去了，咋办？安心在社会学吧。

从对故纸堆的向往到对探索乡村发展的兴趣，只隔着一次带学生实习的机会。按照农业院校的教学模式，大学生通常有两次实习。一次是教学实习，一次是毕业实习。农村社会学专业办在农业大学，也沿用了农业大学的教学模式。在课堂上讲完"社会调查与研究方法"，我还要带学生到农村去做调查。我到过福州、北京、南京，也去过苏南乡村，与城市比较、与苏南比较，我带学生去过的湖北乡村更穷、农民生活更苦。从农村出来的学生，对村民疾苦有一种天然的敏感。城乡差距、地区差距里呈现的村民疾苦让我似乎发现了一点社会学学科的价值和意义：能不能为改变村民疾苦做点事儿？

回不到故纸堆，便重回乡村吧。一种朴素心思的推动，为教好学生、为理解村民疾苦，一回到学校我便钻进了图书馆。华中农业大学之所以办农村社会学专业，除了学科拓展的因素之外，还因为创院院长是一位农村社会学家——杨开道。说出这个名字时，你是不是想到了杨开慧？杨先生是湖南人，与杨开慧是本家。杨先生与北大社会学系还挺有渊源。北京大学恢复重建的社会学除了源自北京大学，还源自燕京大学。杨先生在南京高等师范学校农科毕业后去美国攻读农村社会学，回国后几经辗转，到了燕京大学社会学系，先后担任过社会学系系主任、法学院院长，组织过清河调查，建立过清河试验区，发起成立了中国社会学社。说起来，杨先生是咱的学长！新中国成立后，他离开北京，担任过武汉大学农学院院长，华中农学院筹备处主任、院长，还担任过湖北省图书馆馆长。在湖北省，因杨开道先生的工作辗转，农村社会学的书几乎都"流进"了华中农业大学图书馆。

在文献资料阅读中，除了大量英文文献，我还读了费孝通先生的文章。最早读的是费先生在《瞭望》周刊上连载的小城镇系列文章，从《小城镇　大问题》到《小城镇　再探索》《小城镇　苏北初探》《小城镇　新开拓》等。这是我第一次读费先生的文章，他通俗的文字中蕴含着丰富的社会道理和严谨的科学逻辑。也是从这里出发，我展开了对费先生作品的搜索，也展开了对贫困与发展文献的积累。我有一个贫困与发展专题的笔记本，记得满满的，各种文献都有，世界体系论、现代化理论、资源依附理论等，经济学的、社会学的、政治学的，只要是涉及发展的文献，能搜到的，我基本都读过、记过笔记。

在追踪费先生文献的过程中，我逐步萌生了一个新的目标：跟费先生读书，学习他把学识转化为促进乡村发展的窍门。为了跟费先生读书，我得先熟悉社会学，对社会学的真正追求是从这里开始的。没有互联网，搜不到系统的社会学教学大纲，我按照自己的理解，以概论、理论、方法、专题的逻辑顺序，找书、找文献。当然，费先生的作品，只要在公开出版物上发表的，我几乎都找来读。

20世纪90年代初，我认为，时机成熟了。不是说我读书读够了，而是说家庭和工作都可以离开一阵子了。费先生是咱社会学系的博士生导师，所以我准备报考北京大学社会学系。像每一个考生一样，报考时我非常担心。第一，在此之前，费先生已经有三年没有招生了，担心先生不再招生了；第二，自己学术出身卑微，更非社会学科班出身，自学能力也不算强，担心能力不够、眼界境界不够。或许是先生想招一个有教学科研经历的学生，所以非常幸运的是，我得到了跟费先生念书的机会。那一年，费先生招了两个学生——我跟先生读社会学，麻国庆跟先生读人类学。麻国庆？对，就是中央民族大学的麻国庆，现在是副校长呢！

博士学位我基本上是在田野里读的。刚到学校报到，麻国庆和我就收到通知跟随费先生到武陵山区调查，主题是民族地区的社会经济发展，一去就是一个月。武陵山区是中原到西南高地的过渡地带，是湖北、湖南、贵州、重庆四省份交界的中高台地，不仅是贫困落后地区，也是民族地区。在去武陵山区之前，费先生考察过大量成片地区，长三角、珠三角、黄河中上游、东北等，他把中国当成一个棋盘，研究工作正在从探讨沿边发展转向内陆发展。我们初跟费先生，并不理解他到武陵山区的用意。后来才知道，他在探讨中部的区域发展和民族地区发展。到武陵山区调研只是我在田野里攻读博士学位的开始。此后，费先生只要外出调研，总会通知我们。我跟随先生去了不少地方，除了每年春天去苏南之外，还去过浙江、上海、广东、湖北、山东、河南、河北、甘肃、辽宁、内蒙古、四川等地，每年差不多有一半时间跟随先生在外调研。

博士学位论文也是在调研中费先生交给我的一项研究任务。当然，选题不是一次选定的。有一次费先生去沈阳市调研，随行的有社会学系的王思斌老师。20世纪90年代初期，国有企业改革正在进行中，沈阳是老工业基地，在国企改革中遇到了许多现实问题，沈阳市委市政府非常重视，邀请费先生出谋划策。费先生认为，在普遍的现实问题背后一定有理论逻辑，国有企业改革不只是改革生产和销售方式，从计划体制向市场体制转变也不只是经济活动的变革，同时，还牵扯一系列社会的变革。经济变革与社会变革如何协同，才能在提升经济效益的同时减少社会震荡？为回应现实需求，费先生把调研工作委托给王思斌老师，嘱咐我跟随调研团队学习，寻找博士论文的选题。机缘不巧，我没有进入沈阳课题组。

后来，我跟随费先生到甘肃省白银市白银公司调研。他注意到资源型企业转型与国有企业改革形成了交集,多重难题纠缠在一起,于是,他让我探讨这类国有企业改革面临的挑战。这一次,费先生把任务直接交给了我,也因此成就了我博士学位论文的选题。白银公司

1992 年秋,邱泽奇与费孝通先生摄于调研途中
(甘肃省景泰县黄河边)

紧邻甘肃省景泰县,黄河穿景泰县而过。在白银公司调研期间,我跟随费先生去了一趟黄河的景泰县段。在河堤上费先生眼望滚滚流逝的黄河水,把我拉到身边,让随行人员给我们拍了一张合影,嘱咐我把资源型企业的故事说清楚。

白银公司距离兰州市不算远,与周边的城市和乡村关系密切,不算是最典型的资源型企业。为完成费先生交办的研究任务,我还需要调研典型的资源型企业。后来,我把调研对象拓展到了金昌市的金川有色金属公司。白银公司和金川公司都是在中国工业化起步阶段建立的资源型企业,由于建立在当时的国防备战三线地区,又被称为三线企业。白银公司生产铜,金川公司生产镍。20 世纪 50 年代,中国的工业体系还在建设之中,各类重要资源非常稀缺。譬如,调动 1 公斤的镍需要国务院副总理一级的领导批准。在某种意义上,这类企业的发展,是中国工业化发展的一个缩影,也是工业社会发展的形态之一。

在白银公司,我调研了一个多月,然后,去了金川公司。金川公司位于河西走廊东段,武威以西。从白银公司到金川公司 300 多公里的

国道，是一段从黄土高坡进入沙漠戈壁的路程，开车要一整天。在金川公司，我调查了两个多月，还没有完成。因为胃出血，不得不折返。在两个大型国有企业，我不是调查企业的经济活动，而是以经济活动为线索，挖掘从计划经济向市场经济转变进程中，为了提高生产效率，企业如何平衡员工的工作保障和生活保障？如何平衡社会保障和经济效率？核心是国有企业改革行动里蕴含的社会逻辑。

在三线企业里，白银公司和金川公司还是孤岛型企业。金川公司是20世纪50年代在戈壁上建立的企业，为服务企业人员的社会生活才建立了城市。金昌市是因金川公司而建立和存在的，即企业型城市。企业与城市形成一个社会与经济生活闭环，与当地社会极少发生直接联系。到90年代，在企业里出生的职工子女需要就业，方圆几十公里范围内没有适宜的劳动力市场，上哪里就业呢？地方社会没有工商业岗位，即使有，也容量不够。国有母企业可以提供的岗位更是非常有限。怎么办？这是孤岛型三线国有企业给中央政府提出的普遍性社会难题。中央也不能为企业提供直接支持，只能从政策上提供方便，给他们办集体企业的权利。国有企业便借改革契机自己办起了集体企业。随着一家家集体企业兴起，新的问题又出现了：国有企业和集体企业是什么关系？一方面，集体企业的主要资产来自国有企业，经济关系看似明确；另一方面，父母在国有企业，子女在集体企业，都是一家人，企业之间的社会关系更加复杂。国有企业如何建立与集体企业的经济关系？是像经济学家建议的那样建立内部市场，还是将集体企业外部化？可无论是内部化是外部化，都无法摆脱两类企业人员的社会关系，父母给子女资源、技术、市场方面的支持，怎么定价？集体企业将产品卖给国有企业，怎么计算成本？……这是我调研中遇到的现实，将其转化为学术问题便是：

相知便守一辈子 / 邱泽奇

国有企业兴办集体企业的动力机制和约束机制是什么？我的研究结论是，国有企业兴办集体企业的动力机制表面上来自改革对效率的诉求，国有企业通过剥离冗员提高劳动生产率，实则却是解决企业内部的社会冲突，即为职工子女提供就业岗位。可是，国有企业为什么不通过扩大生产的方式来增加就业呢？与此同时，国有企业也通过向中央政府面呈社会矛盾来向政府进行制度寻租。结果是国有企业的经济主体性和独立性获得增强，可是，与之相应的约束性却尚未跟进。

写一篇博士学位论文是我读书的程序性收获，更是我与北京大学社会学系从相识到相知的开始。20世纪90年代初期是中国改革开放的关键时期，一个标志性事件是邓小平用南方谈话的方式表达了中国向市场经济转型的坚定决心。社会学系的师生们关注中国经济，更关注中国社会的家国情怀激励了我，也给了我信心。

当时，社会学系的办公地点还在进学校后南门路旁的27楼，有一段时间，午饭时我时常端着饭碗到王思斌老师的办公室神侃。他关注乡村发展，我也关注农民疾苦。我们俩聊的内容，除了他的头发、社会学界的八卦，更多的还是乡村发展。记得有一阵我在读阿马蒂亚·森的《贫困与饥荒》，便跟他聊发展权利与联产承包责任制，聊发展权利与发展能力，聊中国与印巴乡村社会传统的异同，聊社会学界的学术关注、学术议题与中国现实等，不知不觉中把一顿午饭变成了我们俩的学术神仙会。在神聊中，王老师严谨的思维给了我潜移默化的启发与引导，让我佩服不已。

不外出调研时，我也到社会学研究所去溜达。费先生把中国社会与发展研究中心从中央统战部迁移到北京大学时，办公地点设在经过改造的原海淀区海淀乡卫生院，还加挂了一块牌子：北京大学社会学研究所。我是费先生的学生,自然也是所里的成员,所里还给我留了一间办公室。吸引我去社会学研究所的不只是那间办公室,还有所里的电脑。为了社会学的恢复重建,费先生访美时曾经从美国带回刚开始流行的桌面电脑(台式机);马戎老师从美国留学回国时,也从美国背回过电脑。毫不夸张地说,社会学研究所有当时中国社会学界最先进的桌面电脑,如最早的苹果桌面电脑、国际商用机器(IBM)的桌面电脑,然后是286、386,等等。我喜欢摆弄电脑,读硕士时,在一位朋友的实验室里见到了Apple-Ⅱ,对其工作原理产生了浓厚的兴趣。随着桌面电脑可拆卸性的增强,我更喜欢把电脑拆开捣鼓。可那时候,电脑是稀罕物,非常昂贵,为集中管理电脑,社会学研究所在一楼会议室里专门隔出了一间有防静电地板的电脑室,王小波是管理员——就是写《黄金时代》《白银时代》《青铜时代》《黑铁时代》的那个王小波。其实,王小波并不怎么管电脑,更多时候,他是溜达着,或坐在一把椅子上,把脚搭在窗台上,抽烟,或与人侃大山。在我的印象里,王小波是不羁一切的。从他那里,我观察到了王朔《顽主》的眼前版本。坦率地说,我对顽主曾经是有负面情绪的。可是,王小波粗话里的精细,脏话里的纯净,提醒我顽主表象背后的精气神。对在乡村长大、没怎么见过世面的我而言,王小波的存在无疑是对我心灵的极大冲击:一个人的心境到底可以容纳多少,心思可以有多远,心态到底可以有怎样的变化,可能不是顽主的玩世不恭所呈现的。也许每一个顽主的心里都有一个自己的王国,那里才是他们的世界。

随着人员的增加,社会学研究所的办公室也在调整。不久之后,我的办公室便迎来了一位新成员——刘世定老师。初时,我对刘老师所知不多,只知道是从中国社会科学院某个研究所调来的,学政治经济学的。刘老师平时不怎么来办公室,开教职员工大会时才来,其他时间偶尔会来。来了也只是到办公室打个照面,一起闲聊的机会不多,我对他的了解自然也不多。不久之后,因为课题调研的关系,我和刘老师才有了比较密切的接触。我们一起去过不少地方,河北、内蒙古、湖北、浙江、江苏、广东等,还一起去过新加坡、美国等。接触多了,聊得也就多了,话题自然不再限于工作,加上还会一起小酌,渐渐地,我发现刘老师身上有许多值得我学习的品行,特别是他于中国社会人情事理的体察入微,让我一辈子都自叹不如。

我自知才疏学浅,原本打算跟费先生读完博士便回华中农业大学继续教书,且华中农业大学同意我报考博士的条件之一也是返校工作。读书期间,我也一直在做回武汉的准备。可机缘巧合,毕业时一个做博士后研究的机会打乱了之前的安排,我暂时又留在燕园从事博士后研究。博士后出站,我以教师身份留在了北京大学。

此时的社会学研究所已更名为社会学人类学研究所。缘起是,费先生深入中西部地区、民族地区调研后认为,人类学可以更好地发挥学术活动的影响力。虽然费先生自己常说在他那里并不区分社会学、人类学,可教育和科研是国家财政支持的有组织活动,不区分无以有名分。为此,社会学研究所更名为社会学人类学研究所。同时,还在北京大学举办社会文化人类学高级研讨班,把东亚知名人类学家们请到北京大学来,给来自中国各地的人类学者提供交流机会。做博士后研究期间,我做了不少培训班班务工作,迎来送往。我与许多人类学界的朋友正是在那个阶段相遇的。后来,我还时常跟自己的研究生说:读书期间,勤一些,做事不必挑挑拣拣,做每一件事都是有回报的,只是看自己能不能发现回报而已。

在读博士期间，我参与过马戎老师主持的一个项目，合作对象是新加坡东亚政治经济研究所。作为学术交流活动的一部分，我到过新加坡。受惠于这个项目，博士后出站办完留校任教手续，又跟着费先生外出调研几趟后，我出国来到东亚政治经济研究所担任访问研究员。我在社会学系攻读博士学位时，马戎老师是社会学研究所的副所长，是留学归国的博士，也是当时我在中国社会学界遇见的少有的海归学者，我心里当然充满崇敬之心。马老师虽然是喝过洋墨水的，却没有夹生的洋腔派头。多年以后，待我接触过一众留洋学者之后，我更坚信初遇马老师时的判断是准确的，他没有太受美国人的影响，是一位值得尊敬、可以称为兄长的学长。论师承，他也的确是我的师兄，不过他并不在意。我因为受故纸堆的浸染，比较老派，却是在意的。对他，我始终待之以师兄之礼，从不逾矩。

东亚政治经济研究所是曾任新加坡副总理的吴庆瑞博士嘱意创办的。除了作为政府智库，另一目标是用东亚哲学解释东亚发展。我到达时，不巧，遇上东亚政治经济研究所转型，从一家基本独立的研究所转型为一家相对独立的研究所，同时，更名为东亚研究所。曾任香港大学校长的王赓武先生担任所长。转型当然不只是更名，还意味着人事调整。让我钦佩的是，王赓武先生的卓越管理让研究所的转型很平顺地进入了正轨。一个小例子或许可以作为王先生超凡管理能力的一个注脚。从旧机构到新机构，标识系统需要更迭。王先生问同仁的建议，我毛遂自荐地跟王先生说：我来试试吧。一周之内，与同事几番协商讨论，完成了标识系统的设计，得到了王先生的认可。对此，我偶有琢磨，或许信任和放手是推动机构内部创新的必要环境，也是机构领导的管理智慧。

结束在新加坡的工作后，我没有马上回国，而是去了美国哈佛燕京

相知便守一辈子 / 邱泽奇

学社。在飞往新加坡之前，学校让我接受了燕京学社的面试。到东亚研究所之后不久我就收到北京大学的通知，告知次年去燕京学社访问的消息。为此，费先生还专门为我手书了黄景仁的《太白墓》，嘱我珍惜机会。得益于费先生的安排，初到波士顿时，我找到了罗伯特·帕克的外甥女莉萨·皮蒂（Lisa Peattie）教授。她在麻省理工斯隆商学院教书，已经退休，偶尔还是要去学校晃晃的。去过美国东部高校的人清楚，这是美国高校对待退休教师的风格。在她的关照下，我慢慢地适应了一种文化完全不同的生活。自己找房子，自己安排时间，自己选择活动，自己适应独处，等等。在与美国学者的交往中我也慢慢体会到，中国访问学者的声名复杂。人家待咱是客气的，可在骨子里却是向下看的。举一个例子。与北大、清华一样，哈佛和麻省理工也是学术讲座不断，对有兴趣的话题，我也常去听。在众多学术报告里我发现，在社会科学领域，对中国学者的研究，美国学者评价最多的是"有趣"二字。有一次，一位在国内颇有影响的政治学家到费正清中国研究中心做讲座，讲完了，该中心的一位俄罗斯问题专家直言："全无新意。"此时，我忽然感受到访学的另一面。去人家那里，说起来是一个交流机会，其实是咱学习的机会，同时，也是感受屈辱的机会。美国学者在骨子里认为自己是站在高处的，哪怕是研究俄罗斯问题的学者评价中国的学者，都认为自己比中国学者更加了解中国，尤其是在学术界有一些声名的学者。如果你问在燕京学社一年我有什么收获，可以说，除了了解到我感兴趣的学科前沿，便是对学术屈辱的感受。不过，我记性不好，尤其不记恨。很快，场景性的感受便会烟消云散。

与许许多多的访问学者一样，我也谋求过留在国外。你可能要问：不愿意受屈辱还要留在国外？是啊。那时候，没想太多。在燕园时，有情怀；在剑桥镇，也要生活啊！眼见那么多拿着国家公派经费出国的人留在美国，即使是从众心理作祟，也会动心思的。不在美国，去其他什么地方也行啊！只要收入高一些，生活体面一些。我是个俗人！得益于费先生的影响力和自己的谦逊，在回国之前，我还真的拿到了机会。出于底线思维，我写信向马戎老师做了汇报。那时电子邮件还不怎么普及，只能用这种原始的方式。北京的第一家互联网接入供应商刚刚诞生，安装一部固定电话需要5000元人民币，安装调制解调器、购买电脑，加上使用费用，没有两三万元，是通不了电子邮件的。很快，我就收到了马戎老师的回信。他把我"臭骂"一通，命令我访问结束后直接回京，哪儿也不能去！从故纸堆里出来的我，面对马老师的"痛骂"，自知理亏！

那时，从与北京大学社会学相识开始，一晃，已经整整八年。回到燕园，我在社会学的根算是真正扎下了，也已经在这里守了一辈子。

回到燕园，我再次站上讲台，先后讲授过"社会项目评估与研究""社会调查与研究方法""社会研究方法""人群与网络""大数据挖掘与分析""社会科学方法导论""组织社会学""组织研究""地方传统与中国社会""中国的社会分层与流动""技术应用与社会变迁"等十余门课程。课程讲得好坏，只能由学生说，可我自知：尽心了。研究生培养了100多位，都是心态阳光的俊男靓女，虽然说他们从我这里不一定收获多少，但我相信他们从北京大学社会学系一定受益良多！

我的研究工作则始终围绕着技术与社会的关系。第一是关注调查研究技术的应用。我做过禁毒项目和艾滋病防治项目的效果评估研究，受学校委托创办了中国社会科学调查中心，创立了中国家庭追踪调查项目。第二，关注信息技术应用带来的影响，从对组织变迁的影响到对社会变迁的影响。在关注技术的背后，还是费先生的主题：发展，尤其是中国乡村的发展。如果说有啥拓展，可能是对从工业社会到数字社会变革的关注。其实，不是我的拓展，而是时代变了，时代赋予了我们责任。通俗地说，费先生关注工业化对社会发展的影响，我关注数字化对社会发展的影响；时代使命让费先生更多关注中国社会，时代发展则让我有机会进一步观察人类社会。当然，除了费先生的志向，在其他任何方面我都不敢提比费先生，担心学生不才，辱没了先生一世英名。

说到这里，你可能在想：听起来都是好的、积极的、正面的，在北京大学社会学系，难道没有一点委屈，尤其是经历如此庞杂？是啊！我不想把在北京大学社会学系的经历说成一个励志故事。可我的确是在"末流"的学校读的本科，也的确是自学的社会学，能与北京大学社会学相守一辈子，不是我自己怎么样，只是遇上了这个时代，遇上了北京大学社会学，而已。哪个学校、学院没有办公室政治？哪个人没受过委屈？只是在我看来，"躺枪"办公室政治、遭受委屈，那也是自找的。跳出个人的场景化的感受，不就没有什么办公室政治了吗？不就没有委屈了吗？我不只在一所大学工作过，我的体会是：人与人之间的生物性和社会性的差异决定了每个人不只有欢声笑语，也一定有痛哭流涕。大学不同、学院不同，办公室政治的逻辑是一致的，感受委屈或感受成长的逻辑也是一致的，北京大学社会学给我的，更多是快乐！

就说到这儿吧。

回忆三位老先生

于长江 黑龙江哈尔滨人,北京大学社会学系副教授。1988年在北京大学社会学系获学士学位,导师为华青教授;2000年在费孝通先生指导下获得博士学位。研究方向包括都市文化艺术、城市化、社区与社会建设、民族问题等。代表著作为《从理想到实证——芝加哥学派的心路历程》等。

回忆三位老先生 / 于长江

今年是燕京大学社会学系建系100周年,北大社会学系恢复重建40周年,时间过得真快!燕大岁月,未能亲历,只能想象,而北大社会学这40年,我算是身处其中,从上学到工作,虽有变化种种,但从未真正离开,突然觉得这个系的魔力就在于:You can check-out any time you like,but you can never leave!(你可以随时退出,但却永远无法真正离开!)

1985年,于长江(左四)与邬博宇、范军等人在山东调研

也许是因为一直在此,所以反而总分不清哪些算"过去",哪些算"当下";哪些算回忆,哪些正发生……这种时空感受的"连续统",使得我至今还不太习惯使用"纪念"一类的说法,每每说到二三十年前系里的事,还觉得像是刚刚发生的,仿佛社会学系永远没有"过去时",只有"进行时"和"未来时"……

若要写一点文字,还是想写当初上学时的人和事,马上想到的是系里的三位老先生——袁(方)先生、韩(明谟)先生和华(青)先生的日常片段。仅凭记忆,不查阅其他记录佐证了,想到什么就写出来。

袁先生：办公室印象

记得袁先生每天都工作到很晚。过了下班时间，若路过系里，还经常能看见他办公室亮着的灯光，而最让人印象深刻的，正是老先生的办公室，里面总是摆满了各种书籍和资料——数不清的各种牛皮纸文件袋、各种油印打印蓝皮黄皮的自编教材、各种期刊报纸、一沓沓绿色方格子布满钢笔圆珠笔铅笔手写文字的原稿纸，还有很多学校印发的红头文件，好像还有当时广播电视大学远程教育的资料、试卷和信件，等等。对我们学生而言，每每路过或办事进入袁先生的办公室，就能看到书架上、桌子上、椅子上、地上、文件柜内及其顶上，都摆放着这些资料，把本来就不大的办公室填得满满当当。每天，袁先生就在这些书籍文献资料的簇拥中，或坐或立，或与人话，或伏案书写，构成一幅饶有意涵的学人画面。至今想起，历历在目……

这样一个"书满为患"的办公室，看起来拥挤局促，但好处是袁先生随时需要看的都在身边，随用随取，最远也只是起身走两三步就能拿到。当时没有电子版之类的储存方式，所有书刊资料都是纸版，大部分都是寄来或送来的，都要放在办公室这么一个房间内，纸版不像电子版那么容易随时编目归类保存，在有限物理空间中很难真正严格分类摆放，常常只能根据房间里不同地方的空间大小，大概分拣一下"堆放"在某个位置上，外人看来仿佛是随手放置、杂乱无章的，但袁先生似乎对每样东西放在哪里都了然于胸，总能在需要时信手拈来。

记得有一次我和同学一起去系里办事，偶然碰上一幕，好像是系教务工作需要找一个很久以前收到的文件，袁先生说他记得是放在办公室某一个文件柜的柜顶上。一位年轻教师踩着凳子，把柜子顶上存放已久满是灰尘的几捆资料翻查了一遍，没看到，下来说"不在这里"。袁先生坚持说"就在那儿"。我当时还觉得老先生怎么这么固执，明明找了没有，也不改变说辞，难道就不会是记错了？但袁先生用手指着柜子上那个位置，坚持说"就在那里"，年轻教师又上去找了半天，居然还真就找到了！可能是落在哪个不明显的角落，刚才找的时候没看到……

现在回想，袁先生办公室里那么多资料文献存放具体位置的信息，他如何能一一记住？在今天伴随电脑手机电子储存器长大的一代人看来，那简直就是奇迹，要多么超常的归类记忆能力，才可能做到！关于袁先生的另一件小事，发生在我刚毕业工作时。当时北大小南门外有个长征饭庄，卖水饺，袁先生若工作忙错过了食堂吃饭的时间，有时就会去那里吃水饺。有一次我正好也陪一位客人去吃饭，进餐厅坐下点餐，看到袁先生坐在隔着几张桌子远的一张桌边就餐，袁先生也看到了我们，挥挥手和我们打招呼。过了一会儿，我们见他端着一盘水饺，辗转绕行，穿过那些围满顾客的餐桌之间狭窄的通道，走过来。我们问他是不是有什么事，袁先生说他点多了，那盘水饺一点没动，拿来给我们吃。我怕他不够吃，就说"您吃您吃，我们自己点了"，袁先生坚持说他已经吃好了，不吃了，这些给我们，不要浪费了。于是我们欣然接受……事情虽小，但多少年来总是想起，当时袁先生作为学界泰斗，德高望重，但日常生活之简朴自然，与晚辈师生的交流互动也平易坦诚、直白随性，令人永远怀念和敬仰。

韩先生：上课最难忘

关于韩明谟先生，我的记忆主要是关于上课。我入学第一课是韩先生讲的，记得他走进教室，还没开讲，先转身在黑板上写了三行字，是三本书的书名——《后工业社会的来临》《大趋势》《第三次浪潮》。这些是当时最"拉风"、最前卫的热门书，代表了20世纪80年代社会各界面向世界、憧憬未来的时代气氛；而以这三本书作为社会学的入门文本，让人耳目一新，精神振奋，清晰表明社会学就是一个站在时代潮头、拓展前沿、探索未知的朝阳学科。

接下来，韩先生让我们每个人说一说自己为何报考社会学专业。轮到我时，我实话实说，说自己其实是"瞎撞"的，报志愿时第一次看到"社会学"这个名称，根本不知道是什么，还以为是"社会科学"漏印了一个"科"字，选择它只是因为看到这个专业理科课程多。我原来在中学是理科尖子生，后来突然发神经要改学文科，家里和学校都反对，最后闹到物理老师从此不再理睬我，我内心一直很纠结……那个年代信息匮乏，报志愿仅能看到中学里收到的一张北大招生海报——一张纸，正反面印着30多个系的简介，社会学就占豆腐块大小篇幅，居然还用一张图——好像是雷老与同学交流的照片——占了一大半，文字就几行，但列出了基本课程，我发现社会学专业是文科中理科课最多的，有生物、心理、数学和统计，觉得自己的理科基础还能用上，最少浪费，一高兴就报了，纯属撞大运。直到入学后，才知道费孝通、雷洁琼等"知名人士"是社会学专业的。也因此，我从报志愿到入学前后一直在自问：自己改文科、选社会学到底对不对？会不会是一个错误？而韩先生的第一课，让我一直悬置的心稳稳落地了，觉得瞎撞居然撞上了最好的学科，这正是自己梦寐以求的。仿佛中了彩，暗喜了好几天，不用担心吃后悔药了。

这种感受应该不只是我一个人的。80年代是社会学的旺季，最小最新最出彩，是"小的是美好的"的化身，有很多全新的知识和思想。一些其他专业的同学，也乐于听社会学的课程和讲座，有些同学干脆转系过来。韩先生在这种氛围中上社会学概论课是有些难度的，听课者满怀热情，求新好奇，而韩先生恰恰不是那种激情澎湃型的讲者——说话慢条斯理，语气平缓淡然——刚开始让人觉得太"平铺直叙"了，但认真听进去之后就能体会到，这种朴素平白的娓娓道来，是一种实打实只讲干货的风格，更适合入门者培养严谨学风和理性思考，相对于当时校园里到处热烈讨论争论、各种奇思异想任意挥洒的口才秀气氛，韩先生的课有一种淡定、平实、靠谱的特质——身居思想闹市还能保持自己的心神定力，习惯于精准地读书，扎实地调研，缜密地思辨……学科重建早期教学的这种沉得下来、不骄不躁的风尚，成为社会学系一个非常重要的传统，至今犹存。

对韩先生上课的具体内容，现在只有少量记忆片段。记得有一次他在黑板上写了两个词，一个是"文化"，一个是"社会"。他说："'社会'与'文化'这两个词很大程度上是同义的……"这种说法，在社会学专业内部可能是不难理解的，但对于我们这些初来乍到、完全没入行的学生来说，是很费解的。因为在此前的教育和常识中，这两个概念是完全不同的东西，怎么可能是"同义"？但恰恰是这种不理解和疑惑，反而激起了我们对社会学的特殊兴趣，同学们感到"社会学"确实有一种独到的、不同于常识的视角，从一开始就唤起我们的学科意识，以至于后来许多年，我本人一直在关注"社会"和"文化"这两个主题，在其相互关系中思考社会。

韩先生课上还有一个让我一直难忘的片段。有一次讲课中，韩先生说："……其实，中国人和美国人是很相似的……"这个观点，让我和听课的同学都感到很意外，因为这个说法与当时人们一般的认知完全相反！在80年代，"现代化"是校内外各界热议的主题，尤其是"人的现代化"更是热点，美国作为最发达的国家，总是被视为"现代化"的典型，中国则被视为"未现代化"的代表，而韩先生居然说这两个状态完全相反的国家的人"很相似"，太让人觉得突兀了！有同学还以为韩先生口误，落了个"不"字，但韩先生接着做了解说，细节我记不准了，大概意思是，"中国人"是由历史上很多不同背景的人口融合组成的，现存的文化和规范都是世世代代不同人群在求同存异中达成的某种共性，所以中国社会蕴藏着丰富的多样性、多元性，同时民间对新的、外来的东西都不拒斥，很有开放性，而美国当时正处在世界各地移民的融合之中，也在不断探讨和建构某种最大公约数，在这个意义上，中美这两个看似差异很大的社会，其实存在着深层次的相似性，只是所处阶段有些不同……这个分析，让我脑洞大开，发现原来不同社会还可以从这种超时空的角度去分析，得出与一般常识印象完全不同的结论——这种社会学思维的洞察力，具有一种特殊的魅力。

　　回想韩先生的课，深感学生对某一位教师上课的评价，往往要经过一定时间的经历体验才可能做出，韩先生的课就是属于这一类。有些上课时感受不到的东西，要过一些时日，可能经过了若干年的工作或有了新的生活体验，才能理解其深意；特别是后来目睹韩先生领衔"主演"了当代国内社会学少有的一场公开学术争论，他展现出倔强求真与君子风雅的完美统一，我更深地领悟了老先生当年上课时不同凡响的学术风范。

回忆三位老先生 / 于长江

华先生：宿舍交流

对华青先生的记忆，就一直固定在他在 80 年代的样子：60 岁上下，是系里几位老先生中年龄最小的，穿着打扮也相对新派一些——一双运动旅游鞋，一件浅色羽绒外套。由于兼任行政工作，日常随时处理一些教务科研等事务，他与学生的接触也相对多一些。给我印象较深的，是当时华先生在工作之余会抽空到学生宿舍转一转，直接面对面了解同学们的状况和想法。作为系领导和长辈，华先生平易随和，随时坐下来与学生漫谈交流，无隔阂障碍；同学们也是想什么就说什么，与华先生无拘束地讨论任何话题。这使我切身感受到社会学系师生之间这种跨越年龄、世代、职位和身份的心心相通的风尚。

在当时系里的几位老先生中，华先生是我个人联系相对多一些的，主要是因为当时华先生讲的"国外社会学学说"的绝大部分内容是我之前闻所未闻的，对我来说很新奇，也需要我花更多时间去理解。当时整个社会学界都在弥补 30 年停办的空白，恶补式地引入国外社会学理论，教学内容也是随时增加，教学中还会安排学生参与翻译一些教材等。有很多不懂的内容，我经常在课间和课后找华先生请教和讨论，华先生也耐心解答。

当时华先生在学校有一间临时休息的宿舍，我有时会去向他请教课上没有问完的问题，也会谈及一些社会话题，更难忘的是听华先生回忆自己早年的一些往事，尤其是在云大、西南联大和清华求学时的经历，包括生活和学习条件的艰苦、师生及其家人如何想方设法谋划生计、战乱中如何坚持学术追求等，也谈到当时不同大学不同的风格气质。比如清华学生多为平民背景，食堂饭菜的风格比较简朴，一定有白菜、豆腐等小菜，价格也相对简朴，以保证经济条件较差的学生的基本生活……谈及这些多年前的往事，把我带回到一个不同的时代。

华先生说的有些旧闻，可能其他人的书中也有写，但当面由熟悉的师长以个人口吻诉说出来，别有一种感受。相对于书中的"历史"，真切的个人回忆能带来一种更丰富的体会，让我们对前一个时代的人和事有更多直观感性的理解，这种跨越世代的回溯，对于社会学有特别的意义。这个学科特有的"中断–重建"的历史，造成一种时空断档，而重建学术传承，很大程度上依靠这种"师生+掌故"的跨代讲述，使得中断之前的学术精华与当今年轻学生的个人感知建立直接关联——未能亲身经历也颇有共鸣，如交感巫术中的"触染效应"，让几十年前先辈们学术的"业力"，经过老一辈亲历者的加持而传递到了新一代师生身上。这样的传承，不限于学科的理论和方法等学术上的继承，而是包含着更广泛意义的时代精神和人文气质的赓续。

华先生从事外语教学多年，对语言有特殊兴趣。记得有一次我到三教自习，看到华先生站在一间教室门口。我打招呼："华先生，今晚您上课？"华先生说："不是，我是来听这个课。"我好奇地问听什么课。华先生说："德语课，西语系的，我在学德语……"我听了感到很意外：哇，60多岁开始学德语！华先生说学德语便于去德国交流，开阔眼界……这种心态，让人叹服！都知道德语难学，后来听说华先生经过一段时间的强化学习，已经可以用德语写信交流，办理一些访学事宜，去德国讲学也越来越多用德语进行沟通……当时受华先生影响，我也比较关注德国。若干年后我有一次放弃去美国访学的机会，改去当时"无人问津"的德国做研究，其源头就在这个华先生学德语的掌故。

我的本科论文是找华先生指导的，当时国内社会学处于中断后的

回忆三位老先生 / 于长江

"重建"阶段,理论和实践方面都处于一种初级状态,开始几届学生不熟悉后来的学术规范,大多不知道标准的论文该如何写。我就问华先生:"学术论文应该是什么样子的?"华先生没有直接回答,而是鼓励我先多考虑自己的选题和内容:一个是要自己感兴趣,另一个是要理论联系实际。华先生说,越是学西方理论,越要尝试与中国实际相结合;联系实际,除了学以致用解决现实问题之外,更重要的是能够更多体会理论与实践的复杂关系,有利于深入理解社会学与社会现实结合的难点,为将来从事学术研究工作打下更好的基础。

按华先生指导,我考虑自己的"兴趣"在哪里。其实本来我个人是对田野调研感兴趣,平时也一直热衷于参与体验校内外的各种学术实践和社会活动,每年寒暑假都积极外出调研,尤其在豫东、陕北和广西做过比较长时间的田野工作。按照这个"兴趣",本来可以以某些实地调研资料为基础来写论文,也算轻车熟路;但我因为上了华先生的课,感到自己理论方面存在短板,所以很想"哪壶不开提哪壶",用现在的话说就是"故意跳出舒适区",不写熟悉的田野调查类,而是写跟某个国外学说有关的论题,也迫使自己强化一下理论知识。于是跟华先生商量,最后决定用一个西方理论分析中国的行政体制。现在看来,当时的论文是很肤浅和简陋的,但这种特定时代"简单粗暴"的学术尝试,尤其是华先生对我的指导教诲,对我个人还是一个很好的提升,也对我后来的学术取向和工作风格产生了很大的影响。

我毕业后比较多外出调研,经常几个月不回校园,后来又常驻外地,与华先生联系少了,只偶尔在系里开会时才会碰到,还记得最后一次与先生谈话,我问:"华先生,您近来忙啥呢?"华先生笑着说:"唉,忙养生,保持健康!"话语中含有一种无奈和自我调侃。尽管如此,我还是觉得老先生一切依旧，仿佛还是那位在学生宿舍与同学们聊天的老教师。直到后来惊悉华先生去世，才突然强烈感到，华先生已经是八十几岁的人了。

对三位老先生的回忆，凭记忆即兴写出，可能不准确，也不刻意考据核实了。某种意义上，保留这种自然记忆，也是一种"真实"，以此向当年系里以老先生为代表的各位师长致敬。

40年，国内外社会环境发生了翻天覆地的变化，社会学系也取得了有目共睹的成就，人才和成果倍增，已经从当初"拓荒"的小众，发展成为北大主要学科之一。所幸，在这世事变幻中，社会学系的深层气质风格保持了可贵的"不变"，百年传统，一脉相承，一如既往，没有跟风逐流的浮躁飘忽，而是依据自己的取向和节奏砥砺前行，这在当今实属不易。坚守学术传承本身就是北大社会学系的特质之一。记得我这一届学生入学时的第一次集合，是孙立平老师带我们熟悉校园，他第一时间就讲述了费孝通夫妇早年在广西大瑶山调研遭遇的惨痛事故——在回顾前辈学人的执着和牺牲中，领悟这个学科凝聚沉淀的人文底蕴，培育独到的历史感和审辨习惯，通过不断回望，不断反思，不断内省，来夯实我们的学术史基础，保证学科行稳致远的自生动力和不随大流的特立独行。对于社会学新生代而言，老一代师长学长从来没有成为过去，而是一直与后辈相伴，与新人同行，支持着这个学术群体保持"老的老，小的小"而又"没大没小"的真诚质朴之风，成为一届届、一代代学子从实求知的精神力量。同时，回顾老一代学人和这个学科的坎坷经历，也不时提醒我们：社会学在高校围墙之外的主流社会和一般民众中，还远没有成为常识知识；社会学界的观点和视角，还常常不为人们所理解；

学科建设如逆水行舟,任重道远,有春夏也有秋冬,永远是风雨兼程在路上……

想到上学时,抄写贴在宿舍床边墙上的一段诗句,算作结尾:

我再结网时,
要结在玳瑁梁栋
珠玑帘拢;
或结在断井颓垣
荒烟蔓草中呢?
生的巨灵按手在我头上说:
"自己选择去罢,
你所在的地方无不兴隆、亨通。"

前世燕缘

吴晓刚 江苏镇江人,1991年本科毕业于中国人民大学社会学系后进入北京大学社会学系学习,1994年获硕士学位,师从王思斌教授。1994—1996年在上海市人民政府研究室工作,后赴加利福尼亚大学洛杉矶分校(UCLA)社会学系学习,2001年获博士学位。2003—2021年任教于香港科技大学,2018—2021年担任社会科学部和公共政策学部讲席教授。2008—2022年担任国际华人社会学会(International Chinese Sociological Association)会长。现任美国纽约大学社会学教授、上海纽约大学御风全球社会科学讲席教授、应用社会经济研究中心主任,美国普林斯顿大学全球学者(2020—2024),英文SSCI杂志 Chinese Sociological Review 主编。

前世燕缘 / 吴晓刚

还记得进入北京大学第一年的期末（1992年6月），社会学系举办了10周年系庆。全系师生还拍了一张合影，当时系里的两位大先生——费孝通教授、雷洁琼教授也来了。转眼一瞬，恍惚之间，30年过去了。1994年我离开北大后，几经转折，还有幸继续从事社会学的教学和研究工作，但与系里的联系并不多。应飞舟兄邀请，写几段文字，再续前缘，一为社会学系恢复重建40周年志庆，二来也正好整理一下人生的记忆。

一、结缘

我与北大社会学系差一点失之交臂。20世纪80年代中期，中国的大学里社会学专业刚刚恢复，很多人都不知道社会学是干什么的。我上高中时，中学里有个1984届的校友以全市文科状元的成绩考入北大社会学系。我入学时从中学宣传橱窗中知道了这个专业，特别景仰。中学文科班一般每年都有一个能考进北大，那一年大概应该是我。但在填报志愿时，我却临时改变了主意，没报北京大学，改报了隔壁的中国人民大学。但我因北大校友而知道社会学，第一志愿也就报了这个专业。

我填报志愿时，显然功课没有做好。进了人民大学，才发现这是一个新成立的系。这也解答了我的疑惑，为什么录取通知书上说我是被社会学研究所录取的，因为发录取通知书是8月，社会学系那年10月才成立。这样，我就成了人大社会学系的第一届本科生。周末时常去北大拜访校友，看到燕园"一塔湖图"的景致，不免心生一点遗憾，此生似乎已错过。好在大学四年，我没有浪费光阴，老老实实读了不少书，但也没有想要考北大的研究生。1989年之后，国家关于大学生分配、考研和出国的政策一年一变。临近毕业时，听说应届生不能直接考研，也不能申请出国读书，除非有海外亲属关系。我就只好准备工作，1990年暑假第一次去了趟上海，想看看那里有无工作机会。当时外地本科毕业生想留在上海，还是一件非常困难的事。找工作无功而返。回到学校后，却听到一个好消息，说应届生可以直接考研了。

我可以留在人大读研，也有点想试一下北大。从招生简章上看，北大那一年应届生招生名额有四个。除了本系的，留给外校竞争的也就两三个吧。暑期上海之行虽没有成果，但是见到了当时担任上海社科院社会学研究所副所长的吴书松老师。我写信去征求他的意见，他回信说他以前的同事杨善华刚到北大社会学系当老师，建议我去找杨老师问一下情况。我于是就拿着他给我的地址和电话，找到当初还在团结湖附近的杨老师家。杨老师当时不在家，师母在，但是总算是联系上了。后来杨老师答应帮我搞一套往届的北大社会学系研究生考试样题。我拿到试题，看了一下，就决定考北大了。

我别的本事没有，考试的本事还可以。因为先前有些底子，我没准备多久就去考了。考完之后，还是有点不安。如果成绩进不了前三名，那估计希望就不大了，还得继续找工作。记得去北大查分数的那天，北京飘着小雪。我刚进东南门，还没有走到当时社会学系所在的27楼，就碰到了系教务秘书周爽老师。我当时还不认识她，她却知道我了。她见到我，笑呵呵地直接就叫我的名字："你是吴晓刚吧？你考得不错！"

我是考得不错，不仅是第一个从人大社会学专业考进北大社会学系的本科生，而且分数也是以往没有过的高。就这样，我进了北大。我不记得后来是否曾向杨老师表示过感谢，进入北大后与杨老师交往也不是很多，但杨老师是最初领我走进燕园的人。后来，我与杨门的弟子多有交往，也算是一种缘分。

那年，社会学系一共招了五个应届生（扩招了一个），两个本系升上来的（廖荣天和刘京雷），三个外校考进来的，一个人大的（我），还有另外两个女生——武汉大学的汪曼和华东师范大学的张弘平；还招了五个往届生。同年录取的博士生有邱泽奇和麻国庆。

二、师道

我进北大时，社会学系恢复重建还不到10年，师资队伍、课程建设、人才培养，以现在的标准看，还是非常初步的。系里能带博士生的只有费先生、雷先生和袁先生，能带硕士生的也不多，年轻一点的副教授我记得有王思斌老师、马戎老师和后来离开社会学系的萧国亮老师。对后来社会学系发展和学生影响较大的一批中青年学者，如孙立平、杨善华等还不能带研究生，王汉生、林彬还是讲师、在职博士生。研究生培养主要靠散养，入学时不分导师，做论文时才确定。研究生之间没有太强的师门意识。

在硕士学习的头两年，我有幸与袁方教授有过很多交流互动。先生当时74岁高龄，已不做行政，但还承担研究生必修课"社会研究方法"的教学工作。那一年，他邀请了南开大学社会学系创系主任苏驼教授一起给我们上课。苏先生当时也60多岁，已退休，每周都要从天津坐火车到北京,而且每次都是当天来回,但上课从不迟到。苏先生和蔼可亲,讲课认真负责。袁先生每次也在课堂,一起参加讨论。袁先生在系里有一间单独的办公室,早上几乎准时到,一直待到下班。去系里找先生,都不用事先预约。

也许因为我考试成绩令人印象深刻,"社会研究方法"开课之初,他交给我一本香港寄来的英文版新书——*Indicators of Social Development*(香港学者 Lau Siu-kai, Lee Ming-kwan, Wan Po-san, Wong Siu-lun 主编),让我组织班上同学翻译,并嘱咐我要对社会指标测量多加关注。我记得我们做过一些翻译工作,但这本书的中译稿后来不知所终。我不太记得书中的具体内容,但对几个香港作者的名字,印象深刻。十多年后,我在香港开启了一个新的研究项目"香港社会动态追踪调查"(Hong Kong Panel Study of Social Dynamics),源起于黄绍伦(Wong Siu-lun)和李明堃(Lee Ming-kwan)2008 年在香港中文大学组织的一个会议,也得到刘兆佳(Lau Siu-kai)教授的大力支持。他们的英文名字,我在北大读书的时候,就已非常熟悉。

"社会研究方法"课程结束后,先生还让我组织协调班上同学编写这门课的教材。我们进行了章节分工,我自己完成了其中两章的写作任务(至今还压在箱底),但不记得当初为什么就没有下文了。后来他还给了我另外一项任务,联系中国人民大学统计系的贾俊平教授,共同主编一本关于社会指标的书。偶尔他还给我报销一些买书的费用。社会学系以前所在的 27 楼旁,有个燕春园餐厅,先生经常在那里吃午饭,有时我正好去找他,遇到了,偶尔也会沾光。有一次他因为心脏问题住院,我还去北医三院陪护过两晚。

我后来没有正式成为袁先生的学生。系里在分配导师时,很多同学都希望有袁先生这样的大牌教授做导师。我也报了袁先生做导师,后来系里通知,我被分到王思斌老师名下。我想了一下,也就接受了。一个原因是王老师当时担任副系主任,平时并不怎么管我们,但偶尔见面,他对我论文研究的点拨,还是非常到位的。比如我打算研究中国改革开放以来劳动关系的变迁,他建议我要进行概念化和理论化。我顺着他的思路,提出了中国单位制改革下劳动关系从行政性依赖向利益性依赖的转变。此外,还有一个更重要的原因,我对继续从事学术研究的信心发生了动摇。1992年邓小平南方谈话后,北大人更能触到中国经济和社会即将发生巨变的脉搏,校园里已摆不下一张平静的书桌。很多人都想着下海做生意。我认识的北大在读研究生,在外面开家务中介公司的都有。社会学系为了创收,还与外面合办了一个三产公司,记得公司名叫"天元",主要业务是卖自行车。一家位于广东高要县的港资柴油机企业来北大招聘销售人员,异常火爆,社会学系不少人报名,我也参加了能力测试,可第一关都没通过。(惭愧!)袁先生虽然多次希望我留下来继续读博士,但我当时觉得留下来读可能收获也不会太大,决定还是先工作一段时间,了解一下社会,要是以后真的放不下,就争取出国读书。

也许是因为我的拖沓和不负责任,袁先生交办的几个项目,最终都不了了之。但先生似乎没有责怪的意思,后来还为我申请出国读书写了推荐信。1996年我拿到加利福尼亚大学洛

吴晓刚在袁方先生办公室

杉矶分校的 offer，临行前去了北京。还是在燕春园餐厅，他请我吃了一顿午饭，记得我们还喝了一瓶燕京啤酒。我与先生相差 50 多岁，两人其实并没有多少共同的话题，默默地吃饭，也不觉得尴尬，至今还记得当时谈过的话题。那应该是我与先生最后一次见面。

或许袁先生对其他学生也很好，对我也没有什么特别。但是，北大三年，我从外校考入，有点孤寒，觉得系里最亲最近的老师就是袁先生。2000 年先生去世的时候，我还在美国洛杉矶读书，没有机会送别和悼念。借此母系恢复重建 40 周年之际，向先生表达永远的感激和怀念。

三、问学

研究生期间，印象比较深的课程，还有马戎老师开的专业外语。马老师选用的英文阅读材料，主要是他自己感兴趣的有关迁移、种族、民族的文献。当时研究生中几乎没有人对种族、民族问题感兴趣。要是用中文开这个课，我估计不会去选。专业外语课，我们的任务是将英文翻译成中文，我承担了比别人多不少的任务，可能是因为我的英文在班上相对好一点，能者多劳。这样，无意中开始读了不少西方有关族群关系的文献，比如米尔顿·戈登（Milton Gordon）的《美国生活中的同化》（*Assimilation in American Life*），第一次接触到很多中文很难翻译的词，比如 assimilation, adaptation, acculturation 等。戈登书中提到的美国社会大熔炉（melting pot）的概念，我记得非常清楚。我还根据翻译心得，结合自己的一些想法，写了一篇"社会学关于民族同化的理论模型"的论文，发表在上海社科院社会学研究所的内部刊物《社会学》（1993 年第 1 期）上。

我以为从此不会与民族问题再沾边。2009年新疆"7·5"事件发生的时候，我正在人大访问。看到新疆暴力事件的消息，我脑子里突然冒出来一个假设。回到香港后，就让当时还在科大读硕士的宋曦去看一下数据，是否可以支持。后来写了一篇文章，第一次讲是在北大的社会学与人口学研究方法研讨会上，正好是马戎老师点评。

我在北大社会学系上了一年多的课以后，觉得总这么读书、编书、翻译不是个事。就像我后来在UCLA的导师伊万·塞勒尼（Ivan Szelenyi）曾跟我们说过的："有些人写（关于社会的）书，有些人是写关于书的书。（Somebody writes books, somebody writes books about books.）"青菜萝卜，各有喜爱。我当时大概是想成为第一种人，所以对袁先生交办的项目可能就没那么上心了。此外，还有一个重要原因，就是在读研的第二年，我有机会参与到一个关于中国"单位制"的研究项目中。关于中国单位制的研究，1986年，当时还在哥伦比亚大学任教的魏昂德（Andrew Walder）出版了一本新著，在海外中国研究学界声誉鹊起，也激发了不少国内学者的兴趣。我到北大后，与人大的老师还保持着密切的联系。我本科论文的指导老师李路路、中国社科院社会学研究所的李汉林老师，当时与国家科委中国科技促进与发展研究中心的王奋宇准备合作，在全国10个城市组织了一次基于单位组织和就业人员的调查（这可以说是中国最早的雇主–雇员匹配调查）。因为我本科时在科委研究中心实习过，帮忙清理过数据，写过研究报告，当时负责调查的王奋宇就找到我，希望我来帮他们设计问卷，组织北大本科生进行调查。读研期间我曾几次被系里推荐给北京市委教工委，负责设计首都大学生思想状况的动态调查，问卷设计算是驾轻就熟。我于是决定接下这个活儿，一方面是经常听李路路老师和王奋宇他们谈中国单位制，觉得很有意思，受到些影响，也想做这方面的研究；另外一方面是我觉得这是了解社会、锻炼能力的一个机会，还可以相应获得一些劳务报酬。

组织全国性的调查，我还没有经验。比如，科委的调查经费，只能以支票的形式支付给北大，但怎么把支票变成一大笔现金，发放给学生做调查路费和劳务费，就是一个大难题。系里可帮不了这个忙，也没有可以腾挪的经费。后来几经周折，找到社会学研究所的潘乃谷老师帮忙（所里国外合作课题较多）。她不但欣然同意，而且不收任何手续费。这样，北大社会学系1990级的本科生，拿着团中央的介绍信，1993年暑假奔赴10个城市，完成了全国100多个单位组织、3000多份员工的问卷调查。我自己也带领一小队人马到四川成都调查。结束后，我们顺道到当时还没有完全开发的川西九寨沟、黄龙一带旅游了一趟。

以今天的标准来看，这项全国性的调查，还远远不够专业，也没有质量控制。我后来没有参与数据的清理和开发，但是课题组同意我使用调查数据来撰写北大的硕士论文（这是我接这个项目前就提出来的）。因为受袁先生的研究领域劳动社会学的影响，而且王思斌老师的兴趣也包括组织研究，我就选择了从单位制的视角看改革以来中国劳动关系的变迁。我的硕士论文《从人身依赖到利益依赖：一项关于中国单位组织的研究》，基于这项调查的数据，通过对人们的择业、单位间流动以及单位内生活的描述，认为20世纪90年代初个人与单位间的关系从原来被动的行政性依附向契约性关系转变，个人形成了对单位的"利益依赖"。文章数据分析只用了列联表，我当时连回归分析也不会用，这也反映了当时北大社会学系定量研究方法训练的水平。

这篇硕士论文，使用的调查数据具有一定的独特性，提出的问题也具有一定的前瞻性。到上海工作后，我把论文的主要部分修改了一下，1995年试投了《管理世界》，没想到竟然被接受了，当年又被《新华文摘》全文转载。我还把文章里的小观点，写成若干豆腐块式的文章，发表在《工人日报》和《中国劳动报》等报刊上，如《工作生活质量的现阶段意义》(《工人日报》1994年11月18日)、《论企业的社会责任》(《工人日报》1995年2月7日)。文中的有些观点（如工作生活质量QWL，企业社会责任CSR），现在看来也不觉得过时。上海市总工会内部刊物还专门转载过我的论文。开会时正好碰到总工会的人，还专门找我讨论。这让我开始有点自我膨胀，从某种程度上强化了我出国进一步学习的决心。

我在申请出国前，给当时已转到哈佛大学教书的魏昂德教授写了一封信，表示希望跟随他从事单位制的研究，自己的硕士论文已有一些基础，对他在1986年书中提出的个人对单位的"三重依赖"特别感兴趣。没想到他竟然给我回了信，信封上的地址居然是他手写的中文。他告诉我他那时在哈佛停薪留职，去香港科技大学工作，不会参与系里招生云云。那年的申请，我自然就没有那么幸运。而那个位于香港九龙东牛尾海边上的香港科技大学，我毕业之后终究没有绕开，成了此生待得最久的地方。

我拿到 UCLA 的 offer 赴美读书时，随身带的就是我在北大读研期间搜集的中国单位调查数据。我在学习定量方法课程时，作业用的也主要是这个数据。1998年我用这个数据，要写一篇英文硕士论文，我还是想做关于单位的研究。我已有很多关于单位制的研究想法（包括个人－单位依赖关系的变化），就约了指导老师之一伊万·塞勒尼教授[另外一位指导老师是研究中世纪意大利资本主义发展的助理教授丽贝卡·埃米（Rebecca Emigh），谁让我在申请文书中说自己对比较－历史社会学有着浓厚的兴趣呢]，想听听他的建议。记得是一个黄昏，在伊万的办公室，我用磕磕巴巴的英文，告诉他自己想做的东西。伊万主要研究东欧国家的市场转型，对中国并不熟悉，他也不太懂统计。但是，那次 office hour 之后，我就觉得，有些智慧是可以穿透时空的，更不需要用技术来粉饰。

伊万建议我从市场转型的视角看单位的作用，集中在当时争论的焦点，即关于人力资本的回报。至于我想做的其他东西，可以再写别的文章。我似懂非懂地试图理解他那浓厚东欧口音的英文，慢慢就做下去了，以至于忘了自己原来要做什么。他还建议我关注一位年轻的华人学者（谢宇）1996 年在《美国社会学杂志》(*American Journal of Sociology, AJS*) 上发表的一篇关于中国的文章。我的调查数据里的"收入"没有区分工资和奖金。他记得倪志伟（Victor Nee）、边燕杰的数据里有这样的信息，说他可以问一下他们是否可以让我使用——仅限论文，而他愿意与他们分享他在匈牙利搜集的精英数据，并将 email 抄送给了我。先问倪志伟，回信说不行；再问边燕杰，回信说行。就这样，我的论文，一半用了自己在北大时搜集的数据，另一半用了边燕杰的数据和谢宇的分解方法。这篇题为 "Work Units and Income Inequality: The Effect of Market Transition in Urban China" 的文章，是那年唯一不需要修改就通过的硕士论文 [我后来的博士论文导师唐纳德·特雷曼（Donald Treiman）和答辩委员会成员比尔·梅森（Bill Mason）是两个评阅人]。伊万还建议我投《美国社会学评论》(*American Sociological Review, ASR*)，我试了一下，虽然被拒了，但收到很好的建议。毕业前为找工作，我根据 *ASR* 的审稿建议，把论文修改了一下，2002 年以独作发表在《社会力》(*Social Forces*)杂志上。这是我第一篇发表的英文杂志文章。20年后的2022年,我和上纽大助理教授缪佳合作的一篇关于香港的论文,又一次登上了这本国际著名的社会学杂志,这或许是 *Social Forces* 杂志创刊100周年来唯一一篇关于香港的论文。

四、故人

我在北大读书的时候,社会学系正处于青黄不接的阶段。说实在话,我离开的时候,是带着一点点失望的。燕园三年,最让人怀念的,不是上过的课,而是那段自由不羁的时光和那时结识的朋友。

研究生每年招生人数很少,一个系的研究生又都住在一起,不同系、不同年级交流比较多。同学之间背景差异很大,不少是工作多年又考回来的。平时大家干什么的都有,聚在一起的时候,就是喝酒聊天和玩耍。本科时代几乎滴酒不沾的我,"意志薄弱",老是被住在对门的大头、老曹和隔壁的老梁拖下水,经常混迹于海淀镇上的小酒馆。这些活动,一般是晚上10点以后才开始的,要搞到凌晨两三点钟。记得经常去的,是西南门外军机处胡同里一家名为"老虎洞"的酒吧。秋天金山支队野营,冬天未名湖冰场上玩老鹰捉小鸡,在镜春园和朗润园里打雪仗。回首过去,那是人生中一段过得很自由开心的日子,虽然那些地名,现都已不复存在,连同那些见过的各色人等、听过的各种故事,都只残留在记忆之中。

当然,在这"灯红酒绿,醉生梦死"的生活之外,我还有积极上进的事业。我做过系研会主席,被人拉帮混过校研究生会。虽然校研究生会里也是什么人都有,我还是有幸结识了一位非常优秀的同龄人——

政治学系的王旭。王旭担任那一届校研会主席,无论在为人、学识、能力方面,他都是让我见贤思齐、当作楷模的同学。我出国的想法,最初可能也是来自和他的讨论或受他的影响。临毕业前,我们还约了一起考GRE(怕离开学校后没有时间准备)。我考GRE没有钱,他还介绍我出去给别人办培训班帮忙,挣点补贴。毕业后他申请到普林斯顿大学的全奖,就直接出国了,而我当时还没下定决心,打算先工作一段再说。我工作之后不久,决定申请出国,王旭是我为数不多在国外的联系人,给了我很多鼓励和帮助。他还热心地把我推荐给他在普林斯顿社会学系上课时认识的吉尔伯特·罗兹曼(Gilbert Rozman)教授[《中国的现代化》(上海人民出版社1989年版)一书的作者,当时在国内很有名]。罗兹曼来上海时,还专门约我去花园饭店见了面。我那一年普林斯顿的申请,罗兹曼告诉我在waiting list上,还给了我他家里的地址和电话,让我与他保持联系。我后来等不及,就决定去UCLA了。

到美国后我和王旭还不时保持联系。1999年我们一起回国参加过民政部一个关于农村基层选举的项目(另外两个参与者是政治学者郑永年和史天健)。2002年,我的第一次台湾之行,也是他推荐我去的。他博士毕业后先回国,直接到国务院发展研究中心工作,也希望我能一同回来发展。我晚一年毕业,在香港科大找到了工作,就决定暂时安顿下来。因他回国工作,他太太放弃了哥伦比亚大学的教职,转到香港科大商学院教书,这样他探亲来回更方便些。他每次匆匆到香港时,总要抽空到我办公室坐一下,聊几句近况和想法。后来他到山东挂职,接着就留下来了,担任省人民政府副秘书长,前途无量。我们之间的联系慢慢地变少了。2013年,我为香港项目忙得昏天黑地的时候,在网上突然看到他因病逝世的消息,深深叹息:天妒英才,人生苦短。

近年来，有好几次，我独自一人在普林斯顿校园漫步的时候，总是不禁想起王旭，这位我在北大结识的朋友。当有人说起中国大学正在制造"精致的利己主义者"的时候，我也会常常想起王旭，想起他的热情和对现实的关怀。君子之交，其淡如水。借此忆旧的机会，寄托对友人的哀思，也祭奠那个时代的理想主义。

五、归途

毕业后，曾有几次机会，我差一点重回燕园，但都错过了。2011年，我应邀在北大教授暑期课程。全家在未名湖边的大卫·帕卡德国际访问学者公寓住了大约一个半月，享受了一段美好而宁静的时光。每天早晨，推着1岁的女儿，环湖一周；晚饭之后，再漫步一圈。那是一种此前从未有过的体验。后来在北京偶有机会，偷得浮生半日闲，最享受的是被卢晖临老师拉上，躲到镜春园的某一小院落（罗伯特·温德故居）里，夜晚，坐在桑树下，望着星空，喝茶叙旧。那瞬间，我忽然明白，1991—1994年在这里度过的岁月之于我人生的意义。

2020年疫情肆虐之际，在知天命的年纪，我又一次举家搬迁。这一次，是从生活了17年的香港搬回到上海，我24年前离开的地方。飞机上，顺手翻阅的是王赓武先生的新书《家园何处是》（香港中文大学出版社2020年版）。那个时代，赓武先生有一个永远回不去的江南故乡。家在何处，心有戚戚。我们这一代，也有很多人，无论走得多远，都有一个念想的地方。对我来说，那就是"一塔湖图"下的青春岁月。从这里，我才开始有了对远方的想象：天空有多高远，大海有多辽阔。这里，是启航点。

群学印证人心

王天夫 重庆市忠县人,1988年进入北京大学社会学系学习,1992年获得学士学位后进入中国老龄问题全国委员会工作。1996年前往芝加哥大学社会学系留学,2004年获得博士学位后开始在清华大学社会学系任教。现任清华大学社会学系教授、系主任,主要研究领域为社会分层与社会流动、家庭社会学、城市社会学等。代表成果有著作《转型时期的城市空间》,论文《数字时代的社会变迁与社会研究》《社会研究中的因果分析》《城市夫妻间的婚内暴力冲突及其对健康的影响》等。

群学印证人心 / 王天夫

时间真的过得太快!

北大社会学的恢复重建已经走过 40 年,而我也从北大社会学系毕业整整 30 年。接到邀约提交短文,我觉得义不容辞,同时又诚惶诚恐。不是因为时间久远,无可追记;而是太多记忆,不知如何起笔,同时又夹在学科历史传承与个人经历情愫之间,平添进退维谷的困难,唯恐词不达意,表达有误。

一、从未远离的燕园

虽说已经毕业多年,但我从未远离燕园,因为清华与北大真的就是比邻而居。我曾经住在清华园的西南端,阳台下面就是燕东园最北边的围墙,放眼望去就是耸立挺拔的博雅塔和安静秀美的未名湖。过去 18 年,我与燕园的距离其实就是那一道围墙。然而,北大社会学之于我,从来都不是一座围城。离开燕园的日子,我思念如常;而回忆身处燕园的日子,也总是觉得收获满满、乐在其中。在北大社会学系的四年时光,锻造了我的思想与品味,成就了现在的我。我羡慕每一位能够重返北大任教的北大社会学人,他们的日常,就是我的梦想:作为一名教师,可以"课后到未名湖边走一走、坐一坐",也许注定是我遥不可及的想象。

记得第一次走进燕园是在 1988 年 9 月初的一个傍晚。从家乡乘坐江轮，再转乘36个小时的绿皮火车之后，我和一同考上清华的高中同学提前到了北京，住在北大南门外海淀路上的一个远房叔叔家中。当天下午大睡一觉之后，我们两人穿着短裤和拖鞋，琢磨着进北大校园看看。保安大哥了解到我们是过两天就报到的新生后，就挥手放行了。我们没有明确的目标，沿着当时没有名字、现在称为"五四路"的南北大道，一路往北，穿过一教与附楼之间的廊道，沿着石板台阶逐级而下，走下小山坡，就看到了未名湖。我们奔向湖边，走上石桥，往东而行；经过博雅塔下继续沿着湖边往北走。走到一体时，执意偏离大道，走上湖边山坡的石板小路。当时太阳已经下山，余晖犹在，初秋的晚霞，映照着塔身，摇动着湖面，真是天堂般的美景。这时候，围绕在湖边一圈的广播响起，"现在播送钢琴曲——《少女的祈祷》"。当优美的音乐缓缓响起，我们不由得驻足聆听。应该是理查德·克莱德曼的轻音乐系列的版本，那年月正风靡大街小巷。仙境配着仙乐，我陶醉其中，心中安静平和，多日的舟车劳顿在那一刻被彻底洗去，整个人焕然一新。如今回想那个霞光满天的傍晚，虽说我心中无法升起如曲名所示的"少女的祈祷"，但就在彼时彼地，"少男的憧憬"自此展开。

因此，我期盼庆祝盛典的到来，届时又可以重返燕园。

提起燕园，优美如斯的园子常常被人们用"一塔湖图"作为精当的概括。然而我总是觉得，那只应该是霍华德·贝克尔所说的"局外人"眼中的燕园。我研究城市空间，涉及人文地理，能够理解空间与地点的意义只存在于与之相连的人群。燕园之于我们，则是北大社会学赋予我们的经历与生活。在列斐伏尔的思想体系里，这样的空间归根到底，是我们用知识与经验来具体实践的"生活的空间"；用更人文、更细腻的瓦尔特·本雅明的话来讲，这是我们"用心去感悟的空间"。

是的，每当我想起作为"精神家园"的燕园，感受"精神魅力"的北大，浮现在眼前的总是一个个活生生的同学与老师，是一个个鲜活丰满的形象，是一个个记忆犹新的生活片段，是一个个闪耀有趣的灵魂。

二、北大社会学的恢复重建与历史印记

我是 1988 年进入北大社会学系学习的。① 我曾经告诉过我的学生，在入学北大的头两年，我基本上读完了北大图书馆所有与社会学相关的书籍，因为当时能够接触到的社会学著作真的不多。回想起来，当时大多数的课堂内容与书本内容已经了无印象；留在记忆深处更多的是，师生对于知识的渴求与期待，以及由此生发的投入与激情。

当时的北大社会学百废待兴，系办还是在 27 楼南翼一层一隅，狭小逼仄。这样的有限空间，完全无法抑制北大社会学当时的勃勃生机。时常见到的老先生们（袁方、华青、韩明谟、蔡文眉、郭崇德等）温润如玉，待人平和慈祥，调度从容有方，但让我们觉得崇高而有些距离。投入教学科研第一线的，是一群当时三四十岁的年轻人（萧国亮、杨善华、王汉生、王思斌、林彬②、孙立平等），他们以一种拓荒者的气魄，

---

① 北大社会学系 1982 年正式复建前，已于 1981 年招收第一届硕士研究生（在国际政治系下设立社会学专业）。1983 年，招收第一届本科生（全部为北京籍），我们是 1988 年入学的第六届本科。当时的学生规模是一届一班不到 30 人，我是当时班上唯一来自四川的学生（重庆市当时属于四川省）。
② 非常令人感慨的是，前面引用的霍华德·贝克尔的"局外人"的概念，我最早是在 1989 年春季学期林彬老师的研究方法课上听到的。林彬老师还向我们讲解了贝克尔著名的越轨青少年吸食大麻的研究。我本人对贝克尔的研究有着格外的兴趣和偏好，在 20 年后的备课过程中读到这一案例，翻看林彬老师的油印课件与课程笔记，得到印证，感到历史的轮回。如今，我在课堂上也使用这一案例。

开垦北大社会学系恢复重建的空间。当然，这样的任务对于他们来讲一点儿也不陌生，因为他们都有过艰辛的知青生活经历，其艰苦奋斗的精神可以移植到学术领域，难得的是他们一如既往的投入与满腔的热忱。

40年前，引领北大社会学恢复重建的，是以费先生、雷先生以及袁先生为代表的老一辈社会学家[①]；而担负重建重任具体工作的则是知青一代的北大社会学人。这一代社会学人之所以能够完成这一历史使命，除了他们的勇气与热忱，还有他们青年时代的人生经历。

这一群青年学者的人生经历有着鲜明的时代烙印。他们早年的生活沉浸于底层社会的艰辛劳作中，学术成长于百废待兴、生机盎然的80年代。这决定了他们对于中国社会的了解，决定了他们对于时代与社会的深刻反思，决定了他们历经艰辛岁月之后对于新知的无限渴求，决定了他们的研究起始于对社会事实的格外关注，决定了他们社会实践先于社会理论的独特路径，也决定了他们开创学科未来的勃勃雄心。正是这样特殊的人生经历，在他们的社会学学术生涯中，形塑了他们理解中国社会的视野与视角，形成了他们重建中国社会学的实际目标，那就是从中国社会的"真问题"出发，扎根中国社会的具体实践，传承中国历史文化，将社会学重建为一个真正"经世致用"的知识体系，能够改造他们在青春岁月所经历的艰辛社会，能够使他们致力于推动中国社会的现代化进程。事实上，中国社会学的重建过程，伴随并见证了中国改革开放的伟大历史进程。从更根本上讲，正是他们这一代人对于中国社会的感悟如此深刻，才决定了他们对于中国社会学学科的历史使命的承担，

[①] 当年，北大社会学系的三位老先生，是特指早在西南联大社会学系时期就已经成为老师的费孝通先生、雷洁琼先生和袁方先生。

也幸运地完成了中国社会学的历史性重建。① 现在回顾起来，当年这些年轻老师恢复重建北大社会学的历程，不可避免地映照着他们对于社会、对于人生的领悟与理解。这也正是为什么我们常说，他们这一代人对于中国社会的理解是最为深刻的。一体两面的是，也正是因为他们对人性的体察、对人心的感悟，他们才能够承接并完成恢复重建北大社会学的历史使命。

在我看来，他们的学术生涯至少有以下四重历史意义上的契合。首先，他们的学术根基，契合自身浸染于中国社会底层日常生活的青春岁月；其次，他们的学术风格，契合自身对于人心的体察与对于人性的理解；再次，他们的学术路径，契合他们对于社会的反思与对于美好未来的憧憬和期望，因而注重社会调查与社会实践；最后，他们的学术历程，契合改革开放40多年中国的经济腾飞与社会转型。

三、人生感悟与群学传承

当年这些年轻老师的重任，从一开始就注定了兼有时代与使命的特质，也注定了开创与传承的责任。一方面，我们的老师让自身的学问立足于个人及同代人对于人生与历史的感悟；另一方面，他们也将学科的传承放置于对学生的学术引领与人心交流之中，这也决定了他们对于学生的热忱期盼。

正是当年这样一群青年教师所展现出来的使命感，引领我们走入社

---

① 关于更大范围内这一代社会学家的更多资料，可以参见周晓虹主编：《重建中国社会学——40位社会学家口述实录：1979—2019》，商务印书馆2021年版。

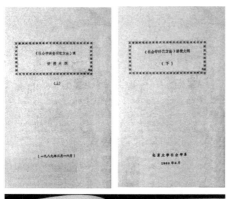

林彬老师的研究方法课程的讲授大纲

会学的天地。在当年一切从头再来的情势下,他们与学生们一起学习新知。他们分领域钻研,相互讨论交流,甚至出现在对方的课堂上,与学生们一道系统学习某门课程。林彬老师也许是国内最早能够完整讲授社会调查与研究方法课程的教师,在20世纪80年代末期就已经完成了可以扩充为著作的讲授体系与课程大纲,是当时社会学系里研究方法领域的先行者。杨善华老师经常出现在林彬老师的课堂上,和我们一起听课,甚至带着当年少见的录音机将课堂内容录入磁带,以备课后再听。后来,我们知道,善华老师正在准备几项实地问卷社会调查,而他这是在抓紧学习系统的社会调查方法。

记得是1991年的春季学期,我们几个同学一时兴起,决定尝试翻译西达·斯考切波的《国家与社会革命》。在初夏的一个夜晚,我们带着前面几章生涩的译稿,敲响了住在蔚秀园的孙立平老师的家门。走进立平老师的家,发现狭小的房间十分拥挤,除了一张床、一张书桌以及门边窄窄的过道,从地板到天花板堆满了用纤维绳打捆的书(应该是已经读完的),书桌上则满是摊开的正在阅读的书本。当时,我们应该是直接坐在床边和书堆上了。这个场景让我们记忆深刻,同时也体认到读完一整间房的著作,也许是做一名学者的起码条件。立平老师当时热情地鼓励了我们,和我们讨论了两三个小时,提醒我们在志存高远的同时,要关注当前中国正在发生历史性的社会变迁,而怎样去洞察这些发生在身边的变化,正是我们应当努力学习、努力参透的。他盛情邀请我们更多地参与他当时主编的社会学刊物的具体事务。

在北大社会学恢复重建的初期,青年教师与学生往往并肩学习,正是老师们自己投身其中的鲜明身影,感染我们跟随其后,让我们能够清晰明了地感知到什么是如饥似渴地学习,怎样去体认社会,如何将自己的人生和经历与社会学知识融为一体。

他们对于新知的咀嚼、对于理论的领悟以及对于应用这些新知理论于中国社会现实的实践,有着独到之处,也形成了独特的思考视角与提炼方法。只是当年的我们,懵懂无知,不知从何学起;即使到了今天,我也觉得望尘莫及,常为自己感到惋惜。我也时常揣摩,当年的这些老师是如何在学习、借鉴、改造那时的社会学新知的。要理解中国社会,研究中国社会,他们那一代社会学家留给了我们无尽的财富。

因此,在学科传承中,他们对于人生的感悟与理解也深深影响了我们。

30多年后的今天,我们也成为老师,我们也教导学生。在我们日常工作与生活中,在我们的学术实践中,不可避免地带着他们留给我们的印记。正如在十五六年前的一次师生导学交流会上,阎学通老师和我不约而同地说出了:"我现在怎样对待学生,其实就是当年我的老师怎么对待我的。"我想,这就是人生感悟的传递,是人心交流的延续,也就是文化的传承。

四、我和我的老师们

1988年至今,我与北大社会学系的这些老师交往超过30年。有时候会想:其中最让我回味与珍惜的到底是什么?除了他们的学识修为,沉浸在心底的是他们的人格魅力。我所习得的北大社会学的精神与气质,来自他们当年与我们的日常交流,来自他们对我们的言传身教,来自他们的言行所激发起的我们内心的人生感悟。

杨善华老师一直是我们学生心中笑容满面、笑声朗朗的"老杨",他是北大社会学系最有感染力的老师。善华老师与当时在美国任教的王丰老师,在1991年的暑期,带着我们全班在保定圆满完成了学术实习,这是我们北大四年里最有意义的经历。善华老师对我们关爱有加,是我们的学术引路人。如今,我们班在国内外共有五位社会学教授,保定的这段经历也成为我们学术之旅的共同起点。作为学生,我们都知道,善华老师酷爱保健,几十年来坚持练习传统气功,脸色红润,身体硬朗,心情愉快。每每想到这些,我们这些学生心里甚是宽慰!直到前不久我才得知,善华老师在1980年,以社会人员的身份,直接考入上海社科院社会学研究所,成为一名学术研究人员;接着,他又考到中国社科院,来到北京开始他拖家带口的研究生阶段的学习;后来在北大攻读博士学位,开启他辉煌的社会学学术生涯。所有这一切,都发生在他经历了九年在北大荒的艰辛劳作之后,这都是因为他一直保持积极上进的心态,以及对学术真知的渴求。善华老师的人生经历真的是不畏艰难与不屈奋进的完整写照。在所有这些的另一面,善华老师对于生活始终报以自己标志性的乐观与爽朗,关爱学生如同己出,时刻引导和激励着正在努力找寻人生方向的年轻的我们；他一直都展现着让我们佩服得五体投地的对于人生的坚持的力量！

王汉生老师，我觉得她老人家会关注北大社会学的每一次盛典，会称赞北大社会学的每一个成就。因为在北大社会学身旁，散落着很多她的学生，以及学生的学生。我记得，她在社会分层课上讲："社会研究不可避免会遇到许多意想不到的困难，有时候重要的不是迎头面对，而是找到绕过困难达成研究目标的方法。"我一直记得，汉生老师明亮智慧的眼中闪耀着悠远的光芒，她淡然宽容的微笑散发出平和的气场。这正是那种长剑在手、长衫飘飘、纵横江湖的"此时无声胜有声，此处无招胜有招"的大侠风范。汉生老师不仅仅是喜欢阅读武侠小说，她自己就是这样一位坚定勇毅的学者，她行走江湖沉入底层，在田间地头、工厂车间的各种社会调查中，搜寻理解社会的灵感，她对学术的敏锐与坚定成就了其远见卓识。汉生老师不仅是一位优秀的社会学家，同时也是一位富有远见的学术组织者，她的人格魅力是北大社会学在20世纪90年代雄文频出的重要支撑。同样地，汉生老师对于生活也总是满腔热忱，对后辈、学生不吝付出，也有着诸多的期许。汉生老师虽然已经离去，但她的学生们长记师恩，从没有辜负她当初对我们的期盼与祝福，继续着汉生老师对于学术传承的责任，对于生命延绵的责任。

王思斌老师是北大社会学系的常青树，是系里沉稳、内敛、坚强的定海神针。在我们学生眼中，他面对任何事情都波澜不惊、应对自如，是一位忍辱负重、责任在肩、不折不扣的沧州汉子。作为系主任，思斌老师在20世纪90年代北大社会学系的学术高产时期起到了支撑作用。很多人知道，思斌老师在过去30多年间，从无到有开拓了中国大陆的社会工作学科，到如今，该学科已经是枝繁叶茂、人才济济。也有很多人知道,思斌老师这30多年的容颜未有太大变化,是北大社会学系名副其实的不老男神。记得我们在校时,思斌老师开设了最多的课程("社会学概论""组织社会学""社会政策"等),承担了最多的课时,骑着最稳的"28"自行车,穿着最白最薄的的确良衬衣,拎着最旧的人造革公文包;当然,也展露着最神秘的微笑。事实上,我印象最深的,是在面对遭受打击的几个学生时,思斌老师当场泪流满面。我想,思斌老师这样一位平时超脱淡然的知识分子,却爱生如子,在学生受苦时自己感同身受,也许他当时感到了内心无尽的悲凉。这个场景定格了思斌老师在我心目中可敬可爱的形象,展现了在他平静沉默的外表下恻隐共情的人性的力量。所以我也知道,召唤思斌老师全身心投入社会工作学科的,也正是这样灿烂的人格力量。

孙立平老师在清华的办公室,就在我办公室的正楼上。① 我一直认为,费先生是20世纪最著名的中国社会学家、人类学家,而立平老师则是21世纪迄今为止最成功的中国社会学家。你们也许不知道,立平老师有一副低沉、深厚、充满磁性的优美嗓音,是中国社会学界的最美男声,他降了八度音吟唱的《鸿雁》与《天路》格外动听感人。是的,立平老师的嗓音堪比播音员,而他早年确实也当过农村集体广播站的播音员。除此之外,你们当然知道,立平老师还有一颗富有思想、深刻敏锐的大脑。所以,立平老师有从事教育工作的天赋。记得在我们上本科时,立平老师总是教导我们,注重培养自身对社会的洞察力。现在回想起来,当时的立平老师,就是在传承一种体察社会与感悟人生的为学之

---

① 孙立平老师于1981年参加费先生在南开大学组织的社会学专业培训班,1982—2000年在北京大学社会学系任教,2000年后到清华大学社会学系任教。

道。立平老师是我们这一代社会学人仰视的学术楷模,他一系列诊断社会的学术概念,激发了一代又一代社会学学子的学术热情,更是在更广阔的范围内鼓励着社会大众对于社会的思考。如今,奔向70岁的立平老师,自学各种摄影与数字技能,戴着老花镜,独自一人在深夜完成图文编辑、传送发布等各种烦琐事务,运行着他的微信公众号,用自然、优美的山河风景图影,衬托着严肃、深刻的社会观察思考,展示着他心中期盼美好未来的家国情怀!立平老师一直在给我们社会学人树立榜样,认真学术,诚实生活;同时,保持清醒地洞察社会、洞察世界,也洞察人心、洞察人性。

刘世定老师不是我的授业之师,但给予我的师恩同样深刻有力。世定老师是我毕业以后才到北大社会学系工作的。所以,我是到清华工作之后,才逐步熟悉世定老师,并开始执师生之礼的。世定老师出身名门,按照旧礼,他应该是我们四川人真正的"少爷"。世定老师人生阅历丰富,看尽世间沉浮,却依然保持一颗积极纯真的心。在平和朴实的外表下,世定老师坚持严格的锻炼作息,从一定数量的俯卧撑到一定距离的散步,从骑自行车通勤到乘坐地铁加步行,展示的是一种阅尽人间沧桑之后的人生坚持。于我而言,我永远记得的是,在我人生最艰难最迷惘的时候,是世定老师拉着我,在一个阴霾的冬日下午,在月坛南街8号院外高墙下,平和地对我说:"亲人之间应该是无条件的信任,这才称之为'亲人'!"是的,世定老师用最简单的语言,向我传递了最艰深的人生哲理与最崇高的日常人性。对世定老师而言,也许这仅仅是他顺口而出的人生感悟,但这一句话却开阔了我感悟人生的视野。在我心中,世定老师一直都在印证着同一个道理:无论在何时何地,无论你身处何种困境,你对人生的感悟是怎样,你的生活就是怎样;你对他人的帮助在于此，你对社会的贡献也在于此。

还有其他很多老师，难以一一列举。

五、群学印证人心

一代北大社会学人，受教于一代老师。在北大社会学的四年，以及毕业之后的这么多年里，我庆幸遇到了这么多杰出的老师。他们是恢复重建北大社会学过程中的知识拓荒者，也是引导我们进入社会学的领路人，他们是群学理想的植梦人。

在他们的青春岁月里，有着自己特殊的人生历程；在我们的青春岁月里，他们用自身特有的人生感悟，投入北大社会学的恢复重建，引导我们体察人生、洞悉社会、修习社会学。他们展示了特殊的社会学人的人格魅力与人生感悟，让我深深懂得：社会学的研究，最终都是对于人性的洞察和对于人生的领悟。

群学印证人心！

群学的光辉，在于人性的美丽；群学的大义，在于一代代社会学人对于人心的体察与感悟，在于一代代社会学人对于人生的理解与阐释。而群学的传承，在于潘（光旦）先生与费（孝通）先生之间一辈子的师生情谊与心灵交融，在于费先生晚年关于人性的十六字箴言（"各美其美，美人之美，美美与共，天下大同"），在于北大社会学知青一代老师之于学生们的人格感染与人心交流。

走出燕园，每一个北大社会学学子都开启了自己的精彩人生。然而，对于北大、对于北大社会学的感悟，都植根于师生之间心灵的交流与文化的传承。这，决定了北大社会学的精神和本质。

"凡我所在,便是北大社会学"

应　星　重庆人,1993—1996 年就读于北京大学社会学系,在孙立平教授指导下获硕士学位;后在中国社会科学院社会学研究所获得博士学位,导师为苏国勋教授。现为清华大学社会学系教授,主要研究领域为历史社会学、政治社会学、社会运动、新革命史和现代中国的政治转型。代表著作有《大河移民上访的故事》《村庄审判史中的道德与政治:1951—1976 年中国西南一个山村的故事》《"气"与抗争政治:当代中国乡村社会稳定问题研究》《新教育场域的兴起:1895—1926》等。

我不知道有多少校友是被《精神的魅力》所打动而决然奔向北大校园的,也不知道有多少系友是被费孝通先生的《乡土中国》所触动而欣然迈向北大社会学系大门的,反正,我当年就是这样既懵懂又执着地进入北大社会学系读研的。本科期间,我的专业由外贸转向哲学,本希望铸就出"批判的武器",然而,"密涅瓦的猫头鹰,只有在黄昏的时候才起飞"。我生性峻急,终于等不到黄昏时分,渴望着"这里是罗陀斯,就在这里跳罢"。从"此在"的关怀到"社会实在"的追寻,北大社会学就这样承载了我25岁时的青春梦想。

我入系时,恢复重建后的北大社会学系尚年轻,刚刚过去11年,师生规模不算大,制度规范尚在建设中,然而,她独特的系风已初步展露。当时费老、雷老年事已高,加之国务繁忙,我只有远望景仰的份儿。从西南联大时代过来的老教授袁方先生和韩明谟先生尚在一线执教。惭愧的是,我当时性仍漂浮,没有足够的耐心去体会温润如玉的君子之风。对我思想产生直接冲击的是系恢复重建后走上讲台的一批中青年教师。我有幸成为孙立平老师的开门弟子,同时由于某种特殊的原因,王汉生老师又成为和孙老师共同指导我的导师。孙门和王门两大"新豪门"开山时不分彼此,密切交流,实乃我们这些后生的莫大荣幸。孙老师和王老师身上都带着浓烈的80年代的那种精神气,从艰辛中走来,具有悲剧般的理想情怀,以文化中国为己任,以思想引导学术,以问题牵引研究。特别是孙老师,他具有极其敏锐的问题意识,既善于从

"凡我所在，便是北大社会学" / 应　星

西方社会学著述中迅速找到微妙的解析入口，又善于用日常生活来感通中国社会的重大问题。我在校期间，他的兴趣正从现代化问题研究拓展为中国社会转型研究。由他领衔，他与王汉生、王思斌、林彬和杨善华四位老师合作完成了《改革以来中国社会结构的变迁》并于1994年发表，可谓北大社会学恢复重建后最具标志性的成果之一。那种恢宏的气势和犀利的洞察让我们这些学生激动不已。老师们的示范让我们始终牢记自己的研究既要能够立乎其大者，又要充分发挥出社会学接地气的学科优势。顶天立地，这就是他们给我们最好的教育。值得一提的是，正是依托北大社会学的平台，我们才得以结识了台湾大学的叶启政老师。无论是在课堂上的博识锐见，还是与我们在草地上的酣饮畅聊，他都让我们深深体会到了"吾与点也"的师生之境。

应星与导师孙立平在大河电站桥头合影

由于某种机缘，我们1993级硕士生对社会学有着极高的学习热情，入校后不久就在46楼1074寝室成立了"麻雀小组"。其实，刚开始大家聚在一起，只是为了集体应对孙老师课堂上布置的海量英文文献。但后来由此形成了自觉的读书会制度。从韦伯的《中国的宗教：儒教与道教》到布迪厄的《实践与反思》，从张仲礼的《中国绅士》到史景迁的《王氏之死》，无不在精读深研的范围内。"麻雀小组"除李猛、周飞舟、李康、王俊敏、谢桂华和我以外，1994级的方慧容和吴利娟

学缘：我和北大社会学

北大社会学系1993级硕士班合影

也加入了进来。再后来，"麻雀小组"演变为"福柯读书小组"，成为北大一个负有盛名的跨学科读书小组。那个时候的我们，丝毫没有背负"内卷"带来的压力，不为发表，不为竞争，不为出路，只是按照自己的心愿去从容地读书。李猛他们那篇关于单位制的文章只不过是"麻雀小组"的副产品。对我来说，纵然本科期间保持了探究的热情，但是直到来了北大，才真正找到了探究的方向和方法。我的硕士论文，甚至我离开北大后的博士论文，都是在这里酝酿成形的。而从小小的"麻雀小组"里就走出了四位北大教授，真可谓一段佳话。

我印象中的北大社会学系很少办会，也不热衷在"学科建设"名义下的种种运作。这倒并不是因为她依凭着北大的领袖旗号，而是因为她已自成风格。北大社会学1949年前的辉煌历史且不说，单说恢复重建后的短短数十年里，已经形成了一种独特的精神气质。从我自己切身的经历和感受来看，这种气质有如下几个突出的表现：

首先是强调理论的洞察力和经验的感受力的融合。北大社会学是高度重视社会理论的，仅当时为我们研究生就专门开设了三门理论课程。"麻雀小组"更是把理论经典的精细阅读当成最基本的功夫训练。然而，学习西方理论不是目的，甚至也不是用来直接指导经验研究的工具。记得李猛说过，熟读理论的一个危险就在于，理论这把刀往往过于锋利，以为可以随便挥舞，万物之理皆在其中，从而轻慢了实践的逻辑。对"麻雀小组"来说，理论研究训练出来的洞察力与经验研究磨炼出来的感受力，既是高度相关的，又是相对独立的。因此，我们无论自己的论文最后做什么，都始终不停地穿梭在做理论与下田野、读经典与钻史料之间。事实上，李猛所主持的"麻雀小组"及后来的福柯小组，与孙老师主持的口述史读书小组，多年来一直并行开展活动。前者相对偏重理论，后者相对偏重经验。但二者的成员有相当的重叠，其议题和关注点既相互补充，又相互批评。这实在是使小组的成员受益终身。在李猛自己的西方社会理论研究中可以读出中国社会的真问题，而北大"土改"口述史研究最后能够涌现出一批极其出色的论文，也绝非简单到从田野中的笔录口述就能出得来的。

其次是强调现实问题关怀和历史视野的融合。北大社会学（及人类学）恢复重建伊始无疑深受费老的思想影响，重视中国改革开放时期的现实问题研究，重视农村改革研究，重视乡镇企业和小城镇研究，重视婚姻家庭制度研究（这一方向也同时受到雷老的影响），等等。然而，粗略而言，费老早年的社会学思想是有两条思路的：一条是从田野入手，研究乡土社会经济等问题；还有一条则是从历史入手，研究传统士绅在双轨政治中的社会影响及其近代变迁。出于种种考虑，费老在重建中国社会学时比较强调前一条思路。然而，北大社会学系对费老自己后来并不刻意强化的后一思路，其实也是有所继承的。比如孙老师就把士绅问题放在现代化和社会转型框架中来研究，而卢晖临和我的硕士论文都接续了士绅问题的研究。孙老师自1995年后用了很大精力来倡导当代中国农村口述史研究和"过程-事件分析",虽然不再与士绅直接相关,但也凸显了历史研究在社会学中的独特位置。在我看来,把现实问题关怀和历史视野融合在一起,已经构成了北大社会学系的一个突出亮点。我自己对历史社会学的兴趣也是早在读研时就已萌生。

最后是强调带着社会学的想象力去探究中西文明的根基。我觉得北大社会学的精髓无论是在理论研究上,还是在经验研究上,都不是停留在中层理论层面,都不满足于零敲碎打地引介西学或"说点情况",而是努力从文明根基的高度去把握问题。因此,对西方社会理论总是强调对韦伯等经典理论大家的研究以及对现代性奠基时期的研究。比如,福柯小组对福柯的研究兴趣绝不是出于所谓"后现代"的问题意识,而是出于对他笔下的现代西方"古典时期"即"17世纪的总危机"的关怀。只有察其渊源,方可观其流变,对西方社会理论达致通透的理解,才可能经由西土返回中土。同样地,北大社会学对中国社会的经验研究,近年来也越来越强调摆脱"权力-利益模式"的影响,而从对中国传统文明的社会学研究中找到理解中国人行动伦理的根基。我们从周飞舟及其团队的研究中可以明显地看到这一点。此外,孙老师在北大所开创的中国共产主义文明研究,也是强调只有对这种新文明追根溯源,才能更深刻地理解我们今天的处境。

有此三者,恢复重建后的北大社会学已经与此前燕京大学的社会学传统打通了经脉,呈现出异样的华彩。诗人谢冕曾这样歌吟北大——"这真是一块圣地","这圣地绵延着不会熄灭的火种"。我相信,今天的北大社会学系虽然依旧年轻,但她已经完全融入了这块圣地,成为这些火种的重要部分。

在硕士论文的后记里,我曾这样写道:"吾不过燕园一匆匆默默之过客而已,然那般受教、切磋、争辩乃至羞愤、酣歌、长啸之情之景终将相依相随。"如今,20多年过去了,北大社会学系对我来说远不仅仅是记忆(尽管我的确不时会想起"麻雀小组"的激辩,甚至想起李猛在46楼前的夜空长啸)。我恍然觉得从来就没有离开过她。我现在虽然住在北大的隔壁,但我并非北大社会学的"隔壁",而是北大社会学的"此在"。德国著名作家托马斯·曼有句名言:"凡我所在,便是德国,因为我负载着德国文化。"北大社会学那种特定的精神气质,那种从实求知的风范,那种在理论与经验、现实与历史、文明渊源与文明流变之间的张力感,塑造了我"以学术作为天职"的思想底色,随我行走天下。因此,我也许可以自豪地宣称:"凡我所在,便是北大社会学!"当然,远不止于我——所有那些受惠于北大社会学这种精神气质,又让这种气质如蒲公英的花种一般随风飘走、落地生根的系友,都可以作如是说。

遥想当年,仰天大笑出门去;回看今朝,系庆归来仍少年。当我们走进系庆的盛典时,与其满身披挂,不如丹心素裹。

祝福您——我的北大社会学,40岁生日快乐!

世界很复杂,关键是你怎么看

项　飙　浙江温州人,分别于 1995 年和 1998 年获北京大学社会学系学士学位和硕士学位,师从王汉生教授。后赴牛津大学读博,2003 年获社会人类学博士学位。现为英国牛津大学社会人类学教授,德国马克斯·普朗克社会人类学研究所所长。主要研究领域为人口迁移和流动、劳动力市场、跨国再生产等。代表著作有《跨越边界的社区:北京"浙江村"的生活史》、*Global "Body Shopping": An Indian Labor System in the Information Technology Industry* 等。

世界很复杂，关键是你怎么看 / 项　飙

1992 年北京大学社会学系庆祝恢复重建 10 周年，费孝通教授来校讲话。那是我第一次见到他。费先生的发言后来在《读书》上以《孔林片思》为题发表。① 在讲话中，他提道：

> ……现在世界正在进入一个全球性的战国时代，是一个更大规模的战国时代，这个时代在呼唤着新的孔子，一个比孔子心怀更开阔的大手笔。
>
> 我们这个时代，冲突倍出。海湾战争背后有宗教、民族的冲突，东欧和苏联都在发生民族斗争，炮火不断。这是当前的历史事实，在我看来这不只是个生态失调，而已暴露出严重的心态矛盾。我在孔林里反复地思考，看来当前人类正需要一个新时代的孔子了。新的孔子必须是不仅懂得本民族的人，同时又是懂得其他民族、宗教的人。他要从高一层的心态关系去理解民族与民族、宗教与宗教和国与国之间的关系。

比起 1992 年，这些话似乎更契合 2022 年的世界格局。只是 30 年后的冲突更深更复杂，而"新时代的孔子"更难以期望。

那次讲话的核心思想是社会学研究要从"社会生态"扩展到"社会心态"，不仅研究人和人之间的关系，还要进入人心内部。我当时纳

---

① 费孝通：《孔林片思》，《读书》1992 年第 9 期，第 3—7 页。

问：如果研究社会心态，那不就是成了社会心理学和文学了吗？与思想工作和宣传工作这样的心态干预应该是什么关系？换句话说，社会学怎么可以做出自己独有的贡献？

"心态研究"的说法在很长一段时间内让我困惑，原因是我对社会学的基本理解。在费先生的讲话之前，我写了一篇关于"社会学的逻辑起点"的习作。那是在1991年大学一年级"社会学概论"课上，教材说社会学的起点是社会关系，但是任课老师提出社会学的起点应该是人。这一争议当然是与20世纪80年代初期中国思想界关于人是不是马克思主义的起点的争论直接相关的。如果社会学的起点是人而不是关系，那么个体层面上的情绪心态就应该是社会学的重要组成部分。我记得我当时的想法是：人可以是社会学的实证起点，但是社会学的逻辑起点应该是社会关系。所谓"实证起点"，是指从哪里开始搜集资料。社会学家当然可以从观察个人行为和个人心理开始，但是如果只以个人为思考中心，那么拿到材料之后下一步该怎么走就成了问题。因为人是如此复杂、这么多面向，我们应该去关注哪一个侧面？观察到多个侧面之后，怎么去分析这些材料？所谓"逻辑起点"，是指引导我们组织材料、思考的基本线索。把关系视为逻辑起点，意味着把关系看作社会构成的基本要素，把我们观察到的个人行为和个人心理都编织到关系这个维度上来，沿着关系这条线分析推演。我可能把这篇文章交给了老师，所以没有底稿，现在无从查寻。

30年后，我依然认为社会研究的主要任务，是分析关系、结构、系统、历史等个人无法直接把握的内容。社会思潮、意识形态，还有所谓"文化"，当然是结构性事实的重要部分，但是它们不能被化约为个体层面上的心态。但是，我现在也强烈意识到个体心态和情绪的重要性。这是因为,越来越多的读者,特别是年轻人,提出社会科学应该帮助人"安身立命"。这不仅发生在中国,也是个全球现象。这是大众在新条件下对社科研究真实、迫切的要求,研究者必须全身心面对。如果要事关"安身立命",那么我们的分析必须要落实到个人命运的层面。

"时代一粒尘,落到个人头上就是一座山。"一时的房价涨落、就业波动、各种突发事件,可能确实是历史的尘粒,但是社会研究的目的不是仅仅去说明事件在长时段的客观分布,而是必须说明它们对具体人的影响,必须解释"尘土如何成山"。一项社会研究对你有意义,必然要触动你对自己生活的认知、对世界的理解。从而,这项研究也就对像你这样的其他人有意义,进而可能引起广泛的反思。世界很复杂,关键是你怎么看。如果社会研究不能影响到个体层面上的认知,那么它就很可能失去了这个关键。

我把这样的研究暂时称为"常识社会学"或"常识人类学"。"常识社会学／人类学"把常识作为对话对象,力图解答常识中的困惑,期望通过交流改变公众常识。常识是人们根据生活经验直接形成的认知。比如"工作压力越来越大""干得好不如嫁得好""万物皆内卷"等,都是21世纪初在中国大小城市的常识。这些常识是真实经验的反映,但也是不系统的,在一定程度上甚至是扭曲的。常识往往是自相矛盾的,带有强烈的问题意识,蕴含着对变化的期待("为什么会这样?")。但是这样的期待又不断被压制和自我遏制("想那么多没用,有了财务自由后再说"也是重要的常识)。"常识社会学／人类学"以这些常识提出的问题为问题,向公众解释他们这些问题的来龙去脉,为大家反思自己的生活提供思考的工具(概念、理论),为他们改变自己的想法和生活打开一扇窗。葛兰西关于常识和文化的理论,是"常识社会学／人类学"的基础之一。

预见中的"常识社会学／人类学"具有这些特征：

第一，"常识社会学／人类学"不是把常识当作研究对象，而是把常识作为对话对象。近年来，社会科学把心态、伦理、情感列为研究对象，大大扩展了研究范围，为"常识社会学／人类学"提供了重要参考。但是"常识社会学／人类学"主要不探求焦虑、压力的心理感知过程，而是去分析焦虑和压力的社会成因，从常识问题出发去看社会的总体构成和矛盾所在。青年人知道压力是什么味道，他们要知道的是为什么、怎么办。

第二，在"常识社会学／人类学"看来，青年人意识上的波动——比如"丧"、"躺平"、民粹、"愤青"——不是因为所谓道德水准下降，而是他们在质问、在反思、在与现实挣扎。"精致利己主义"不完全是自私自利。精致利己主义者往往要强制自己只关注和考虑自己眼前的利益而不去想别的。自私在很多情况下是一种负担。精致利己主义者这么做，在一定程度上是要与别的意义形成方式保持距离。这是潜在的质疑。在世界很多地方，民粹甚至极端右派情绪的兴起，体现了边缘群体对主流社会经济模式的反叛。这些常识当然有问题，其根源是这些常识意识到了客观问题，但是不能全面把握客观情况。更全面的常识可能会化解很多问题。

第三，"常识社会学／人类学"重视纠结。纠结是指人们意识到的矛盾现象。纠结的矛盾性同时体现在客观情况和主观意识中。"内卷"是一个例子。作为客观现象的"内卷"是矛盾的，即在逻辑上解释不通；反映在主观意识上的"内卷"也是矛盾的——大家希望退出"内卷"，但是又看不到出路，而且还自觉不自觉地强化"内卷"。纠结里面蕴含着丰富的、需要解释的问题。福柯的研究有重大影响，是因为他看到20世纪60年代以后西方社会中的纠结，比如弥散性的个人自由和弥散性的权力关系之间的紧张关系。他的分析对象是历史变化的，但是他真正要处理的问题，是当下的纠结和痛点。马克思抓住更大的纠结：为什么人造物（商品，特别是货币）会反过来统治人？

第四，"常识社会学／人类学"的分析，要让人们在理论中看到自己。比如"橄榄型社会（即两头小中间大的结构）具有稳定性"的理论，对于普通人来讲就没有太大的意义。人们在这样一个抽象图景里面看不到自己。如果我们可以描画出在橄榄型社会中，上层、中层、下层之间是什么关系，这个关系是什么味道（彼此见面怎么打招呼，彼此间是否频繁交友通婚，上下流动是怎么发生的），那么人们就可以看到现在的生活和这个理想图景的区别在哪里、具体问题在哪里，从而可以一起思考和行动。帕森斯的社会行动理论，人类学里的结构功能主义理论、人格类型、文化模式理论等，自圆其说没有问题，但是不能激发新的思想，因为它们是从外往里看画出的图像，是封闭的。而"差序格局""社会资本""经济伦理"这样的概念被广泛使用，是因为它们是从里往外看，是开放的、发散的；人们可以进入这些概念图景，从而调动自己的经验来思考大的问题。亲属制度、家庭社会学、代际关系、性别关系的研究对象重叠，但是它们的活力和社会影响有显著不同。亲属制度和家庭社会学通常把亲属和家庭处理成一个系统或者单位（考虑它们的形态、分类、功能、历史演变等），读者进入不了这样的理论化方式。而代际关系、性别关系直接突出"关系"，包括各种紧张、矛盾、斗争的关系，读者可以马上联系到自己。理论成为公共思考甚至行动的工具。

让读者在研究分析中看到自己,并不意味着研究一定要突出个人。比如布迪厄的理论,并没有把个体放在中心位置,但是读者可以马上"认得"所分析的问题(如为什么实际的社会不平等在平等主义的制度下不断延续),而且他的理论提供了新的眼光、新的视角来"认得"。

第五,"常识社会学/人类学"继承实证研究的传统,强调材料的丰富和可靠。要说明特定常识背后的力量,我们必须仔细地分析劳动关系、家庭关系、财产关系、性别关系等,要说明"压力山大""内卷""躺平"等的政治经济学和社会史。常识的问题总是综合的,因为生活本身是综合、多面的。家庭、工作、教育、吃住、交友等是穿插在一起的。所以,"常识社会学/人类学"要提供的是立体的生活"构型",而不是局限于单个范畴(像"教育"或者"婚姻")的线性推演。

费孝通在1992年说孔夫子的研究心态"落入了封建人伦关系而拔不出来,从实际出发而没有能超越现实"。孔子没有能超越现实,显然不是因为他没有批判现实,没有提出价值标准。孔子缺的可能正是实证:他没有看到实践的内在矛盾,以及人们不断变化的欲望和能力。这样意欲改善社会的礼教逐步变成了束缚甚至压迫人的教条。

我们同时必须注意到,常识的问题必然带有价值判断。"常识社会学/人类学"需要把实证研究和价值关怀结合起来。不能只问是什么、怎么样,也必须要问为什么。如果我们把社会理解为没有灵魂的巨大的机器,着力刻画各个齿轮如何有效磨合,而不考虑会产生什么效果,那么顺利滑行的齿轮可能是噩梦似的磨盘。

第六,"常识社会学/人类学"不是"通俗社会学/人类学"。"常识社会学/人类学"希望和大众形成深度沟通,但是不一定追求好读易懂。试图真正解答日常苦恼、进入人们心灵的分析,很可能是艰涩难读的。历史上改变了我们常识的文本，往往都不好读。像马克思对异化、商品拜物教以及商品的分析，后来受马克思主义影响的大量研究比如法兰克福学派的成果，其理论化程度非常高。但是它们有实质性的思想，触动人们的痛处。因此，这些研究就有了生命力，就能流传，得到回响。大众会主动通过各种方式，比方说简本、解说本、文艺创作，来和这些思想对话。相反，一些所谓"大众人类学"的文本（包括谢里·奥特纳所说的 20 世纪 80 年代以来的"受苦民族志"），带有强烈的情绪和故事性，甚至用小说的写法来写研究报告，这在普通读者看来，它们无非是对生活片段的刻意记录，并没有提供新的理解。如果迎合常识，就无法改变常识。"常识社会学／人类学"的分析和思想必须超越常识。

影响了常识的研究往往是反常识的。比如萨林斯论证原始社会生活的丰裕性，提出现代的"稀缺"概念是资本主义条件下人为欲望的反映。玛丽·道格拉斯指出，"脏"不是因为一个东西本身脏，而是这个东西出现在了不该出现的地方（比如蛋糕在床上）。这对我们理解社会隔离、歧视都有启发。大卫·格雷伯颠覆了我们对货币的常识理解。货币的起源不是交换的方便，而是为了控制，和债务关系直接联系在一起。詹姆斯·斯科特和费孝通都指出，"民族"不是自古有之的群体，而可能是同一个群体在控制—逃离—互动—疏离过程中形成的分化。

迎合、强化主流常识的，往往是值得警惕的理论。自由主义经济学把自己表现为"常识"：人是自私的，人总是追求自我利益的最大化，竞争是分配资源、调节社会关系的最有效方式。贪婪变成了美德。"老百姓就是要实惠，给钱就行。"大家明明知道自己和别人都是有感情的、要争口气的，但是要活生生剥离、压制自己的情感、道德、心理，甚至基本的生理需求，因为没有别的常识语言制衡实惠论！"非我族类，其心必异","女人善于嫉妒"(男人的争权夺利甚至杀戮叫"热血"和"壮志")……这些都是相当特殊的理论,但是它们进入了常识,成为常识,所以有巨大影响。"常识社会学/人类学"之所以重要,是因为争取常识是当下重要的战场。

第七,"常识社会学/人类学"必然是介入式的研究。研究的问题从公众中来,研究的分析回到公众中去。"哲学家们只是用不同的方式解释世界,而问题在于改变世界。"要改变世界,首先必须要和世界交流,帮助人们形成新的理解世界的方式。马克思主义改变了世界,首先是因为它改变了人们的世界观。"常识社会学/人类学"力图激发和动员大众对自己生活的批判性思考。要达到这一目的,研究者需要探索和艺术工作者、传媒工作者、社会行动者的密切合作。

1992年费孝通教授在讲话中,着重提到他在山东拜谒了梁漱溟先生的坟。他用吴语把"坟"念成入声(短促的重音)的"文"。坐在我旁边的同学一时听不明白,而我却觉得亲切,因为入声"文"和我的温州方言相近。那一声"文"也是那天讲话最动情的一刻。费先生和梁先生的亲密关系是他们生命中的重要部分。他们的亲密关系,是基于他们要通过知识改造社会的共同志向。社会介入是他们学术生命的基础。如果没有介入的愿望,费先生可能不会有这一系列的思考,今天的讨论也就可有可无了。

我所领悟的北大社会学定性研究

刘亚秋 黑龙江省龙江县人,1995—2002年在北京大学社会学系学习,在王汉生教授指导下获学士学位和硕士学位。现为中国社会科学院社会发展战略研究院研究员,主要研究领域为社会记忆、口述史、知青史、社区研究。代表著作有《被束缚的过去:记忆伦理中的个人与社会》《口述、记忆与主体性:社会学的人文转向》等。

学缘：我和北大社会学

1995年7月，我从黑龙江省龙江县第一中学毕业，考入北京大学社会学系，算起来都过去二十几年了，这也是我认识社会学的年头。听起来似乎很久远，但很多事情仿佛就发生在昨天，依然鲜活有力。

这二十几年来，我由最初懵懂不知"社会学是什么"的年轻人，到现在也算是社会学界中的一名从业者了。中间经历了青年到中年的各种人生转折，包括毕业找工作、结婚生子，也包括在职攻读博士、转换工作岗位，以及我最敬爱的老师王汉生先生的离世……说起来，伴随我唯一不变的就是"社会学"这个学科了，以及对北大社会学系的这份特殊情感。

记得当年拿到北大录取通知书，看到"社会学系"几个字时，我茫然无措。后来，父亲在《辞海》中翻到了这个词条，我记得其中有"社会关系和社会结构"这样的说法。父亲对我说："这个系还不错。"这个词条的社会学定义对我来说却是那么抽象。在北大社会学系真诚努力地学习了七年后，我对社会学有了切身的理解，但似乎还是很懵懂，因为还不能立下以社会学为业的志向，甚至还有些害怕以学术为业。那个时代的人都比较晚熟。硕士毕业后我没有选择继续深造，也没有选择去科研机构。说起来，近几年我才转入专门的研究机构，之前似乎一直是以一名业余选手的身份参与社会学，做起研究来不免常有身心疲惫之感。听起来有些坎坷，不过能以社会学研究作为立身之本，也是我亲历社会和生活后发自内心的选择。2002年我硕士毕业之际，我的导师王汉生先

我所领悟的北大社会学定性研究 / 刘亚秋

生希望我能继续攻读博士,她认为我比较适合科研和教学工作。但当时由于我对生活和社会学的懵懂无知,或者更确切地说,是源自内心对未来的恐惧,我"义无反顾"地走向了社会。我虽然走了一条兜兜转转的路,但现在也算是不负王老师对我的最初期待吧。

由于在杂志社工作过,我一直对中国社会学史保持一份职业般的敏感。近来也在琢磨北大社会学系的社会学学科的底蕴到底是什么,她给学生留下的是什么。凭直观的感受,我认为还是一种从燕京学派延续下来的实地研究传统,更具体地说,就是由吴文藻先生开创、费孝通先生等践行的"以实地开始,以实地研究终,理论必须依据事实,事实必须符合理论"的社会学中国化的学术传统。

在北大社会学系的七年,我收获的最重要的东西,我想是对定性研究的深刻体会。在北大,社会学与人类学是不分家的,这一学术定位对北大社会学的定性研究影响极大。我本科时的人类学课程由王汉生老师讲授。她讲过,有人类学家通过对一个社区的育儿方式的研究,去考察社区文化。这个方法十分巧妙,给我留下了极深的印象。王老师在课堂上还讲过布迪厄的"区隔"(distinction)、品味(taste)等概念,加上她当时提到的案例,场景十分鲜活,不仅深刻,而且可感。我想这应该就是教学上的极高境界吧。王老师的教学内容深入浅出,不仅有理论思考,更有实践经验,我个人认为,这就是社会学所强调的"经验感",更是社会学特有的醇厚味道。它之所以能传递给懵懂的学生,全靠老师极高的洞察力,以及对社会学的全般热忱,更重要的是对学生的悉心栽培。王老师就是这样一位好老师。在硕士毕业后,我还不断去找王老师请教问题,她曾热切建议我从知青记忆的角度,以"层层剥笋"的方式,去探索"记忆是什么"这一形而上的问题。她给我讲述了一位法

2008年,刘亚秋与导师王汉生教授合影

国当代学者通过调研去医院做人工流产的人,以实地研究的方式回答了"生命是什么"这个形而上的问题。王老师还将其中的研究过程告诉我,我印象最深的是该研究者阅读了200余本参考文献!我和老师谈话的场景就如同一幅流动的画,在我的脑海中随着时间的推移扎根生芽。可惜的是,至今我仍然未能实现老师的这个期待。

王老师教给我的定性研究,我想应该是一种"层层剥笋"、不断深入事情本质的科学方法。我的本科论文《生命历程理论综述》(1999)和硕士论文《"青春无悔":一个社会记忆的建构过程》(2002)都是在王老师的指导下完成的。本科的论文也是为了完成后来的知青研究而做,因为在本科毕业前夕,我就有幸定下来读王老师的硕士研究生,也定下来硕士期间研究知青群体。现在想起来,那是我在北大求学期间最快乐的一段时光,我每天往返于教室、食堂、宿舍之间,心里有光,脚底带风。在写作本科论文阶段,王老师对我的指导也让我如沐春风。我的一外是俄语,二外英语一直处于水平不足、自信不满的状态,王老师鼓励我阅读英文文献,论文初步完成后王老师还提议我拿给李猛老师看。李猛老师也给了我极大的鼓励。在那个时代,北大的社会学传统,一方面是积极的社会调查,另一方面是对社会理论有一种积极的保护和培植。尤其是青年学生,可以说我们对理论有一种天然的崇拜和发自内心的热爱，因为理论可以带给我们洞见，让我们理解看似枯燥的日常生活，更可以为生活增添一抹靓丽的色彩。感谢王老师和李猛老师的指导，我的本科论文得以顺利完成。

硕士论文的资料来自对北京知青的田野调查，大部分是和本科1996级师弟孙秀林，师妹梁克、黄玉琴一起入户调查获取的。王老师也曾和我们一起做过至少三个重要的知青访谈，包括对杨善华老师、程为敏老师的访谈。王老师也是知青，她是老三届中的"老高二"，毕业于清华附中，后来到延安下乡。让人痛心的是，一直到她生命的最后，我也未能对王老师做一次完整的知青经历访谈。2015年8月13日，在中国社会学的重建中起了重要作用的王汉生先生猝然离世。

现在想起来，我们听到的只是她对知青经历的态度和观点。旁听王老师和杨老师、程老师的对谈，对学生来说，是一种极大的享受。我想我的硕士论文题目就来自王老师和这两位老师的对谈，尤其是来自王老师和程老师的对谈。知青们下乡经历坎坷，对于大部分人来说，知青经历未能对之后的职业生涯有任何帮助，可是为什么大多数知青都说不后悔？试图找到这一悖论问题的答案，于我而言是一个身心痛苦的过程。记得我不断找王老师讨论思路，她却总是追问我："So what（这又能怎么样呢）？"说起来有点惭愧，我当时脑力和体力上都有点不堪重负，还生了一场小病，发热躺了几天。但这来自灵魂深处的追问，应该就是社会科学研究者应有的态度吧。在王老师的指引下，我去阅读了许子东对"文化大革命"小说的最新研究，以及梁晓声的小说。现在想来，在王老师科学思维的深处，她对哲学和文学的态度也是包容、不排斥的。记得我毕业后有一次去找她，谈到酣处，我斗胆和她说："我还是喜欢人文取向的，喜欢小说、喜欢文学！"王老师也热切地回应："老师也很喜欢这些啊！"这让我惊喜。据我所知，王老师对哲学等人文学科从小就有一种偏爱。我想正因为如此，王老师才会容忍我在硕士论文中对梁晓声小说的大段引用，甚至我将小说分析作为论文的一个章节她也从未提出异议。当时的我太过于迟钝，以为一切都是理所当然的。其实这是源自王老师的厚爱和宽容，更为重要的是王老师的学养、眼界和格局。每每念及此，想到自己未能完成"记忆是什么"的实地研究，我心中就有一股隐隐的痛。是遗憾，更是痛失的感觉，当机缘不再，"再续前缘"似乎也只能成为一句空话了。

北大社会学的定性研究氛围是一个给养极为丰富的生态系统。当时我的硕士论文的模板是方慧容师姐的《"无事件境"与生活世界中的"真实"——西村农民土地改革时期社会生活的记忆》（1997）。这是20世纪90年代中期，孙立平老师带领一批青年教师和学生共同推动的土改口述史项目的一个阶段性成果，也是方师姐的硕士毕业论文。我为她论文中的丰富田野以及错综复杂的社会学叙事所震撼，更为重要的是，我认为她提出了一个极富想象力的概念——"无事件境"。方师姐的论文在史学界也曾引起关注，她的论文在社会学的口述史研究中留下了浓重的一笔。

孙老师开始口述史项目时，我还在读本科，不过也有幸旁听过孙老师组织的口述史读书会，也能分享到他们的最新翻译成果，以及他们的讨论。我被他们的神采飞扬和学术热忱所打动。当时系里有系刊《五音》，还有一本非正式刊物《社会理论论坛》，上面有李猛、李康老师等的文章，也有口述史的最新翻译成果。我对社会学的朴素热爱，应该是从这里起步的。读研究生时，西方社会理论课由李猛老师讲授，我最大的收获就是把理论读"活"了：理论不再是教科书或试卷上的名词解释、简答题和论述题；它是"活"的，它活在现实中，活在我所热爱的电影和文学中。在李猛老师的课上，我写了一篇文章《当代社会学理论中的主体形象》，有幸发表在《北京大学研究生学志》上。李猛老师给了我一个不错的分数，但事实上与老师的期待应该还有很大的距离。我后来想到，自己不是那种读书很多的人，或者说不是抽象思维能力很强的人，所以读书速度不快，不能快速进入别人的抽象理论中，过于依赖感性或自己的体验，但现在想来，我的方式或许也是另一种存在，也是值得践行的学术研究之路。给我影响最大的社会理论方面的书是李猛、李康老师翻译的布迪厄和华康德的对谈（《实践与反思——反思社会学导引》），以及杨善华老师主编的《当代西方社会学理论》中所涉及的舒茨的现象学社会学、加芬克尔的常人方法学、布迪厄的实践社会学、福柯的微观权力说等，这些都是我的热爱。

  我是带着这些背景知识进入田野的。我的硕士论文也自觉以深度访谈（也可以称之为口述史）为方法去获取资料，前后访谈了约20个知青，历时2—3年，积累了丰富的资料。现在想来，其实这些资料就是他们的生命史，过往岁月中有他们的热爱，也有他们的遗憾，痛苦快乐都在其中。也只有在研究者亲历了岁月之后，才会更真切地理解他们的人生，但当时的自己涉世未深，所完成的论文也仅是一个阶段训练的成果。王老师的科学思维在其中发挥了引导作用，我自己的感性思考也不时闪现补充。这也给王老师指导我的论文带来了麻烦，印象最深的是，王老师说："我们写论文都是先有一个逻辑框架，然后一部分一部分写，可你的是一切东西都有了，但它们是'堆'在那里的，框架什么的都没有。"也就是说，我写的东西需要事后清理逻辑什么的。王老师还有些遗憾地说："当时你的本科论文以调查为基础去写就好了。"我的本科论文相当于写了一个生命历程理论综述,并不是基于调查,而是基于文献,导致基于调查的论文训练在硕士阶段才开始。大概这就是我当时被老师不断追问、自己有些不堪重负的原因所在。我的硕士毕业论文《"青春无悔":一个社会记忆的建构过程》的逻辑清理过程,让王老师费了很大的劲儿,我自己也信心不足。后来与王老师再次聊起这些时,我先自我批评了一番,但老师给我的却是鼓励性的评价,她说我悟性很好。听到这些,在高兴之余,更多的是感动。在论文写作过程中,王老师给了我极大的空间,包括我的田野、选题,以及我的写作方式。我迄今仍然记忆清晰的是,王老师说:"老师的作用就是帮助学生完成他们想要完成的东西。"想到这里,我体会到了最深厚的情感,那是一种极为深沉的爱,如同宇宙间的那些伟大的存在,光如日月,巍如山斗。北大的思想自由、兼容并包的精神也尽在其中,这是一代代北大人的坚守,也传递给了她的学生。

我在学校时多次参与社会调研,本科时去大连做残障人士的田野调查,去广东肇庆做土地制度调查,读研时对长春、北京的下岗工人做调研,还曾在北京走街串巷深入菜市场做流动农民工调查,去工厂的生产线做工人调查,深入四合院社区以及商品房小区做调研——其中用到的有访谈法,也有入户问卷法,或者两者兼而有之。曾和同学一起录入问卷数据,也曾摆弄自己一直无法喜欢上的统计软件。可以说各种方法都学习过和尝试过。如此训练下来,培养了一种不怵田野、不怵与陌生人沟通的能力。记得一个同班同学曾提起他上大学之前,也是不知道社会学是什么,于是家人请教了一位社会学系的老师,据说该老师的回答是:"不好回答社会学是什么,但我敢保证,您的孩子学完社会学,很容易拿着一份问卷,站在大街上与陌生人进行很自然的沟通。"确实如此!我认为,学过社会学的人,都具备这种能力。这是社会学专业带给我们的,也是社会学的底蕴——田野调查的精神。我们社会学的天然优势,就是去阅读"社会"这本大书,而不仅仅是向书本求得知识。这就是早年吴文藻先生在燕京大学社会学系倡导的社会学中国化的道路。他的学生费孝通先生是践行这一理念的经典人物,更是我们社会学人学习的榜样,他所从事的社会调查已经融入他的生命,也融入了中国社会学的血液。例如大瑶山的社会调研,这是费先生第一次阅读社会这本书时所经受的考验——他的新婚妻子王同惠先生为社会学献出了年轻的生命,但这就是田野调查的精神:不畏艰险,从实求知。它也饱含了一种使命感的召唤,鼓励我们后人更好地建设中国社会学。

1979年社会学在中国开始恢复重建以后,1982年北京大学成立社会学系。遥望1922年燕京大学的社会学传统,今天的社会学发展有薪火相承之意。我入校的1995年,算是北大社会学恢复重建的发展阶段,当时社会学系师生间有如父子,至今想来,依然能感受到老师们对学生的如慈父般的呵护和期待,有很多温暖的瞬间永远烙印在心头。我在北大社会学系习得的社会学定性研究方法,是用来阅读社会的一种方法,事实上也是田野调查的一个方面。我们看到,恢复重建的北大社会学在中国社会学的发展中贡献了自己的积极力量。据我所知,孙立平老师的"过程-事件分析"方法的提出,就是基于90年代中期他主持的口述史项目的方法论的总结;杨善华老师提出的"社会底蕴"概念,也是基于他长期的农村社会田野。这些都成为极有解释力的学术概念,是阅读中国社会这本书的基础性概念,值得我们后辈不断努力学习。

中国社会学在恢复重建后,经历了一个学科化、规范化的过程。如今回望过去,似乎还需回到吴文藻、费孝通等提倡的整全的社会研究传统，因为对一个社会问题的理解，向来不是仅仅局限在一个情境中。定性研究给予我们的其实就是一个整全的思路。但是研究者稍有不慎，就容易流于表面的常识。阅读社会这本书，需要极高的学养和眼界，它需要人生与社会之间的不断对话，需要研究者和被研究者之间的共鸣和共情，然后研究者再走出来，获得对社会和自我的认识，以位育社会和人生。我很赞同深受孙立平老师口述史研究传统影响的应星老师的说法：定性研究是一门处在"科学"与"艺术"之间的技艺。其实它就是一门手艺。它是科学，同时也是艺术。

我进入社会学的门，如果从 1995 年算起，迄今已有 20 多年；从事社会学这一职业，从 2002 年进入杂志社做社会学编辑算起，也有 20 年的时间了。如今我更深切地体会到，做好定性研究是我一生的功课。北大社会学系的学习生活是我的起步，它太重要了，这不仅是一个奠定学术基础的问题，还成为我人生的底蕴。其实，学术研究是一项非常个性化的工作，它的本质毕竟还是一种创造性的劳动。可以说，有什么样的人生，做出来的就是什么样的研究。所谓学术人生、道德文章，诚哉是言也。

在田野调查中理解社会和学习做研究

吴愈晓 广东河源人,1996年本科毕业于中国人民大学社会学系,同年考入北京大学社会学系攻读硕士学位,师从杨善华教授。1999年硕士毕业后在上海社会科学院社会学研究所工作。2001年赴美国西北大学社会学系学习,2006年获博士学位。现为南京大学社会学院教授、副院长,主要研究领域为社会分层与流动、教育社会学和家庭社会学。代表成果有著作《回归分析及Stata软件应用》(与毕先进合著),论文"Income Inequality, Cultural Capital, and High School Students' Academic Achievement in OECD Countries: A Moderated Mediation Analysis"(with Wang Jingjing)、《教育分流体制与中国的教育分层(1978—2008)》、《中国城乡居民的教育机会不平等及其演变(1978—2008)》、《中国城乡居民教育获得的性别差异研究》等。

学缘：我和北大社会学

当收到周飞舟老师的邀请，为北大社会学系恢复重建 40 周年写点文字的时候，我才意识到，从我进入北大社会学系求学的那一年算起，已经过去整整 26 年了。在感叹光阴似箭的同时，思绪万千，当年在北大社会学系学习和生活的各种场景如幻灯片一样，在我脑海里一张接一张地展现。

一、结缘

与北大社会学结缘，始于我读本科的阶段。1992 年我考入中国人民大学社会学系，上学期间因为倾慕北大的名气和未名湖的美景，且两校的距离不远，所以周末偶尔会去北大校园走一走。有时还会去北大的游泳馆游泳（当时人大还没有游泳馆，刚好我的一个大学舍友的高中同学在北大读书，可以帮我们买到游泳票）。

本科三年级的时候，我们班和北大社会学系 1991 级的班级（因为当年北大的本科生要在外地军训一年，所以 1991 级的同学和我们算一届）搞了一次足球联谊比赛，我们组队到北大五四体育场去比赛。这算是我第一次接触北大社会学系。

我读本科的时候，大学生毕业分配政策从原来的统一分配变成了毕业生和用人单位的"双向选择"，说白了就是自谋出路。因此，到了大三，同学们纷纷开始考虑毕业后的去向，考研也就成为一个重要的选项。当时计划考研的同班同学中,有的报考本系,有的报考人大的其他专业,我思虑之后决定报考北大社会学系。其实当时对北大社会学也没有多少了解,做出这个决定,除了当年我希望尝试在一个新的环境学习和生活之外,更多是因为北大和燕园的魅力。决定之后就是行动上的准备,为此我专门去了两次北大。一次是去找通过足球联谊赛认识的北大社会学系1991级的同学,请他们介绍一些关于考研的信息。印象中那次拜访的时间很短,具体聊了些什么内容、有什么"收获",都已经淡忘。另一次是去拜访当时正在北大社会学系读研的李猛(他是我在人大的学长,后来在北大是我的同门师兄),见面的地点是他的宿舍(在46楼)。记得那时刚好是午休时间,李猛师兄给我讲了一下考研的科目、教材和他的一些经验。因为害怕打扰大家休息,我匆匆告别。正是因为那次机会,我第一次见到了和李猛同宿舍的周飞舟和李康。我去的时候,他们已经躺下午睡,记得他们探出头来礼貌性地和我打了个招呼。我进入北大读书之后才知道他们三人是当时一个赫赫有名的读书小组的成员。

  以上是我和北大社会学系的前三次接触,一次在足球场,两次在学生宿舍,见的都是同学(或学长),没有接触过任何一位社会学系的老师,甚至都没有到过系里。直到考研的笔试成绩出来,我被通知参加面试,我才和社会学系的老师们开始接触。记得我接到面试通知后,专门去了系里(法学楼)一趟,主要是去踩点,也顺便去教务老师那里查询我的成绩排名。点是踩好了,但是查询的结果让我倍感压力,焦虑也随之袭来,因为当年除了本系保研的同学之外,对外只有六个硕士招生名额,我的成绩刚好是第六。紧张和焦虑的原因是担心万一面试表现不好而落选。面试的头一天晚上,我紧张得没有睡好,第二天上午的面试表现果然很差。记得当时我那一组面试的组长是马戎老师。因为高度紧张，面对马老师一连串的提问，我要么是回答得结结巴巴，要么是词不达意，总之表现非常不好，结束的时候我从马老师的眼神中看出了失望。面试出来之后我大脑都是蒙的，心想完了，没戏了。回到人大的宿舍，中午饭也不想吃，一个人发呆。几天后我接到了系里的通知，让我去见时任系主任王思斌老师。见面的地点是王老师的办公室，王老师那时表情平静，略有一些严肃，但仍能够感受到他的和蔼可亲（后来我发现王老师好像总是给我这种感觉）。果不其然，他已经知道了我面试的成绩不好，所以想亲自见见我，等于给我第二次面试的机会。那时候的研究生招考制度是等额面试，不是差额，所以如果我确实不合格的话，可能系里就要放弃一个招生名额。有了第一次失败的经验，加上做了较充分的准备，我感觉自己的心情平静了很多，也能够较好地回答王老师提出的一些问题。结束之后，王老师对我说了一些鼓励的话，并让我回去等候录取结果。

经过几天焦灼的等待，我终于收到了被录取的消息。就这样，我算是磕磕碰碰地进入了北大社会学系的大门。现在回顾那次考研的经历，我真心感激系里给了我这次宝贵的求学机会，也真心感激当时帮过我的师友。

二、我亲历的北大社会学系

研究生入学之后，我的第一感觉就是被一种非常浓厚的学术气氛所包围，我所熟悉的或经常接触的老师和同辈，大多是心无旁骛，对学问有着极大的热忱以及非常纯粹的追求。记忆中当时大家聊得最多的是学问，例如正在读什么书，在哪里做调查，等等。

读研期间，我有幸接触过几代北大社会学人。当时系里的老师正好处于一个"多代同堂"的阶段，这对于学生而言是一种非常难得的体验。那时候费老和雷老都还健在，虽然已经几乎不怎么来系里了。印象中费老来过一次，在勺园的多功能厅做了一次讲话，那是我唯一一次亲眼见到费老并有幸聆听他的演讲。我也有幸和杨善华老师一起去拜访过一次雷老（也是唯一一次和雷老见面）。老一辈的老师中，我上过韩明谟先生的"中国社会学史"课程、袁方先生的"劳动社会学"、郭崇德老师的"社会保障"和卢淑华老师的"社会统计学"，虽然课程的内容大多已经淡忘，但在课堂上得以真切感受到这些前辈的知识分子风范和对学生的关爱。在"中生代"老师中，除了导师杨善华老师的课程之外，我上过孙立平老师、王思斌老师和林彬老师的课程。那时王汉生老师好像没有给研究生开课，所以很遗憾的是没有上过她的课。给我们开课的"新生代"老师中，有邱泽奇老师、方文老师、王铭铭老师和谢立中老师等，我还记得那时同属"新生代"的刘爱玉老师和佟新老师偶尔会来袁先生的课堂上客串一下。之所以说这是一种非常难得的体验，是因为可以同时领略到不同世代学者的风采和魅力。首先，我熟悉的每一位老师都有自己的独特风格和魅力，而每一代学者也有属于他们那一代的特征。老一辈的学者，按照当时他们的地位，可谓德高望重，但是相处起来，无论是在课堂内还是课堂外，他们都没有一丝傲慢，反而都非常谦逊——即使是在我们这些年轻的学生面前。我前面提及的中生代老师，可以说是当时系里的中坚力量，他们的特点是衣着朴素、性格沉稳，让人感觉总是在思考的样子，上课时语速不快，言语间显现出睿智。而新生代的老师们则激情四射，有"指点江山、引领风气"的气概。当然，除却个体差异和世代差异，老师们的共同点就是对学问孜孜不倦的追求、对学生的精心呵护，以及对名利的淡泊。在我看来，这是北大社会学的一种精神，它在一代又一代的北大社会学人中传承，直至今天从未褪色，且历久弥新。

在学术研究上，北大社会学的一个重要特点就是高度重视社会调查，尤其是田野调查。这是北大社会学一直延续并不断发扬光大的一种传统，我相信这也是北大社会学最鲜明的标识之一。关于这一点，多位系友在他们的系庆文章里都提到过，我就不再赘述。在我读研期间，我亲身感受到这种重调研的浓厚氛围，我自己也多次跟随导师积极参与到各种社会调查当中，获益匪浅。当时人类学方向的老师和同学自不用说，因为田野调查对他们来说是必需品，是家常便饭。社会学方向这边，我印象比较深的调查项目有孙立平老师的口述史调查、王汉生老师的基层政权调查以及杨善华老师关于家族方面的调查等几个比较大型的调查项目。系里的很多老师和研究生，都曾参与过这些实地调查研究项目。那时北大社会学系在河北省平山县的一个村庄建了一个"稳定的"调查点，系里的老师和研究生经常到那里去做田野调查。记得那时系里的很多研究生经常津津乐道在平山调查的所见所闻。杨善华老师后来经常带领学生去那里做调查，一直没有间断，至今还和这个村庄以及当年的调查对象保持着密切的联系。我是在1997年夏天跟随杨老师和程为敏老师到那里做了10天左右的关于基层政权的实地调查，同行的还有王汉生老师指导的两个研究生——罗刚和陈刚（因为这次调查，后来我们三人成为挚友。令人悲痛的是，陈刚在2020年因病英年早逝，永远离开了我们）。

三、跟随导师,在田野调查中理解社会和学习做研究

研究生入学的第一个学期,我和很多同班同学一样,过着紧张充实的校园生活。日子过得很简单,基本上就是教室、图书馆、饭堂三点一线,有时候晚自习结束后,会和同学一起到未名湖边跑步锻炼或闲聊。记得我当时总有一种紧张和不安的情绪,主要是急于做好学问,却不得其法,读书好像也没有头绪,甚至觉得效率很低。这种焦虑持续了将近一个学期,后来随着导师和研究方向的确定就慢慢消失了。

当时系里的制度是入学第一个学期的后期选导师,目的是让学生和老师之间有比较充足的时间相互了解。但是我选择杨善华老师作为指导老师,并不是入学后和杨老师"相互了解"之后的"双向选择"。其实在确定导师之前,我跟杨老师就没有"相互"了解过,仅是我单方面了解过杨老师做的研究。能够师从杨老师,可以说是一种奇妙的缘分,这缘起于我在本科四年级写毕业论文的时候。记得我本科的毕业论文是关于改革开放以来中国社会变迁的一个主题,类似于一篇文献综述。在查阅文献的时候,读到了杨老师发表在《社会学研究》的一篇文章(《中国城市家庭变迁中的若干理论问题》)和杨老师担任副主编(雷老是主编)的一本研究报告(《改革以来中国农村婚姻家庭的新变化》)。我当时非常喜欢这两份文献,也因此知道了杨老师,并萌生了研究生阶段选杨老师作为导师的念头(那时已经确定被北大录取)。进入北大之后,我开始从同学那里打听杨老师的一些情况,并阅读杨老师发表的文章。但由于我比较腼腆,竟没敢主动去接触杨老师,直到系里通知开始选导师。

即使是"酝酿"已久,可到了真的要联系杨老师的时候,我还是惴

惴不安，因为不知道是否有别的同学已经选了杨老师做导师，也不确定杨老师是否会看得上我。记得是一个冬日的傍晚，我在宿舍楼下的一个电话亭（那时候用的是 IC 卡），怀着忐忑不安的心情，拨通了杨老师家里的电话，当电话那头响起杨老师爽朗的声音的时候，我语速飞快地介绍了自己，然后直奔主题说"想跟随您学习家庭社会学"。令我惊喜的是，杨老师很爽快地就答应了，并约了见面聊的时间。

  第一次见面约定在杨老师家里（这是杨老师的习惯，以后每一次指导和交谈都是在他家里），在燕东园的教工宿舍区。这次见面，有两个"两"让我印象非常深刻。因为确定了家庭社会学的方向，杨老师推荐给我两本书（第一个"两"）：一本是从苏联翻译过来的《家庭社会学》（作者名我已经记不得）了，一本是杨老师自己新出的专著《经济体制改革和中国农村的家庭与婚姻》。前一本是借给我看的，后一本则是送给我的。另一个"两"我更是铭记在心。杨老师在那次谈话中多次强调做社会学研究要重视两个字——"实感"（杨老师的原话），即要到实地去感受，也就是要到社会中去做实地调查，才能获得真实的感觉。在解释这两个字的时候，杨老师举了他在费老的带领下去农村做调查的经历和体会。关于"实感"这两个字，说实在话，我当时听到的时候并没有什么触动（毕竟那时候我并没有真正的实地调查的经历），而是在后续的学习和研究生涯中才理解得越来越深入，越发知道这两个字的重要性。

  杨老师说到做到，开始给我创造各种参与实地调研的机会。我参与实地调查的第一站是河北平山的调查点（在 1997 年的夏天），调查的主题是农村基层政权（前面提到过）。那时的我，没有受过访谈训练也没有经验，几乎是零基础，所以只是跟在杨老师和程为敏老师后面认真听和学，帮助录音，偶尔能够插一两句话（当然通常是不得要领的问话）。记得那次的访谈对象有不同的类型，除了村里的干部和普通村民之外，还有镇里的干部。我留意到杨老师面对不同的访谈对象，都能够很自然地进入话题并获得对方的信任，从而使对方愿意对我们畅所欲言。我当时为杨老师的这种能力所折服，后来才慢慢知道，能够做到这样，需要做很多准备工作并有丰富的生活阅历。那次的访谈大多是半结构式，甚至是无结构式的，有时候在村头碰到一个人，就前去聊天；偶尔在傍晚的时候，在村头听聚在一起乘凉的村民（很多都是老年人）聊家常。慢慢地，到调查要收尾的时候，我在杨老师的言传身教中大概也学习到了一些技巧，慢慢地有了一点感觉。

1998年，杨老师承担了一个关于"农村家庭养老"的研究课题。第一个调查地点是浙江慈溪的一个村庄，是当时社会学系的一个本科同学（许敏敏）的父亲帮助联系的（这个村庄后来也成为杨老师研究团队的固定调查地点之一）。1998年的暑假，杨老师和我以及五个本科同学一起前往慈溪，记得那一年夏天慈溪非常炎热。杨老师当时因为有别的事务，住了一个晚上就离开了。离开之前帮我们和当地村干部进行了接洽，并和我们一起商定了访谈对象选择方案以及访谈提纲等事宜。然后留下我作为小组长带领五个本科同学完成调查任务。这是我独立工作甚至是作为团队"负责人"的第一次尝试，从确定具体访谈对象（落实到人）、参与访谈、在调查中完善访谈提纲到访谈结束后的总结交流等一系列工作，都由我带领几个尚无调查和访谈经验的本科同学一起完成，当然，其间也多次和杨老师进行电话沟通，请他远程指导。这是我参与的第二个田野调查项目。经过这次锻炼，我逐渐找到了做田野调查和访谈的感觉，有了自己的心得体会，也在访谈过程中有了更多的自信。

1998年，我还参与了一个定量和定性相结合的调查项目——中日合作的现代城乡家庭调查。中方的课题负责人是社科院社会学研究所的沈崇麟老师，杨老师是课题组主要成员之一，因此我有幸进入。调查地点是上海和成都（两个城市样本）以及上海青浦县、江苏太仓县和四川宜宾县（三个农村样本）。调查于1998年4月开始启动，分为两个阶段：第一阶段是问卷调查阶段；第二阶段是从问卷调查的对象中抽取一些个案，进行深度访谈。那时候我作为"主力"成员之一，两个阶段的调查都参与了。4月，我先跟随沈崇麟老师到上海青浦去做问卷调查，主要是负责培训当地的调查员（青浦县各镇的妇联干部）和验收已经回收上来的问卷。青浦县的调查完成之后又去了太仓协助那边的团队完成问卷调查。共为期一个多月，然后我回到北京。第二阶段的调查到1998年的下半年才启动，由杨老师带领我负责青浦县的个案访谈。记得我们是在国庆节前一天出发的，那天北京的雾霾非常严重，有种让人喘不过气来的感觉。因为那次访谈任务只有杨老师和我两个人，每一个访谈我都跟着杨老师，因此可以更加近距离（贴身）地学习和领会他访谈的技艺。在访谈之余，如用餐、坐车或晚上总结讨论的时候，杨老师也会对我进行指导。印象最深的是杨老师一再强调访谈的时候要学会"移情"，即要抛开研究者的身份，站在访谈对象的角度来进行问话或交流。因为有了平山和慈溪的经验，加上我上半年参与了青浦地区的问卷调查，对当地的一些基本情况和访谈对象有了一定的了解，我逐渐可以更多地参与到访谈的过程中。杨老师似乎也看到了我的"进步"，有时候会有意地让我多问一些问题，甚至让我主导某个访谈。记得杨老师对当时我们访谈的一个"上门女婿"个案非常感兴趣，访谈的时间很长，结束之后仍意犹未尽（杨老师后来跟我说，这成了他"家庭社会学"课堂上的一个经典案例）。对我而言，这次调查最大的收获是理解了"移情"的重要性，并开始在访谈中进行尝试。

在杨老师的指导下，经过平山、慈溪和青浦的调研，我初步掌握了定性调查尤其是访谈的一些具体方法和技艺，也逐步具备了独立进行调查和访谈的基本能力，并开始从研究的角度来思考做访谈的目的和意义。当然，从学习做访谈到思考做研究的过渡，背后还有一个很重要的原因，就是我毕业日近，需要开始思考毕业论文的选题了。慈溪调查的重点是农村地区的家庭养老问题，刚好因为我之前参与过平山调查和之后的青浦调查，也关注过一些跟养老有关的话题，了解过一些案例（包括和养老有关的家庭纠纷等），当我把不同调查地点的相关案例放在一起来看的时候，发现在不同的地区，家庭养老观念和行为有比较大的差异，不同地方对于"孝"的理解也不同。例如，在经济较发达的慈溪农村，子女花钱雇人来照顾没有自理能力的老人是一种被大家认可甚至是被赞赏的做法（当地有不少这样的案例）；但在平山县，很多村民认为子女亲自照顾老人才是有孝心（当然因为收入水平的限制，当时我们调查的村庄并没有雇人照顾老人的案例）。又如，在慈溪农村，因为村集体经济发展不错，村里有一些集体收入，因此会给年满60周岁的老人发放一些补贴（现金或日用品），这种做法的结果是让大家有了一个类似于"退休"年龄的观念，即到了60周岁，就是"老年人"了（因为可以开始享受福利了）；但在平山农村，关于什么岁数属于老年人这个观念是非常模糊的（因为村集体没有相应的关于养老的制度安排），大多数人认为不能下地干活，或需要别人来服侍了，才算是老年人。

当时这些发现让我兴奋，并初步确定了自己的毕业论文选题，即从比较的角度来考察农村的家庭养老问题。我去找杨老师，跟他提了我的这个想法。杨老师肯定了我的想法和毕业论文的选题，并建议我到西部地区找一个村庄进行实地调查（因为那时东部和中部农村的调查资料都有了，唯独没有西部的）。杨老师通过四川省社科院的李东山老师，帮我联系了四川宜宾县的一个村庄（是前面提到的中日合作的现代城乡家庭调查项目的一个抽样点，后来也成为杨老师研究团队经常去调查的一个点）。1998年秋冬之交，经过一些调查前的准备，我只身前往四川宜宾去做调查。出发前一天晚上，杨老师来到我宿舍楼下，拿给我2000元现金作为调查费用（这对于当时的我，无疑是一笔巨款），并叮嘱了我一些需要注意的事项。当时我手拿着装钱的信封，看着杨老师骑车离开的背影，感动万分。

宜宾的调查为期一周左右，我如愿获得了相应的资料和一些案例。一回到学校，我就开始整理访谈记录，阅读文献，为毕业论文做准备。根据当时的调查所获，养老观念和养老方式的地区差异确实是存在的，而经济发展和村集体收入水平可能是一个很重要的原因。如果按照这个思路，那就是从现代化理论视角来进行解释。我于是去请教杨老师，他认为从现代化理论来解释并没有问题，但显得过于平淡。杨老师建议我最好能提炼一个概念，这样才能实现从经验到理论的升华。提炼概念当然不是容易的事情，但既然杨老师建议了，我就只好硬着头皮去想。那段时间我非常焦灼，不断参阅文献，不断翻看访谈记录和回忆调查的场景，但都想不出一个我认为有价值的概念。那段时间我刚好经常和陈刚在一起玩，就跟他谈了我的难处，并请他帮我出主意。记得陈刚听完思考了一会儿，对我说："在中国社会，尤其是在农村这样的熟人社会，很多事情的好与坏，主要是看在当地是否合情合理。"我接着他的话说："很有道理啊！不同村子的人看待子女的孝与不孝，通常没有统一的标准,其实都取决于同村的人认为他们的做法在当地是否合情合理,那么我就用'情理模式'这个概念吧!"陈刚不置可否,但我倒是当真了。在论证的时候,我把"情理"归为一种文化层面或涂尔干"集体意识"式的概念,即不同村庄有不同的养老文化或集体意识,这样就有别于现代化理论的结构性取向。我找杨老师谈这个概念,得到了他的认可,他说有概念肯定比没有概念好,要有勇气提出概念。现在想来,其实那个时候用"情理模式"这样的概念是稚嫩的,由于功力有限,对这个概念的论证也是不够充分的,但不管怎样,仍不失为学习提炼概念的一个尝试。后来我在美国读书期间,曾思考过它对应的英文表述是什么,当时我的答案是接近"context"(翻译为"情境"或"语境"),但现在看来,我认为"情理"的理论性更强。硕士论文中的一部分,经过修改并由杨老师推荐,发表在《宁夏社会科学》杂志 2000 年第 1 期(标题为《我国农村养老的几个问题》)。这是我发表的第一篇学术论文,对我有不一样的纪念意义。杨老师后来对"情理模式"这个概念进行了提升和完善,并和我合作在《探索与争鸣》杂志 2003 年第 2 期发表了一篇题为《我国农村的"社区情理"与家庭养老现状》的文章(我发表的第二篇学术论文)。

  写硕士论文应该说是我学习做研究的开始,但是这个过程对我后来的研究旨趣有很大的影响,即使是从博士阶段开始转向了以定量方法为主做研究。其中最重要的一点,就是"比较的视角"或对"情境效应"(contextual effects)的关照几乎成为我思考问题和研究设计的惯常做法。在做定量数据分析的时候,我经常(尤其喜欢)做调节效应(moderating effect)分析,即检验一对关系在不同的结构情境(国家、地区、组织、体制、历史阶段等空间或时间范畴)下是否有显著的差异。我在做教育社会学方面的研究时，基本上用的都是多层次回归模型（multilevel regression models），目的在于考察不同的地区、不同的学校等个体之外的结构情境因素对学生个体层次的结果变量的影响。无论是调节效应分析，还是多层次回归模型的设定，说白了就是比较的视角，关注个体的行为或观念是否因时空的不同存在系统性的差异。还有一点，就是在做定量分析的时候，我也努力尝试提炼概念。现在想来，这些研究取向或多或少跟硕士论文的设计或提出的"情理模式"有一定的关联。总之，我硕士阶段的田野调查训练，因为深入田野的次数不是很多，每次田野调查的时间也不是很长，掌握到的东西是很肤浅的，可能才算刚刚入门，甚至可以说是还没有入门，所以我从来不敢妄言我"会"使用定性方法或访谈。但我必须承认，读研期间田野调查训练过程中的所学所思，对我的学术研究生涯意义深远。

在硕士阶段能够跟随杨老师学习，是我人生最幸运的事情。杨老师手把手训练我，帮助我在田野调查中学习访谈的技巧；他高度信任我，让我独立承担调查的任务，甚至敢于放手让我一个人只身前往边远的农村地区做调查。这些田野调查不仅训练了我运用方法的能力，而且大大扩展了我的视野和生活阅历（因为调查的地方都是我之前没有去过的），并使我对不同地区人们的生活状况、行为方式和价值观念有了切身的体悟，增强了我对现实社会的理解，同时也锻炼了我的社会交往能力。在论文设计和写作阶段，杨老师愿意倾听并尊重我的想法，鼓励我从经验资料中提炼概念，引导我实现从做调查到做研究的转变。杨老师不仅是我学术的领路人，也教会我很多为人处世的道理。虽然我自知无法达到杨老师的境界，但他对待学问、学生和生活的态度，一直都是我学习的榜样。我毕业之后，杨老师指导学生田野调查和研究更加得心应手，培养了很多优秀的年轻学者,发表了很多关于田野调查方法论和实证研究的成果。杨老师身体力行,直到现在,他仍经常带领团队到全国各地做田野调查,并每次都和我们分享他精彩的田野笔记。我认为,如果从一个更加"宏观"的角度来看杨老师指导学生的风格和实践,我相信这与北大社会学系一直以来以学生为中心并高度重视田野调查的传统是密不可分的。

四、回首:其实从未远离

1999年从北大硕士毕业后,虽然几经辗转,学习或工作的地方多次更换,但我始终没有放弃以社会学为业,和北大社会学系师友之间的联系也从未间断。1999—2001年间,经杨老师推荐,我到他曾经工作过的上海社会科学院社会学研究所任职,其间还继续参与杨老师的调查课题。实际上,从进入师门到现在,我和杨老师一直保持着密切的联系。如果有机会去北京出差,我都会去拜访杨老师,杨老师也像我读书时那样,在他家里和我聊天。每当我有重要的事情或研究上的困惑,都会请教杨老师,而杨老师从来都是第一时间给我耐心的指导。

毕业之后,我每次去北京,无论是公务还是私事,基本上都是住在我研究生同班挚友包胜勇(现在中央财经大学社会学系任教)的家里,而不是住酒店,因为这样我们可以喝着茶彻夜长谈,一起回忆读书时的点点滴滴,一起讨论正在做的事情,一起展望未来。1996年我们一起进入燕园,一见如故。自此之后,无论身在何处,胜勇一直是我的支撑。我一直把他在北京的家作为自己的家,从未客气。

2001年,我前往美国西北大学社会学系读书,刚好同一年李博柏教授（北大社会学系1992届本科毕业生，现在北大光华管理学院任教）进入该系任教，其间有幸得到他在学业（尤其是定量方法方面）上的指导和生活上的照顾。我在读博士期间，也得到了当时在芝加哥地区的多位从北大社会学系毕业的同学的帮助，尤其是马大力（北大社会学系1991级本科生，研究生期间和我同班，当时在芝加哥大学读博，现在美国任教）和魏伟（北大社会学系1991级本科生，当时在芝加哥洛约拉大学读博，现在华东师范大学社会学系任教）。在我刚到美国学习和生活遇到困难的时候，是他们的帮助和鼓励让我得以渡过难关。

2006年博士毕业后，我获得吴晓刚教授（北大社会学系1994届硕士毕业生，也是我在人大本科时的学长）资助，到香港科技大学社会科学部从事博士后工作。他提供的这次工作机会不仅让我在生活上有了保障，更重要的是给我提供了一个"喘息"的机会，让我能够安心完成几篇工作论文，并找到教职。直到现在，我还经常得到吴老师的指导和帮助。我刚到香港的时候，硕士同班挚友罗刚在香港中联办工作，我找到住房之前的很长一段时间都住在他的宿舍里，得到他生活上的各种照顾。除此之外，我在香港科技大学的两年时间里经常交往的好友，亦有多位是北大社会学系系友。

2008年之后，我先后到山东大学和南京大学任教，因为出差或学术交流等原因，常常有机会回到北大，拜访师友或到未名湖畔散步。特别需要提到的是，2018年，我受到母系的邀请参与张静老师主编的《中国社会学四十年》（2019年出版）一书的写作。我深感荣幸，也倍加珍惜，因为这不仅是母系对我的肯定和信任，也表明即使我已经毕业离开多年，母系仍然没有将我视作"外人"。

回顾往事，虽然从北大毕业已经20多年，但我和北大社会学系一直保持着密切的联系，感觉从未远离。这里是我做社会学研究开始的地方，也是我的精神家园，对我人生和职业生涯的意义，非言语可以表达。学问和学生至上，在调查实践中寻找真知，淡泊名利，是我感受到的北大社会学系的精神，我将以此不断鞭策自己。

蓬勃的生趣

我在北大社会学系的学生岁月

王利平 江苏常熟人，1997—2004年就读于北京大学社会学系，获得学士学位、硕士学位，师从李猛教授、杨善华教授。2013年在芝加哥大学社会学系获博士学位。现为北京大学教育学院长聘副教授，主要研究领域为比较历史研究、社会理论、教育社会学。代表成果有著作 *The Imperial Creation of Ethnicity: Chinese Policies and the Ethnic Turn in Inner Mongolian Politics, 1900–1930*，论文 "From Masterly Brokers to Compliant Protégées: The Frontier Governance System and the Rise of Ethnic Confrontation in China-Inner Mongolia, 1900-1930"、《如何培养行动力：杜威论现代教育的双重危机》等。

蓬勃的生趣 / 王利平

1997年夏天一个大雨滂沱的下午，我接到了北大社会学系的录取通知书。社会学是我的第一志愿，虽然我不知道它是什么，但我跟家人说经济、法律我不喜欢，家人觉得它应该比文学、哲学要好点，我因此误打误撞地进入了这个学科。我是昌平园的孩子之一，大学的第一年是在昌平园度过的，那里静谧悠远，校门口耀眼婆娑的白杨林道，方方正正的主楼教室，是我对北方的第一印象。昌平园单调、乏味而安静，我对它印象还可以。系里老师需要搭班车来昌平园上课，很辛苦，而对每日需要占座、自习、上高数的我们来说，专业课和宿舍生活可能是最接近大学生活的部分。在那里的课堂，我听了王思斌老师的"社会学概论"课和杨善华老师的"国外社会学学说"课。很惭愧，第一次接触社会结构、变迁、乡土社会这些概念时，半知半解，我属于课上那部分对社会学缺乏朴素经验感的学生，但是因缘际会，我却在北大社会学系找到了通向社会学之路。前不久，在系里和王思斌老师重逢，他正在做系庆的访谈，王老师低调朴实又亲切的态度，以及情不自禁流露出的对师友、对系、对社会学的深厚情感，唤起了我20多年前在课堂上的感觉。每次走入系楼，稍显黯淡的一楼回廊，也飘散着熟悉的味道。这种感觉，就像游子眷恋的家一样，你或许游历、流连过很多地方，但心底总有一处，它温暖、亲切、自然，存留了很多鲜活的情感和记忆，但面对它时又让人感到近乡情怯，因为总怕在外面的自己辜负了它的许多期许。

在北大社会学系，我度过了七年光阴，在我学习工作过的地方，它不长不短，但回味悠远。我常和学生说，人的性格差不多在25岁时养成，此后你会经历知识的积累、阅历的增长、经验的丰富，但是你最在意什么、享受什么以及为人处世的方式，在25岁时差不多就定型了。而在你的学习时代，遇到过什么样的老师，交往过什么样的朋友，沉浸在什么样的氛围里，大抵决定了你为人的志向。我的硕士导师是杨善华老师，本科论文导师是李猛老师。李老师当时硕士毕业刚留校任教，而杨老师最常说的话是："李老师在社会理论上造诣匪浅，你有问题多找李老师请教。"这句话当时只道是寻常，很多年后想起常常令我感佩。杨老师代表了我所交往的社会学系诸多老师的一个缩影，他们身上自然而然流露出来的谦逊、对学问的敬畏和对年轻人的爱护，与今天浮躁的时代有点格格不入，实实在在滋养了好几代学生。杨老师是一个无论做什么事情都兴味盎然的人，在我们多年的师生交往中，他总是给予我细水长流的温暖。我跟随老师做田野的机会没有那么多，只去过宁夏和我老家常熟。记得在田野里工作一天之余，杨老师带我们享受美食，而长长的夜晚总是在小组讨论中度过。杨老师精力过人、细心过人，对每一个学生都有所留意，我学到了很多。我硕士论文做了一个理论题目，后来去芝加哥读博士期间做了一个历史社会学题目，好像都没有用到田野的方法，但是当我需要做田野访谈的时候，我发现自己好像都会，这种熟稔的感觉我想是跟着杨老师长期熏染出来的。归根结底，田野研究源于对人的兴趣和对他人境况的深层的理解，这种能力也同样适用于读书和做事。印象之中，杨老师总是和风细雨，他会十分婉转而一针见血地指出我的问题，包括我在工作以后，向他倾诉烦恼，他总是云淡风轻地说一句："利平，你太大条。"然后条分缕析地帮我分析情况，让我顿觉豁然开朗。

蓬勃的生趣 / 王利平

我读书时兴趣常变,理论兴趣第一,也和师门去做田野,还在读硕士期间去河北做了个独立研究,但无论我做什么,杨老师都支持我。这个敢尝试、敢放弃的习惯,一直延续到芝大,离开北大去芝大读博后,我开题是一个题目,开始做档案以后又换了个题目。今天想来,很感激我遇到的老师们,我在北大的求学经历如果用一个词来概括,那就是"走弯路"。没人跟我说捷径是什么,这个习惯也许让我的学术兴趣显得边缘,但却让我安于做自己喜欢做的事情,在芝大漫长的学习岁月中不自觉抵挡了很多诱惑和焦虑。北大在这一点上和芝大是一样的,那就是给予学生尝试、摸索的自由,这不仅对学生而且对老师也是一个很大的挑战,它要求为师与为学一样要有长远的眼光。而从在北大社会学的求学时代起,我就觉得做学问有趣有滋味,它辛苦却不是一件苦役,因为每一个研究都始于想要抓住一种令人兴奋的模糊的感觉。而让我们能够坚持下去的很重要的一个动力,则是师生之间的信任,这种感觉就仿佛父母看着自己孩子的涂鸦,总是满心欢喜地能从中看出一幅大作的雏形来。

北大社会学系有一套完整的课程体系,除了理论和田野调查之外,孙立平、王汉生、张静等各位老师的课都磅礴大气,让我们从一开始就知道好的学问是深入现实而又有独立精神的。上一辈学人的学术与生命际遇之间有天然的亲和,虽然这一层关联很多时候是突来的难以把握的命运,但学术也恰恰如此才显得更有勇气和生命力。所以,上课对我们来说真的是受教育的过程。我印象尤其深刻的是王汉生老师。王老师身上总有一种威严,让我又敬又怕。她的课吸引了很多学生,每次一下课她就被大家团团围住,但我总是悄悄离开教室,一学期课下来,我从未和王老师说过一句话,也没有在课上发过一句言,我相信她不认得我,但是期末作业我却得到了特别好的成绩。很遗憾，没有机会和王老师提起这一段经历。这让我这么多年一直相信，做什么事情认真投入最重要，因为总有一双眼睛会看见。我也记得低调朴素的程为敏老师，上课总是娓娓道来的谢立中老师，我们和蔼可亲的班主任佟新老师，还有乡音无比亲切的卢淑华老师等。系里的课让我了解了中国社会的轮廓，对中国问题复杂性的感受渗透到了我的血液之中。在芝加哥留学10年的岁月里，北大教给我的这些朴素的直觉虽然让我多了很多困惑，常常在异域和本土的多重视角下彷徨，但或许在他乡，才能体会到什么是故土的纯正的经验感。学问不在于理论框架有多完美，方法有多精深，而根本在于是否能够真诚地探索真实的问题。这些都是我在北大读书期间无形之中积累下来的财富。

与其他同学相比，我的社会学兴趣不太主流。20世纪90年代末的北大校园与今天不太一样，养了一批闲散又执着的读书人。读书人不是研究者，泛指那些读杂书且想从书里寻找人生意义的人。现在说来可能有点矫情，但有点矫情不就是人的青春状态吗？当时没有那么多课要上，也没有今天那么紧迫的绩点压力，很多同学和我一样选了五花八门的课。在没有跨学科项目的年代里，好像我们都已经历过博雅教育。我舍友郭婷婷是一位诗人，受她影响我读了张承志和各种现代诗，当时中文系的诗人也经常来宿舍找她，我也搭伴儿耳濡目染了一阵。好朋友李妍对宏观经济问题有兴趣，修了经济学双学位，我俩经常抵足而眠，虽然我对经济学毫无感觉，但架不住她热情的感染。还有一个从化学系转来的朋友徐晓宏，经常"神神道道"的，没头没尾地交流一段法国思想。我也经常去历史学系同乡王锦屏宿舍闲聊，常常一待就是一下午。还值得一提的是图书馆南配殿的小录像厅，可以点电影看，我时常和

蓬勃的生趣 / 王利平

朋友去看一些特别晦涩难懂的艺术电影。内容已经完全不记得了,但那个年纪总会想要咀嚼一些不能马上消化的"食物"。我在那里消磨了很多时光。本科给我留下的最深印象可能就是不急迫,我们同学中

2001年,北大社会学系1997级本科生毕业聚餐合影
(后排左二为杨善华教授,前排左二为王利平)

有目标特别明确的,也有像我这样不善经营、比较晚熟的,最重要的是当时系里氛围宽容,无论选择哪种生活好像都过得不坏。工作以后我很怀念这段本科生活,不需追赶,或许迷惘过,但不焦虑。

我自己从读刘小枫的《现代性社会理论绪论》开始,杂七杂八读了很多理论书,迷恋过别尔嘉耶夫、舍斯托夫等所代表的俄罗斯白银时代的思想和俄罗斯文学,还有克尔凯郭尔的存在主义哲学,对19世纪末到20世纪初世纪之交动荡变幻的大时代里的人心思绪离合特别触动。这些书大都优美而艰深,令人似懂非懂,当心中有一团迷糊而强烈的探究冲动,但又找不到一个明确的问题去落地时,我就去图书馆随便翻书。很多年后在芝大,导师安德鲁·阿伯特组织了一个随性阅读(random reading)读书会,就是去书架上随便浏览,抽一本感兴趣的来讨论,这个感觉很熟悉。这和我们今天主要依靠精准检索和推送来获取知识的途径很不一样。

在一种模糊感觉的驱动下,我选了齐美尔做我的本科毕业论文。犹

记得在系里二楼一间凌乱的办公室里,和李猛老师第一次见面谈论文的场景。李老师对学术的热心和投入是罕见的,你问一个问题,他就会至少有10本书推荐,所以每次见面或是邮件向他请教论文,就像打开了一个百宝箱,让人既眼花缭乱又兴奋莫名。当时论文还是写在纸上的,我记得把凌乱的论文初稿交给他,文章不怎么通顺,但李老师说了很多鼓励我的话。文章终稿交上去以后,我接到李老师的一个电话,给了我不少肯定,那当真是绝大的信心的鼓舞。写完本科论文,我想以后做学术,原因无他,就是单纯觉得有一种职业,它有创造力,有自己的节奏,不必朝九晚五,这份工作看起来可能有点闲散,但适合那些打心眼儿里爱较真儿的人。事实证明,这份工作一点也不闲散,这是后话。我很感激北大的读书氛围,本科四年,除了课程要求之外,我对社会学专业的阅读其实非常有限,也没有在意过方法论和规范,没有很细心地规划过自己的未来,但在这个环境里,我学会了认真思考和阅读,找到了志同道合的同伴,不觉得孤独。这是一个宽松而有活力的大学,它是由那些钟情于教育事业的老师和富有热情朝气的学生共同搭建的。

跟随杨老师读研究生以后,我才算正式安定下来。杨老师支持姚映然师姐、孙飞宇、田耕和我一起组织一个理论的读书会。我记得读的第一本书是吉登斯的 *Capitalism and Modern Social Theory*(《资本主义与现代社会理论》)。读书会经常是在当时几个老师合用的理论教研办公室里举办。读书的具体情形不太记得了,印象最深的是每次读完书去吃饭。当时佟园和网球场附近有一家药膳,冬夜里菊花鸡的香味至今我应该还能分辨出来。我在做论文的时候一度想做一个深入的田野研究,当时吴飞还在哈佛读博,通过他的引荐我去了河北的一个农村,那是我第一次体验人类学式的田野。住在村民的家里,与他们在同一张炕上睡觉,在同一张小桌上吃饭,日出而作,日落而息。后来,因为"非典"疫情,我被困在县城一家小旅馆里,正好整理录音写笔记。杨老师资助了我这段研究,可是等到写论文的时候,我觉得自己难以割舍的还是这三年来读的黑格尔、卢卡奇和本雅明,决定放弃田野研究。杨老师依然表示支持。当老师后,每当想起这段经历,我会觉得自己如果有个学生这样,我内心该崩溃了。

  读研期间我最经常去叨扰的是渠敬东老师。渠老师当时在社科院工作,在清华上社会理论课,我与清华的同学常姝、朱宇晶经常一起玩,之后便一发不可收拾,经常找渠老师讨论学术和聊人生。那时渠老师住在社科院的宿舍里,在城东边,我和小伙伴们经常穿越半个城到他家享受美食、电影和谈话。渠老师和小史姐的小家布置得温馨有特色,我们通常席地而坐——因为没有那么多椅子,大家海阔天空聊了一通以后,渠老师照例会下厨,展示他中西兼通的手艺,从切菜到下锅一气呵成——虽然厨房会狼藉遍地。我记忆最深刻的是罗宋汤暖而厚实的滋味。晚饭后,我们一起看电影,有的时候聊到凌晨,朋友们有的已困得东倒西歪,便被拉起来一起打个车回到北大。最晚的一次是早晨5点,是在冬天,清冽的风从车窗灌进来,疲惫中朦胧的睡意袭来,我们靠在一起都快睡着了,心里却很明净。另一件让我难以忘怀的事是硕士毕业申请出国读博。李猛老师那时候已经在芝大读博,而渠老师正好在芝大访学。我记得与渠老师在电话里聊了出国的打算和困难,他毫不犹豫地和李老师一起推荐我去了芝大。我去芝大求学以后,两位老师一直在生活和学业上关照我。敦敦出生后,我和田耕回北京探望师友,没有落脚地,就住在渠老师家。我与这些老师相差十来岁,我是学生的时候,他们也正青春年少,与他们的交往让我对学术萌发了憧憬。这种憧憬并不

2015 年，王利平一家在芝加哥大学

是对成为伟大学者的向往，而是对读书能激发我们的想象力，让我们生活得更加丰富、更有质感的向往，还有师生之间坦诚热情的友谊、无私的帮助，都是我对为学的最初的美好感受。

严格来说，离开北大后，我才开始从职业意义上认识和接受社会学的训练。可以说，北大给了我求知之爱，而芝大教给了我社会学的手艺。北大七年仿佛是我找到了一条通向社会学的漫长小径，它蜿蜒曲折，有过很多分叉，它也像一个杂草丛生的花园，不精致不典雅，但充满了蓬勃的生趣，将我带向了一个更广阔的天地。这段旅途，就好比歌德在《威廉·迈斯特的学习时代》中所描绘的那样，它始于一些模糊的莫名的热情，靠着我们的护身神才得以在历经一些回旋与冲击之后稳定地行驶在它自己的航线上。我们的护身神，无他，就是我们的际遇。感谢北大社会学，给了这一方土壤，让我们能够慢慢地培育自己的理想。莫斯在《礼物》一书中说领受馈赠是人存在的根本，而有所亏欠的感觉恐怕是最甜蜜的负担。希望在未来教书育人的过程中，我能像教导我的老师们那样，信任和鼓励学生，能够慢慢地偿还母系对我的培养之恩。

一个文青的社会学之路
忆北大社会学四年

田晓丽 湖北孝感人，1997—2001 年在北京大学社会学系读本科，后去香港中文大学攻读硕士学位，于美国芝加哥大学取得社会学博士学位。现为香港大学社会学系副教授，研究兴趣包括知识社会学、医学社会学、互联网与社会互动研究、符号互动论、微观社会学等。代表论文有"The Allure of Being Modern: Personal Quality as Status Symbol among Migrant Families in Shanghai"、"Embodied versus Disembodied Information: How Online Artifacts Influence Offline Interpersonal Interactions"、"Putting Social Context into Text: The Semiotics of E-mail Interaction"（with Daniel A. Menchik）等。

1997年9月,我作为大一新生进入北大社会学系学习。那时的我并不知道,我们这一届是北大社会学恢复招生后第14年的本科生,对前辈老师们寄予我们这一代的殷切希望懵懵懂懂。多年后才慢慢明白在北大社会学的四年对我意味着什么,对我的人生会产生怎样的影响。

当时北大的文科新生需要去京郊昌平园分校一年。大一的时候要上的社会学专业课不多,我记得第一学期只有一门"社会学概论",是王思斌老师上的。听说北大有一个不成文的规矩,大一新生的专业课大多由名教授或者系主任上。后来自己也从事本科生教育,才明白这样的安排是很重要的,因为学生初进本专业的时候就接受最好、最正规的训练,一是不容易"长歪",二是有利于培养良好的学术品位。

大一上学期还有一门课让我印象深刻,那就是逻辑课,好像跟高数一样是文科必修课,我对那门课很感兴趣。现在回想起来,深感北大课程设置的成熟之处——逻辑实在太重要了!逻辑课是哲学系的周北海老师教的,他借用电影《有话好好说》来讲解A与非A的关系,告诉我们:无论看人或事物,当你看到它表现出来的那一面的时候,也要同时去考虑此时此刻尚未表现的非A的那一面。

还有一门必修的"中国革命史"课,这门课出乎意料的好。我原本以为自己对这段历史已经非常熟悉,毕竟这是高考历史的重点内容,没想到授课的老师讲了很多有趣的细节,比如五四运动,她详细讲解学生游行的路线,又多方考证"火烧赵家楼"是谁放的火。从中我体会到细节的重要性，后来我自己做研究的时候，也格外注重还原事件的过程细节。当然这跟孙立平老师提倡的过程-事件分析有关，也有我在芝加哥的导师安德鲁·阿伯特教授的影响，但是最初的潜移默化，应该是来自这门革命史课的老师。

更令人难忘的是在昌平园读书的日子。那里幽静空旷，是个读书的好地方。刚入学，我跟大多数社会学的本科生一样，不知社会学为何物，也不明白学这个专业有什么用。那时我对诗歌、小说、电影等的兴趣远远超过社会学或者学术研究，因此成了昌平园图书馆的常客。那个图书馆书不算多，但是很杂，我在那里看了很多闲书，印象最深的是有关红学研究的书。我记得看过胡适、俞平伯、周汝昌等人写的新红学作品，也看了蔡元培和其他一些人写的索隐派红学著作，这颠覆了我对人人敬戴的蔡校长的认知，觉得蔡校长写的《石头记索隐》跟我自己阅读《红楼梦》的体验相去甚远。心中不免疑惑：像蔡校长这样的人物，怎么会写这种莫名的东西？后来探究过才知道，其实蔡校长的红楼索隐并非无中生有，其背后有一整套对古籍注释考证的治学传统，只是这套治学方法早就在胡适提倡的新学术研究方法的冲击下式微，才不为我这样的普通学生所知。回想起来，那是我第一次意识到知识的合法性问题，开始对知识的生产、传播以及与权力的关系等问题产生兴趣，这些问题后来成为我做博士论文的原动力。

另外一次印象深刻的是读张爱玲回忆她父亲在庭院里踱方步（跟李鸿章学的）、大段大段地背奏章，她感到深深的悲哀，因为皇上已经没了，那些以前官宦子弟需要学习的知识，现在已经沦为被人嘲笑的无用之物。后来在美国留学，我更加深刻地体会到知识的合法性问题。比如学习西方理论，我对"自然状态"（state of nature）这个概念非常不解，不明白为什么西方人会这样去设想人与人之间的关系。带着这些疑问，我在芝加哥读博的时候，选择了近代中国的中学西学之争作为自己的博士论文题目，为了突显理论主题，我选择医学知识作为切入点，也就是西医是如何入华的，而中医的合法性又是如何在西医的冲击下被质疑的。当然，这些都是后话。

那时候社会科学对我而言还十分陌生，在我幼稚的观念中，读书就是读文学和历史。我在图书馆里读到了很多当代文学作品，期刊室还有港台文学选刊，我几乎每期都读。看了一段时间后，感觉当代文学作品没有什么太值得看的，以致我很长时间都不看当代文学的东西，直到后来看到刘慈欣的《三体》才有改观。

值得一提的是昌平园有个小小的影音室，每周末都会放电影，也可以几个人约好去自选电影，我记得有三个人还是五个人就可以。在这方面跟我最志同道合的是同宿舍的郭悦和刘嘉，我们相伴去看了很多电影，大多为好莱坞的经典作品，如《飘》《似是故人来》《教父》《魂断蓝桥》《廊桥遗梦》等。1997年电影界有一件大事，那就是《泰坦尼克号》上映，后来好像也是我跟郭悦一起去看的。坦白讲，我对这部电影并没有太多感觉，因为我不喜欢渲染灾难大场面，但是这部电影当时的确给我带来很大的震撼。因为片中的男主角死掉了，女主角竟然没有殉情，而是幸福地结婚、生子，活到了80多岁。难道感天动地的爱情不应该是像梁山伯与祝英台那样双双化蝶吗？那时我开始意识到对纯粹（purity）、唯一、永恒（eternity）的追求，可能只是特定文化和历史的产物。后来读到康德的作品，知道了不能"把他人作为手段"（treats another merely as a means）的看法，才真正理解了为什么"永恒之爱"（eternal love）等看似美好的追求其实可能是不道德的，至少是鲁莽的

（uncivil）的。我后来在对网络文学的研究中，进一步探索了这些主题。

昌平园的环境，天然是读诗的地方。我记得同班的郭婷婷也喜欢诗歌，我们一起读了海子、顾城、北岛、穆旦这些人的诗，还读了一些外国诗人的作品，比如波德莱尔、艾略特、惠特曼等，当然也免不了自己写一些诗。中秋节时，我把社会学系1997级全班40位同学的名字串成了一篇文章，在班级中秋晚会上朗读。可惜稿子早已不知去向，我也完全不记得当时写了些什么。

大一下学期杨善华老师的"国外社会学学说"开课了，杨老师待人亲切，课讲得清晰有条理，极具启发性，为我们打下了坚实的理论基础。我印象最深的是课上需要读的两本书，一本是涂尔干的《自杀论》，一本是韦伯的《新教伦理与资本主义精神》。这两本书让我眼界大开，因为里面提供的思考视角跟以前受的教育太不一样。《自杀论》通过翔实的数据和不厌其烦的比较，告诉我们"自杀"这一看似最个人的行为选择，其实受到在个人之上的社会的影响。而《新教伦理与资本主义精神》则背离了"经济基础决定上层建筑"，竟然从宗教精神中去寻找资本主义诞生在西方的原因。现在回想起来，应该还是《自杀论》对我的研究取向影响更大，直到现在，我都尽量避免从纯文化的角度解释社会现象。韦伯对新教伦理的种种讨论，当时因为我知识储备不足，尤其是对欧洲的宗教背景不了解，其实是很难懂的，但是我对他提到的复式记账（double entry bookkeeping）、理性和资本主义的关系印象深刻，韦伯对"理性"和现代社会（包括科层制和权威类型等）的讨论，成为我试图去理解中国人行为的"他山之石"。

多年后我自己从事本科生教育，才明白北大的老师有多么看重自己的本科生。那时我们是刚刚从应试教育走出来的大一学生，老师就要求我们整本阅读社会学经典名著，似乎这是天经地义的事情。同学们人手《自杀论》和《新教伦理与资本主义精神》两本书，课上课下讨论，写读书报告，丝毫不觉得这些跟我们的生活经验相距甚远的经典名著有什么难的。这种从一开始就让本科生整本阅读经典的训练方法，可能全世界也没有几所学校可以做到，当然，芝加哥大学例外。

昌平园校区距燕园校区30多公里，老师们需要坐班车过来给我们上课，这其实是很辛苦的，可以算是苦差。但是我从未见任何老师有过任何的抱怨不满，反而似乎很乐意来给我们这些大一新生上课。直到过了很多年，见过很多学校的很多老师之后，我才明白，北大老师对教书这件事情，是当作使命和荣耀来做的，他们关心的是文脉的延续、学问的传承，这是北大之为北大最重要的原因。

1998年正逢北大百年校庆，系里安排了一次费孝通先生给我们本科生做的讲座。或许是费老南方口音的缘故，我没太听懂他讲的内容，但是对他那么大年纪还专门来给本科生做讲座很感动。多年后读了《费孝通晚年谈话录（1981—2000）》，才明白那时候费老的心境，他是以生命倒计时的态度，为社会学续命。

大二回到燕园后，我们得以领略更多系里名师的风采。孙立平和王汉生两位老师，讲课风格朴实，但是很有吸引力，也许这就是思想的魅力，是他们为我们呈现了中国社会独特特征的魅力。在"文化人类学"课堂上，王汉生老师请来当时正在北京做田野的阎云翔教授给我们上了一堂课，阎云翔教授跟我们班同学讨论了北京的麦当劳——我记得那次讨论课气氛特别热烈，同学们纷纷表达了在麦当劳的就餐体验与在一般中餐厅的不同。其中一个观点让我印象深刻，那就是年轻单身女性如果在麦当劳独自就餐不会让人觉得奇怪，但是如果换了一般的中餐厅就会感觉怪怪的。两年后，阎发表了"Of Hamburger and Social Space: Consuming McDonald's in Beijing"。多年以后，我在自己的课上让学生读这篇文章并进行讨论，几个"零零后"内地学生纷纷对文中的内容表示不满，觉得简直就是在污蔑中国：怎么会写北京人把麦当劳看成象征西方文明的高级就餐场所呢？我只得向他们解释，这篇文章的田野是1994年在北京做的，那时候的情况大不相同，而我选择这篇文章让学生读，也是想让他们看看这几十年来中国社会的巨大变化。

"社会统计学"是卢淑华老师教的，卢老师温文尔雅，对教学严肃认真，符合我对女学者所有的美好想象。学期快结束的时候，我和巫俏冰同学一起问卢老师能不能跟她一起做一些调查研究，卢老师在笔记本上记下我们两个人的联系方式，说有机会会联系我们。当时并没有抱太大希望，但是过了不久，卢老师竟然联系我们，邀请我们参与她组织的北大西门外挂甲屯村的调查。我们在西门集合，骑自行车跟卢老师一起去。那个村子属于北京周边很早就富裕起来的社区，村里的人都不吃隔夜剩饭菜，这在90年代是比较少见的。

遗憾的是，因为很快到了大四，面临毕业论文等一系列的事情，这次调研我后来没有坚持下去。但当时我印象深刻的是老师支持本科生做调研的做法，这对我影响深远。后来我自己当老师，凡是有本科生表示想参与一些研究工作，我也都会想办法找机会让他们尝试一下。

大四开始做毕业论文，我选择的题目是"道德教育与新英雄主义话语体系的建构"，导师找的是做教育社会学研究的钱民辉老师。钱老师并没有给我们上过课，却也欣然同意指导我。田野研究方面，我记得是李康老师帮我联系的刘云杉老师，刘老师介绍我认识北大附小的校长，我从而得以进入北大附小的教室，做了一些参与观察，并在此基础上完成了本科论文。应星老师还借给我一本对我毕业论文很有帮助的书，那本书2000年才出版，图书馆还没有。我跟应星老师之前并不认识，电邮约了他在北大南门见面，他将书借给我看。20岁的我不会去想应星、刘云杉、钱民辉等老师为什么会对一个素昧平生的学生无私地施以援手。现在回首，才明白其难能可贵，那是出自对学术共同体的信念，或者说，是对"道"的追求而自然而然产生的对"求道"学生的关怀。

应星老师借给我的书的作者是博尔格·巴肯（Borge Bakken），我很喜欢那本书，觉得作者很有洞见。多年后我博士毕业找工作，拿到香港大学的offer后，刘思达告诉我巴肯在港大社会学系工作，于是我毫不犹豫地选择了港大，与巴肯成了同事。很可惜的是，他在我进入港大后的第一个暑假就由于种种原因离开了港大，而我也一直没有机会告诉他，他是我选择来港大工作的一个很重要的原因。

除了老师外，北大社会学系的毕业生里也有对我们影响很大的人，主要是两个标杆（或称偶像）：一个是李猛，一个是项飙。李猛是理论研究的标杆，项飙是经验研究的标杆。有标杆的好处是告诉你可以到达的高度，即使那时并不认识他们。我后来到芝加哥大学读书的时候才跟李猛有了更多的接触。我刚到芝加哥的时候见到李猛，原本以为他会建议我好好读书，或者必须要去上哪些教授的课。他却告诉我，在芝加哥这个地方读书，一定要吃好，不然很容易得抑郁症。我后来自己了解了中西医的知识，才知道李猛的这个建议是非常重要的。在西医看来，肠胃里的菌群和神经元会影响情绪，所以肠胃有"第二大脑"之称。中医则认为思伤脾，脾主运化，从事脑力劳动的人往往脾胃比较弱。原来理论大家是平易近人、接地气的。也许是因为理论不过是前人对生活中最困扰我们、最重大问题的经典回答。真正的理论大家不会故作高深，所谓"世事洞明皆学问，人情练达即文章"，其实洞明世事，不正是社会科学的目标吗？而人情练达，也是世事洞明的结果。

项飙是等我到了香港大学工作后，才有缘得见。第一次见他，他问我："在港大工作，有没有智识上的乐趣？"我当时感觉很吃惊，因为没有人问过我这个问题。后来想想也只有项飙会问这个问题，这像是他会问的问题。那时我刚到港大工作，确实没有感受到太多项飙所说的智识上的乐趣，直到后来我的同班同学王利平也加入港大，我们组成了一个写作小组，一边喝茶一边讨论彼此的文章，我才真正感受到了智识上的乐趣。这些都是我跟北大社会学无法割舍的情缘。

大二下学期的时候，我从舍友朱宇晶那里得知北京大学中国经济研究中心要在校内招收经济学的双学士。我那时正感觉社会学的课程不能完全满足我的求知欲，于是跟胡琳琳两人一起报名了这个双学士的项目。刚刚接触经济学，我非常惊喜，经济学简洁、逻辑链清晰，有一种精巧的美，跟社会学理论的复杂和千头万绪有很大区别。中国经济研究中心的老师讲课也特别好，那时中心还处于初创阶段，林毅夫、海闻等教授都是亲自上阵教课，我认真地听了所有的经济学专业课。课讲得最好的要数林毅夫教授，他的课是"中国经济专题"，这是我在北大上过最精彩的课。这并不是因为他的口才好——事实上北大口才好的老师很多，林毅夫教授讲课的魅力在于其缜密的逻辑性，一步步推导，让人欲罢不能。在这门课上，他讲到一个社会学里也非常关心的问题，那就是工业革命为什么发生在西方，为什么中国没有出现科学革命。他采用的说法是归咎于中国的科举制度，科举让聪明人都去读四书五经了，自然就没有人愿意从事科学发明和创造。我至今仍然觉得这个说法最可信。

回头看我在北大的成绩单，经济学的课程成绩要好过社会学的。经济学这边，算上微积分、常微分方程等数学课，我的成绩都很好。社会学的成绩也不差，但是拿高分却要难很多。后来到了要申请读研究生的时候，我面临一个专业的抉择：是去读经济学，还是继续读社会学？我在思量良久后，最终还是选择了社会学。因为经济学虽美，却并不能帮我更好地去理解我所关心的问题。经济学的问题非常明显，那就是一开始的预设条件是错的，所以后面的推理再精妙，也只是空中楼阁。我对社会学虽然依旧只是一知半解，但是它有潜力可以帮我理解真实的中国社会。

平心而论，1997—1998年那会儿，北大社会学系恢复重建才十几年时间，底子还是比较薄的。尤其是跟大师云集的某些文史专业相比，社会学在课程上并没有优势。但是社会学系最大的优势就是老师，关怀什么的就不用说了，最可贵的是老师们的期许和宽容。老师们对每一个学生都有着深沉的期许，以及无条件的宽容。那时候流行一个说法，说北大有一流的学生、二流的老师、三流的管理。大概是说北大招到全国最好的学生，但是老师的水平并不是世界一流，而管理水平则更加落后。我并不认同这种说法，我觉得北大最可贵的是老师。杨善华老师，我在北大读书的时候，仅仅是上过他两门课而已，可是二十几年后我给他打电话，他马上就说出我本科毕业论文的内容。卢淑华老师，我也就上过她一门"社会统计学"课，二十几年后在微信群里聊天，她马上就找到当年那门课的记录，说出我们当时的成绩。不管学生走多远，背后都有老师殷殷期许的目光。有这样的老师，是学生最大的幸福。

项飙曾在一本书里写道：北大最大的好处是不怵（他说是于长江老师说的）。我非常同意这个观点。北大学生的"不怵"，是无论对方是什么"大人物"，位高权重也好，名商巨贾也罢，在面对的时候都不

一个文青的社会学之路 / 田晓丽

会犯怵,这种自信是基于智识上的平等相待。所以日后无论是面对理论大师,还是学科大牛,都不会迷信和盲从。这种"不怵"也表现在无论是遇到什么样号称"天才"的人物,都不以为意,因为我们大学期间见过"天才"的各种形态。这种"不怵"的培养,当然跟北大的学术环境有很大的关系,正所谓"居移气,养移体",但是我觉得更重要的原因是北大的老师。老师对学生太好了,北大老师真的对学生比对自己的孩子还要好,他们把学生当作国家之栋梁、民族之希望来看待。曾经被这样对待的学生,自然就会在不自觉间有了"不怵"的底气。

据江湖传言,北大社会学系历史上有两个传奇的班级:一个是1993级硕士班,一个是1997级本科班。"93硕"出了李猛、李康、周飞舟、

北大社会学系1997级本科班毕业合影

应星等一批理论牛人，我们"97本"则是出了十几位博士，而且绝大多数是女生，在国内外各大高校从事学术工作。为什么会出现这样的现象？我想其中有一个很重要的原因，就是榜样（role model）的力量。那时候北大社会学系有好几位女教授，比如卢淑华老师、王汉生老师、程为敏老师、佟新老师，还有马凤芝老师、刘爱玉老师、赵斌老师，等等。这些女教授性格迥异，生活状态也各不相同。我想，可能正是受她们潜移默化的影响，我们看到身为女学者的各种可能性。后来我去了香港中文大学读硕士，跟我同班读硕士的有七个女生，教授却全是男士，系里唯一的女教授是王淑英教授，当时还没有给我们上课。所以说，北大社会学系老师的性别比，其实是不同寻常的存在，不知不觉中影响了我们这一班很多女生的人生选择。

很多人不喜欢《红楼梦》里的薛宝钗，认为她太过世故，还有阴谋论者认为她跟母亲经营"金玉良缘"，一心想嫁给贾宝玉。其实我倒觉得，以宝钗的志向、见识和能耐，她是不大看得上宝玉的。如果她可以选择，她定是自己去建功立业，而绝不会为了什么"金玉良缘"赖在贾府。只是当时社会实在是没有她施展才能的空间，她只能如其他的女孩子一样，以"良缘"为自己的最终归宿。类似的志向，探春曾非常明确地表露："我但凡是个男人，可以出得去，我早走了，立出一番事业来，那时自有一番道理；偏我是女孩儿家，一句多话也没我乱说的。"这也是曹雪芹把她们全部归为薄命司的原因——在当时的社会，即便是有才华的女性也无法掌控自己的命运。我庆幸自己生活在一个女子也能有所作为的年代，更感恩在北大社会学系遇到的这些优秀女学者，她们为我们提供了榜样。

大一时不知社会学为何物，四年后，却是我自己在文学、经济学与社会学之中，主动选择了社会学。文学与社会学有异曲同工之妙，都有化腐朽为神奇的能力，将人生的体验和感悟与更宏大的东西联系起来，从而完成生命的升华。我早已知道自己没有文学上的天赋，而且文学虽然抚慰人心，却也容易无病呻吟；社会学则为我提供了另外一条路径，赋予人直面现实的能力。社会学提倡深入现实的同时又与现实保持距离，在我看来这不仅是一种研究方法，更是一种人生态度。

值此 40 周年系庆之际，回顾一下在北大社会学系的四年生活，絮絮叨叨说了这些。那时的我心智未开，世事不明，多亏老师和同学们的包容和帮助，慢慢走上了从事社会学研究的道路。今天我当上了社会学专业的老师，每年都有各种学生来问我是否要选择社会学的学术之路，我且把自己的经历写在这里，希望对跟我当年一样迷茫的学生们有一点借鉴作用，也不枉北大社会学系 40 年继往开来的初衷。

是为记。

北大社会学：尘土中的光亮

宋　婧　浙江绍兴人，1998—2005年在北京大学社会学系就读，先后获得学士学位、硕士学位，师从杨善华教授。现任香港中文大学社会科学院性别研究课程副教授，研究方向为家庭性别研究和城乡社会学。代表论文有"Official Relocation and Self-help Development: Three Housing Strategies under Ambiguous Property Rights in China's Rural Land Development"、"Cohabitation and Gender Equality: Ideal and Real Division of Household Labor among Chinese Youth"（with Lai Weiwen）等。

北大社会学：尘土中的光亮 / 宋　婧

　　1998 年的夏天，我幸运地成为北大社会学系的一名学生。绍兴一中每年都会有几名学子被北大和清华录取，而那一年正是学生们在高考分数公布之前填报志愿的最后一年。当时我和父母在招生简章上看到了费孝通、雷洁琼等大师的名字，就选择了社会学作为第一志愿。

　　来到北大的第一年，是在地处北京郊区的昌平园度过的。昌平校区为从高中生涯过来的新生提供了一个无缝衔接、可以夜以继日上自习的幽静环境。而我这个南方人，也第一次听到了冬天白杨林的呼啸，第一次感受到了迥异于江南的春雨柳烟，北国春风豪迈、柳絮狂舞、群花齐放的浓烈。昌平园周围有农田和果园，记得有一次和室友一起去买苹果，我们把一箱苹果放在自行车后座上骑行，要下坡时才发现自行车刹车坏了，只能大呼小叫地冲下斜坡。那一年，"国外社会学学说"由杨善华老师讲授，可是杨老师开课不久后就病倒了，由他的学生、当时在社会学系任教的李猛老师代课。李老师的思维极其跳跃，板书也是天马行空。当他望向天花板微微沉思的时候，让人感觉他看的并不是教室的天花板，而是涂尔干、齐美尔等人所在之处，是浩瀚星空，是无限宇宙。等我上研究生的时候，李猛老师已经成为一个传说，但是他始终以从容而平易的态度待人。大学者，有大师之谓也。而大师们的谦逊，往往让人感怀元培先生提倡的兼容并包的学术精神一直在北大生生不息。

　　大二的时候我们回到了燕园，女生住进了 36 楼，也有更多的机会聆听各位燕园名师的讲座。如果说昌平园幽静偏僻，那在燕园，只有早起的人才能抢到自习的位置。有一段时间，我们还有晨跑的硬性要求，正所谓"文明其精神，野蛮其体魄"；毕业的时候如果游泳成绩没有达标，就不能毕业。即使不是晨跑时间，未名湖边和五四操场也经常可以看到跑步和锻炼的人。那时候，我的生活就是带着饭盒和书包，骑着二手自行车，来回于三教四教的教室、图书馆以及宿舍之间。而在考试前，图书馆的自习座位永远是座无虚席，实在没有位置的时候，还可以把书本和笔记本放在走廊的窗台或者暖气片上，站着学习。

大三的时候，我又上了杨老师的课——"家庭社会学"。杨老师会在课间把大家的名字和人一一对上号，即使是我这样沉默不起眼的学生也会照顾到。在我自己当了老师之后，我也很努力地记住每一个学生的名字，仿佛在叫出对方名字的一瞬间，我们之间就产生了某种连接，这也是我感觉社会学研究中特别重要的师生缘分。而当我想叫某个人的名字却惊觉把它忘在舌尖的时候，往往会懊恼自己没有学到杨老师的超强记忆力。杨老师往往能够把理论融合到田野调查的实践中娓娓道来，不管是中国城乡家庭调查的案例，还是河北村庄村干部的更替和家族的演变，我从中明白的一条道理是，研究的背后就是生活的智慧。后来杨老师和他的学生孙飞宇引用现象学社会学的理论探讨社会底蕴，对深度访谈中的意义探究也多有著述，成为我们田野调查中常用的理论指引。

2001年1月，我跟着杨老师第一次到浙江慈溪调查，才真正意识到调查人员本身除了学术能力外，还必须具备迅速适应不同气候和生活环境的能力，比如从北方温暖干燥的室内环境一下子过渡到南方湿冷的冬季气候当中。在接下来的几年中，我又陆陆续续地去了河北的平山、江苏的常熟、宁夏的银川、山西的榆社、广东的东莞、浙江的绍兴、河北的易县，我的研究兴趣也渐渐聚焦在市场经济下农村社会结构和经济及生活方式的变迁这一点上。

在江南地区调研的时候,农民往往天一亮就出门做事了,去晚了就会扑一个空。在北方有的内陆农村地区,村民在农闲时节会把一天三顿饭改成一天两顿。懂得了这些,才能尽量不给当地村民和基层干部添麻烦。为了让老乡们没有顾虑,我们调研团队向当地的村民虚心求教,在后续报告中也会对访谈内容和"家长里短"采取匿名、改名和模糊化处理等保护措施。在饮食方面,在苏州我们有幸见识到了内容丰富的粢饭团、物美价廉的爆鱼面,米饭软糯香甜,面条细滑筋道;而榆社人民对面食的想象力,无论是将其作为主食还是做成菜品,都让我们南方人大开眼界;在同学们大快朵颐奋战西北菜的时候,我面临着辣度的考验,而湖南菜和重庆菜更是辣得各有千秋。在语言方面,调查团队中曾经有同学因为实在融不进方言的讨论中而痛苦不已,再加上连轴转的工作强度,常会在访谈的间隙悄然入睡。也有的同学天赋异禀,举一反三,融会贯通。而我们大部分人,往往在经历了几天的方言高密度集训后会突然有一刻开窍了,就像杨老师说的醍醐灌顶,打通了任督二脉。有时,我们因为听不懂方言而备受打击,只能囫囵吞枣,也闹过不少笑话。有一次在河北,我们把村民说的"办了一个奶牛场"听成"办了一个奶鸟场",但谁也不敢质疑,只能闷在心里。最终,是黄霞师姐勇敢地发问说鸟不是哺乳动物,才真相大白,原来对方说的是牛这种哺乳动物。这个也成了我们调查中经常拿出来讲的一个笑话。跟着杨老师的团队走南闯北学习各地的方言,而程为敏老师成了我们的表率。她总是能够飞快地把当地的方言转换成可以理解的"普通话"文字,然后再用方言与老乡实现无障碍交流。刘小京老师则是活跃气氛的高手,即使遇到相对无言的僵局,他也能在"侃大山"中让对方渐渐卸下心防。我们这些学生三五成群走在田间村落，访问民生民情，有过悲哀沮丧，也经历过温暖和充满信心的时刻。有的时候访问结束时已经是晚霞满天或者月明星稀，程为敏老师就会让大家说出几句应时即景的古诗。这时杨可、柳莉等师门才女就会文思泉涌，诗意纵横。在白天一整天走街串巷、入户调查后，晚上还要写田野日记，开调查总结会，讨论到兴致勃勃的地方也已经到了夜里十一二点。最近几年，我时常向学生提起北大师生的田野调查经历，希望他们传承这种团队协作的精神，也会提醒他们田野调查对体力的要求之严格。

渐渐地参加调查多了，杨老师也开始对我委以重任。在我上研究生的时候，我曾经跟着杨老师和惠海鸣等几位老师访问了江村，也跟着赵力涛师兄（当时在斯坦福大学读博）和王利平师姐去过常熟。研二那一年，杨老师又率领我和蒋勤带着大三的师弟师妹们去江苏常熟实习。之后，我还带着蒋勤和龚博君两个师弟，在江苏常熟做了独立的田野调查。因为导师不在，我心里还是有点打鼓。而两个师弟深受师门熏陶，每天一起商讨调研计划和方案，一切以调查需要为先。我们的访问收获颇丰，最终我以这里的调查资料为依据，完成了自己的硕士学位论文（《经济体制变革与村庄公共权威的蜕变——以苏南某村为案例》），并发表在《中国社会科学》2005年第6期上。

读完研究生之后，我去了美国布朗大学读博士，但暑假中只要有机会我还会参加师门的田野调查活动。内陆和沿海不同农村地区男性和女性面临的劳动情境和家计选择，成为我博士论文成稿的主要讨论内容。在我当了老师之后，我也继续参与到沿海和内陆不同农村地区的回访过程中。在有的地方，男女劳动力的流动性一直存在着差距，这种性别差异在有些地方的人群中特别是年轻人当中已经减弱，但是这往往伴随着

北大社会学：尘土中的光亮 / 宋　婧

青年女性的婆婆或者妈妈（或家中的年长女性）的额外付出，而非男性的分担。这种代际合作的视角，也为我近年来对婚姻和同居等亲密关系的实践和家庭生活变迁、女性创业、女性领导力、家庭房产分配等研究课题提供了独特的

2019年4月，部分杨门弟子（前排右三为宋婧）和杨善华教授（后排左五）在重庆西南大学参加"乡土社会的历史脉络与当代变迁"工作坊合影

研究角度，其反映出性别和社会其他方面的不平等是如何以复杂的形态交织在一起的。女性在家庭和照料方面许多看不见的付出，尚未得到社会应有的承认和回报。关于性别和劳动方面的研究，系里的佟新、刘爱玉等老师是先行者。近年来，我的师门同学蒋勤、姚泽麟、孙飞宇、田耕、杜洁等先后组织过几次研讨会。我也借此机会得以再见到各位师友，心中十分感激。

近年来由于疫情的缘故，我常常想起读研究生时住在万柳，恰是"非典"肆虐的那一年。记得当时的万柳食堂一楼搭起了许多乒乓球桌，除了可以在那埋头读书，还可以打球自娱。搬回燕园后，我们住在45楼。研究生同学包括很多从外校考来的同学，有的已经工作，有的来自小镇乡村、边远地区。他们为了来到北大的课堂，已经走了很远的路，无论是他们自己还是他们的家人，都克服了很多困难。这些同学的求学经历，也让我联想到我的父母。在我的家乡被选中作为我们研究团队的一个田野调研点之后，我记得在第一次下乡座谈的时候，我的父亲也静

静地坐在旁边记着笔记。在他的少年时代,因为家里的经济条件较差,我的父亲放弃了保送去县里重点中学读书的机会,为的是能照顾到家里的农田。而我的母亲,因为是家里的第四个女儿,差点被送给别人收养。对于各自负重前行的人来说,北大就像一道光,照进了尘土飞扬的生活里,让我们在看见尘土的同时,也看见了光。

近年来,我看到了学术界的同行,也看到了我身边的女性尤其是母亲们,在工作、居家和育儿之间忙碌,在困境中读书自遣,在网课间隙思念家人。在备课和读文献传记的过程中,印象深刻的有两个画面:一个是衣衫褴褛的印度妇女背上背着婴儿,头上顶着一摞砖头在工地里搬运;一个是民国时期的女学者在战乱中颠沛流离,当其在炉灶前忙碌的时候,膝头经常放着一本书。而在我们的青年时代,能够在北大全身心地无挂碍地做一个学生,无疑是人世间最珍贵、最奢侈的经历之一。

回顾数十年求学问道的生涯,我曾错过和许多亲友见面的机会,尤其在美国读博的岁月,连祖母最后一面都没有见到。每每想起这些,不免心痛和遗憾。疫情之下,两地相隔更是不便,只能遥遥祝福北大师友,也感念北大社会学系在系庆这一美好时刻,还挂念着我们这些远方的游子。虽隔两地,心却相依。北大社会学系的学习生活,使我们的人生变得格外富足和厚实,也让我们有机会把北大社会学系的精神带到祖国的各地,带到各行各业,带到城市农村。在北大社会学系的这段学习经历,也让我能够从不同的角度看待和记录社会的变迁,让我理解到数据背后活生生的人——他们的疾苦不应被研究者所遗忘。

缘短情长，绵延不绝
我与北大社会学系

郑丹丹 江西永修人，1999—2002年就读于北京大学社会学系，在卢淑华、杨善华两位教授指导下获得博士学位。现为华中科技大学社会学院教授，主要研究领域为家庭社会学、性别研究。代表成果有著作《女性主义研究方法解析》《中国城市家庭夫妻权力研究》，论文《互联网企业社会信任生产的动力机制研究》等。

学缘：我和北大社会学

获邀写稿时，我既激动又忐忑，决定借这个机会好好回顾、梳理一下母系对我的影响。我于1999—2002年在北京大学社会学系攻读博士学位，真正待在校园的时间不足三年，与大多数系友相比可谓"缘短"；然而，这段求学生涯以及其后与之斩不断的联系对我的影响却是绵密而深远的，可以称得上"情长不绝，绵延终生"。细思之后，想说的非常多，我将自己觉得最重要的归纳为以下四点，相信亲爱的系友们一定颇有共鸣。

一、关爱学生，至纯至善

1999年进入北大社会学系读博的时候，招收我的导师是卢淑华教授。卢老师非常关心我，在了解我的安排和计划后总是给予我充分的鼓励与肯定，并且积极帮我寻找各种锻炼机会。在她的推荐下，我进入了全国妇联主持的第二期中国妇女社会地位调查课题组，负责婚姻家庭子课题，从此我走上了家庭与性别领域的探索之路。

2001年，卢老师荣休并前往美国探亲，然而她并没有忘记我的学业，多次打国际长途电话指导我。最后，因为担心联系

2019年8月，郑丹丹与导师卢淑华教授合影

不便影响我顺利毕业，卢老师主动提出让我转导师，并且帮我联系了杨善华老师。卢老师的这一提议让我非常意外、特别感动，毕竟我已经临近毕业。感谢杨善华老师答应接收我这个半路学生，并即刻在百忙之中抽出时间对我进行指导，多次推翻我不成熟的思路，引导我以现象学社会学为理论框架去整理自己的访谈资料，最终确保我顺利毕业。在这个艰难的过程中，我的学术能力和学术感觉获得了很大的提升，也获得了学术自信。

可以说，得益于卢淑华和杨善华两位老师以学生为中心、不计较个人得失的做法，临近毕业的这一过程非但不是折磨，反而使我非常幸运地获得了两位老师的关爱，每每思之都觉得温暖、感动。恩师为我树立了良好的榜样，我则将这种精神设定为自己教师生涯的基调。

二、潜心学术，言传身教

在北大三年，我跟两位老师的联系并不算频繁，毕业之后的联系反而更加密切。每次我去看望卢淑华老师的时候，她都非常关心我的教学工作。看到年逾八旬的卢老师跟我介绍她修订《社会统计学》一书的最新情况，那种醉心投入就是我希望自己未来能成为的样子！杨善华老师一直活跃在学术第一线：研究、写作、带学生到农村调研，他旺盛的学术热情深深地感染着学生们。每次杨老师在群里分享他最新的研究进展和体会时，我都会默默地反思：自己还在继续努力吗？下次见老师有新东西可以汇报吗？两位恩师使我直接认识到什么是真正的以学术为生命，这也不断地激励着我。

我想，北大社会学系很多老师都以这种方式潜移默化地影响着学生,他们就是北大精神的具象和体现。北大社会学给学生的不仅仅是前沿的知识、浓厚的学术氛围,更重要的是难以明言但执着的对吾师的钦佩和向往,这种精气神绵绵不绝地支撑着我们更为勇敢地面对"一地鸡毛"的生活并始终向学。

三、薪火相传,终身教育

杨善华老师对我并非仅仅产生了精神层面的间接影响。毕业三年后回北大看望杨老师,他专门给我安排了两个小时的时间,仔细询问我教学、研究各方面的情况,对我进行细致的指点。我至今仍记得杨老师的原话:"你要认真带好学生,这是老师的立身之本,教学相长;你要有开放的心态,切忌故步自封。"我觉得,这是杨老师的宝贵经验,他自己就是这样做的,我一直在尽力践行这一理念。

20年来,杨老师始终关注我的成长,对我的进步予以肯定,在我面临困境时给予我鼓励和帮助。2021年,我邀请杨老师为中国社会学会年会的家庭社会学论坛做点评,两天后杨老师专门跟我通话,指出当前家庭社会学研究存在的一些问题,和我一起讨论解决方案。那天挂了电话之后我的心情久久不能平静,再次反思自己为师与吾师之间的

杨善华教授到作者工作单位做讲座,讲座间隙师生二人合影

差距。有时候我觉得自己一直没有毕业,一直在接受着导师的指导,方方面面;北大社会学系也始终未曾远离,她就在我心里,陪伴我前行。

四、纯粹关系,大道至简

就读三年,北大给我最深的感受是纯粹。到北大第一天,我很惊讶地问接待我的朋友为什么没有晾晒衣服的地方,他很惊诧地说:"这有什么重要的?!我们北大人不关心这个!"我说:"那关心啥呢?"他说:"关心学术呀!"虽然我也知道真实的北大和北大人一定是复杂多元的,但这件有些无厘头的小事一直在我脑海中挥之不去,是因为我总觉得这确实是我接收到的或者说我乐意接收的北大意象:简单、纯粹。

我们1999级博士班有刘爱玉和刘德寰两位北大老师就读,当我还在考虑如何表达对他们的尊重时,却发现他们就是简单地像同学一样和我们相处。我跟着一个扎马尾的活力小姐姐走进性别中心会议室,才极为惊讶地得知她是佟新老师,并在此后20多年都跟佟老师保持着亦师亦友的关系,即便她此后引领我进入性别研究领域,对我颇多教诲,我对她也始终只有亲切而没有畏惧。

我的两位恩师和系里各位老师就是这样简单地走进我的生活,温暖我、影响我。北大社会学系,于我是那么生动具体、弥足珍贵。回顾我自己的教学生涯,我也有意无意地复制、践行上述理念,希望在自己力所能及的范围延续北大精神。遇到学生对我表示感谢,我都真诚地说:"这是我应该做的,因为我的老师就是这么对我的。如果你觉得好,以后你也可以这样对待你周围的人。"

我跟杨善华老师说,隔一阵子总希望能跟老师好好聊聊,汇报自己的教学、科研状况，听取老师的意见和建议，从这种纯粹的、温暖的师生关系中汲取力量，再次坚定信念：努力做力所能及的事情，认真过简单的生活，尽力成为老师那样的人！杨老师笑笑，估计认为我是在客气。其实我自己知道，我说的就是内心最真实的想法。

回顾我与北大社会学系的学缘，很多尘封的旧事鲜活起来。跳出思绪的绵延进行反思，我发现短短三年的时光已经渗透进我生命的点点滴滴，成为我的有机组成部分。

谨以此短文为母系庆生，感谢北大社会学系，让那三年成为我生命中最重要的日子！

十一年受教,永远的母系

梁 萌 吉林通榆人,1999—2014 年在北京大学社会学系就读,先后获得学士学位、硕士学位和博士学位,师从佟新教授。现为中国农业大学人文与发展学院社会政策与发展研究系副教授,主要研究领域为劳动社会学、社会性别与发展等。代表成果有著作《加班:互联网企业的工作压力机制及变迁》,论文《弹性工时制何以失效?——互联网企业工作压力机制的理论与实践研究》《技术变迁视角下的劳动过程研究——以互联网虚拟团队为例》等。

今年夏天收到老同学田耕的邀约，希望我能为四十周年系庆写一点文字。能为系里做点事我当然很高兴，于是一口答应下来。不过也许田耕已经不记得了，这不是他第一次和我约稿。上一次还是2001年的事，那时候系里的学生会为李猛老师参选十佳教师应援，我也不清楚大家为什么会找到当时沉默寡言的我来为拉票环节撰写演讲稿并公开演讲。当然最后的结果大家都知道了，李老师顺利当选。不过今天回想起来，如果彼时换一个更活泼的同学演讲，老师的票数可能还会更高些（笑）。

再次收到老同学的邀约，从本科到硕士再到博士，在北大社会学系的十一年求学之路如电影般一幕一幕缓缓浮现，我自己也才忽然意识到：一转眼，二十多年过去了！我们本科这一班是1999年秋季入学的，错过了北京大学建校一百周年庆典，当时还很是遗憾。我们这一届也是最后一届入学第一年需要住在遥远又偏僻的昌平园的学生。当时，这一段相对封闭而又单纯的大一时光被我们戏称为"高四"。因为与外界接触不多，大家都保持了高中阶段的学习习惯，班里学习氛围浓厚，园子不大人也不多，同学们朝夕相处很快就熟络了起来，相比较现在大一新生一入学就汇入燕园的茫茫人海，这是在昌平园学习生活为数不多的优点了吧！当然，当时我们班还有另一个特点是大家基本上都是调剂过来的，应该只有为数不多的几个同学（好像其中就有田耕）是第一志愿考入的。其他的同学应该大多与我情况相似，在填报志愿的时候压根不知道"社会学"是何物，只是按照自己朴素的价值观选择了一个更为人们所熟知的专业——法律。不过，法律作为当时的大热专业，只有各省的状元才能被录取，于是选择服从调剂的我，就被调剂到了一个完全未知的专业——社会学。

所以入学的时候，大家应该都是既怀着能够上北大的兴奋与骄傲又掺杂着对"社会学"的疑虑而走进校园的。系里的老师们想必也十分清楚这一点，所以在第一年的入学教育和课程安排上应该很是下了一番功夫。让我印象最为深刻也最为感动的是"社会学概论"这门课，王思斌老师通过课程和教学环节的安排给了我们这些懵懂踟蹰的少年满满的鼓励。老师在这门课的最后布置了一个访谈或观察家乡身边人与事并撰写成文的作业，相信同学们都和我一样很认真地去完成，但是限于当时的认知水平和调研能力，想必作业的质量未能尽如人意。让大家意想不到的是，作业交上去以后，王老师的反馈不仅有数字的分数，他还把每份作业返回给大家并在后面附上了手写评语。我们班有四十多人，即便当时的我还没有日后任教的经验，也觉得老师的这一举措应该非常辛苦。而老师的评语则更加抚慰了我们当时忐忑而又纠结的心绪。也许这在老师那里不过是多年来的常规操作，但是对于一个习惯于应试教育而对大学专业和学习生活手足无措的我来说，却是非常珍贵也非常有力量的肯定与支持。所以，我将这份纸质手写评语一直珍藏至今，现在借这次机会和大家分享，也一并感谢老师们一路走来的扶持与栽培。

一年以后，我们如

王思斌老师给作者课程作业的手写评语

愿回到了美丽且永远热闹的燕园。相比较来说，和老师们接触的机会也多了起来，也是从这时起，我们开始有机会参加系里老师们的各类田野调查，记得第一次参加访谈就是跟着杨善华老师、王汉生老师一起去了后海的居民区。作为初出茅庐的本科萌新，那次我们扮演的只是过程中的陪同角色，也同时深深被老师们的访谈功底和人格魅力所折服。访谈结束后，杨老师还请我们在后海的"烤肉季"美餐了一顿，那应该是自我入学以来吃过的最高级的馆子了。没想到的是，回到学校以后，老师们还是没放过我们，竟然召集我们一起参与他们的项目讨论，并热情鼓励我们发表自己的观察和观点，无论具体内容是什么，老师们都非常认真地与我们讨论和分析，鼓励我们看到社会当中的人、理解他们的生活并从中得出自己专业的观点。也正是从那时起，在我心里，社会学才开始从一个字面意义上的专业变成一个有温度、可亲近的专业。

当然这些课程的影响并不仅限于学业，还在很大程度上锚定了我自己生活的轨迹。当时系里有一个传说，就是上佟新老师的社会性别课程和杨善华老师的家庭社会学课程会更加有利于日后的家庭幸福。于是我不仅自己选了这两门课，还带着男朋友（也是现在的先生）一起去听课，并且印象里我们两个人大多数时间还光明正大地坐在第一排，估计老师们当时看到如此景象心里也非常迷惑吧（笑）。这两门课的最终成绩我现在已经毫无印象了，但现在想来，带着浪漫的爱的光环去听剖析和解构爱情及婚姻本质的课程，这两件张力如此巨大的事情能都在那时候就被自己消化，可见自己在复杂情况下进行判断和获得平静、幸福的情感能力已经得到锻炼，果真为日后的幸福生活打下了基础。

此后，随着课程的丰富，我们接触到了系里更多的老师，当时系里佟新、刘爱玉等几位老师的与社会性别和劳动相关的课程及讨论深深吸

十一年受教,永远的母系 / 梁 萌

2019 年,北大社会学系 1999 级本科生入学二十周年返校与部分老师合影(后排左三为渠敬东老师,左四为熊跃根老师,左五为刘世定老师,右三为查晶老师,右四为李猛老师;前排右四为梁萌)

引了我,也许这些议题能够呼应我选专业时朴素的正义的价值观吧,所以我逐渐确定了自己想要继续深造并以劳动和性别作为核心关注点的研究志趣。

于是在硕士和博士阶段,我都是跟随佟新老师做有关劳动和性别的研究。在这十几年的从师过程中,我在老师那里不仅得到了社会学从业的基础能力,更源源不断地在做人和做事方面获得提点和启发,也得以在进入社会、进入职场、进入婚姻等复杂多变的场域去面对挑战、变故、求而不得并最终确认自己不过是一个平凡的普通人之后,仍能够接受现实并怀揣向往和热情努力前行,最终选择在高校任职,成为社会学领域的研究者和教育者。虽然作为"青椒"的压力越来越大,但仍然希望自己能够学得老师功底的一二;即便自己资质平平、所学有限,也愿自己一直如微弱但恒久的烛光,照亮自己也温暖同路前行的同仁与后辈学生。以此,贺母系恢复重建四十周年,谢恩师们多年教诲,也与同学们共勉,并在今后的日子里自省。

桃李不言,下自成蹊
北大社会学的育人环境与学术传统

蒋　勤　江苏无锡人,2003—2006 年就读于北京大学社会学系,在杨善华教授指导下获得硕士学位,2012 年于香港科技大学获得博士学位。现为上海交通大学人文学院历史系教授,研究侧重清代的科举与社会流动、近代中国乡村经济和量化历史方法等领域。代表论文有"Social Mobility in Late Imperial China: Reconsidering the 'Ladder of Success' Hypothesis"、《基于石仓文书的清代物价数据库建设》、《清代石仓阙氏的科举参与和文武之道》等。

桃李不言，下自成蹊 / 蒋　勤

2003—2006 年在北大攻读社会学硕士这三年，在我的求学生涯中占据了极为重要的位置。因此，我想从求学者的角度，记录下那些对我成长有重要影响的人和事。或许我们从中能管窥到好的育人环境和学术传统对于有志于学术之路的学生的意义。

一、燕园

燕园原属皇家园林，处处是景。但对求知的学子来说，最重要的还是校图书馆。北大图书馆有个特藏阅览室，装修古朴典雅，里面收藏了大量的燕京大学学位论文。2004 年时还可以翻看这些论文的纸质版，现在已经做成了电子数据库。燕京大学社会学系许多名家的学位论文，都可以在那里找到。我第一次走近那几排书架，拿起那些 20 世纪 30 年代的论文，恍惚间觉得自己穿越了历史，也因此深受震撼。前辈们的选题、方法，尤其是关怀，均力透纸背而出。燕园给我上的首要的一课，就是学术本是一种厚重的传承。

我们这一届硕士生第一年住在万柳，要坐公交车或骑自行车来回校园，很不方便。第二年我们搬入畅春新园，自此就能经常在听到海顿的《小夜曲》响起之时，才收拾书包离开大图。当时我还没有买笔记本电脑，就每天在图书馆看书、做笔记，回宿舍才用台式机写作业。记得那时我仔细阅读了瞿同祖、张仲礼、黄宗智等人的著作，以及农民、农村和农业的相关经典。这段时间的知识积累,为我转入后来的社会经济史研究打下了一定的基础。

除了图书馆,燕园三年对我影响最大的还有《北京大学研究生学志》(以下简称为《学志》)这本内部刊物。2004年的春天,我参加了面试,顺利成为该刊编辑部的一员。当时编辑部里人才济济,人文社科各专业的硕士生、博士生均参与其中,大家共同讨论很多问题,跨学科视角碰撞很是激烈。

2005年,学志主编、中文系博士生柳春蕊组织发起创刊20周年大会,邀请部分老编辑出席,还筹划出版了一期特刊。我作为社会学的学科编辑,邀请从香港科技大学毕业回北大任教的周飞舟老师写回忆文章,题为《以学为志》。周老师对1986—2003年间发表在《学志》上的1000余篇论文,分学科进行了粗略统计,归纳出每年发表的篇数等信息,算是做了初步的量化分析。虽然已经在本科、硕士阶段学过两轮"社会统计学"课程,我还是对这种有别于社会调查的"无中生有"式的列表、分析、解读的研究方法颇为叹服。此次约稿,埋下了我后来前往港科大追随周老师的导师——龚启圣教授攻读经济史博士的种子。

同年,我在北大的硕士生导师杨善华教授,邀请当时还在美国芝加哥大学读博士的李猛师兄,为社会学系师生做了一次讲座。我和下一级的社会学编辑李雪一起,将讲座录音整理成文,并请李猛师兄校订后以《培养中国社会学的学术传统》为题发表在《学志》上。这是《学志》给予我的与社会学系学长交流的机会。

研一在万柳住宿时,我还有过在耕读社诵读经典的经历。有时在食堂,有时在宿舍,我们在一年时间里,从《论语》读到《孟子》再读到《诗经》,虽然断断续续,但也留下了很多美好的回忆。这种基于共同兴趣而一起切磋经典的乐趣，也凸显了燕园的独一无二之处。读书召集人是戴海斌，他也是继柳春蕊之后的《学志》主编。海斌对我后来从社会学转向史学研究有很大的帮助。另外，我的同班好友肖文明，舍友吕付华、梁中桂、徐法寅等，亦是耕读社的小伙伴，后来大家也都走上了学术的道路。

二、系所

我本科就读于中国青年政治学院社会工作专业，在那里学习了社会心理学、社会学理论和社会研究方法，并接受了个案工作、小组工作及社区工作的训练。但我对研究性更强的社会学专业更感兴趣，因此本科入学后不久就决定报考北大社会学系的研究生。中青院社工系的师兄师姐们分享给我们很多应考经验与资料，但他们绝大部分考上的都是北大社会学系的社会工作专业。我和同学王竞大概是第一批成功考上社会学专业的中青院的社工学生。

2003年9月我们入学时，北大社会学系和社会学人类学研究所合为一家已三年多。当时我们这些外校考入的学生的感觉是，合并后的社会学系、所，师资雄厚，一时无两。我们硕士班有社会学、社会工作和人类学三个方向，还有三个女性学方向的同学挂靠在系里。

当时硕士课程的必修课比较偏重理论和方法，但各个研究方向的专业选修课很多。我印象深刻的有杨善华老师的"国外社会学学说"、郭志刚老师的"高级社会统计学"、刘世定老师的"福利经济学研究"、张静老师的"中国研究的若干概念框架及其论争问题"等课程。

杨老师的"国外社会学学说"课程，主要围绕五本重要的社会学理论著作展开，讲解非常清晰明了。杨老师当时已在尝试将现象学社会学的理论应用到中国农村社会调查中，但在讲授这五本经典时还是特别注重讲通讲透，绝不囫囵吞枣。当然，为了达到更好的教学效果，杨老师上课还会结合各种社会调查中的故事，绘声绘色地给我们展示社会学理论对中国社会现实的解释力。我在社会学理论方面的悟性比较差，后来未能跟随杨老师专攻理论。但杨老师这种深入浅出讲授"高深"理论的方法，对我后来的学习和研究产生了深刻的影响。

郭志刚老师的"高级社会统计学"课程，教会了我们如何在社会科学中开展量化分析。郭老师是人口学专家，掌握大量调查数据，对生育、健康、老龄化等问题均有很深刻的研究。这门4学分的课程奠定了我后来开展量化分析的研究基础。

从这个角度来说，社会理论和中国经验并重，定量方法和定性方法兼顾的学术训练，与我后来在港科大社会科学部的四门社科方法课，异曲同工。注重理论思维和研究方法的培养体系，对学生走上职场或是继续深造，都有极大的助益。

当然，在北大社会学系读书，除了学到理论和方法，老师们的言传身教还传递给我们一种意识，就是要通过好的学术研究来理解中国社会。在学习过程中，我们开始思考社会科学与中国实际相结合的路径，以及如何通过社会学视角来处理各种复杂的问题。《北大清华人大社会学硕士论文选编》的编纂就是这种导向的一个典型体现。郑也夫等老师从2003年开始编辑三校论文集，到2006年是第4辑。郑老师他们选择论文时，偏爱理论和田野调查结合的经验研究，很少选择纯理论的论文，也较少选择纯定量的论文。我的硕士论文研究的是浙江绍兴一个黄酒小镇的乡民，如何在人民公社时期通过各种形式的非农经济来谋生这一现象。实事求是地说，该文当时并不能算是特别成熟，但郑老师却肯定地通知我，希望能将其收入论文集。这对我而言是一种莫大的激励。

努力掌握过硬的研究方法，强调对社会的关怀，注重理论和经验的结合，这是系、所老师们传授给我们的有形或默会的学术道理，它深刻形塑了我们这代人学术成长道路的底色。

三、师门

选定导师是研究生学术生涯最重要的起点。早在2002年读本科的时候，我就好几次骑一个小时的自行车，到北大三教去旁听杨善华老师的"城乡社会学"课程。2003年春天，在北大社会学系复试之后，我写邮件给杨老师，询问他是否还有指导研究生的名额。在了解了我的相关情况后，杨老师回复了一句"师生都是缘分"，就答应了我。

我加入杨老师师门后的第一次活动，是在2003年夏天。当时还是斯坦福大学社会学系博士候选人的赵力涛师兄，应杨老师邀请，回到北大做一场讲座。杨老师专门发信息给我，让我去听。记得赵师兄身形清瘦，背一个单肩电脑包。在社会学系会议室，他娓娓道来，给我们讲述了有关中国市场转型论争的最新进展。这是我进入北大后上的第一课，一方面增进了同学们对社会学前沿研究的了解，另一方面也为我们树立了高品位的学术标杆。

我加入杨老师师门时，正逢杨老师准备一项教学改革，就是通过走入田野来锻炼学生的综合能力。杨老师经常跟我们讲，能力是相通的。因此，读书和做田野调查必须同时进行。为此，杨老师每个寒暑假都会安排同学们去各个调查点做一周左右的社会调查。我先后去了浙江绍兴、江苏常熟、山西榆社、上海宝山等调查点，其中绍兴和常熟先后去过三次。最后我的硕士论文选择了绍兴东埔村人民公社时期的非农经济这个题目。杨老师的团队里，还有程为敏老师和中国社科院的刘小京老师。有三位老师保驾护航，我们的调查是严肃且紧张的，每天例行的调查总结会通常都要从傍晚 7 点多一直开到夜里 11 点。

杨老师常说，做学术他从来都是如临深渊、如履薄冰。我对此话的理解是逐步加深的。2004 年，我跟随杨老师来到上海大学旁边的联西村做社会调查。基于某些原因，那次我整理的磁带录音稿，文字上有些粗糙，内容上也有删减。我自己心里有些忐忑，拿不准这样的整理稿是否达标。在开师门调查总结会之前，我去找来同门王竞整理的磁带录音稿，发现其认真程度和对整理录音重要性的认识要比我高出好多。于是我赶紧给杨老师写了一封邮件，承认错误并诚恳道歉。杨老师的邮件是这么回复的：

蒋勤：

　　收到你的电子邮件。首先我很高兴的是你的诚实。其实这也是一个学者必备的一种实事求是的态度。做研究，不管是从尊重当事人还是尊重自己的角度，都应该一丝不苟。千万不能"哄"。你能明白这个道理就好。王竞这样的做法是我们都应该学习的。其实我也看到了你录音磁带整理出来的量不够，但是我想，还是应该由你自己先来解释。这个疑问我就先存着。至于重整的问题，等明天开完会再说吧。

杨善华

收到这封邮件后，我当场惊出一身冷汗，随后很庆幸做了正确的

桃李不言,下自成蹊 / 蒋 勤

"主动交代"。杨老师对做学问和做人都有着极致追求。2005年前后,杨老师指导的本硕博学生人数已经很多,但他基本上能掌握我们每个人的基本情况和旨趣,并由此做出针对性的指导。在杨老师身

蒋勤与导师杨善华教授合影

上,我学到了真正的科研求真精神,并对作为学生如何与导师开展有效沟通,作为导师又如何指导学生到"点"上有了真切的体会。

四、鉴往知来

回想起来,北大社会学系这三年读书和学习的经历,奠定了我后来学术道路之根基,亦深刻影响了我的研究选题和研究兴趣。

2006年春节前一天下午,我在线提交了申请香港科技大学的全部材料,随后匆匆忙忙背上书包,前往北京站赶火车。同年春天,我如愿收到了来自香港科技大学的offer;随后六年,我在龚启圣教授指导下完成了硕士、博士的学业,踏上了用量化方法开展社会经济史研究的道路。2012年秋天博士毕业后,我随即在上海交通大学人文学院历史系开始了我的教师生涯。

当年踩点赶火车的经历,似乎预示了我在学术道路上往往需要付出最大的努力,方能实现小小的突破。不过随着人的成长,生命中除了

学术又多了很多别的责任,我发现想要安静地读书、指导学生,都不是一件易事。每每遇到类似困难,我就会想起北大这三年在自由、散淡中又带有学术上的紧迫感的生活。现在想来,当年能通过考研之路进入北大社会学系这样一个真正有学术传承、有育人传统的地方,真是一种幸运。这段经历也成为我在人生面临各种考验时重要的精神动力。大学之义,尽在其中。

我们走在同一条道路上

肖文明 江西吉安人,2003—2006年就读于北京大学社会学系,在方文教授指导下获硕士学位,后在香港中文大学社会学系获得博士学位。现为中山大学博雅学院教授,主要研究方向为文化社会学、社会理论与中国的现代转型。代表成果有著作《国家与文化领导权:上海大众文化的社会主义改造(1949—1966)》,论文《国家自主性与文化——迈向一种文化视角的国家理论》《观察现代性——卢曼社会系统理论的新视野》等。

学缘：我和北大社会学

转眼间，我与北大社会学结缘已近20年。尽管我在北大社会学系正式受业仅三年，但这段岁月可以说是我人生当中最重要的转折点之一，并一直塑造着我的人生轨迹。之所以说这是转折点，是因为我本科就读于北大光华管理学院，按照主流的人生轨迹展开方式，我大概率会成为一名从事经管类职业的企业白领，选择以社会学为业是一件想都没想过的事情，可以说是我入读北大"意料之外的后果"。我还记得，当年高考选专业的时候，招生专业目录上的"社会学"三个字显得如此陌生与平淡，以至于我几乎没有任何停留就跳过去了。没承想，三年多后，这三个字却成为跟随我一生的标识与"为伊消得人憔悴"的日日夜夜的牵挂。这不能不说是人生的奇妙之处！

我是带着对本科专业的不适与不满，以及对于生命意义的追寻与安顿的期待转向社会学的。但事实上，那时的我对于社会学所知甚少，因此这一转向多少带着点冒险、试探与犹豫。我已不记得何时确定要以社会学为业，但无疑是在北大社会学系的学习让我确立了这一初心。这段时间的学习使我对社会学有了相对更为全面深入的了解，也初步明确了自己的问题意识与学术取向。如果说本科学习让我对北大精神有了一些感性认识，那么研究生阶段的学习则让我在学理层面上更深入地体会了北大的学术传统。更重要的是，这一阶段的学习让我更清楚人生道路的方向并能踏实前行，而这些都仰赖北大社会学系诸位师友的教诲。

说起老师们，首先要提的是我的导师方文教授。方老师是性情中人，为人豪爽直率。我仍记得研一每次上完他的课之后，他都带我去新开的农园三楼餐厅吃饭。方老师好饮酒，我也陪着喝一点，但我不胜酒力，所以每次吃完饭，我都跟跟跄跄地骑着我的破自行车，晃晃悠悠地回到万柳公寓宿舍，倒头大睡。不过，也正是在这个过程中，我对于老师的学术取向和价值判断有了更多的认识和了解。另外一件让我记忆犹新的事情是，我的一位师兄的女友从外地来京探访，方老师知道后，给了我们500元（这在当时是一笔数目不小的钱），让我们师门叫上师兄和他的女友一起去"唱K"。我从方老师那里体会到，所谓师生关系，不是两个抽象的具有特定功能的角色之间的交往，而是完完整整的有血有肉的人格化的交往。在交往的过程中，我们可以彼此了解对方的喜怒哀乐与价值偏好。我在硕士论文的致谢中曾援引这样一句话，"所谓教育者，其实就是人生路上的相互提携"，这句话颇能引起我的共鸣。在我看来，这是非常能体现中国文化精神的一句话。人生路是难走的，但在中国人的世界图景中，我们作为人生路上的行走者，并不是茕茕孑立的孤独无助的朝圣者，而是代代相继、携手相伴的同路人，这让人生的画面充满了情意与暖色。

虽然我今日所从事的学术领域与方老师有所不同，但作为我的导师和社会学的领路人，他对我的学术道路产生了潜移默化的深远影响。方老师的研究专长是社会心理学和宗教社会学，虽然他也从事一些经验研究，但他的主要工作仍然是理论性和学术史取向的。特别是在社会心理学领域，作为一门实验科学主导的学科，理论和学术史的梳理工作是不多的，而这方面正是方老师研究的独特性与贡献所在。在这种学术理论史的梳理工作中，方老师一方面引入了知识社会学的视角，另一方面也表现出比较鲜明的反思与批判色彩，这尤其表现在他对于美国理论霸权的反思以及对于作为他者的欧洲社会心理学理论的引介。或许是因为这种理论取向以及受导师陈元晖先生的影响,方老师也表现出对于哲学与社会理论的偏好,并努力将这些智识资源与社会心理学进行融合。因此,方老师是带着一种跨学科的学术视野去推动社会心理学的理论工作的。我仍然记得在我读研的时候,方老师不时会带一些他翻阅过的比较好的书给我,这些书往往涉及史学和政治理论等不同学科。此外,方老师也致力于让偏向微观的社会心理学与更宏观的社会政治生活建立起关联,由此从社会心理学的角度去回应更宏大的时代议题,而这背后则是他对处于转型时期的当代中国的社会与政治秩序的强烈关注。在这方面,他曾和我多次提及当时已离开北大社会学系的孙立平老师以及他的好友北大法学院陈端洪教授的研究。无论我们是否认同这些努力背后的价值判断,但这些学术方向对于社会心理学以及整体的社会学领域都是非常有价值的。

毋庸讳言,社会心理学在过往北大社会学的学术传统中并不居于显著位置,不过它在民国时期最重要的社会学家之一孙本文先生(也是北大毕业生)的理论体系中则占有非常重要的位置。孙本文所著《社会心理学》也被视为他的主要著作之一,且影响深远。孙本文自承其社会心理学深受威廉·托马斯(民国时期被译为汤麦史)的影响,后者是社会学芝加哥学派的重要成员,而芝加哥学派对于燕京学派的深远影响已是广为人知的事实。此外,虽然孙本文的《社会心理学》主要是在介绍和综合美国社会心理学的学说体系,但细读其论述,字里行间不乏浓厚的儒家修身之学和心性之学的气息。受此启发,我觉得通过某种创造性的转化工作,社会心理学当可接续儒家修身之学和心性之学的传统,而这又可与费孝通先生晚年的思考融会贯通。费老晚年反思其学术工作的"缺点是见社会不见人",因而强调要从"生态"研究转向"心态"研究,要关注社会生活中"只可意会不可言传"的方面。而"人"也好,"心态"也好,不正是社会心理学的研究对象吗?在这个意义上,孙本文先生和费孝通先生的学术思考是殊途同归的。我相信,社会心理学通过借助文化社会学、社会思想史和历史社会学等分支学科的资源,对于"把人带回来"和"心态"研究能够做出重要的贡献,也可进一步彰显北大社会学学术传统的多元性和传承创新性。

方老师在学术背景上与北大社会学本无渊源,但他的学术工作已烙上鲜明的北大社会学烙印。北大社会学人都感受到,北大社会学的传统非常重视理论与思想议题,这在今日社会学之图景下是较为独特的。在我读研期间的课程体系中,至少有三门社会学理论课程,且理论覆盖范围不一,而分支社会学的课程对于理论传统也很看重,比如高丙中老师开设的文化研究课程,阅读文献一大半都是理论性的。令我印象深刻的是,我们当时必须修读一门林彬老师开设的社会学方法论的课程。今天全世界范围内的几乎所有社会学系都会开设一门或数门社会学研究方法(research methods)的课程,但只有很少的社会学系会去开设社会学方法论(methodology)的课程。说实话,这门课我们当时很少有同学能够听懂,因为课程内容涉及很多艰深的科学哲学问题,但这种开课思路确实能够反映北大社会学的风格与格局。我觉得,北大社会学之所以这么重视理论,并非为理论而理论,而是因为理论总是在回应一个学科乃至一个文明体最根本的问题。北大是"以天下为己任"的,以此作为期许,我们就需要去思考那些最根本和最基本的问题。

在我看来,北大社会学的另一突出特点是强调跨学科的视野,这尤其表现在社会学与人类学的交融上,这自然是与费老的影响以及北大社会学系的组织架构有关。在我们当年的课程体系中,社会学与人类学的内容是混杂在一起的，两个专业的同学之间交往也特别密切。就我个人而言，我当时选修了高丙中老师的文化研究课程、朱晓阳老师的发展人类学课程以及当时在北大社会学系访问的阎云翔老师的社区研究课程，这些老师都是人类学背景，而这些课程都给我带来了很多启发，并在很大程度上塑造了我今日的学术取向。在全球范围内的不少高校里，社会学系与人类学系往往是独立的。我曾接触过一些知名学府的社会学系的本科生，他们对20世纪最重要的人类学家之一的格尔茨几乎不了解，甚至没听说过。我在感到诧异之余，也意识到北大社会学的传统其实并非通例。我一直认为，社会学与人类学之间的区隔对两个学科来说绝非福音。社会学人都应记得帕森斯所建构的社会系统论是如何整合社会学、人类学与精神分析的理论资源，还有他所创办的那个独特的社会关系系。我觉得，正是这样的跨学科视野才成就了帕森斯这样一位奠定现代社会学学科基础和理论基石的伟大人物。此外，北大社会学的一个潜在趋向是对文化维度的关切，而费老晚年反复倡导的"文化自觉"更是高度凸显了这一点。这或许也是得益于社会学与人类学的交融，因为整体而言，狭义学科意义上的人类学相比于社会学对于文化议题要更为敏感和关切，而如何去塑造一个能够拓展传统边界的真正的"文化自觉"的社会学，这仍是北大社会学人需要去不断探索的方向。

最后，"从实求知"精神引领下的细致深入的田野调查工作，应该是北大社会学在中国社会学史上已经书写和将继续书写的浓墨重彩的一笔。正是这一学术传统，使得北大社会学在保持开放的同时也不会盲目地跟随国际主流。很遗憾的是，我在北大求学期间未能充分接触田野调查。在我少有的几次田野调查中，令我记忆犹新的是跟随朱晓阳老师和几个人类学的同学赴内蒙古乌兰浩特进行调查。在那次调查中，由于被招待我们的蒙古族同胞的热情所感染,不经意间多喝了几杯酒,怎奈我这个南方人抵御不住当地的烈酒,7月草原上已略带凉意的斜风细雨拂过,顿时酒意大作,呕吐不止。那个晚上,我的同学梁中桂几乎整晚没睡,一直在照顾和安抚我,整夜端茶倒水,这种同学情谊令我没齿难忘。

我一直认为,"北大社会学"首先是"北大"的社会学,同时也是北大的"社会学"。就后者来说,"从实求知"是一个值得特别强调的面向。在公众的印象中,北大人的特点是"理想主义"(这一特点往往以隔壁学校作为参照而被凸显)。在一个特别现实的年代,理想主义是一种稀缺且难以持守的品质,因此有其高贵之处。但另一方面,"理想主义"往往也被关联到不切实际、不接地气和好高骛远,如不善加对待,甚至会导向偏执与激进化,以及激进化后的虚无、犬儒或者愤世嫉俗。在这个方面,"从实求知"的精神有助于将"理想主义"导向一种更为中正平和、不激不随、务实的理想主义。这种理想主义不会不切实际地追求虚无缥缈的存在,不会带有"重估一切价值"的冲动,而是在一定程度上肯认现实世界、直面现实世界的过程中,去追求和探索一个更好的现实世界的可能性与路径。这种"理想主义"不会"不食人间烟火",它需要去拥抱或者欣赏人间烟火,但人间烟火不仅仅是油盐酱醋、工商贸易与科技,更意味着一种整体的生活方式,而良善的生活方式需要源源不断的理想信念的支撑。务实的理想主义者会致力于去建立理想信念与人间烟火之间的积极可持续的关联,事实上,这也正是社会学的传统,吉登斯所说的"乌托邦的现实主义"大体就包含着这样的意味。

我以为,正是这种学术传统使得北大社会学具有一种通达的品格。在北大社会学的传统中,既有孤独的思考者,又有精诚团结的团队合作者;既有摇椅上苦思冥想的仰望星空者,又有"高高山顶立,深深海底行"的脚踏实地者；既可以发思古之幽情，又可以对当下进行考察与诊断。而且，这些不同面向往往是相互交融、相互滋养着的。在我印象中，梁漱溟先生就曾赞赏费孝通先生之通达。以费老为代表的北大社会学人，既致力于知人论世和经世济民，又致力于"中和位育，安所遂生"，这些都需要依托一种通达的品格与视野。我期待并相信北大社会学能够传承这种通达的品格，兼顾费老所说的"科学性"和"人文性"，厚植社会学的人文基础，既塑造对社会事实的搜集与分析能力，也致力于锤炼对价值事实的理解能力与评判能力，并建立起二者之间的有机关联。

鲁迅先生曾有这样一句广为流传的话，迄今仍出现在北大官网的显著位置——"北大是常为新的，改进的运动的先锋，要使中国向着好的，往上的道路走"。作为社会学人，我们是跟随着师辈的脚步，行走在一条叫作"社会学"的道路上。但不应遗忘的是，我们行走在这条人烟不多的小道上，无论沿途的风光多么壮美与瑰丽，都是为了通往一条叫作"人生"的大道，那里有无数的人民，那里有更广阔的天地。正所谓"顿觉眼前生意满，须知世上苦人多"，社会学从来都不是一个培养"自了汉"或者今日所谓"精致的利己主义者"的学科。无论是赖特·米尔斯所说的"将个人困扰转化为公共议题"，抑或是罗伯特·贝拉所说的"作为公共哲学的社会科学"，或者迈克尔·布洛维所说的"公共社会学"，都强调社会学的"公共性"，都要求我们去建立个体生命与更广大的社会群体、社会生活之间的关联。这些说法与费老所倡导的"迈向人民的人类学""志在富民"和"文化自觉"是殊途同归的。

我相信，代代相传的北大社会学人，借助那些先人留下的路标与脚印，不断努力前行，一定能让我们自己以及这片土地上的人民的道路更向上、更坦荡、更广阔！

社会学系与我的胎记

刘雪婷　辽宁沈阳人,专栏及小说作者,笔名淡豹。北大社会学系2001级本科生;2005年本科毕业后在本系读人类学研究生,2010年获得硕士学位,导师为王铭铭教授。已出版小说集《美满》等。

学缘：我和北大社会学

我是北大社会学系 2001 级本科生。2005 年毕业后在本系读人类学研究生，2007 年硕转博，2008 年博士论文开题，2010 年决定以硕士学位毕业，出国继续读博士。算起来，在社会学系度过了近十年光阴，自己的成长、人生探索、阅读、友谊，几乎都和北大社会学系有关联。

一、邂逅

我是辽宁沈阳人，是本省实行"3+1"文科大综合的第一届高考生，也是考后出分报志愿制度下的第一届。北大的一位招生老师告诉我，我的分数不足以进入光华、法律等热门选项，也无须去考古、俄语等经常被视为"冷板凳"的院系，其余文科院系都可以考虑作为第一志愿。老师是从分数利用最大化角度给出的实用建议，而我打算按照兴趣去选择专业，已经决定了要报社会学系。

我进入高中的 1998 年，正值《万象》杂志复刊发行，在读书界、知识界产生了比较大的影响。它的实际编委会在上海，出版单位是位于沈阳的辽宁教育出版社。我由于家人在万象杂志社工作的缘故，每期杂志都看。我很珍惜这些杂志，把它们带去住宿制的高中，在郊外校区反复摩挲。它不像《读书》《天涯》那样端庄，涉及政经话题和思想界状况不多，文体上又有趣，往往以回忆录或漫谈形式展开，亦庄亦谐，符合高中生的口味。我通过它读到李欧梵解析图像的随笔、毛尖大开大阖的电影史文章、须兰颇具张爱玲之风的文学片段，这些都给我带来了崭新的感受，更重要的是我读到了费孝通先生连载的《温习派克社会学札记》。

当时费先生已年近90岁。这篇长文章分为好几篇，每隔几期在《万象》上刊登一篇。他回忆燕京大学社会学系的授课状况，从派克老师的生平和研究去讲社会调查方法、社区研究的意义、社会学研究对于美国社会的启示性、老师与自己对城市化／工业化道路的反思，也写出了一种富有吸引力的师生关系：在智识上共同成长，逐渐共享人生追求。费先生文字好，知识性强，言简意深，充满深情。而且，由于文章是连载，令人有种期待侦探小说下文的感觉，每次拿到新杂志我都心痒痒的，希望读到续篇。

当时我对社会科学与人文学科各门类研究的具体内容缺乏认识，按常识去想象中文、工商管理、法律、外语那些科系在大学里会教什么，但难以想象社会学这门听起来无所不包的学科的范围。那是网络刚初步普及的年代，青年人日常生活的社会空间有限，对于封闭在考试制度下的中学生，借社会调查去深入社会生活很有直观魅力。通过费先生的文章，我对社会学心向往之，同时觉得自己感兴趣的是人类生活的具体，而不是抽象，因此，就打定主意报考社会学系。父亲还因此送我一本咸菜色封皮的英文版《自杀论》——虽然我压根没读，也读不懂。

大学开学后，班主任唐军老师问全班同学中有多少同学是第一志愿报考本系的，我看手臂寥落，还很为自己的忠诚得意。等到初步了解到社会学广博丰富的范围及其方法的复杂（甚至被此吓到），以及意识到它需要高度抽象的能力，都是很久以后的事了。

后来，在学校里有时还能见到那位戴眼镜、和蔼温厚的北大招生老师。他做行政工作，总是笑眯眯的。我们打招呼，他总会把骑自行车的速度慢下来一些，冲我们挥一挥手。

二、浅识

大学一年级，尚未深刻地感到自己是北大社会学人。尽管上了"社会学理论""国外社会学学说"等专业课程，但必修课程以学说史为主，在自己缺乏知识基础时，不太容易感受到孔德这位两百多年前出生的法国人与自己面对的生活之间的关联。上课时云里雾里，同学们面面相觑，继续像中学生那样发呆"吃"粉笔灰。还选修了"社会心理学"，那些实验显得切近具体，不过科学性质强，我就更答不出"社会学是研究什么的"这个别人也常问自己的问题了。在班级管理上，做班干部、搞寝室卫生、集体参加"一二·九"文艺汇演，感觉和中学差别不明显。

当时，显得更有吸引力的是丰富的校园生活。我像不少新生那样，对全校通选课感兴趣，从法律、历史方面的课程，到古今数学思想，都跃跃欲试。听说伦理学等热门课程选课时还需要当场写申请文书，相当于一篇小论文，更会产生"过了这村没这店"的急切。与通选课吸引力相当的是校园社团，三角地摆摊招新，好些同学把多个感兴趣的社团都报上，数周即弃。我也遍尝北大食堂。第一次吃到南方蔬菜茭白，就是老家园餐厅东北角窗售卖的用不锈钢方盘盛的茭白炒牛肉丝。在生鲜冷链物流还不发达的 2001 年，菠萝蜜之类的热带水果刚进入北方普通居民的视野；北方城市的餐饮挺单调的，流行的外来菜系刚从粤菜转向杭帮菜，后来流行的口味更重的菜系尚不时兴，我在北大食堂吃到了好几

社会学系与我的胎记 / 刘雪婷

种此前没有接触过的爽脆的南方家常菜。此外，当年中学对早恋是不鼓励、批判或者是禁止的，风气比现在保守，进入大学后看到情侣成双成对，学校里对社会话题的讨论很开放，这些都令我有百无禁忌的感觉。整个校园生活新鲜、开明、火热，我对此充满了好奇。

产生这种与社会学系若即若离的心境和状态，还有一个因素，就是入校后的专业再选择制度。其一，当年北大实行的是大二开学前可申请转专业的制度。通常从冷门专业往热门换，当然也有少数反其道而行之的，或者想跨越高考时文理计划分开的限制，有些同学甚至会读毕大二再换专业，颇为勇敢。我们社会学系热度平凡，班里多数同学第一志愿是其他院系。如今忘了学校的具体规则限制，总归是大一要成绩超群，才有申请转专业的资格，当然也要对方院系肯接收，因此去选些目标院系的课总没错。当时，有同学拼命学习本系必修课，恰是为了离开本系，有同学念叨着法学院、经济学院，打算为之一搏，有同学想转系，最后大多憾未得到资格。因此，大学一年级，班里有尘埃未定之感。其二，2001年是元培班入学的第一届。当年的元培没有单独招生，而是放在各院系招生计划中。我们入学后自愿报名，经过筛选进入元培，住在原院系宿舍，印象中第一学年似乎要和原院系一起上课，学年结束后再选择心仪的专业。譬如，社会学系的元培生可以到大二进入经济学专业，除住宿还和社会学系的在一起外，关系都脱离了。我们班也有几个同学进入元培。印象中，班里有四个同学转出，一个外系同学转入，另外还有一个元培同学选择了我们班（这个数字可能不准确）。其三，大一那年，大家还在考虑该选什么双学位或辅修。是丰富所学，便于择业，也是没有进入理想专业或无法转系后的弥补。较多人选择北京大学中国经济研究中心开设的经济学双学位，也有选法语或哲学的，我是选择了心理学辅修。

如今想起来，当年的大学一年级颇有些预科的意思。总的来说是了解专业、自身与专业适配度的过程，学校也为不够适配或不满足的学生提供了一些机会。如今，高考报名咨询已经成为一个产业，大量在线资源和普及型书籍能让中学生和家长了解各专业的内容与未来职业发展，全社会的受教育程度提高了，家庭对教育和择业的重视程度和焦虑感也增强了。回想起来，我们当年还是更把大学教育当成一段其中大可以有盲目和弯路的探索，也当成自我成长最重要的一个阶段，相对来说不那么关心求职，至少在大学早期普遍如此（当年对社会学究竟研究什么很困惑，倒对社会学系毕业生究竟去哪上班的问题想得不多）。反过来，当年对自我、对专业的了解程度也比较弱，凡事不像今天那么高效。

反正，整个大一，处在二次选择的可能性中。专业尚未百分百确定，眼睛常向系外看，结合起对社会学是什么的深度迷惑，就造成了一种妾身未分明的感觉。

还记得，当时有外系同学问我社会学系的学习内容，我说不出来，以"其实我们毕业颁的是法学学位"搪塞，对方似乎就懂了。这实在令人羞耻——法学院是学校里存在感强、学生分数高、人数多，连学生的说话声音都更响几分的超级学院，我们宿舍与法学院学生的相邻，系里办公位置在法学院楼上，那栋楼还叫法学楼，连学位类型都寄居于法学，更显得我们是个"小系"。

因此，我是绝对不肯管逸夫一楼叫法学楼的，宁愿用它的学名，说我们系在"逸夫一楼二楼"，像个难以断句的绕口令。

三、深知

真正深刻的记忆,从大学二年级开始。我们2001级本科生的特殊经历在于,我们是万柳学区建成后入住的第一届学生,也是唯一一届本科生。大二开学军训前,我们搬去万柳,大三再搬回北大本部,此后不再有本科生需要像我们当年那样,每天背着大书包通勤往返于校园和宿舍之间了。我是2005级研究生,研一又住了一年万柳,那是后话了。

学生刚来到万柳时,整片区域尚处在开发中。宿舍与工地和城中村相邻,附近荒地也多,晚上黑黢黢的。那一年还没有开设学生班车(研一那年就有了),我们要自行乘坐公共汽车上下学,一般是坐332支,车辆老迈,车轮咯吱作响,车也少,到站时间难测。我们大二的课程密集,早上8点上或晚上9点下的课多,许多同学选了经双,周末还要通勤,大家疲惫不堪,也不甚抱怨。北京冬天很冷,下雪兼以呼号大风,冬天在傍晚或夜里等332支让我对沉没成本有了深刻理解。有时已经立在雪中等了四五十分钟,车还没来,此时一辆空载出租车奇迹般亮着小小一盏黄色顶灯驶来,俨然是21世纪的小橘灯,心中矛盾:究竟要不要叫呢?这时坐上出租车,好像反而浪费了之前的等待。到现在我还能想起当年夜晚在西门外那条萧瑟的颐和园路上等车回万柳的景象,路上厚厚的积雪冷淡、安静、无望,仿佛要把活人都吸进去,就像余华《活着》中福贵在儿子死后看到的小路,像是撒满了盐。这种时刻,人容易进入《中国青年》在80年代初问的那个问题:人生的意义究竟是什么呢?

逐渐地,书仿佛能读进去了。就在大二那年,同班同学傅勇江和我决定合作参加"挑战杯"论文大赛,我们关心创业者和体制的关系,定下"民营企业家入党意愿调查"这个题目。受社会阶层与年龄所限，不容易接触到"企业家"，调整为"企业主"，又因为大二下学期"非典"来袭，校园封闭，北京正常社会生活停止，没能按照预期规模和方式调研。虽然最后得到"挑战杯"二等奖，是当年社会学系的学生包括硕博在内的最好成绩，但我们对文章很不满意，实在觉得派发问卷不如意，"调"不甚佳，后续的"研"有硬拗的性质。而最大的收获，是我们认识了张静老师。此前与张老师没有个人接触，只是在大一系内各位老师轮流做讲座，帮助新生了解社会学各个分支及老师们的研究内容的那门必修课上，听过张老师的研究，跟着讲座读了张老师的论文，知道张老师做国家与社会关系。我们想到这个题目后，想请张老师担任论文的指导老师，她很快回复了我们"忐忑退缩"的邮件，乐意与我们谈谈。现在想来，如何得到老师指导这种大学内的隐形行动规则，也是新生该受到的教育；大胆者与羞怯者、熟悉大学/学术环境者与不熟悉者，可能在开口寻觅支持资源时就有了区别。在张老师家，她与我们谈了一阵，帮助我们厘清思路、确定问题，推荐了阅读书目，也同意担任指导老师。整场谈话像沐浴在微风中，她谦和、容易接近，既鼓励我们，指导又很明确。我在人生中，第一次觉得自己的想法值得尊重，第一次意识到做事时该考虑的并非做不做、自己有没有资格做的问题，而是如何去做得更好。以前自己的生活，无论在家庭还是学校里，都受着管控，现在想来那或许是一种对父权制的感受，核心总是禁止或批准、顺从或反抗，总是绕着资格问题打转，自己被动，也因此自私。那个下午我则感到，人与人之间的关系可以是平等而有差异的，个人可以是不足但仍有行动力的。

在见到张老师之前，我们的想法很初步，根本还没有决定报名，也不知如何开展研究。如果老师没有那么支持，我们模糊的想法也许就会"流产"了。张老师的帮助，把难的问题变得简单了，让我们感到做研究是可能的，自己想去做研究并不是错的，是值得的。虽然最终的调查不尽如人意，但那种激动感和信念感，我至今记得。此外，作为女生，与张老师一席谈后，尤其因为地点在她家里，有现场感，我感到接触到了一种朴素、包容、温和、深思又十分明亮有力的生活方式和性别气质，这是我陌生又向往的，开始在内心希望自己也能成为这样的人。世界上有许许多多种人生，可是会有一瞬间，你觉得只有一种好的人生。

也是在大二那年，我们上了王铭铭老师的"社会人类学"必修课。王老师的风格跳脱幽默，时有惊人语，人类学经典民族志的内容又无远弗届，整门课都感觉很另类。经这门课布置读到列维-斯特劳斯的《忧郁的热带》，第一句"我讨厌旅行，我恨探险家"就牢牢抓住了我，这种强烈的吸引力持续到全书的最后一段，"或者是在那充满耐心、宁静与互谅的短暂凝视之中，这种凝视有时候，经由某种非自愿的相互了解，会出现于一个人与一只猫短暂的互相注目之中"。

以前所体会的语言之美，多半在乎修辞，由"美文"传统塑造，注重含蓄、精练、写意能力这些中国文学的长处；所体会到的写人之妙，往往在于生动的人物形象和跌宕命运的描写等那些19世纪长篇小说的特点。这本书改变了我的认识。原来描述的美丽与力度，不在手法，而在于对写作对象产生富于深度的理解。原来写风俗不意味着通俗，大可以用非口语化甚至反口语的语言去描绘大众社会生活。原来，由写实生发出思考，而不是通过抒情或者意境与气氛塑造，也能具有高度的文学性和感染力。我打小喜爱文学，有了这些认识后，再读很多散文和小说，都觉得单薄了。它也修正了我先前对翻译腔的偏见。

此外，与拜访张静老师那次经验类似，我也感到《忧郁的热带》是明亮有力的。虽然它时常陷入抑郁，但它是一本柠檬黄色而不是灰色的书。

四、烙印

之后的时光过得既慢又快。从万柳回到本部的过程已经记不太清，值得一提的是，我们因大二前宿舍搬迁而可以自由组合选择舍友，我就此和李玮、王丹两个同班同学成为同起居的好友。大三搬回本部，学校没有重新调整宿舍，可谓一幸，至今我们也是内心能相互依赖的伙伴。之后上了周飞舟老师的"发展社会学"，读到关于粮食问题、基层社会治理及当下社会问题的大量材料，感受深刻；学习了一些社会史的研究方法，眼界大开。上了张静老师的"中国社会"，还上了李康老师的"历史社会学"，在李老师这门课上学习听到人的声音，也才知道阅读应该是什么样子的。有一个多少有些羞愧的体会是，自从开始真正读书，我的家庭就"失去"了我。此后有重建亲情的努力，但那种陌生感和将家庭问题化的倾向，无法完全消失。另外，今天想来，我对自己的课程选择和学业也有相当多的遗憾。尤其是没有用好社会学系提供的定量课程资源，重视"社会"而忽视"科学"，对数据缺乏认识。如今看到人口、行业数据，缺乏社会学系学生本应有的敏感觉察。

大学四年级，我申请留在本系读人类学方向的研究生。我们住在45楼3单元3楼，常取勺园前那条路，经网球场南侧去图书馆和教学楼。春季学期，经过燕南园，多次想，但愿一辈子能留在这个校园。

当时同学间普遍有理论崇拜，认为社会理论是核心问题，其他分支社会学属于衍生性问题,并且比较注重阅读思想史。大家也向往芝加哥大学,原因之一是李猛老师正在那里读博士。我们2001级没有上过李猛老师的课,但也知道他当过班主任、带过读书会,影响了前后几届学生。即便对所谓理论不大感兴趣的同学,也把芝大社会思想委员会当作象牙塔中的象牙塔,远方的圣殿。

大学四年级,还发生了另一件重要的事,跟这一崇拜也有关系。2004年,索尔·贝娄的小说《拉维尔斯坦》经翻译在中国出版,主人公原型正是已经去世的芝大社会思想委员会教授阿兰·布鲁姆。这本小说借学院生活写思想界、学院、政治变迁,读着很亲近。其中明星化的教授宛如学生的"摩西和苏格拉底",作者对其的观察、批评、怜悯、同情,读来都有会心处。以前读贝娄别的小说,觉得那些美国犹太社区生活与自己相隔遥远,此刻在我眼中,《拉维尔斯坦》比好莱坞电影还好看,让我边读边笑。由此,我恢复了读小说和文学评论的爱好。同年,J. M. 库切的《伊丽莎白·科斯特洛:八堂课》也翻译出版,学院背景下的八次演讲关怀社会伦理和他者问题,用小说写思想争论,是文学能以创新的文体激发思考的例证,我看了好几遍,感到如今也能有《爱弥儿》。

大概青年人就是时常扬弃的。一时间觉得社科高于人文,理论才有洞见,还代表着知识门槛,一时间又为文学的魔力所摄。后来,自己的生活,就是带着社会学系给我的胎记,一步步向文学靠拢。

本科时,我还当过一年社会学系学生会主席。这是不负责任、头脑发热的产物,见学生会制度改为民选,就想去感受民主。那一年充分说明了自己是阴阳怪气的巨人,行政和管理能力的渣渣,从此再没有从事过需要上行下效的工作,也没有再去试水办会、办论坛之类朝九晚五的职员生活中几乎必需的部分。那一年协助系里组织并参加了几项校园活动,印象最深的是"北大之锋"辩论赛。社会学系辩论队由李康老师指导,一路进入决赛,与法学院对垒,四辩安文研陈词时引《尼各马可伦理学》批评法学人的横暴,风格敏锐稳健,真难忘!我们这个"小系"也成为第三届"北大之锋"辩论赛的冠军。

研究生时的班主任是刘能老师。这个阶段同师门、同宿舍交往多,不怎么参加班级活动了。我同宿舍的同学参加渠敬东老师组织的读书会,毕业论文写简·奥斯丁,十分新颖。那时这个读书会在同学中的可见度比较高。我在研究生期间常常是困惑的,尤其对于田野方法,不知道如何判断所在村庄里的现实、言谈、表征,对于自己所说所写的真实性缺乏自信,常觉得是在将实在翻译成话语。但在王铭铭老师的师门中,东去福建,西至川藏,使我大大拓宽了见识,也结交到了终生的朋友。

如今我从事写作。转向文学写作,是对自己一度希望能终身从事的社会学和人类学专业挥别,但同时,也有印痕挥之不去。自己在小说中无法完全祛除社会观察的宏愿,也越来越有意识地追求通过虚构文体留下含有记录性质的文本。甚至写这篇回忆,也越出了系庆的范围,想要从90年代外省少年所接触到的知识性杂志图景、当年高考与转系制度的实际说起。社会学系可能已成为我的胎记。

五、反思

入学时,北四环正在修建,桥下还有房屋待拆。中关村与科技创新关系不大,主要是消费宝地,卖电子产品的商家会像旅游景点把玉石一

社会学系与我的胎记 / 刘雪婷

会儿卖 30 元、一会儿卖 3 万元那样宰客，令人心惊。学校东西门外，平房无数，阡陌交通，雕刻时光咖啡馆坐落在东门外胡同中，畅春园畔斜对北大西门的小街内藏着小饭馆，街口最显眼的标识是个公厕——前奥运时代未经改造的那种，臭不可闻。不少同学没有手机或电脑，在宿舍内打电话要用 211 卡，理教楼里按小时收费的电脑机房促成了不少爱情故事。北京比现在小得多，交通远不如现在便利，从学校去西直门动物园玩或是去西单逛街，坐在公交车上感觉要穿越一个世纪。"面的"被淘汰了，出租车分一块六的新富康和一块二的破夏利，后者空调不灵噪声大，司机师傅火更大，却也是学生群体的最爱。

当年的生活方式和这些名词一起离我们远去了。万柳初建时，附近的商品房开盘价 8000 元 / 平方米，感觉是天价，真纳闷谁会愿意住在这片荒地，扎根宇宙的边缘。如今万柳房价翻了 20 倍，北大本科生学费还是 5000 元 / 年，跟当时差不多（我们好像是 4500 元 / 年），看起来价廉物美，可进入北大的机会本身也越来越依赖于家庭较早期的教育支出了。当年，与"互联网"相关的词是"泡沫"，上网是个动作，是社交手段、信息获取方式、生活方式的一种，就像你可以打羽毛球、种君子兰，也可以不。现在网络构成人的面向，手机成为假肢，大厂是择业优选，新闻业不复影响力和荣光。

与今天的大学生相比，当年的我们不那么拼 GPA，缺少计划，把教育更多当成人生旅程中的一段探索，而非消费品和投资工具，这可能是真的，也有可能是当每一代人把自己与更年轻的人作对比时，当每个三四十岁的人回头看自己的青年时代时，都更多地看到自身的盲目与错误，还欣赏那些错误的可贵，因而产生以上幻觉。其实，我们读大学时，八九十年代上大学的师长，也常常认为我们的灵魂不够自由，我们的生活太实用主义、太焦虑。

社会学带给我了什么？这大概是系庆那一天自己注定会思考的问题。我不知道今天的社会学系学生是否还会问：社会学是什么？学社会学出来能干什么？人生走到这里，我觉得未来行业的可能性不断超越人的想象空间。文理分科只是一种考试规则，对科学和文学都感兴趣的人，不需要二选一，可以写科幻文学，也可以成为在产品设计中有人文关怀、重视场景化的用户体验的工程师。想救死扶伤又晕血的人，也无须选择超声诊断专业或是彻底挥别医学领域，大可以去读社会学，研究改进医患间的沟通。

这还是关于职业的。文科，还有定性分析的社会科学，这几年好像常常需要为自身辩护，给自己搜罗一些有用性，在理工科和制造业的"横暴"面前，我们都被归成文科生，连思维能力现在都是个需要自证的主题。与有用性相比，更重要的大概是其他一些东西。作家大卫·福斯特·华莱士2005年在美国凯尼恩学院毕业典礼上作了致辞，正是在我们2001级本科毕业的那年，虽然这篇演讲流行起来是后来的事。"文科教育与其说是用知识把你填满，不如说是教你如何去思考"，更重要的是教你"学习如何对你怎样思考及你思考什么施加控制，它意味着足够清醒和自觉地选择你关注什么"。这种选择，也不是一个权利或自由层面的问题，而是在要求一种不断的实践，拒绝思想上的默认配置，从经验中构建出意义。在演讲的末尾他说："要在日复一日的成人世界里保持意识和活力，困难得令人难以想象。这意味着又有一句陈词滥调其实是对的：你们的教育真的是一生的事情。而它始于：现在。"

六、怀念

在社会学系近十年，到如今，离开社会学系又有十年了。曾经受朱靖江师兄（1991级法律本，2004级人类学博士）的邀请，记录自己在北大的文艺生活，但那些回忆太过表面和散乱，最终未能成文（受邀成文的老师和同

毕业十几年后，作者回到当年读研期间的田野地点福建省泉州市安溪县虎邱镇，与木偶戏艺人林春花、林海良合影

学的文章，收录在朱靖江师兄主编的《燕园习影录：在北大看电影》）。这次，借系庆之机，系统回忆在北大社会学系的生活，更感到那十年珍贵、亲切、毫不遥远。

如今我居住在北京，并不常回学校、系里。与一些校友相比，护校之心不强，很少用母校这个词，也度过了许多"沉默"的校庆日，这也许正是近乡情怯。但爱和怀念是真挚的。我的心中也常念着"某一天"——某一天，当自己能写出更好的作品，或许能为我的系、我的学校，做出一些贡献。读到关于系里师生和科研的报道，甚至一篇偶然出现北大社会学系字样的社会新闻时，常有一把小锤子在敲击着我，内心激荡：那是我的系，我的学校。甚至，就像当了父母的人会更容易注意到马路上婴儿的存在、像有残障人士服务经验的人会更留心公共空间的不便那样，我似乎总能看到社会学系的踪影，眼睛自然地会捕捉到关于社会学系的消息，并且在心中留下划痕。例如，就在昨天，我读到一篇

北京市住房改革的资料,看到王府井附近有个院子叫红霞公寓,正是雷洁琼先生晚年生活过30年的地方,这个细节便成为整篇文章中我印象最深的一点。

对"我的系""我的学校",有这种发自肺腑,甚至难以自控的怀念与关切,这也许正像理论家说的那样,是一种诞生于身体感知的深刻经验,所谓affects。同时,也正像小说家写的那样,每当想到它,我的脸上,"就泛起微笑"。

北大三年给我打上了社会学的"底色"

姚泽麟 浙江舟山人,2005—2008年就读北京大学社会学系,获硕士学位,师从杨善华教授。2012年于香港大学社会学系获博士学位。现为华东师范大学社会发展学院副教授,主要研究领域为职业社会学和医学社会学。代表成果有著作《在利益与道德之间——当代中国城市医生职业自主性的社会学研究》,论文"State Control and Doctors' Abuse of Clinical Autonomy: An Empirical Analysis of Doctors' Clinical Practice in Chinese Public Hospitals"、《近代以来中国医生职业与国家关系的演变——一种职业社会学的解释》等。

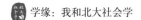 学缘：我和北大社会学

2005—2008年，我在北大社会学系攻读硕士学位。这三年是我人生中一段宝贵的时光，三年的训练可以说给我打上了难以磨灭的社会学"底色"，使我至今受益匪浅，进而也塑造了我自己所从事的社会学教学与科研工作。

初入北大

说来也巧，在肆虐两年之久的新冠疫情期间回忆这段研究生往事，实际上正好要回溯到2003年"非典"疫情时期。当时我正在中国青年政治学院社工系读大二，专业是劳动与社会保障。"非典"结束时，我就确定了考北大社会学系研究生的目标。虽说自己大一时听"社会学概论"一知半解，但我逐渐意识到社会学是一个可以用来观察周围的人与生活的新视角。而且，我之所以敢跨专业考研，还有一些条件的加持：一方面是中青院多年来考研的优良传统和浓厚氛围，历届学长学姐们前赴后继，而住我上铺（但比我高一级）的李勇刚此时正在备考（第二年他以总分第一的成绩顺利入学北大社会学专业）；另一方面则是受到直接的鼓舞——我选修的西方社会学理论课程，授课的刘畅老师博士就毕业于北大社会学系，她给了我许多鼓励。因此，我也就开始积极备考并最终如愿以偿。

拿到入学资格后，我就开始考虑选导师的事情。自己当时"无知者无畏"，想做社会学理论方向，虽然也没正经读过什么社会学理论的经

典。刘老师正好教授理论，而她读博时的导师是杨善华教授。所以我跟刘老师沟通之后，她向杨老师推荐了我。因此我非常幸运，还未正式入学，就进入杨老师门下。

杨老师与我的第一次谈话，有三点内容我到现在还有深刻印象：第一，经杨老师"鉴定"，我在四年本科生涯中处于"自生自灭"的状态，尽管自己摸索着看了一些东西，但功底和素养显然与北大本校的同学存在明显差距。在长期的教学中，杨老师非常注重对本科生各方面能力的培养，因此北大的同学在本科阶段便有老师引领，他们的学识和科研能力甚至高于部分研究生——我后来就感受到了这种差距和随之而来的压力。第二，杨老师说理论方向的门槛很高，为此他提到了李猛读书的例子。做理论除了阅读大量原典，还要至少懂两门外语（英语＋法语或德语）。而我敢报社会学理论的方向实在是太大胆了。不过，杨老师也说不必着急做决定，先跟着学，晚点定方向也不迟。第三，杨老师还谈到了他的治学风格。他说自己还是"如临深渊、如履薄冰"的感觉，因为学无止境，没有居安思危的意识，自己马上就会落后于这个时代和学术潮流。这一点我牢记于心，用以时刻鞭策自己。

田野洗礼

未入学先入门的另一个体现是，在入学前的那个暑假，我就跟随大部队到浙江绍兴，开始了我人生中的第一次田野调查。杨老师非常强调首次调查的重要性，因为一个人往往受到先入为主的影响，第一次的调查经历会影响以后的调查路数。虽然杨老师未参加那次调查，但我跟宋婧师姐与蒋勤师兄同在一个小组，由此奠定了学做田野调查的高起点。

那时候我对这种田野调查可以说是一无所知。好在我只是初学者和跟班，主访是宋婧师姐，所以我可以在旁观察和记录。我惊叹于宋婧师姐的"超能力"：一边访谈、一边记录，还给我们翻译方言，而且每天晚上的发言都非常精彩！我那时候还缺乏基本的学术鉴赏能力与学术品位，对于什么是好的田野调查发言，怎样才算抓住了一个重要的"点"，如何才是一个合格的社会学问题，都是一片茫然。因此，当某天晚上，宋婧师姐深描了一位被访者有点传奇而又令人唏嘘的一生时，在场的老师们都赞不绝口；杨可师姐还给杨老师发短信，说宋婧的发言把全场人都震住了——我敢说这句话有点"以偏概全"，因为当时我并没有这种感觉，我不知道这发言究竟好在哪里，又何以成为我们田野调查工作的一个典范。这就是我的第一次田野调查经历：开眼界了，但也蒙圈了。后来我回到了老家，杨老师打电话问我感觉如何，我说压力很大，有点不知所措。

开学后，我们又举行了田野总结会，每个同学都需要汇报，几位老师点评。我想借着宋婧师姐的分析，将那位被访者的故事提升到所谓"理论"的高度，于是临时抱佛脚，套用了布迪厄的一些概念和理论。刚发言完，就遭到刘小京老师的痛批，他说我的发言并未基于对事实的理解，而是将这些西方概念强加于被访者之上。这又使我备受打击。在相当长的一段时间内，我都处于这种"不知所措"当中，但杨老师和同门都不断宽慰我，让我不要焦虑，第一年先完成课程学习，一切慢慢来，最后会转过来的。

这样跌跌撞撞学了一年，我终于有点上道了。临近第二学期期末，我参与了广州的ICTs（信息与通信技术）调查。在总结会上，我深描了一位被访者如何通过包括信息与通信技术在内的一系列消费行为与生活方式使自己看起来更像白领，杨老师概括为"白领化"。这次发言得到了杨老师的肯定。我也逐渐熟悉了这种田野调查的"套路":对固定的调查点做追踪,每隔一段时间去调研;每次调研持续四五天,调研分组进行,每一组都由老师带学生或者"老人"带"新人";每天晚上所有学生都要就当天所见所闻发言,老师点评和回应,讨论会常常持续到晚上十一二点,这是对每个学生的考验,更是对各位老师的考验;每次调研结束,学生都要按天撰写调研日记、整理访谈录音(这些资料就成为后续调查的一个起点和基础);回校后召开总结会,每个学生都要做主题更为聚焦的汇报,并由老师评议。我记得杨老师不止一次讲过,这套调查方法是在长期的摸索中逐渐成形的,现在他对用这样一套方法培养学生已胸有成竹。

打上底色

三年的硕士时光,在学习课程的同时,我跟随杨老师团队去到了浙江、河北、广东、四川、宁夏、山西等多个地点调研,主题从农村发展、妇女地位、村庄治理、贫病关系等社会学的传统议题,到最前沿的信息与通信技术对社会关系与人类生活的影响等。这大大拓宽了我的视野。同时,在这种田野调查的过程中,我们也生发了团队意识,提高了待人接物的能力(这也可以视为此种方法的"潜功能")。

到了写硕士学位论文时,我决定用绍兴的资料讨论村民健康观念与行为的变化。众所周知,社会学的论文需要充足翔实的田野资料,而我们的团队在完成数次绍兴调查之后,当时已经积累了几十万字的访谈资料和其他文献资料。更为重要的是,在这种密集的调查汇报和讨论中,许多同门都提供了真知灼见(在讨论中,他们的精彩发言经常令我汗颜），我后来在论文写作中甚至直接使用了他们提出的一些概念和想法。所以，我的学位论文实际上是一项集体智慧的结晶。值得一提的是，这篇论文的核心内容后来还发表于《社会》杂志，这对当时正在读博的我而言是一个极大的肯定与鼓舞。

贯穿三年始终的除了田野调查，还有杨老师与我的谈话。这种谈话在我入学后，每一两个月至少有一次，与其说是指导，不如说是聊天或者谈心。杨老师除了如数家珍地讲述各种田野调查经历与被访者的故事之外，还会询问我的近况，谈到其他同门的情况——这在我理解，更多是一种榜样的力量，是我不断前行的动力。这样的谈话是真正的传道授业解惑的过程。即使在我毕业之后，到了读博期间甚至是工作之后，只要到了北京，如果杨老师时间允许的话，我们都会见面聊聊。

正如入学前的第一次谈话令我久久不能忘怀，我工作前杨老师与我的一次谈话也令我记忆犹新。一方面，他告诫我要开阔视野，不要局限于某个分支社会学领域或某一局部地区的经验；另一方面，他也将多年来在教学和培养学生方面的心得与我分享，特别提醒我不要轻视本科教学与科研能力培养，要认真教学，并且要注重调动学生的主观能动性。我在工作后，便积极实践这样的教学理念。虽然毕业多年，但通过社会学系的公众号，我也注意到系里对本科生的培养所投入的巨大热情和精力，比如一场本科生的田野工作坊，到场的老师常常多达四五位，而杨老师还是常客。

学术传统的延续离不开传帮带。硕士三年，杨老师的言传身教，近乎手把手地传授田野调查的技艺，而同门亦不断发挥示范效应，在某种程度上形成了同辈压力，我浸淫其中，得以不断进步。正是在这些调研中，我体悟到了北大社会学的社会调查传统，也成为这种传统不断赓续

北大三年给我打上了社会学的"底色" / 姚泽麟

北大社会学系 2008 届硕士毕业合影

中的受益者和传播者。可以说,这套方法深入骨髓,成为我自己后来做社会学教研工作的"底色"。

读博之后,我自己的研究方向虽然从农村社会学转向了职业社会学和医学社会学,似乎在议题上离原有的训练越来越远,但仔细想来,我的社会学教研之路,仍旧沿袭自北大社会学系的三年学习经历。当访谈医生的时候,不管主要的访谈内容是什么,我还是坚持从其生活史的角度出发;当教授研究方法时,我也给定了许多与北大社会学有着较深渊源的学者的文献,并且强调"将心比心"的社会调查方法;当从事教学和学生培养工作时,我也试图将北大社会学系和杨老师对本科生培养的重视、着重提升学生各方面能力的种种做法因地制宜加以借鉴与应用,从中我也愈加体会到当年社会学系和杨老师培养我们的不易。

值此北大社会学系恢复重建 40 周年、燕京大学社会学系建系 100 周年之际,衷心祝愿母系生日快乐!

傲气读书，谦逊做人
我所感受的北大社会学系教育

陈家建　四川广汉人，2002—2011年就读于北京大学社会学系，在王汉生教授指导下获得学士学位、博士学位。现为南京大学社会学院教授，主要研究领域为基层治理、组织社会学。代表成果有著作《多样的现代化——一个苏南村庄的集体主义史（1950—2017）》，论文《项目制与基层政府动员——对社会管理项目化运作的社会学考察》《"低治理权"与基层购买公共服务困境研究》等。

傲气读书，谦逊做人 / 陈家建

作为学生，我在北大社会学系的学习时间算是很长了。从本科到博士，我都在社会学系就读，可以说是系里"资深"的学生。在九年的时光中，通过上课、读书、参加社团、科研等活动，我对北大，对北大社会学系的教育，都有很深的感受和理解。"傲气读书，谦逊做人"，这是北大和北大社会学系给我的最深的启发。

入学

2002年，是四川最后一届考前填报志愿的高考。高考前，我在一本地摊文学的书上知道有社会学这个专业，填报志愿的时候就写上去了。高考分数并不太高，第一志愿经济学没有录取，我就被调剂到了社会学。今年刚好是进入社会学专业20年。

北大的校园是一种"三结合"式的布局。南边是生活住宿区，中间是学院办公区，北边是未名风景区。9月1日，刚到学校报到，我就急忙去逛校园。未名湖的风景确实很美，古朴的博雅塔，秀丽的湖滨，精致的庭院，让我这个西南农村来的学生赞叹不已。我逛了一下午，到天黑居然迷了路，摸索了半天才走出来。但住宿区就非常一般了，从大楼外观到宿舍内部，都是"简陋风"。宿舍是筒子楼，4—8人挤一间，上厕所和洗漱要到楼道的公共卫生间。打开水要到隔壁楼下，走路来回十几分钟。而洗澡更是要到学校大浴室，路途遥远，冬天洗了澡回来头发都能结冰。所以我们这些男生都养成了"环保"的好习惯,尽量少洗衣服、少洗澡。我记忆中,那时的校园很新奇,也很混乱。开学、节日、期末各种时间段,都有很多摆地摊的,日用品、服装、书本,什么都有卖。夏天甚至还有户外啤酒夜市,一直开到凌晨一两点。校园里商业发达,人也很杂。开学那段时间,每天宿舍都要来几拨人,不是推销员就是骗子,或者两种身份兼有。我记得有一人带着两个小弟,耀武扬威地走进宿舍,说是学校生活用品专营中心的,让我们办会员卡,以后买东西只能在他那儿买,比外面便宜。当时我们被他的气场镇住了,不敢不信。对校园的认识,就是在这样一种热闹又嘈杂的环境中开始的。或许,这是北大自由的校园氛围带来的特色?我想大概有这个因素。我在北大所经历的宿舍生活,随便挑几个故事说出去都能让其他学校的同学瞠目结舌。

对社会学系的认识始于第一场班会。我们的班主任是周飞舟老师,当时周老师刚从港科大博士毕业进入北大当老师,我们可以说是他的第一届学生。记得班会是在社会学系的活动室(大家都简称"系活")开的,这个活动室算是社会学系最豪华的场所。班会上除了认识老师,就是介绍自己。我当时普通话很烂,不敢多说话,只报了个籍贯。通过这次班会,我开始认识北大社会学系。当时的社会学系办公条件很局促,一栋不大的逸夫楼,里面有七八个院系,社会学系只占了半层。系里分几个教研室,三五位老师一个办公室,每位老师只有一张小桌子。其他的办公资源,都是很简陋的,特别是厕所,居然连门都是坏的。但让我惊诧的是,就在这样有限的空间里,系里却给学生们提供了不错的公共学习空间。刚开学,老师就带我们去系图书馆(大家简称"系图")认门。系图配备了极好的条件,除了有很大的图书储藏室,还有学生阅览室，甚至一段时间内还开办了学生自习室，而且专门为学生开放到晚上。我记得有两年我经常在系图自习，一直到晚上八九点才走。系图的藏书也丰富多彩，有一批费老捐赠的藏书，扉页上都是中外社会学"大咖"给费老的亲笔赠言，极为珍贵。社会学系把最好的资源都给了图书馆，实际上也是给了学生，因为这是我们在学校里学习时间最长的地方。而学生们也以各种方式回馈系图，每一届学生毕业，如果班费有剩余，往往都拿来买书捐赠给系图，所以系图的藏书越来越丰富。除了图书馆，电脑室也是一个公共空间。当时系里配置了十几台电脑，供师生免费使用和上网。我们一帮来自农村的穷学生买不起电脑，就天天泡在系里的电脑室学打字、学上网，这样我们跟城里来的同学学习条件差距才不会太大。

读书

北大的学风很自由，我深有体会。从本科到硕士，我的专业学习很松散（可以说是稀松），倒是花了很多时间上其他专业的课，读其他专业的书。在北大读书，给我最大的感受就是带着一股傲气，再难的知识，再艰深的书，都要去读，都要去搞懂（虽然最后也不一定多懂），而且不带有什么实用的目的。我印象中当时北大的老师上课也很傲气，我听过好些课（大多数是文科课程），老师都是以艰涩开场，以更艰涩收尾，讨论的议题、布置的阅读材料都很难懂，完全不考虑学生有没有基础。这种直面思想、形式"生硬"的上课方式，倒是铸就了一批受到追捧的名师（名士）。不像今天，我们在大学上课都要尽量追求形式生动丰富。这种小心翼翼的上课方式，反而不如当年我们做学生时的上课风格对师生的提升大。

　　进大学的第一学期,最想上的就是哲学课,因为听说哲学知识最深最难。于是我第一学年"重点"修习了"中国哲学史"。所谓重点,就是"社会学概论"这样的基础课没怎么去学,反而花时间读了很多哲学文本。给我们上"中国哲学史"课的杨立华老师很不得了,当时他才刚工作(用今天的话讲就是一名卑微的"青椒"),但上课风格霸气,观点犀利,有种唯我独尊的课堂气场。跟着他读了一年的中国哲学,完全是颠覆性地理解了中国古代的哲学智慧,很多体会都渗入我之后的言行之中。读了中国哲学的书,接着就去学西方哲学。西方哲学最难的是现象学,所以我专门选课去学胡塞尔和海德格尔,也去啃《哲学研究》和《存在与时间》这样的大部头著作。当时陈嘉映还在北大授课,他上课的方式颇有"现象学还原"的风格,带着学生思辨形状、颜色等感官何以形成,从中去讲现象学的原理。现象学对我做社会学质性研究影响颇深,从胡塞尔的著作那里,我体会到了一种直观通透的分析方法,后面用来做社会学案例分析,似乎促使我形成了一种比较独特的感受能力。另一位风格独特的老师是韩林合,他组织了一个小班读维特根斯坦,我参加了一学期,把《逻辑哲学论》研讨了一遍。对这些课程的学习方式很多都是旁听,根本没选课。当时我们一帮人就是比较执拗,选的课不好好学,偏要去学没选的课。当然,我们的专业课还是在兼顾,至少不能挂科。

　　中西哲学读了个大概,学习的兴趣就转向了,因为发现中西哲学不是最难读的书,佛教哲学才是。北大的佛教哲学也是蔚为大观,不仅课程众多,还有若干研习小组。我旁听了几门课,先读《肇论》等比较有趣的著作,与朋友讨论"物不迁"等思辨性的问题,还时不时攀比瞎

傲气读书，谦逊做人 / 陈家建

吹，看谁能辩驳倒对方；后面又跟着读《中论》《成唯识论》，这些被认为是佛教哲学，甚至是所有哲学当中最复杂的知识体系。当时也没想太多，就觉得既然是最难读的书，就最值得挑战。学习的收获当然有很多，除了那些具体的思想，最大的收获就是心中有傲气，读书不怕难。相比而言，后面认真读社会学的理论著作，没有太多的惧怕，是因为相比于哲学类的经典，社会学的理论总还是要好读许多。

大学时代还认识了几个物理学院的朋友。物理的具体知识大家都不太感兴趣，但物理学中透露出的思想很有吸引力。有段时间，大家一起读"相对论"，时间、空间很抽象，充满了哲学的趣味。其实物理学院的同学当时也说不出个所以然，所以干脆大家一起读爱因斯坦的原文。读了一段时间，狭义相对论基本搞清楚了（自我感觉），但广义相对论太难，大家都没理解，又因为要分出时间给辅修专业，相对论读书小组就解散了。

这种狂放的读书风气，跟北大自由的学风有关。在北大，再偏再难的知识都有人讲授和研习。比如外语方面，包括古希腊语、拉丁语、梵语、希伯来语等都有老师开课，我们做学生的经常去旁听一两次，没学到太多的具体知识，但也足够作为谈资，展示自己"涉足"过各种冷门的知识。当然，这种学风也有很多弊端，最大的问题就是知识的系统性较差，各门学问涉猎，但没一门是精通的，包括我的专业社会学。一直到今天，我都在怀疑自己到底有什么专业的学问。

社团

除了上课读书，社团是我大学生活的重要组成部分。今天跟很多学生交流，他们似乎对社团兴趣都不太大，感觉是浪费时间，没什么价值。但我上大学时候，不参加社团就不是完整的大学生活。今天的大学生活，目标更明确具体，但也更功利；而我上大学的时代，还是狂放粗疏的风格，大部分学生不会有太具体的人生规划，把更多的精力交给了兴趣。

"百团大战"，是对北大社团最形象的描绘。我印象中每年9月开学季，社团就开始招新，三角地一带破旧的街道，成为"百团大战"的擂台。社团的种类远超我的想象。带着新奇感，我在大学前两年加入了各种社团，运动类、音乐类、公益类、棋牌类、读书类……有时候上午骑自行车，下午搞演出，晚上还要读书，忙得不亦乐乎。在大学的社团里，我才感受到北大是一个丰富多彩的世界，有兴趣和想法千奇百怪的同学。后来读社会学的理论，每当读到韦伯讲社会行动的四种类型，我就想起那些五花八门的社团，切实地理解人应该是多种多样的，只倡导理性计算（工具理性）的人生维度不是一个正常的社会。但比较可叹的是，今天的社会似乎越来越远离社会学理论的教诲，越来越单向度。

大一时参加过一个叫阳光志愿者协会的社团，是个公益组织。社团创办者刘正琛，是北大光华管理学院的学生，他自己身患白血病，以坚强的毅力创建了中国第一个民间骨髓库。我在社团招新的时候见到了他，有感于他的人格魅力，有段时间参加了这个社团。这个社团招募的都是很懵懂的学生，但做成的事让我惊诧不已。当时为了筹款，社团想搞一场义演。对于学生而言，这种"高大上"的活动完全没有接触过，我们都只有在电视机前看演出的份儿。但就是一种不怕挑战的理念激励着大家，高年级的学长带头，我们大一的做成员，分工负责，有人找场地，有人请明星，有人做策划，最后在没钱没经验的条件下，居然真就搞出了一场声势浩大的演出，汪峰、孙悦等明星到场助演。演出时我就在后台帮工，给主持人王小丫准备文案，看着一帮明星在后台候场，还有人批评某人假唱，等等。这场活动让我大开眼界，其实那些高端的事也没那么高不可攀，小小的大学生，只要有毅力，也能做成，关键是有没有好的人格魅力可以吸引别人，影响别人。

我在北大参加活动最多的是在耕读社。这个社团名为耕读，但其实重在悟道。参加的缘由并不是我对"耕"有兴趣，我在农村老家已经耕种过很多地，犯不着跑到北京还要接着耕种。吸引我参加这个社团的缘由是其成员很独特，是我从来没见过的一类人。一直到今天，我也很少再见到像他们那样的人。这个社团讲究内省，每做一件事都要反观内心的理念。社团的第一任社长说过一句让我至今难忘的话，"内心的念力决定人生的状态"。所以每做一次活动，在郊区耕地或者在校园读书，都会举办内省会，看看大家心力是否有所成长。这种方式颇有些宗教气质，对当时一批人影响很大。后面还出了两位"著名"社友，其中一位是数学天才，放弃了美国名校的奖学金，毅然出家。曾经有一段时间我也想走这条路，去追求"最高"的理念境界。但我受社会学影响逐渐更大，悟到社会学的哲学意义，本原的智慧是实践性的，而不是思辨性的。所以后面选择做质性研究，去看丰富多彩的社会人生，我觉得那里面才是最本原也是最高的智慧。当然，对耕读社的人，我一直敬仰有加。

除了上述两个社团，还有其他一些社团我也接触过。跟读书一样，我参加社团也带着一种狂放的心理，就是要了解不同的人和事，就是要超越简单常规的生活。社团是超越功利性的，是大学生活应有的旋律之一。当然，今天大学也有了很多变化，我所经历的大学社团，也许，大概，应该，很难再找到了。

专业

真正开始学社会学这个专业，是进入研究生阶段。在社会学这里，我觉得学到的具体知识是次要的，重要的是社会学给我的人生启发——谦逊。谦逊不是功利性的，不是以获得别人的好评为目的，而是社会学的一种智慧，尊重普通人，尊重社会，理解社会大众的思想与实践。

谦逊首先来自老师们的行为示范。社会学系有很多名师，基本都是外表朴素，平易近人。我印象中大多数老师到系楼都是骑自行车，而且自行车都很破旧，叮当作响。在系里待久了，我都能从楼下停的自行车判断哪位老师来上班了。有一次在系里听见谢立中老师在诉苦，原来是他一辆骑了多年的自行车被偷了，而且就是在系楼下面，他痛惜不已。衣着方面，我记忆中老师们都是灰色调穿衣，没有哪位老师的哪件衣服特别光鲜亮丽。比如王思斌老师，从我入学到今天见到他，我感觉都是一种风格的着装，简单质朴。吃饭也是如此，在食堂时常能遇见老师，跟我们一样吃着口味欠佳的大锅菜。比如，我经常在学五食堂遇见杨善华老师，买两个小菜外加馒头，带回家就能当作一天的饭食。老师们如此，学生们也自然受其影响，风格大多比较简朴。

尊重普通人，是社会学的教育带给我最大的感受。加芬克尔有常人方法学，其实"常人"何尝只是一种方法，更是一种学科的基本态度。在课堂上，很多老师都喜好讲故事，不是那些高大上的事，而是调研中发现的普通人的故事。比如理论课，我印象中老师好像没怎么讲过理论，实际讲的都是中国人的"行动逻辑"，家庭、伦理、信仰等，成为我们所了解的大部分社会学知识。老师在课堂上，还会以诚朴的态度，去讲自己在调研时的经历。比如我的导师王汉生老师就给我们讲过多次在做乡镇企业调查时，很多具体知识她都不懂，一边调研一边真诚地学习。正是这种氛围，让我们这些学生，特别是出身本就贫寒的学生，建立了一种谦逊的价值观，去认识大众，去关怀社会。"过程-事件"分析是北大社会学系最出名的学术成果之一，我常常在想：如果没有这种学科的谦虚态度，研究者们怎么会细致地去理解那些蕴含在日常社会中的"行动逻辑"？其他的学科，有对社会不一样的价值观（比如管理主义），不可能产生出这样一种方法路数，也不可能以学科的方式去挖掘"常人"世界的精彩。

所以，我所感受的北大社会学系教育，不仅是一种知识的传导，还从学科的智慧中传承为人处世的态度。关怀社会，尊重每一个普通人，这种谦逊既是学术，也是人生。

情深而文明

安文研 黑龙江哈尔滨人,北京大学社会学系 2002 级本科生,2010 年在周飞舟教授指导下获硕士学位,2016—2018 年博士后(合作导师为周飞舟教授)。现为中央民族大学民族学与社会学学院讲师,研究方向为中国社会思想史、历史社会学、西方社会理论。代表论文有《服制与中国传统社会的人伦原理——从服服制的社会学考察》《周代宗法社会的君统与宗统——王国维〈殷周制度论〉再探讨》《何以思无邪:卢梭与朱熹论诗歌教育的道德危险》等。

情深而文明 / 安文研

2002年我来到北大社会学系读本科，2006年在本系读硕士，2016年从哲学系回到母系做博士后，前后在系里读了十年书。大一时幸遇二十周年系庆，而今四十周年系庆了，时光飞逝，文字也不再是青涩少年的修辞，而成了人到中年最切身的体验。二十年，在时空的通道中，是一场相聚，也是一场分离。二十年来，学生时代的哪些部分沉淀在心里融化为人生的养分、力量与深情了呢？那些常常在心里浮现的片段，那些想起来就会让人出神的人与事，就是往事在心中的回响。

00231019，这是我本科时的学号，"31"的代码是我们所有社会学人的默契。成为北大社会学系的学生，就是成了这个传统中的一分子，成了这个大故事中的小故事。每每回味起来，最有趣的就是系里的各种大小故事，故事里的人，像一个个鲜活的细胞，构成了社系这个大的生命体，生动活泼，特色鲜明，趣味盎然。这些人，又慢慢在系里扎下根，让这个共同体得人情之滋养，根深而叶茂。从1982年到2002年，再到2022年，社会学系的生命形态越来越茁壮而向上，作为浸染在这个传统里的一员，我也无形地分享着这份充实的好。

社会学系不是北大里最突出的系，但是我们却有一个最突出的系图书馆。系图，作为一个实在的空间，表征着所有北大社会学人在学术道路上的凝聚。系图能成为一个有精神的存在，得益于我们心中的英雄人物——严康敏老师，严老师对学生读书的热情关心与辛勤付出，超出了一般人对于这份工作的想象。做西方社会理论研究的学生常常会用到一些大图也没有的外文书,我们都会去求助严老师——第一天跟严老师说,第二天严老师就会想方设法将热乎乎的图书和资料递到你手上,眼神里充满了对孩子们用心读书的期待。严老师对学生读书的赤诚支持,后来又传递到龚芳老师这里,龚老师用她的挚诚和笃实继续守护、培育着严老师给我们创造出来的这份精神传统。

学生时代不知所谓,而自己做老师后最最感念的,就是曾经在系里上过的课。不养儿不知父母恩,学术上亦是如此。二十年了,王思斌老师在四教给我们上"社会学概论"的场景仍历历在目。也还记得杨善华老师在黑板右侧写下的"问题意识"四个大字,只是当时从未想过,这四个字会陪伴自己此后所有的研究时光。王汉生老师的"社会统计学",刘爱玉老师的 SPSS 课,马戎老师的"人口社会学",谢立中老师的"西方社会思想史",邱泽奇老师的"组织社会学",刘世定老师的"经济社会学",刘能老师的"越轨与犯罪社会学",方文老师的"社会心理学",林彬老师的"社会研究方法",李康老师的"历史社会学",王铭铭老师的"社会人类学",周飞舟老师的"发展社会学",唐军老师的"中国社会思想史",马凤芝老师和熊跃根老师的社会工作相关课程……这些上过的课,都像一粒粒种子,在土壤里生出根,不断地向下延伸,凝聚成北大社会学给我的支撑。

老师们不常在办公室,法学楼二楼最热闹的地方是团委办公室和教务办公室,热情洋溢的吴少宁老师,勤勤恳恳的于小萍老师,热心关怀着我们的刘旭东老师,坚定领导着我们的吴宝科书记,在课程以外的空间里,是他们无微不至地支持着整个系的运转。二十年了,学生时代在这条小小走廊里发生的对话,还时时在心底发出温暖的回响,沉淀为厚谊与深情。

本科时代，和我们互动最多的是周飞舟老师，那时他刚从香港科技大学博士毕业回校教书，担任我们2002级本科班的班主任，后来我和王一鸽又一起跟随周老师读硕士。回眸一望，从那时到现在，我们成为老师的学生竟也已经二十年了。2002年的时候，北大校园里最流行的风尚是出国，第一次走进校图书馆，看到人手一本"红宝书"，我感到非常震惊。刚刚脱离高考的压力，一进大学，出国和找工作的焦虑竟立刻占据了心头。周老师给我们开班会，告诉我们在大学里最重要的事，是要知道自己想成为什么样的人，想过什么样的生活，不要被这些外在的风气带偏；要养成读书的习惯，哪怕每天读十分钟，心灵也会有个归宿。在周老师的推荐下，我买了人生里第一套《朱子语类》，夜深人静的时候，坐在31楼的走廊里，整颗心都安放在书中的字里行间。我们班也形成了特别浓厚的读书氛围，同学们自己组织读书会，一起去其他院系听课。陈家建、李丁、张帆、王一鸽、罗鸣、蔡澍、傅春晖、梁晨、邝全、王维、崔佳良，还有我，据不完全统计，班里现在从事学术研究工作的同学有十二人之多。没有从事学术工作的同学，也都各显神通，为社会做出了出色的贡献。

往事如昨，发生时不知所由，回望时见其本根。母系给我们的深厚馈赠，是我们人生里不绝的精神养分。二十年，我们在这里第一次知道什么是社会学，在这里找到自己学术生涯的方向，在这里遇到最敬重的老师，交到最挚诚的朋友，见到最爱的人。母系的场域，温厚而博大，高明而沉潜。岁月如歌，让我们在心底里为母系唱一支祝福的歌。

北大给了我一片"天空"

常　宝　内蒙古自治区通辽市人，2006—2010年就读于北京大学社会学系，师从马戎教授，获得社会学博士学位。现为内蒙古师范大学民族学人类学学院教授，主要研究方向为中华民族社会史、族群精英、族群"边界"。代表成果有著作《漂泊的精英——社会史视角下的清末民国内蒙古社会与蒙古族精英》，论文《反思的"边界"：中国多民族研究的另一种维度》《蒙古地区近当代"民族"[ündüsüten]概念及其社会认同》等。

北大给了我一片"天空" / 常　宝

一、燕园时空与北大"灰楼"

经典社会学十分关注时空的结构和意义。时空揭示了知觉表象、身体图式、科学知识和生活世界在现象认知和空间行为中的地位与作用。以福柯、列斐伏尔等思想家为代表的当代空间社会学家吸取或借鉴了现象学关于空间问题的立场与方法，在新的知识基础上开展了注重知觉表象和权力价值的空间社会学研究。

我生长在农村，18岁了才第一次去北京，到中央民族大学上学。那是我人生第一次时空、经济和文化的跨越，我称自己是"都市牧马人"。中央民族大学距离北大并不远，但我对燕园却并不熟悉。直到2006年，我在38岁时才正式走进燕园。在她的包容中，我度过了人生的不惑之年，燕园时光是我记忆中深描的部分。

我喜欢在燕园中漫步，她的美"地蕴天成"。映在天空的塔身，投在水中的塔影，轮廓弯曲，湖光塔影摇曳着，古典式的线条格外美丽。湖心岛旁的白石舫，两头微微翘起，有一点弧度，显得圆润而利落。湖西侧小山上的钟亭，亭有亭的线条和结构，钟有钟的波纹和回音，钟身上铸了18条龙和八卦。那几条长短不同的横线的排列组合，似乎像人生的经纬一样神秘不透，似乎像我们在燕园研读的书一样博雅深邃。

时空是我燕园生活的全部。北大30楼315寝室是我的宿舍。据说，民国时期北大沙滩校区就有最早的"灰楼"，而30楼是建于1956年的第二代"北大灰楼"之一。"老灰楼"唯美简陋,我们住在其中心静神凝。原来的30楼离北大南门和百年讲堂都不远,后面有十分热闹的博实超市一条街,超市紧挨着寂静、沧桑的燕南园,穿过燕南园抵达宽阔、幽静的静园草坪。

2014年秋季,我到北京出差,听闻北大校方计划拆除包括30楼在内的三幢学生宿舍楼,专门回到北大,去看了我们曾经的家、永远的家,心头莫名地激动和伤感。"老灰楼"见证了燕园几十载,温暖了我们几载,带着时代的印记悄然消逝,却给我们留下了北大情怀。后来我每有机会到未名湖畔漫步,都会想起在30楼度过的难忘时光,耳畔似乎还能听到30楼楼长每晚吹奏的婉转入云的笛声。

二、来自天南海北的同学

2006年,我辞去内蒙古师范大学的工作,到北大社会学系攻读社会学专业博士学位。博士班有21个同学,来自浙江、湖南、福建、新疆、台湾、香港等十多地。天南海北的同学操着不同的方言,说着有地方口音的普通话,不同地域文化和学科思想相互碰撞,小小的班级里,我们能感受到北大以及北大人特有的兼收并蓄的气质。

我在本科和硕士阶段分别学的是文学专业和民俗学专业。在学习民俗学期间,我对社会学产生了浓厚兴趣,才决心报考中国社会学的摇篮——北大社会学系。收到录取通知书的那一刻,我自豪、欣喜并对即将到来的北大生活充满期待。那年我已38岁,是一个名副其实的"老生"。"老生"有"老生"的烦恼,经常被餐厅的工作人员叫成"老师",被进修的外校教师和常年进北大教室蹭课、听讲座、备考的"考生团"

认定为"伙伴"。

在 20 多个同学中，我的年龄最大，是全班的"老大哥"。郑少雄是我们班年龄第二大的，比我小 5 岁。他是福建人，从武汉大学考来的。据说，读北大之前他曾骑自行车横穿美洲大陆。对我来说，他的经历充满传奇色彩。我的室友严俊是湖南岳阳人，在北大硕博连读，我入学时他只有 24 岁，风华正茂。在阅历丰富的青年才俊面前，我这个"老生"可谓名副其实的"新生"，本硕博专业不连续，学科知识体系没建立，在同学们热情激昂的学术讨论中，我像个旁观者，内心有时甚至如"过街老鼠"般胆怯而羞涩。博士班大部分同学英文功底极好，文献阅读广泛，使我相形见绌，压力格外重。他们理论运用灵活，思辨能力强，我不仅英文功底薄弱，普通话的运用能力也有待提高，在这些天之骄子面前，我只能悄悄"玩命"，迎头赶上。

2006 年入学的 21 位博士，专业方向各不相同。四年博士生涯中，博一的课程最多，同学们之间的互动也颇为频繁，相处甚是快乐。在上课、读书和完成作业之余，我们几乎每个周末都聚在一起开个小 party，大家无拘无束，把酒言欢，度过了一段轻松愉快的时光。我和舍友严俊最能张罗类似的活动，我们的 315 宿舍也顺理成章地成为周末俱乐部。博一结束后，同学们陆续出国交流或在国内外进行社会调查，大家见面的机会越来越少。

严俊不仅社会学理论功底好，文学造诣也高，还会拉小提琴，具备典型的北大学人气质。我俩相差 14 岁，由于年龄、城乡和文化背景的差距，得知被分配到一个宿舍后，我们相互试探、彼此观望，对能不能"共处一室"充满疑虑。那些当年的心思成了我们日后的谈资，四年里我们相处融洽、无话不谈，成为一生的好同学、好朋友。我们不仅谈论东西方社会学理论，还谈论南北方文化现象、民族问题；不仅朗诵北岛、顾城和席慕蓉的诗歌，也吟唱南方小调、草原歌曲。在严俊的带动下，我也"老夫聊发少年狂"，在宿舍里，常有"酒酣胸胆尚开张。鬓微霜，又何妨"的感受。

21名同学中，毕业后到中国社会科学院工作的最多，有郑少雄、舒瑜、吴莹、林红、马强、薛品等；王迪留北大社会学系工作；严俊海内海外游历一番，最终到上海大学工作；王楠去了中国政法大学；马冬玲在全国妇联妇女研究所工作；巫锡炜在中国人民大学从事他最擅长的人口统计的教学与研究工作；我们的党支部书记王旭辉在中央民族大学任教；后来，刘丽敏去了德国，现在任职于比利时根特大学；林易去泰国定居；和我同为马戎老师学生的孟红莉与我一样重新回到原校工作，就职于石河子大学。来自天南海北的我们，最终又散落在天南海北；不同的是，我们的身上，都携带了让我们引以为傲的北大符号和北大精神。

由于读博时同学们的专业方向不同，毕业后的研究领域有了更为清晰的区分。郑少雄主要研究汉藏关系、文学艺术中的康区形象、历史人类学、环境人类学等，他的专著《汉藏之间的康定土司：清末民初末代明正土司人生史》曾被评为第三届"中国社会学会年度好书推荐"十大好书。王迪主要从事城市社会学、社区研究。严俊的主要研究领域依然是经济社会学理论、艺术品市场与文化产业、宗教经济、企业跨文化适应等。在刘世定教授的带领下，前些年，上海大学成立了"经济社会学与跨国企业研究中心"，严俊常常出差到卢旺达等非洲国家做跨国企业田野调查及研究。王楠仿佛是《读书》的专栏作家，近几年连续发表了《太阳的秘密》《公民的幻影》《哭泣的杀心》等多篇文章。同学们在各自的领域繁花似锦，我们也经常遥相祝福。

三、难忘的博一课程

北大是现代中国社会文化的先锋，也是社会学学科发展的"领头羊"。北大拥有由费孝通、雷洁琼、袁方等老一辈社会学家言传身教培育起来的肥沃的学术土壤和优秀的后辈学人，培养了许多享誉海内外的知名学者。

北大理科5号楼大门处和社会学系办公室门口分别坐落着马寅初先生与费孝通先生的塑像。我们虽未能有幸当面聆听这些先生的谆谆教诲，但他们的思想、精神潜移默化影响着我们。我们博士一年级有三门基础课——"社会统计学""社会研究方法"和"城市社会学"，这三门课正式带我步入社会学的殿堂。对我来说，殿堂的台阶很高，我的知识储备使我在迈开步伐的时候，感到步履艰难。"社会统计学"由郭志刚教授讲授，他当时已年过半百，是国内著名的社会统计学专家。对当时的我来说，社会统计学是最难的一门课程。我在郭老师的帮助下考试顺利过关，这门课程考试的通过是我学习社会学的一个跨越。"社会研究方法"由林彬教授讲授，林老师朴实、低调，讲课循循善诱。多媒体流行的年代，他坚持认真板书，我清晰地记得他讲解伽达默尔理论的情景，环环相扣，引人入胜。讲授"城市社会学"的郑也夫教授是师生中的"明星"。作为北大教授，郑老师不申报研究项目、不参与评奖，他以独特的人格魅力谱写了令人敬佩的学术人生，从他的《抵抗通吃》里，可以看到他对社会的关心，他有"先天下之忧而忧"的知识分子情怀。

我也蹭听过王铭铭教授的人类学课程。至今还记得，课间休息时，王老师总要拿出烟斗吸上一口，一缕香烟弥漫，散发的好似都是人类学的气息。"西方批判社会学原著选读"由漂亮、文雅的赵斌教授讲授，我们当时都非常佩服她的英语水平和知识结构，赞叹她的英语发音像播音员一样标准。

刘世定教授给我们上"经济社会学"。他私下里愿意喝点小酒，经常在酒桌上唱起《莫斯科郊外的晚上》《喀秋莎》等俄罗斯民歌。刘老师在生活中平易近人、和蔼可亲、幽默风趣，他的生活态度深深地影响着我们。课下能给我们营造轻松氛围的刘老师，课堂上严肃认真，治学严谨，思维逻辑缜密，对我们的要求也极其严格，他身体力行地培养我们严谨治学和轻松生活的态度。

除了正式的社会学课堂，同学之间的聚会和讨论对我的影响也很大。北大南门彻夜开放的几个小饭店和咖啡屋是北大学生"海阔天空"的场所，是我们约定俗成的学术"夜场"。刚上北大的那一年初冬，经室友严俊的引荐，我有幸结识了时任北大社会学系副系主任的于长江老师。于老师是我们学术"夜场"的"指导教师"，他的言谈总能激发我们的学术灵感。他常开着车在全国游历，了解社会。他途经呼和浩特时我们彻夜长谈，他是我终身的"良师益友"。

北大图书馆是北大的标志，也是我的第一个教室。我特别珍惜"泡"在北大图书馆的日日夜夜。北大那几年，几乎每一个清晨和傍晚，我都在北大图书馆三楼人文阅览室和燕南食堂之间脚步匆匆，是北大、是昂扬的北大同学、是学富五车的北大老师激励我用阅读武装自己。

四、民族社会学与我的导师马戎教授

我的博士生导师是著名社会学家、民族问题专家马戎教授。1968—

1973年间,马老师到内蒙古锡林郭勒盟东乌珠穆沁旗插队,1973年考入内蒙古农牧学院。他对内蒙古有着非常深厚、独特的感情。在访谈节目《文化相对论》中,他给自己贴了三个身份标签:第一个就提到作为北京知青,他在内蒙古草原当了五年牧民;第二个提到在美国布朗大学取得的博士身份;另外一个身份,就是1987年以来,在北大的教师身份。

2005年,我未曾与马老师谋面,只是听闻其大名并读了他撰写的《民族社会学——社会学的族群关系研究》一书,就冒昧给他写信,希望报考他的博士。马老师礼貌地回信给我,鼓励我报考。我连考两年通过了初试,参加博士生考试面试时,马老师正在美国访问。2006年秋季开学前,马老师来内蒙古做讲座,我们才正式见面。我对马老师的第一印象是身材魁梧、棱角分明,但十分严肃。他和我没有过多的寒暄,布置我要做调研、要读书、要学英文。我在北大就读期间,马老师正担任北大社会学系主任、社会学人类学研究所所长一职,行政和教学科研事务繁忙。尽管这样,他依然非常关心我们的学习和生活,经常邀请我们去他蓝旗营的家,精心为我们准备茶点,有时大家一边包饺子一边开个学术的 seminar。

马老师关心民族问题和各民族的共同发展,在内蒙古、新疆、西藏等地均做过田野调查,除民族理论、民族政策研究外,他发表了大量关于民族人口、族际婚姻以及民族教育方面的文章。在北大,民族研究相对冷门,但马老师讲授的"民族社会学"的课堂和举办的相关讲座,常常座无虚席。这种场景也让我们这些学生更有信心从事这个方向的研究。

2008年7月,马老师组织旦增伦珠、祖力亚提·司马义、杨晓纯、李健和我等五名同门弟子到西藏进行课题调研。那是我第一次进藏,通过45天的社会调查,我感受到自身的学术有了崭新的成长。我的思想也在雪域文化和草原文化中穿梭，对空间、经济、社会、文化有了更深刻的认识。马老师对学术非常执着，他的一些民族研究的观点，在学界引起广泛争论，但我欣赏的是马老师始终坚守初心的品质，他有"不以物喜，不以己悲"的格局和"居庙堂之高则忧其民，处江湖之远则忧其君"的情怀。

马老师经常提起他18岁到内蒙古锡林郭勒盟大草原呼日其格插队的经历，这或许是他后来从事民族研究的情感起点。据马老师回忆，1967—1968年间，仅有300多人口的牧业社区呼日其格嘎查（大队），一下子接收了52名北京知识青年，他们和当地牧民结下了深厚的感情。这段时光，给知识青年和这个牧业社区均刻下多民族交往交流交融的痕迹。

年轻时生活过的呼日其格嘎查也成为马老师社会调查的重要田野。1992年和1993年夏天，马老师先后两次返回这个社区进行调研。2015年

常宝与导师马戎教授在锡林郭勒牧区

夏天，我有幸陪同马老师再次回到呼日其格嘎查，马老师敏感关切地捕捉着这个社区方方面面的变化，收集了很多丰富的资料。遇见当年的老牧民、老朋友，马老师热情拥抱、亲切交谈，他们彼此互道往事，热泪盈眶。我能够感受到一代知青与牧民之间的特殊情感与友谊。马老师在给库尔班江的书《我从新疆来》作的序中写道："我从哪里来？哪个地方能够唤起我的一缕'乡愁'？在哪片土地上有我曾经和他们一起生活、组成具有亲密'社区'的人们？我把自己生活过的许多地方想了一遍，这样的地方应该还是东乌珠穆沁草原。我就是从那里走出来的，我永远思念草原和那里的人们。"

五、我的诗与歌

北大不仅是思想的摇篮，也是艺术的殿堂。在北大，我们能够近距离接触学术理论大师，还能遇见一流的音乐家、艺术家，能够欣赏顶级的交响乐，也能观看到京剧、豫剧等国粹经典。

我从小热爱诗歌，喜欢音乐。到了北大，我的社会学专业知识得到提升，对人生也有了新的感悟，这也进一步激发了我对诗歌和音乐的创作冲动。在燕园，我在小小的日记本上写了上百首诗。2009年1月3日，我在自己创作的《未名湖系列诗·未名湖》中这样写道：

我来了
坐在你岸边
我从未想过

秋日的月光下

我不敢停留太久

怕你静静地流泪

因为你的一半

叫圆明园

谁也不知道你是谁

未名湖

谁都想来看看你

未名湖

临近毕业的 2010 年那个春夏，也许是即将离开北大的缘故，我陷入了一股莫名的伤感和忧虑中，似乎难以和这段思想与灵魂都受到洗礼的岁月告别。

天空是最大的自由，北大给了我一片天空，给了我仰望星空的自由世界。关于北大、关于燕园的歌曲很多，经典的有北大校歌《燕园情》，还有由北大社会学系学友许秋汉创作的歌曲《未名湖是个海洋》。

2010 年 4 月末，我谱写了一首歌《天空般的未名湖》，为我在燕园的四年时光画上句号。我在这首歌的副歌部分写道："天空般的未名湖，孩子

般的你和我,我们看到了太阳和月亮,从此我们拥有了美丽的梦想,开始了无尽的远航。"

翻开过去几年自己不经意写下的诗句,发现毕业后的第二年即2011年10月10日我又写了一首小诗《三十楼——致Jack》。在此,通过这首小诗再次怀念我们的"老灰楼",我们永远的家。

远去的风
还在我们窗前逗留
那个四年的脚步
吹动了燕园干涩的树叶

离别后开始了另一个征途
那一缕灯光
和
清晰的朗读声
依然燃烧在梦里
夜夜照亮我

那一座灰砖老楼
就像一个时代的背影
依稀可见
还有那一只
每个清晨
叫醒我们的青鸟

一场社会学的青春梦
———

吴肃然 安徽蚌埠人,2006—2012年就读于北京大学社会学系,在熊跃根教授指导下获硕士学位,在张静教授指导下获博士学位。现为哈尔滨工程大学人文学院社会学系教授,主要研究领域为社会学方法论、知识社会学。代表成果有译著《现实的社会建构:知识社会学论纲》,论文《论操作化:当代社会科学哲学的启示》《证伪主义之后》等。

一场社会学的青春梦 / 吴肃然

2016年7月初，我曾作为系友代表回到北大社会学系参加毕业典礼并发言，当时的发言中有这样一段话："我一度把社会学系当成自己的家，在二十几岁的后半段时间和三十几岁的前半段时间中，我在这里付出了许多的精力与感情。尽管已毕业数年，我的心底仍然埋藏着有关这里的千言万语。2005年的秋天，我辞去电信行业的技术工作，来到北大旁听社会学系的课程，2006年考入我系攻读硕士，直到2012年从这里博士毕业。在这七年当中，我经历了一次再社会化的过程。在这里，我那些原本在社会上四处碰壁的思考、观点和情绪都忽然得到了妥善的安放；我的一些原本与环境格格不入的习惯与做派再也不被人鄙夷，有的甚至成了闪光点；在这里，我的理智与情感第一次获得了奇妙的平衡；我对生活、对他人、对文化、对制度的理解都得到了彻底的重塑。"这段发言是我内心的真实写照，至今我都记得在北大社会学系求学期间的点点滴滴，特别是那些凝聚着激情、智慧、欢乐和痛楚的时刻。

2006年春天的一个傍晚，在得知考研录取结果后，我坐在行驶在北京北三环的一趟公交车上，看着外面模糊闪烁的灯光和落在车窗上的雨滴，畅想着未来的学习和生活。能够去最想去的地方，读自己最热爱的专业，在过去20多年的生命中，我还从来没有这么幸福过。入学以后，我几乎每一门课、每一节课都坐在第一排，毫不脸红地插话、提问、评论，令当时班级里的几个学霸直皱眉头："这讲的都是什么呀！"

硕士班级第一次聚会，看着比我小几岁的应届生同学，我决定冒充一下班主任，如今已成为南京大学社会学院教授的陈家建就被我蒙住了。在欢笑声中，我觉得重回校园真是特别美好。这些同学，聪明自不必说，还都那么友好、纯粹，令人见贤思齐。

入学后一度很苦恼，自己的阅读和思考都非常散乱，无法入门，直到研一下学期选修了张静老师的"政治社会学"，我才一下子对自己的思维方式和学术能力有了信心。课程结束后，我给张老师发了申请读博的邮件，第二天中午，她和我在未名湖北岸走了一个小时，这是我和她的第一次长谈。而迄今为止和张老师的最后一次长谈是在昆明的中国社会学会 2019 年学术年会上，当时我告诉她，我打算结婚了，太太与我岁数差得比较多，我压力有点大，她说："那有什么不行呢？"她对我的肯定，如同当年一样。在北大社会学系遇见了她，让我的生命中多了一位"重要他人"。

杨善华老师给研究生开设的课程叫作"国外社会学学说研究"，当时我负责报告的是刘易斯·科塞的《社会冲突的功能》。我认为科塞所说的"功能"与帕森斯的"功能"完全不是一回事，因此他对"冲突"的强调根本挑战不了结构功能主义，于是我把这本书贬得一无是处。随后杨老师一番循循善诱的点评令我认识到了自己的误区：评价一个作品的学术价值是有多个角度的，学术思考需要有逻辑，但不能只陷在自己的逻辑中。博士一年级刚开学的时候，我在课堂上汇报了一篇发表在美国社会学顶刊上的论文，并引申开来批判了一些国内学者的研究路数。随后一名硕士生，就是目前在中国社科院社会学研究所工作的陈涛师弟，站起来批评了我的发言。听完他的批评，我突然意识到自己陷入了一种知识假象，表面上孔武系统，实际上错误肤浅。正是在北大社会学系师生共同营造的这种学术风气中，我获得了知性和德性的成长。

研二下学期迎来了硕博连读的报名，与统招博士生一起面试。当时中国人民大学的硕士生、现在中华女子学院任教的陈伟杰报考了张静老师的博士，而且考得相当好。张老师想争取两个招生名额但没有成功。我考虑到统考生有制度优势而且导师也比较为难，就表示退出竞争；如果有可能，研三时再参加统考，但之后我对读博的事情就逐渐灰心了。研三第一学期时，我还差1个学分没修够，刚好张老师开了一门论文写作的新课，于是我就选了这门课。还记得课程过半后的一个课间，张老师走到我面前，问我当年是不是真的要考博，接下来她说的一句话让我的眼泪差点掉下来："没能读博还来听课，说明你是一个真正热爱知识的人。"这句话让我心中本来即将熄灭的一团火腾地燃起，我很快切换到当初考研的状态，复习了几个月，参加了社会学系的博士统考并最终被录取。

硕士毕业的时候，我的感情生活出现了严重危机，绝望地离开了自己当时笃定相守一生的人。那时每天夜不能寐，但想到未来的生活中还有"学术"这个同样宝贵的事物，我获得了从精神低谷中走出的动力，而北大社会学系就是我的栖息之所。每天我学习12小时，休息6小时，运动1—2小时，每晚10点独自沿着未名湖走上两圈。白天的大多数时间，我都待在社会学系的图书馆，图书馆的老师常会为我打一瓶开水。虽然北大社会学系的办公条件在全校倒数，但系图被公认为全校最好的分馆之一，许多人文社科图书只有大馆和社会学系分馆有收藏。

每年春节，我都是临近除夕的时候才回老家，在家待几天就回北大。记得某年的大年初三，校园格外清静，中午只有学一食堂的一个窗口在营业。我站到排队人群后，发现前面是王思斌老师。王老师几乎没有休息日，身为中国社会工作界和社会学界的学术权威，他在学生面前没有任何架子，学生不需要正面看到他就能辨认出来他，因为他多年来穿着同样的外套、拎着同样的公文包、骑着同一辆自行车。北大社会学系的老师都极具个性，但他们中的大多数人有着显著的共同点，即保持着简朴的生活方式、终身学习的态度以及和学生打交道时的开放、平等、尊重。我的硕导熊跃根教授从未干预过我个人的阅读和思考，而是十分耐心地等待我完成跨专业的过渡，及时地为我纠偏。在社会学系数十位老师中，绝大多数我都比较熟悉、打过交道或至少认识，系里所有的行政、教务老师，我也都非常熟悉，他们如风的君子之德有着极强的感染力，我想这正是北大社会学系的魅力所在。有志于学术的青年学子，必定能在这里找到自己的精神家园。

与大多数硕博学生不同，我和社会学系的本科生有着密切的往来。与本科生的友谊是我读研期间最重要的收获之一，他们的活力、智慧和专注深深影响了我，让我变得年轻，让我对自己的学习和生活提出了远超从前的要求，让我获得了对于北大和社会学系的更加纯正的身份认同。直到现在，我的微信中还有非常多当年的本科生好友，他们大都是2007级到2009级的，他们当中有许多优秀的女孩子令人印象深刻，以致我在离开北大后的很长时间里无法端正地审视自己在择偶方面的理想与现实。

之所以能和本科生打成一片，有几点。一是因为我多次在张静老师的课上担任助教；二是因为我作为领唱，与本科生一起参加了三次北大"一二·九"合唱比赛；三是因为我在北大未名bbs上写过一些段子，时常能冲上未名十大。有一次我从理科5号楼出来，发现自行车被其他的车堵住，于是杜撰了一篇名为《北京大学自行车驾驶证考试规定》的笑话，发到未名bbs上。没想到惹出了麻烦，第二天许多门户网站在首页转发了这个帖子，批评北大的做法，一些记者还专门到北大做了调查。在学校有关部门澄清了这是学生开的玩笑后，有记者和律师还提议让北大起诉这个学生。当时社会学系的张庆东书记根本没有为这种"舆情"紧张，反而与我这样一个学生结下了更深的友谊。读研期间，我的业余时间常常用来写此类东西，最后离校整理文档时，发现这些乱七八糟的文字竟然有博士学位论文的几倍厚度。在北大社会学系求学的几年，我的精神状态常在两个极端来回切换，或者说同时具有两种相反的特质——一方面沉重无比，一方面轻松愉悦。正常的写作和不正常的写作，为我当时的生活提供了必要的张力。

北大的人文社会科学院系十分开放，以李猛、周飞舟等老师为代表的一些学界翘楚也一直致力于在教学上打通学科壁垒。如今全中国的大学都在进行一些圈地式的学科建设或是口号性的交叉，北大的举措并不多见。那时与我一起上课、吃饭、聊天、开读书会的同学有很多人都不是社会学系的，彼此之间有着非常深入的跨学科交流。社会学这个专业在不少高校都是弱势学科，每逢本科生转专业报名时，社会学专业都会流失不少"高排名"学生，甚至会出现只出不进的情形。但北大社会学系很不一样，在双学位报名和转专业报名时，社会学系都比较抢手，学校最火的一些通识课也常常能见到社会学系老师的身影。身为一名社会学人，你会在这里感受到自身的价值。

我的博士学位论文研究的是一个社会科学方法论问题，实际上从硕士阶段起我就阅读了大量的科学哲学和社会科学哲学的文献。这样一个切入点不是偶然的，它是工科背景的中国人在进入社会学理论领域时的一个自然起点。这种思维方式并不是自己能够掌控的，虽然它有时很有力，但却给我的社会学学习带来了巨大的苦恼。我发现，自己与许多老师、同学的想法不合拍，我想打通的别人不在乎，我所忽略的别人却在深究。在学术对话中，我的"why"经常会问到别人的腮帮子上，而当别人围坐在一起热切、深入地讨论某些问题时，我会不理解其意义所在。在我按照学术史的脉络，一直读完了维特根斯坦后期的著作后，上述情况才有了改变。我发现自己可以将许多东西融会贯通了，在对自己的逻辑和理性进行了反复反思、否定和再否定之后，我突然明白了社会学是什么。之前读不太懂的东西豁然开朗，之前读着没有感觉的文献变得字字珠玑。以前的社会学理论课我都听得云里雾里，而博士期间的社会学理论课我得了最高分。对我来说，谢立中老师的课堂就像是一部悬疑片，他讲的每一个观点、每一种分析思路都可以在我的脑海中复现、展开、推导、猜想，令人兴奋不已。

思想上频繁的自我否定带来了另一个问题：我在学术思考上没能日渐趋近导师张静教授，而是时近时远。考博时我的专业课考得不太好，其实那时我这颗学生卫星刚好跑到了自身轨道的"远静点"，如果早半年或晚半年参加考试，我的成绩可能都会好很多。再一次到达"远静点"的时候，恰逢论文开题。在那天下午的读书会上，我兴冲冲地汇报了自己的想法。在汇报即将结束的时候，我发现导师的脸上竟出现了一丝不耐烦的神情，这是我从来没有看到过的，心里顿时像被泼了一盆凉水。汇报结束，张老师开始点评，我清楚记得她的第一句话："这是一个批判性太强，甚至可以说是偏激的思路。……"我非常沮丧地回到宿舍，晚上经过再三思考，给导师发了一封长长的邮件，详细回顾了我对研究所做的背景性思考。第二天，张老师给我回复，鼓励我先按自己的思路把论文初稿写出来。在博士毕业后的十年里，我对自己论文的评价也有了很大变化。虽然当年获评了北大优秀博士学位论文，但若放到其他学校，我可能都无法毕业。回想当年的那封邮件，我更加感恩导师对自己的肯定和包容。

　　博士论文答辩环节结束后，在场的评委们建议学生说几句感言。听到这个建议，我觉得太好了，因为有好多的话想表达。不过，在我从那个小教室的最后一排走向第一排的短短几米的路程中，我的情绪就无法控制了。过去十多年的往事像电影胶片一样在脑海中飞转：22岁时，我为买到一份当天的《南方周末》跑了小半个城市；24岁时，身为美国公司的员工，我手头处理的项目是中国为了加入WTO而向美国所做妥协的结果，它注定是一笔巨大的浪费，于是我每天都在追问自己的工作意义；26岁时，在伊斯兰堡，每晚工作结束后已是夜里12点，我躺在床上开始兴奋地阅读王思斌老师主编的《社会学教程》，像是在读一本禁书；考研时，看到有两道不会的大题，一股电流从后背直击头顶，万念俱灰，觉得自己的勇气只换得了泡影；求职时，为了追求纯粹的学术生活，我把自己推向了答辩后就要待业的境地，某晚看到父亲发来的短信"但愿吾儿愚且鲁"，潸然泪下；硕博期间还有许多个不眠的夜晚，自我否定、自我感动、患得患失、自怨自艾。到了毕业的这一刻，我丢失、放弃了许多东西，而圆了一场挚爱社会学的青春梦。这时梦好像醒了，突然不知道自己该去哪儿。面对几位答辩委员，我几度哽咽，无法说出一个字。因为任何言语都会像一根尖针，刺破我此时已膨胀到极点的情绪之球。我半低着头，强抑着自己的胸膛，几位老师默默地看着我。我觉得，此时的无声也许胜过了有声。

　　北大社会学系是一座真正的象牙塔，我在其中拥有了几年纯粹的精神生活。在博士毕业前的求职过程中，我发现自己未来需要面对的东西完全不一样了。当时为了能够继续自己的生活状态，放弃了两个在旁人看来很不错的工作。北京户口、人事代理、非升即走……找工作为什么要考虑这些因素呢？我认为自己需要去一个像北大社会学系一样的地方，但我此时才明白，这种地方即便存在，自己也根本不拥有敲门砖。我是一个非科班出身的、没什么发表的、研究方向非主流的、年龄偏大的博士生，离开了北大社会学系，我只具备这些标签。意向高校的负责人看完我的简历会客气地挑出一些"长处"："你的优势是以前学工科，做量化有优势……"这些对话倒是进一步加深了我对社会互动理论的认识。我甚至连一些基本的常识都不具备，去某校面试博士后时，听到身边的几位竞争者讨论："他们的出站要求是 4 篇 C 刊。"我很好奇地反问："C 刊是什么？不要求 A 刊、B 刊吗？"于是那几位竞争者就像看怪物一样看着我……在毕业后的多年里，我有时会听到某些系友抱怨，认为北大社会学系对学生尤其是博士生的就业能力培养重视不够。虽然对于这一点我有着亲身感受，但我也确信一点：北大社会学系在这个问题上的"不接地气"，正是我能够一直深爱它的必要条件，也是我们当前这个时代最需要的精神。在不惑之年回忆这场社会学的青春梦，我想说的是：人的一生中如果曾经生活在这样一个地方，它让你心无旁骛，让你激情澎湃，让你的笑和泪都发自内心的纯粹，让你感到骄傲，让你觉得这是一个超越世俗的圣地，让你在多年后回首往事时仍然青春无悔，甚至还能够热泪盈眶，那么人生的其他遗憾又算得了什么呢？

衷心祝贺北京大学社会学系恢复重建 40 周年，燕京大学社会学系建系 100 周年！生日快乐！

北大社会学教给我的
社会学就在自己的生活里

纪莺莺　安徽明光人，2003—2010年就读于北京大学社会学系，在张静教授指导下获得学士学位、硕士学位，后在香港中文大学社会学系获得博士学位。现为上海大学社会学院副教授，主要研究兴趣为政治社会学、发展社会学、社会组织和社会治理、民营企业和政商关系等。代表论文有《财大气粗？——私营企业规模与行政纠纷解决的策略选择》《转型国家与行业协会多元关系研究——一种组织分析的视角》《当代中国的社会组织：理论视角与经验研究》等。

学缘：我和北大社会学

从 2003 年到 2010 年，我在北大社会学系度过了本科和硕士时光。我还记得 2010 年盛夏参加完硕士毕业典礼离开燕园的那一天，拖着行李箱穿过艺园绿荫、静园草坪和大图，心中充满了不舍与留恋。自 2013 年博士毕业至今，近十年间似乎一直处于工作、生活和抚育的快节奏之中，忙于应对生活接踵而至的新任务。这常常使我羞愧也使我焦虑，对系里更是每每有近家情怯的感觉。所以，面对这份邀约，我的心情有点复杂，既似以前读书时代被分配到作业感到紧张，也激动于有机会理一理心中对母校母系百转千回的感情。

我高中是学理科的，数理化成绩一向都不错。2003 年安徽还是先估分再填志愿，我还记得我的第一志愿是元培学院，当时有一个模糊的印象好像元培学院一开始是不用选专业的。在其他志愿中，我填了生物学、社会学、金融学好几个。会填社会学上去，原因之一是我的大舅是 20 世纪 80 年代的历史学系毕业生，他看过费孝通和雷洁琼两位先生的著作，觉得社会学是有趣的专业；另外一个原因则是我自己对"社会"还是有一些莫名的兴趣，这可能和小时候驳杂的读书经历有关。就像生命中充满了偶然，也充满了必然，有机会进入北大社会学系，也许是冥冥之中的缘分吧。

考入北京大学社会学系，算是十几年寒窗的最高光时刻。但是进入北大的第一年，却是对过去十几年学习经验的解构，甚至是某种迟来的反抗。刚进入大学的一两年间，我的感觉是，所有过去坚固的知识、纪律和规训都失去了吸引力，过去沉溺于题海的大脑现在被轻灵但又强烈的感受、情绪、遐想和反思占据了。北大的通识教育体系为学生们扩展视野提供了丰富而精彩的选择，我选修了西方哲学史、美术史、文学、历史学、伦理学等各种课程，阅读也围绕这些课程展开，想看什么就看什么，并没有章法，但也留下了至今印在心版上的无数图景。在南门外的城隍庙小吃店"刷夜"看完了《美的历程》，当然刷夜其实也带着赶时髦的心态，因为临到期末考试南门外通宵营业的小店里总是挤满了备考的同学；在灯光幽暗的大图二层文学阅览室，连续站了好几个小时翻阅纸张已泛黄的小说；在大图四楼走廊做完《乡土中国》的笔记时，抬头看见大图北面郁郁葱葱的树林顶端，突然有种不知身处何时何地的错觉。这种感受，在我对社会学系专业训练的选择性吸收中得到了进一步的强化。

扪心自问，当时选课常常被个人兴趣和直觉主导，到今天还是记得课上一些好玩的细节。王思斌老师给我们讲"社会学概论"，他那会儿用自己编的社会学概论教材，理论简明、解说有趣。我还记得课堂上王老师讲的爬长城的段子，以及我走神心虚却偏偏被叫起来回答问题的困窘。方文老师给我们讲"社会心理学"，宛若早期机翻的语言风格和可用以解释拖延症的认知图式，是宿舍卧谈会的有趣主题。杨善华老师总是带着一个巨大的保温杯来给我们上"讲故事课"，讲怎样通过一个人的语态和眼神去推测他过去的经历，讲如何解读一个人反常行为背后的意义，讲"能人政治的幻灭"。杨老师有几次提到了高阳，虽然我后来到了读博士阶段才接触到高阳的著作，但对他却是在杨老师课上留下的印象。大三时，刚回北大不久的卢晖临老师开设"中国社会思想史"，卢老师偶尔身着中式大褂在讲台前诵读论语，使我们领略了思想史乃至社会心态史的风采。而邱泽奇老师讲授"组织社会学"则在新建成的国关学院楼，知识、环境和讨论都充满了明快的现代气息。王汉生老师给我们讲授"社会流动和社会分层"，王老师会在三教的小教室写板书，用蓝色衣襟擦镜片，有一节课她因为家里琐事上课略迟一点点而向大家真诚道歉。讲授"社会人类学"的是王铭铭老师，他漂亮的烟斗有时散出飘逸奇异的"香"。讲授"社会问题"的程为敏老师严肃认真，会在课堂上逐项点评学生们的每一份作业。讲授"贫困与发展"的李越美老师和讲授"劳动社会学"的刘爱玉老师对学生温柔、亲切、细致，包容了我期末作业里的异想天开。开设专业英语课的刘能老师，期末带我们玩的透考题游戏，机敏又有趣。开设"影视文本与社会工作"的熊跃根老师，使我最早体会到有时影像和文学作品可以完成更直观和更深刻的社会学教育。本科期间对我个人影响最大的课程，应该是张静老师开设的"中国社会"和应星老师代开的"发展社会学"课程。从这两门课上我知道了国家理论、现代化理论和历史转型的视野，这也影响了我读研时选择政治社会学作为方向。在个人命运与政治历史进程交错的微妙但尖锐的火花之中，我模模糊糊体会到一种审视自己生命经历的新眼光，一种曾经洞穿我全部生活经验的力量。小时候参加过的朗诵比赛，以前的读书经历，身处半农业单位制的生活经历，现在突然具有了新的意义。我常常在公交车报站报到"海淀黄庄"站的时候，在身处"宇宙中心"五道口的时候，魂穿距北京千里之遥的如今已从地图上消失的另外一个黄庄村，用现在流行的话说，也许这也是一种"折叠"。社会学系的课程无疑解释和强化了我这种起源于生活经历的感觉。

感觉转化为行动、开始真正尝试学术研究，则是受另外一系列机缘的影响。首先是因为大三开始我在卢晖临老师指导下尝试完成一项关于科举制的研究（《明清科举制的社会整合功能——以社会流动为视角》），最后发表在《社会》杂志 2006 年第 6 期上。尚记得初冬一个中午在农园二楼，卢老师讲起乡村社会史研究的最新发现，无疑颠覆了我的认知框架，我的心情和天气一样竟也有了一点萧瑟的感觉。

其次，大三时我和同班同学凌鹏、张秋实组了一个研究小组，主题是讨论体制分割对"白领"认同的影响，基本想法是在存在体制性分割的条件下，中国的"白领"或许并没有一致的阶层认同。更具体的观点和内容其实已淡忘，最难忘的，是和张静老师、杨善华老师展开的好多次讨论，是小组成员在校外小店无数个刷夜的夜晚，以及师兄师姐们给的建议。社会学系的本科生当时并不选导师，但是每位老师办公室的大门都是随时向学生敞开的。和两位老师的讨论大部分是在系里的办公室，有一次在老式布置风格的办公室里谈到夜幕降临，杨老师说："哎呀！我还要去食堂打点饭带回家。"或许我们就是这样体会到，生活与学问皆是人生自然。

再次，我参加了李康老师组织的对《反思性历史社会学》的翻译。这本书是由我和凌鹏、哈光甜共同翻译，最后由凌鹏和李康老师花费了大量时间和心血校对与统稿完成的。李康老师不仅逐字逐句校对了我们提交的翻译稿，还曾经在康博思花了一下午的时间向凌鹏和我专门讲解重点修改之处，点评了我们的翻译风格。有了这次经历，我们就知道了翻译工作之不易与重要。

最后，我在张静老师指导下尝试完成了本科毕业论文。我的本科毕业论文是尝试讨论农村金融工作中的"公私混合"现象，张老师在田野调查、理论框架、分析写作甚至谋篇布局方面都给了我悉心指导，教会我如何开展一项以田野工作为基础的研究。而这个扎根于我生活经验的选题,是我自己对"关系"研究不能释怀的起始,也从根本上影响了我后来对政商关系和对社会组织现象的问题意识。由于我父亲的工作经历,我有机会"亲历"在 2000 年前后乡镇银行从单位制向市场化商业体制转型的过程。要到很多年以后我才意识到,或许我父亲的角色甚至我自己的生活情境,其实也都在相当程度上带有"边缘人"的色彩。这大约也是我自己问题意识中始终对"边缘人"角色感兴趣的根源,至今我都会被交错地带中充满了灵活性与主动性的研究对象所吸引。张老师后来有一次在读书会上提到,我的这篇本科毕业论文被杜维明教授领衔的教学评估组抽中,和其他被抽中的论文一起给评估组留下了深刻的印象。

我对学术研究的兴趣,也和师兄师姐们的带动有关系。大二有一天,我在系里的机房闲逛,碰到安文研师姐。小安师姐突然问我,有没有兴趣编一期系刊《五音》。《五音》是一本刊登本系师生研究成果的学术期刊。我很兴奋,四处约稿,好在老师们和学长们都很慷慨。原刊在老家,手边没有存留无法核实,但我记得这一期里刊登了陈家建师兄对涂尔干社会分工论的阅读心得,还有何菁菁和安文研两位师姐对拆迁的田野调查。读书是一回事,读师兄师姐的研究则受到了一种亲切又直接的激励。后来我们自己做挑战杯,除了指导老师,也受到师兄师姐们的帮助。

2006 年,挑战杯小组合影(左起:纪莺莺、张秋实、凌鹏)

其实,我觉得北大

社会学系的学术氛围，也和系图的老师们有着很大的关系。学校的图书馆是大图，系里的图书馆则称系图。系图藏书极为丰富且图书高质、专题集中，环境也很宜人，所以大家都经常去系图"泡"着。特别是，系图最靠里的书柜中，往届本硕博毕业论文有序排开，十分方便检阅，也展示着社会学系的积累。当时本科生的借书额度好像是 10 本还是 20 本，但还是常会有超额的情况。系图每周五下午开始闭馆，因为常去系图，系图的龚老师看我熟悉了，好多次慷慨允许我在周五中午闭馆之后把超出额度的书直接带走，但前提是周一早上开馆之前必须归还。好多个周五的中午，用自行车驮着厚厚一摞书从系里回宿舍，三角地的阳光、博实对面的树影和面食部的香味，都让我感到一种特殊的充实、宁静与温暖。

本科毕业论文完成以后，我有幸继续跟着张静老师念硕士。本科时听张老师讲授中国社会，看过张老师讨论单位政治、国家建设和庇护主义现象的大量研究，挑战杯期间和张老师的深度交流，都让我对张老师冷静、深邃和纯粹的学术风格与人格风度十分向往。当时，张老师从哈佛燕京学社交流回来后出版了一本名为《哈佛笔记》的随笔集，集子中丰富、学理化而又生活化的叙述，更是让我产生了一种把学问当成生活方式的向往。因此，我向张老师提交读硕士的申请。张老师答应并告诉我，从事学术研究，应当有强烈的好奇心和成就心。我一直记着这句话。对知识和世界的好奇心比较好理解，但在读硕乃至读博期间，我才慢慢体会到老师说的成就心并不是指论文发表，而是指一种学习知识、解释现象和以写作表达新知的"天职感"。张老师和我们的谈话多数是在每周固定的读书会上和谈论文的阶段。在三年读书会期间，张老师既带我们读原典和经典经验研究，带我们剖析国内外的前沿政治社会学研究，也一直手把手传授给我们提问、论证、分析和写作的技能。听张老师讲解始终是一种享受，因为她所有的口述基本是"所述即所写"，总能推动学生找到自己的问题，以及把握学术脉络的关键。张老师教给我们学术研究是个人向自己负责的志业，问题也是要从自己身上提出。我这样受教于老师，现在也这样教自己的学生，希望他们根据自己真诚的兴趣选择研究问题。张老师在分析立场上看重结构和制度分析，但这并不意味着她不关心生活事实，相反，这应当是张老师坚持知行合一的审慎选择。从某种意义上说，我当时基于张老师的政治制度研究而认识政治社会学，但要到好几年以后，加上生活的积累，我才能体会到我与导师关注这一现象的心态差别其实非常大。我后来选择去香港中文大学读博士其实也是受到张老师的影响。

保送本系读研以后，我也意识到知识训练上应该对自己提出更高的要求，不能再完全被兴趣和直觉所左右，也希望自己能够对社会关系现象有更深入的理解。现在看来，读研期间对我影响更大的已不是课程，而是导师和系里乃至北大多元丰富的学术氛围。有一次，小安师姐问我有没有兴趣去跟他们读《孟子·告子下》，这样我又愉快地加入了周飞舟老师师门组织的孟子读书会，大约跟读了一年多。惭愧的是，我到现在还欠着大家一份告子篇的录音整理。我把这一线索的阅读当成必要的兴趣，后来读博的第一年由于课业繁重和氛围变化，那一年对我来说最重要的支持之一就是抄读钱穆做注的《论语新解》。周老师在当时读书会上的讨论和观点，其实已经带出了他这些年提出的行动伦理等分析取向。孟子读书会的阅读经历强化了我本科时候对思想史的兴趣，又促使我自己囫囵吞枣地找到了很多围绕"公"与"私"问题展开的思想史讨论，期望能架设起理论与经验之间的桥梁。后来我还参加了一个由北大、清华、中国政法等几所学校师生跨校组合的松散读书会,其中,我接触到了对陶孟和、孙本文、严复、《吕氏乡约》等文本的讨论。由此我获得了一个印象,自"群学"始,早期社会学研究就处在宽广丰富的学术脉络和时代背景之中。或许,正是这种多元知识背景,构成了我从结构、制度和文化的多重角度去反思自己学习中国社会关系研究心得的基础,这篇反思后来在读博期间成文(《文化、制度与结构:中国社会关系研究》)并发表在《社会学研究》2012年第2期上。当然,这或许也是因为我自己的生活经验中就存在着多重的张力。

在北大读硕士期间,还有一个对我影响很大且持续至今的契机,是我由张老师推荐加入了北大政府管理学院袁瑞军老师主持的社会组织调查项目。2008年我加入袁老师主持的社会组织调查项目,这个调查的对象就是当时正在兴起的"社会组织""民间组织"或称"非政府组织"(NGO)。后来才知道,2010年以后中国的社会组织进入了前所未有的发展时期。当时,我虽然知道NGO,但是对于它们并没有实质经验感。是谁在运转NGO?它们在哪儿?它们有何作用?这些问题,我其实并没有概念。在参与这项调查以前,触动我的是现代化、基层治理以及庇护主义等问题。这项调查对我来说是全新的经验,使我知道大型调查要做的理论准备、问卷设计和项目组织等多方面的大量工作,也使我了解到以前从未关注过的现象。但是,即使在全身心参与调查几个月之后,我仍然感觉抓不住要点。说起来,我的两个室友分别是北大相声社团和爱心社的资深成员,我本人却非常缺乏社团经验。我虽然喜欢听她们讲社团经历,但我自己其实过了大一对"百团大战"社团文化的兴奋期以后,基本就退出了各种社团活动。我也试图阅读理论,但在尝试把这些社会组织和理论框架关联起来时,总觉得中间欠缺了一个环节。

虽然阅读了一些既有研究，但我始终面对这样一个问题：应该以什么视角来看待这些社会组织才会有切身感？必定有一个原因来解释为什么我会对这个议题缺乏经验上或生活上的实感。一项研究往往透露着作者的世界观，作者通过这种方式贡献了对周遭世界的某种"真实"理解。特定的学术理路，自有其特殊的社会情境与基础，这都是需要厘清的研究议题。我虽然完成了硕士论文，但其实仍然是带着北大社会学留给我的这些未解的问题去香港中文大学开始博士学习的。

我还记得我在新二教跟张老师说想要换个地方读博士时的心情，我对自己的生活状态感到疲倦，想要离开待了七年的地方去给自己一些新的刺激。张老师表示理解和支持。申请博士期间，张老师、周老师、卢老师这几位毕业自香港的大学的老师都给我了无私的帮助。在香港中文大学读博期间，生活上有奖学金所以比较放松，制度上也因为宽松的学制而享有安排生活与学习的自由度，唯独在知识学习上受到比较大的挑战。我读博期间港中文社会学系的风格已比较接近美国式社科训练，老师们的研究方向丰富多元，硕士生、博士生要根据兴趣修读各位老师开设的分支社会学课程，完成大量丰富而深入的知识积累。再加上课程皆以英文讲授，第一年学习强度颇大。我强迫自己弄清楚包括政治社会学、发展社会学、医学社会学在内的诸多分支社会学的学术脉络。直到课程全部修读完毕，完成博士候选人的考核，我才觉得自己完成了心态上的转变。我在香港的导师是一个美国人，我同他的生活经历和学术视角其实都存在明显差异，但恰恰是在同他的讨论和碰撞中，我对国内外研究中讨论国家与社会关系转型和社会组织的问题意识才有了真正切身的体会，对于困扰我的经验实感问题也形成了初步的答案。通过了博士资格考试之后，我一边拓展阅读一边下田野，继续思考着"关系"研究和"社会组织"研究。或许，这也是在北大学习期间埋下的种子，在不同环境里随着生命历程与际遇发芽生长。

也许，一时短路未必不通向新路，只是需要用心和开放性。如果当时放弃了自己看似"执迷"的思考，问题就此终止，那么结果可能只是因为自身经验的锁闭而错失拓展眼界和想象力的机会。就我自己的浅薄体会来说，有关社会组织的研究经验和针对关系的经验研究表面看来是两个不同的经验议题和问题取向，但在长期的困惑中它们最终将我导向了同一个问题。在最宏大的层面，这是现代中国社会组织化的问题；在比较切近的层面，是一个人在具体生活里把自己安置在家庭、友谊、单位、公司、社区乃至结社等何种层面的组织化关系中的问题。如果说关系具有经验上易感的重要性，但这种经验重要性却难以在既有社科理论层面得到精确的刻画，那么相比之下，社会组织更具有理论上易感的重要性，而在经验案例中却难以找到与理论重要性完全呼应的丰富呈现。这两个议题交错形成的图景，可能在一定意义上代表了经验研究中需要突破的典型困境。但也许，这两个经验现象也以相互映照和对比的方式构成了中国社会运行经验中既相悖又相通的两个部分。对于它触及了有关中国社会组织化的何种根本问题，我还没有完整的答案，但我相信值得继续追寻一种解答。

林耀华先生在《金翼》中把中国人的生活比喻成一个用有弹性的皮带紧紧连在一起的竹竿构成的网，每一根紧紧连在一起的竹竿就是我们生活中所交往的一个人。我很喜欢这个比喻，并且它总是会让我想到，我外公曾对我说起"人是竹竿命"的话。这种巧合里或许就包含着学问与生活常识的共通之处，竹竿既彼此相依、牵连与共通，但每一根竹竿又必须一节一节活出自己的生命。人的生活就是他的命运，而命运都是需要自己领受与走出的,因此每个社会学的学习者其实也是在自己的生命里领会着社会学。北大社会学教给我的,归根结底就是社会学就在自己的生活里。在学问与生活之间交汇、依存、斗争与辉映的关系里,每个人都可以且必将成为他自己。

值此北大社会学系恢复重建 40 周年、燕京大学社会学系建系 100 周年之际,衷心祝母系生日快乐!

此心安处是吾乡

杜 月 北京人,2005—2012 年就读于北京大学社会学系,在谢立中教授指导下获得学士学位、硕士学位,后在美国威斯康星大学麦迪逊分校获得社会学博士学位。现为清华大学社会学系副教授,主要研究方向为发展社会学、城市社会学与社会理论。代表论文有《神圣个体:从涂尔干到戈夫曼》《芝加哥舞女、中国洗衣工与北平囚犯:都市中的陌生人》《制图术:国家治理研究的一个新视角》等。

从 2005 年到 2012 年，我在北大社会学系度过了七年本科和硕士时光。2012 年硕士毕业后，我赴威斯康星大学麦迪逊分校读博，2018 年起就职于清华大学社会学系。近几年，乘坐地铁 4 号线时稍不留神就在北京大学东门站提前下了车，开车走四环稍一走神就错过出口开到了海淀桥，种种肌肉记忆都表明燕园一直是我心中亲切的家园。在北大社会学系七年的学习生活不仅培养了我的专业素养，还深深影响了我的人生态度。社会学系培育了我对学问和传统的敬畏，对师友的眷恋，以及对更广阔世界中他人的共情，这种情感体验与情感能力成为我学术之路上源源不断的动力。

传统与敬畏

2005 年我高中毕业后进入北京大学社会学系学习。我的高中虽以素质教育闻名，但依然聚焦于学业和竞赛成绩。初入社会学系时，给我最大的震撼就是原来人可以活得如此广阔；这世界上遥远角落里的人，历史上许久之前发生的事，原来都可以进入我的生活。这种眼界的扩展和经验感的延伸首先有赖于在学习生活中与各位老师的交往。老师们宽厚的人格和对学问敬畏的态度，让我们意识到身处一种远比自己的个人生活宽广和重要的传统之中。

大一的第一门专业课是王思斌老师的"社会学概论"，每周王老师都会布置小作业，或是阅读或是作文。记忆犹新的是介绍中国人口问题的那一周，王老师宣布周作业只有一项，那就是去给理科5号楼门口的马寅初先生的塑像鞠个躬。同学们当时以宿舍为小组，都认真完成了那周的作业，恭敬地向"马寅初先生"行礼。这个小小的仪式有很大的意义，我在美国读博士期间觉得茫然时，脑海中经常浮现这幅画面。在我当时的印象中，王汉生老师在课上总是有点严肃，很有威严，大家都认认真真听讲做好笔记。直到有一天，王老师讲到《美国大城市的死与生》这本书并讲起自己对于好的城市生活的理解，她突然说道："你们想象这样一种城市生活，人们可以在街角相遇……"那个瞬间我猛然意识到在严谨的学术研究背后，真正的驱动力其实是一种极其温暖的情感。一种亲近感油然而生。杨善华老师上课离不开保温杯，透过镜片望向我们的目光既敏锐又关切。从杨老师给我们上第一节课开始，我就感受到这关注的目光，所以这些年每当自己有了一点小小的进步，总要向杨老师及时汇报。周飞舟老师上课时极其严肃，在"社会统计学"的课上，下面交头接耳开小差的同学会被周老师叫上去做题；而在周老师"发展社会学"的课上，我第一次确定了自己对于土地问题的兴趣。亲切的爱玉老师手把手地教会我们运用统计软件，鼓励我们做各种千奇百怪的社会调查，激发了我们从日常生活中挖掘问题的兴趣。王铭铭老师的烟特别"香"，经常在教学楼里迷路的我只要顺着这股"香气"就能找到正确的教室。在烟雾缭绕中，我们拓展想象力，沉浸于一个个全然不同的社会世界，流连忘返。在"社会心理学"课上，方文老师指导我将课程论文修改后投稿至《社会学研究》，论文最终发表在2007年第3期。这是我发表的第一篇学术论文（《进化视角下的间接互惠行为——评〈道德体系生物学〉及其开启的间接互惠行为研究》），我至今都非常感谢方老师对我的鼓励和引导。

我的本科毕业论文研究马克思与黑格尔对劳动抽象性和土地问题的判断，得到谢立中老师的指导，之后谢老师收我做了他的学生。谢老师并不会规定学生的论文题目，更不要求学生研究他最熟悉的理论家，还会鼓励我们向其他老师请教。我硕士期间对涂尔干的教育理论产生很大兴趣，谢老师非常肯定这个研究方向，认为深入阅读文本是极重要的，但同时又总提醒我要从文本中抬起头，在和其他理论家的对照中形成总体性的问题观。回忆起当年意气风发的我每次与谢老师针砭时弊，自己很多观点难免极端，说到激烈之处谢老师总是温和地说"也不至于这样"，然后娓娓道来自己对于若干社会理论的理解。在这些谈话里，外部世界的种种纷扰和由此带来的戾气都被屏蔽掉了，只剩下纯粹的对于学理的追求，令人如沐春风。我的印象里谢老师从来没有跟我生过气，不论是我错过论文提交时间，还是跟老师见面时候迟到，谢老师都非常宽容地说："没关系，我等着你。"这让我十分愧疚，也下定决心不可以重蹈覆辙。谢老师对学生很宽容但对自己要求极为严格，退休之后依然坚持每天读书写作8—10个小时，这种治学的严谨勤奋时刻激励着我。谢老师还有一些很独特的原则，其中一条是坚持独著以体现理论思考之独立和自主，我也是谨遵此条原则。

读书与交友

在北大社会学系的读书生活，培养了我们一种特定的学术旨趣和学术眼光。老师们的言传身教使我们认识到好的社会学研究既要有高远的志向，又要有扎实的基础。这使得同学之间有一股彼此鼓励向上的风气,在本科阶段就自发地拓展自己的视野,通过选修其他院系的课程来为自己打基础。当时系里的同学还会争相挑战各系最硬核的课程,我当时选修最多的是哲学系和历史学系的课程,在这些课堂上总能遇到社会学系的同班同学。比如李猛老师刚刚回国那个学年开了自然史和社会史两门课,课程阅读任务很难很重,我和同宿舍的焦姣经常需要挑灯夜读,一个学期下来竟各自瘦了五斤,后来逢人便宣传李猛老师的课有瘦身奇效。反之,若是有人为了绩点选些给分高又比较简单的课,倒是很容易被同学瞧不上。这种风气还有一个表现,就是同学们对于自己落在笔头上的作业和报告都是极其认真和慎重的。正是因为见过好的研究和好的学者,见过谦虚敬畏治学的态度,才绝不敢随意对付,更不敢妄发评论。小到读书报告,大到学位论文,无不踏踏实实认真完成。我所在的本科和硕士班级有很多同学都以学术为志向,硕士班级有十余名同学在各大高校任教,足见北大社会学系训练之扎实,学风之严谨。

大二那年,渠敬东老师在清华开社会理论课。凌鹏拉上我去旁听,那天渠老师穿着一身黑色西装,全情投入地在讲马克思,在场同学无不被他所感染。后来我参加了渠老师组织的读书小组,和老师与一群好友一起度过了非常多快乐难忘的时光。读书会不仅磨炼了我们读书的本领,还使我们形成了一种彼此鼓励向上的人生态度,让我们明白了读书和交友是互为彼此的过程。每当我想起《精神现象学》这本深邃无比的著作,眼前浮现的却是一幅幅无比生动的画面,这是因为和这些段落与文字联系在一起的是与老师朋友们共同读书、爬山、讨论电影,还有排演话剧的一幕幕情景。通过读书和交往,我们慢慢学会了从彼此的研究中汲取灵感,像关注自己的研究一样关注对方的研究。我也明白了一个至关重要的道理,那就是每一个具体的研究都来源于我们对于生活整体性的理解，因此要想做出好的研究，就要努力创造一个令人眷恋、可以源源不断为人提供力量的生活世界，这个世界既包括了我们现时的生活，又可以在时间和空间上不断蔓延，容纳无比广阔的天地。

从高中高度同质化的朋友，到大学宿舍来自天南海北的舍友，大家对彼此的感受从当初的新奇到最终彼此信任，留下了好些生动的回忆。比如我们将北大的夜聊传统严格坚持到底，秉承"93学社"的精神，夜里聊到3点才睡，早上睡到9点才起。原本生活习惯很好的舍友最后也不得不和我们"同流合污"。夜聊的内容相当广泛，从经典理论到时事再到班内八卦，无所不谈。当时学校为大家的身体健康考虑，用了各种方法纠正学生的作息，比如晚上11点断电，早晨强制刷卡锻炼。于是我们买了各种应急灯，每天早上轮流派一个人去刷整个宿舍的卡，后来想想这纯粹是为了抵抗而抵抗，还导致我到现在每天早上也起不来，可能还是早睡早起比较好。七年宿舍生活，所在的两个宿舍舍友间从来没有吵过架，这种和睦也真是难得。当时系里的同学平时攒出点钱就会去逛书店，本科时候几乎每周末都会光顾西南门的书市，或是45楼地下的博雅堂和野草，或是清华西南门外的万圣和豆瓣。我们热衷于攒各种颜色的汉译名著，若是买到了哪本长期断货的著作，会到处炫耀好几天。互相借书和交流心得是结交朋友的重要途径，我和凌鹏第一次见面就是大一那年我管他借《论美国的民主》，他的上下两册书里尽是密密麻麻的笔记，临走前还嘱咐我要好好读书。这种学长对于学弟妹在读书上的勉励和督促也是社会学系的传统。我在麦迪逊读书时有一个学期由于助教任务过重，同时修了两门很难的主课，一度有些消沉。田耕和来美国开会的孙飞宇从芝加哥开了两个多小时的车来跟我吃了顿午饭，为我疏解心情，给了我非常大的鼓励，吃完一顿饭他们俩就急匆匆开车赶回芝加哥去了。王楠则总是嘱咐我不要死读书，要多看看电影和小说，从本科时候起他就总给我推荐一些极其深刻又极其古怪的电影，让我开阔了眼界。

田野与共情

北大社会学系的另一个重要传统就是田野调查。老师们在课上传授的很多知识都来源于一手的调查，他们数年甚至数十年扎根于几个田野点，不断往返于校园与田野之间，对自己的研究做出修正，也为我们带来新的知识。在这种熏陶下，我们获得了一些非常简单直观的认识，那就是作为社会学专业的学生，扎实的田野研究既是需要不断磨炼的手艺，又是获得知识的最可靠途径。进入一个和自己当下的生活迥然不同的社会情境，并能真切地体会生活于其中的人们的社会世界，是社会学系学生最重要的技能之一。

我第一次做田野调查是大三时的实习，杨善华老师带着我们去苏州工业园区的几个社区做调查。这几个社区是工业园区的拆迁安置房，其中的住户都是土地被征收的农户。我本以为田野调查就是照着课上所学的种种概念在现实中找到经验的验证，但杨老师却告诉我们最应该关注的是这些住户最真实的神态——那些无田可种又找不到工作在小区里闲逛的人，脸上那种木然的表情，是我们需要去捕捉的第一感受，而我们的研究应该能够给人们的神情态度一个合理的解释。我们很快发现了一个很奇怪的现象，就是这个小区的老人中竟然有很大一部分都生活在地下的车库里。经过入户调查我们发现，这是因为上楼居住之后生活费用和孙辈的教育费用增加，子代又由于受教育水平的限制在城里就业困难，于是很多老人都出租了自己的安置房，房租用于帮衬子女。老人们脸上落寞的表情给了我很大的震撼，我也真正明白了杨老师想要教给我们的道理。杨老师带队调查时还有个习惯，那就是全体组员每天晚上雷打不动要进行讨论。刚开始的时候，同学们很不适应，在一天的访谈之后体力和脑力都将近耗尽，还要分组讨论，要绞尽脑汁地提出问题和线索并做报告，对体力是很大的挑战。但我们一看到杨老师精神饱满的神态，就对自己的懈怠感到非常羞愧，于是大家都打起精神认真讨论。我后来独自一人去做田野调查时，依然坚持着睡前整理好当天全部笔记并进行线索梳理的习惯；在带学生出去做调查时，也坚持每晚开会，经常会讨论到深夜。这些都是对杨老师习惯的延续。调研结束后，杨老师还特意带我们来到吴江，来到费孝通先生的墓前鞠躬。"逝者如斯而未尝往也。生命、劳动和乡土结合在一起就不怕时间的冲洗了。"费老的墓志铭深深印在了我们每个人心中，让我们对于乡土、对于田野工作有了一种极其亲切的感受。

接下来的两次田野调查都是跟随周飞舟老师，一次是研究生一年级去成都调研农民上楼，另一次是研究生毕业之后赴丽水调查农村手工业。如果说杨老师培养了我们对于人的共情，跟着周老师去调查则促进了我们与土地的亲近。我们的入户问卷调查显示，由于农户集中居住，其耕作半径平均增加了1.5倍，村庄只好将土地流转出去，但流转的土地撂荒却非常严重。我们走在田埂上，看着撂荒的土地，心里生出一种难过的感受，这种感受和自己当下的生活无关，却和自己的生命息息相关。在自己后来的研究中我越来越意识到，保持这种"动心"的状态才能持续不断地产生研究的动力。周老师的另一个非常厉害的技能，就是像侦探一样对不符合常识的现象极其敏感，比如数千亩流转出的土地用于生态养鸡和生态养鱼,他一直认为这种严重不符合收支平衡的操作背后肯定有深层的原因。这个农地利用的谜题持续激发着我的研究兴趣,后来我又在当地继续做了10年的调查,发现了一系列反常识的现象,比如在资源匮乏的村庄里突然出现的住一夜要数千元的高端民宿,比如因产量过剩被砍倒的果树,这些现象的背后都是农村土地利用的制度困境。跟周老师学到的另外一项技能是依托地方政府做研究。尽管地方政府经常是社会学的批判对象,但是这并不意味着我们不能从其内部做研究。通过对地方政府工作人员长期的追踪访谈,通过对他们日常工作状态的观察,通过对他们真诚的思考和困惑的了解,我们可以得到非常多重要的研究线索。

硕士毕业后我去往美国求学,每一个假期我都会回到系里看望老师、拜访朋友,仿佛呼吸着燕园的空气就能使我的身体和精神都得到能量的回充。在麦迪逊求学的六年我得到了比较系统的职业训练,但是对于"什么是好的学问"以及"什么是好的生活"这两个问题,北大社会学系的七年岁月早已给了我坚定的答案。去年某天,和杨善华老师一起吃午饭,我说起本科时候自己既不懂事又自以为是,幸亏有师友的包容和帮助,才能有所长进。杨老师笑眯眯地说:"你现在明白了,要做学问得先学做人。"我深感赞同:是啊,我们现在也经常舍本逐末地去追逐学术成绩,反倒忘记了源头活水。我想这正是母系赠予我的宝贵财富,一种对社会世界动心动情的能力,一种有情而向上的人生态度,而我也会继续将它赠予我现在与未来的学生们。

得其所哉

在北大认识自己,认识社会

付 伟 湖北恩施人,2009—2016年就读于北京大学社会学系,先后在周飞舟教授、刘爱玉教授的指导下获得硕士学位和博士学位。现为中国社会科学院社会学研究所副研究员,主要研究领域为县域产业发展与转型、基层社会治理与历史社会学。代表成果有著作《城乡融合进程中的乡村产业:历史、实践与思考》,论文《中国工业化进程中的家庭经营及其精神动力——以浙江省H市潮镇块状产业集群为例》《"协调型"政权:项目制运作下的乡镇政府》等。

得其所哉 / 付 伟

一

我本科就读于中国青年政治学院，当时我的本科学校还不能保研。毫不夸张地说，我本科期间甚至都不知道世界上还有个叫"绩点"的东西；本科学习也散漫而随性。现在想来，这样也真的挺开心，是真的享受了大学生活。

到了大三下学期的时候，我想：咋办呢？我们学校既不是"985"也不是"211"，找工作受到很大限制。我想还是要考个研，提升下自己。于是我研究了北京各个学校的招考比，发现北大社会学系报考100个人，居然录取了25个人。当时北大社会学系在深圳研究生院也招生，所以招生名额多，录取的概率比北京的其他名校都高。于是，我决心报考北大社会学系。2008年过完年一开学，我就在学校自习室找了个位置，花了整整一年时间系统学习了《社会学教程》、《西方社会学理论》(上、下卷)、《外国社会学史》等教材。后来我很幸运地考上了北大社会学系。

我几乎是像一张白纸一样进入北大社会学系的。除了我考研学习的那几本书，我当时也没有什么社会学基础，更谈不上社会学素养。尤其是见到我的同学以后，我更是感到了自己与他们的差距。记得有一次推门进入一个同学的宿舍，我发现他的宿舍里居然有这么多书！我当时深受震撼。值得骄傲的是，我们班有很多优秀的同学，后来都成了活跃的青年学者。在我遇到他们时，他们就已经展现出较高的学术素养，有自己感兴趣的学术问题。我在这些同学身上感受到北大有一种求知、向上的积极氛围。我还记得跟一个同学在未名湖边散步，一圈一圈地走，他跟我讲他看的制度经济学文献，聊我们的乡村研究。当他们侃侃而谈的时候，我也感受到了人与人在智力和天赋上的差距。

我就像一个粗鄙的山野村夫，一头撞进了未名深邃的海洋。后来读《孟子》，读到"舜之居深山之中，与木石居，与鹿豕游，其所以异于深山之野人者几希"，我感触很深。我在进入北大之前，也跟一个深山野人没啥两样，是在北大闻了善言、见了善行，虽不能如圣人那般若决江河，莫之能御，但是也确实真心欢喜，也确实有种"得其所哉！得其所哉！"的感觉。我当时住在30楼，我们楼下有一棵紫藤，花期很长，青翠的枝蔓一直爬上了三楼，把紫色的花朵送到我的窗前。宿舍楼北面是一条银杏小道，我每天都踩着这条路上的斑驳树影去图书馆，生活忙碌但是充实。

二

说来好笑，我刚进校的时候甚至都不知道硕士研究生是要自己选导师的。开学很久以后，一个同学问我："你导师是谁？"我说："啊？自己找吗？不是学校分配吗？"后来，我居然很幸运地成了周飞舟老师的硕士研究生。我记得那时候周老师正要出版《以利为利——财政关系与地方政府行为》，我利用国庆节假期把周老师的书稿通读了一遍，还有幸出现在了周老师书的后记里面。后来我考上了刘爱玉老师的博士研究生，由此一共在北大度过了七年的美好时光。

北大的教学场所并不局限在校园之内。进入北大不久，王汉生老师就带我们几个人去内蒙古巴彦淖尔调研。我记得那天雪下得很大,我们走之前,王老师还让我们去买了军大衣。我们把军大衣套在羽绒服外面,没想到还没到车站就热得够呛。王老师精力特别旺盛,白天做调研,给村民做问卷、做访谈,晚上还带着我们讨论,聊到深夜十一二点。我们休息以后,王老师居然还能继续写报告。

北大的调研大致有两种类型。一种是各类专项调研,这类调研一般为地方政府或者部委服务。我在北大读书期间,便参与了很多国务院扶贫办(现国家乡村振兴局)、农业相关部门以及城乡规划有关部门的调研。读硕士期间,最频繁的时候大概每半个月出去调研一趟。另一种是对一个田野点进行长期跟踪调研,围绕社会转型的议题进行研究,比如杨善华老师在河北西村的调研。

田野调研对一个人的锻炼是全方位的。我记得我第一次带着师弟师妹们去地方调研,当地干部刚开始高度重视,领导亲自到高速路口接待。一看到我们一副学生模样,以为我们是来搞大学生暑期实践的,配合力度就明显打折。我们只能想尽一切办法,把调研工作完成。一次次的田野调研,也帮助我积累了待人接物等各方面的经验。

通过一次次调研,我也逐渐感觉到了研究的乐趣:如何在田野中发现既有趣又有理论意义的问题,如何围绕既有的理论层层推展这个问题,如何围绕这个问题收集材料,如何形成论文。现在我也经常带着学生们去做田野调研,我越发觉得田野调研是社会学学习不可或缺的环节。白天访谈,晚上复盘,提炼问题,第二天去验证、去深化。这样的田野之旅,真的是一个从细微的线索入手,不断探究背后隐秘世界的过程。我甚至也能感受到学生在这个过程中的兴奋,就如同我当年跟着老师们去田野一样。

诸多调研激发了我对乡村的研究兴趣。2012年开始，周飞舟老师开始带着我们关注城乡关系，我们以县域为单位，做了大量的城镇化研究，关注城镇化过程中的人口、产业、公共服务与政府行为。2014年，我和焦长权侧重于从政府行为的角度出发，讨论了项目制对乡镇政府以及国家农民关系的影响，该论文很快刊发在《社会学研究》上，也给刚开始从事社会学研究的我以极大的鼓励。

2021年，我出版了第一本学术专著《城乡融合进程中的乡村产业：历史、实践与思考》，对乡村产业的研究兴趣就是缘起于硕士入学以后的一次调研。当时我们去河南的一个县，看到一个绢花厂有一种独特的生产组织形式，商人为村民提供半成品，村民在家里将半成品加工为成品，即将塑料花瓣、叶子组装为成形的绢花，当地人叫"插花"。我还记得当时周老师很兴奋地说："这不就是我博士论文写的'包买制'吗？"后来，围绕着乡村产业的组织形式，周老师、刘老师还专门组织我们去浙江丽水市调研了来料加工。围绕这些调研，我们写出了一系列硕士论文、博士论文，一些文章还在学术刊物上发表了。

2014年，我博士二年级的时候，决定继续深入对乡村产业的研究。在和博士生导师刘爱玉老师商量以后，我决定利用团委暑期挂职实践的机会去浙江海宁市调研。海宁市有发达的民营经济，改革开放以后通过自下而上的草根创业兴起了"一镇一品"的块状产业集群，同时也有深厚的文化底蕴，这里名人辈出，是王国维、金庸和徐志摩的故乡。从2014年起，我开始对海宁市进行跟踪调研，也跟很多当地人成了亲密的朋友。后来海宁市许村镇也成为我们长期跟踪调研的基地。

得其所哉 / 付 伟

三

除了系统性的课程，北大社会学系培养学生的一个重要方式是读书会。我一进入北大就开始参加周飞舟老师组织的《孟子》读书会，虽然当时也不太理解为何要读《孟子》，但是因为自己当时是一张白纸，反而没有任何犹豫和怀疑就跟着进入了文本。当时渠敬东老师、应星老师和周飞舟老师等还组织了"民国读书会"，这个读书会有很明确的问题意识，大家围绕着一系列议题阅读了很多书。周飞舟老师还和李猛老师、黄春高老师开设了"中西传统社会比较研究"课程。此外，刘爱玉老师还带领我们围绕劳动社会学的核心基础文献，进行系统梳理和阅读。

社会学系的读书会非常强调"精读"。一个是精选文本，旨在通过对经典原著的品读给学生打下坚实的学术基础。一个是读得精细，尤其是刚开始接触《孟子》的时候，确实有很多内容不太理解，所以一句一句地理解，读得很慢。我在北大的七年，每个星期都读《孟子》，最后还要全文背诵下来。

读书会其实也是老师带着学生不断反思和深入研究的过程。周老师早期研究财税制度和政府行为，在研究过程中逐步认识到当下治理的很多非正式现象背后有着非常复杂的历史维度和行动伦理，由此开始带着我们补课，研读传统文化经典。除了读《孟子》，周飞舟老师还组织了"丧服读书会"，后来他又和吴飞老师组织大家一起读《丧服郑氏学》。就是通过这本书，我发现了自己智力的天花板。这本书有多难读？周老师有一次接受学生访谈时说："付伟说他有一天在图书馆看这本书，听到对面有个女生一直在叹气。抬头一看，那女生也在看这本书（笑），是吴飞老师的学生。"

从一张白纸的状态进入一个知识爆炸的过程,我只能说:"我虽然不懂,但我大受震撼。"这些读书会已经在潜移默化中启发了我的基本问题意识,给我提供了社会学的知识框架,更重要的是塑造了我的学术品位。

田野调研和经典阅读是相辅相成的。虽然当时很少读具体的经验研究,但是读基础文献在很大程度上是理解经验现象的底层逻辑。这个过程见效很慢,却是在练内功。这些读书会代表了老师们对社会学理论的不断探索——如何在中西文化的比较研究中理解当下的经验问题,如何从中国传统文明出发认识中国人的行动伦理。这些基础的问题意识和思维框架一直在深刻影响着我的学术研究。这套看似"迂远而阔于事情"的东西,也在很大程度上是理解当下很多事情、进行学术创新的基础。

四

师门作为一个重要的学习、生活单元,应该是北大社会学系培养学生的一个重要特色。我在北大最重要的记忆都跟师门有关。

我们跟老师的关系远远超出了职业关系,有对老师的尊敬,更有一种坦诚和亲切。到了饭点,我们会到老师办公室叫老师一起去食堂吃饭。作为一名北大社会学系的学生,去老师家里蹭饭应该是十分常见的事情。

当时的学生生活似乎还没有现在这么"卷"。虽然读书会、调研很多,但也有丰富多彩的日常生活。我们每年都组织春游、秋游,大家一起去郊区爬山;晚上举办联欢会,我还模仿港台腔担任联欢会的主持

在上海大学演出《哗变》后合影（后排左六为周飞舟老师，左五为付伟）

人；每年还组织棋牌比赛；有时候晚上读书会结束以后大家还一起去吃夜宵。有一年渠老师、周老师等几位老师的学生一起组织了一次元旦晚会，当时排练了话剧，我记得老师们还说了一段相声。后来每年排练话剧成了保留节目。我们排练过《哗变》，很多同学都参加，我演基弗，还去过哈尔滨、上海巡演。我们很长一段时间的日常对话都掺杂了《哗变》的台词，比如"一知半解最危险""东京再见吧，你这个哗变犯"。

2016年，我结婚的时候，周老师和刘老师分别担任我的主婚人和证婚人。两位恩师当着一众嘉宾把我一顿猛夸。同门的师兄弟姐妹就跟自家亲兄弟姐妹一样亲切。我结婚那天，都没有聘请婚庆公司，从司仪到端茶倒水的各个环节，都是由周老师和刘老师两个师门的兄弟姐妹全程张罗的。一套流程下来，滴水不漏，水到渠成。

五

一晃从北大毕业六年了，我也辗转了几个工作单位，2019年正式进入社科院社会学研究所工作。现在自己也开始上课、带研究生。作为一名"新"老师，在面对学生们的时候，我总在想我的老师们当年是怎么对待我的。有时遇到一些棘手的事情，我也总会想我的老师们遇到这类事情会怎么处理。

从老师们身上感受到的学者为己的坦荡和从容，一直激发并使我保持朴素的好奇心。无论是田野调研还是读书，都是为了认识社会。北大的学习让我从一张白纸的状态，变成了写满社会学知识和公式的一张答卷，更重要的是给了我内在的自觉，让我不断地认识自己、丰富自己。一个充实饱满的自己，才能理解他人、认识社会。

或许跟我的经历有关，我当时并不是怀揣着高远的精神追求进入北大的，也没有高考后就进入北大的天之骄子那种舍我其谁的心态。跟那些能力超群的同学相比，我在北大时刻都能感觉到自己的普通。

后知后觉的我，在进入北大时并没有一种自立自足的心灵状态。在考研的时候，我静下心来认真复习，发现社会学是门很有趣的学问，很多研究都是关心人在当下的根本处境。虽然研究的是社会问题，但是这些问题都与人的心灵状况密切相关。外在问题的根本都指向了社会转型过程中的人心。在读《孟子》时，周老师一直强调要"切身"。慢慢地，我也能在阅读中找到一些问题的答案，这让我拥有了一些从容、一种坦荡。

这是我在北大最大的收获。

一群人·一件事·一生情

向静林　湖北恩施人，本科毕业于武汉大学社会学系，2010年进入北京大学社会学系学习，硕士期间师从刘世定教授；2012年硕转博，师从邱泽奇教授，2015年获得社会学博士学位。现为中国社会科学院社会学研究所副研究员，研究方向为经济社会学、组织社会学、技术社会学。代表成果有著作《地方金融治理的制度逻辑：一个风险转化的分析视角》，论文《市场纠纷与政府介入——一个风险转化的解释框架》等。

2010—2015年,我在北大社会学系读书,跟随刘世定和邱泽奇两位老师学习经济社会学和组织社会学方面的知识,同时到浙江开展田野调查,完成了博士学位论文。在北大社会学系读书的五年中,我不仅积累了专业知识,而且认识了很多师友,与他们一起经历了很多有趣的故事,从他们身上学到了很多书本之外的东西,也得到了很多关怀和帮助,这些都汇聚成关于北大社会学系的美好回忆。博士毕业后,我进入中国社会科学院社会学研究所从事科研工作。七年多来,虽然在空间上距离学校远了,回到燕园的时间也少了,但是平时的研究工作和日常生活中却处处是北大社会学系的影子,时时有北大社会学系的消息,就像自己从来没有离开过一样。我想,对于我们这些学子而言,无论什么时候,无论身在何地,社会学系永远是我们牵挂的地方,这种牵挂也注定是一生的。

一、南燕的学习时光

北大社会学系的硕士研究生学制是三年,这三年中的前一年半时间我是在"南燕"度过的。南燕,其实就是北京大学深圳研究生院的别名。我们这样称呼它,是为了表达对燕园的惦念。那个时候,深研院的同学们大多盼望着早点回到北大本部,我也不例外。不过,无论是当时还是现在,我都特别庆幸自己能有这样一段在南燕的学习时光。

一是因为南燕位于深圳市的西丽大学城，大学城中还有清华和哈工大的研究生院，大学城对面是动物园，周边是平山村和塘朗村两个城中村；大学城中有一条大沙河，图书馆跨河而建，是一个玉如意的形状，还有一个很浅的人工湖，名曰镜湖，就在学生宿舍楼下；大学城中绿树成荫、芳草萋萋……总之，环境特别优美、特别安静，特别适合读书。

二是因为系里的老师到南燕来给我们上课时，通常都是在大学城住两个月左右集中上课，不像在北京的时候每天晚上都得回家，在南燕大量的课余时间都和我们学生在一起，或在镜湖边赏月畅谈，或在篮球场大汗淋漓……活动特别丰富，所以南燕的同学和老师们的感情都很好。

更重要的原因在于，正是在南燕，我才有机会成为刘世定老师的学生。刘老师是同学们都特别喜欢的老师，本部的名额有限，竞争自然激烈。其实，南燕这方面的竞争也很激烈。记得2010年我们入学那一年，刘老师是第一位来南燕给我们上课的老师，据当时的不完全统计，我们班想报刘老师的同学有八个之多。幸运的是，我们逐一跟刘老师面聊过一次之后，我如愿成为刘老师的学生。记得在聊完回到宿舍焦急地等待中，刘老师给我发来一条信息"我愿意做你的导师"，看到信息的一瞬间我激动得跳了起来。那天一起进入师门的同学还有朱芸、易丽叶和张践祚。从那时起，我们就开始跟随刘老师读书了。

跟随刘老师读书是特别幸福的事情。刘老师在南燕的时候，我们除了跟同班同学一起听课，还会一起去刘老师办公室请老师指导。到了饭点，刘老师就会带我们去平山村的餐馆吃饭，给我们改善伙食。

其实，刘老师很多思想的精髓，我们都是在吃饭的时候听到的，因为老师会讲很多研究背后的故事和自己的人生经历、生活感悟等，每次我们都听得津津有味。正是在这样的熏陶中，我们慢慢体悟到老师从事经济社会学研究的独特风格以及对于学术研究工作的评价标准，渐渐被老师纯粹的研究精神、淡定的处世风格和深厚的学术情怀所深深打动。而当刘老师回到北京之后，我们就一边认真学习其他课程，一边通过邮件和电话随时跟老师汇报学习情况。为了让我们在课程之余能开展田野调研，刘老师曾经专门抽周末的时间从北京飞来深圳帮我们做好接洽，并带着我们做深度访谈，然后教我们怎样从经验素材中提炼研究问题和展开理论分析。时至今日，每每想到这些，都让我感动不已。

在南燕，我们听了系里很多老师的精彩课程，张静老师的"政治社会学研究"、佟新老师的"劳动问题"、林彬老师的"社会学方法论"、李建新老师的"人口问题"、方文老师的"社会心理学研究"、刘能老师"经验研究循环"、于长江老师的"城市社会学研究"、周皓老师的"高级社会统计学"、李康老师的"社会学理论"、卢云峰老师的"中国宗教与社会专题研究"、孙飞宇老师的"国外社会学说研究"等的课堂情景都历历在目。那时候，不少老师对我们班印象深刻，因为我们班的同学不仅在课堂上展现出学习的热情，而且在课外活动中体现出活跃的氛围和豪爽的性情，比如卓杰的金嗓、景堃的实在、宋文的微笑、张践祚的球技、陈航英的浪漫、李博的诗等等。就这样，我们充实而快乐地感受着南燕的时光。

研二下学期的时候，系里开始发布关于硕转博的招生计划通知。我平时学习成绩不错，而且越读越对研究感兴趣，希望继续念博士，于是在刘老师和同学的鼓励下提交了申请。不过，由于刘老师即将退休，没有博士招生名额了，所以建议我转到与经济社会学有很多交叉的组织社会学方向。当时，系里研究组织社会学方向的老师主要是邱泽奇老师和周雪光老师（周老师是系里的客座教授）。刘老师帮我分析，说邱老师在本部的硕士学生不少，且每年外校报考邱老师读博的人也很多，我申请成功的可能性不大，而周老师在系里没有硕士生、只招博士生，或许我可以试一试运气。于是，刘老师向周老师推荐了我。碰巧，周老师当时刚好要回国一趟，因此我在离开南燕之前得以有机会第一次见到周老师。记得在中山大学校门外，周老师确认我是谁之后马上就问我开展过什么研究，我立刻感受到了学术追问的力量。之后的一段时间里，我开始为博士面试做准备，阅读了很多组织社会学、制度经济学的文献。但就在面试前不久，系里突然通知我说，周老师当年没有招生名额，而报考邱老师的十几个同学都没有过线，需要我迅速做出决定，我当即求助刘老师。刘老师于是帮我向周老师解释了此事，然后向邱老师推荐了我。两位老师都非常包容，周老师表示理解，而邱老师答应收我为徒，我便幸运地成了邱老师的学生。后来，我时常回顾这段经历，因为如果没有老师们的关怀和包容，我那年就没学可上了。

二、在追问中变坚强

2012年四五月，顺利完成硕转博之后，我也和南燕的同学们一起回到了北大本部。本以为可以好好感受下燕园的时光，每天都去图书馆看看书，听听想听的课程，每周参加师门的读书会，但是过了不到三周的时间，我就在机缘巧合中迎来了一个田野调查。

一天，我和刘老师正在去食堂吃饭的路上，路过康博思的时候，刘老师接到了来自张翔老师的电话。张翔老师是刘老师的学生，毕业后去了浙江大学公共管理学院工作，他在电话中给刘老师汇报说自己申请了一个课题，是关于温州金融综合改革试验区中一个试点项目的研究，急缺帮手去现场蹲点调研，咨询刘老师有没有最近比较闲的师弟师妹。记得当时刘老师说："有，我旁边就有一个！"于是刘老师把手机递给我，我和张翔师兄就这样认识了。师兄简单地介绍了一下自己，就开始讲述课题的背景和调研的主题，问我是否感兴趣。我想既然是刘老师的推荐和安排，同时又能帮师兄做些调研，还可以了解社会，就说挺感兴趣的。跟邱老师汇报之后，邱老师也非常支持，于是我便开始收拾行李，没过两天就出发了。

到温州当天，我去温州民间借贷登记服务中心踩了点，然后到师兄安排的房子住下，第二天就开始蹲点调研。服务中心是当时金融改革试点中颇受关注的一个创新项目，但很多本地人都不知道其中究竟是怎么回事，更何况初来乍到的我。这之后的几个月里，我一直在服务中心工作，给区金融办驻服务中心的副主任做助理，参与各种内部会议，找中介机构和配套机构的负责人及业务人员访谈，核心任务是寻找服务中心运作过程中可能存在的风险点。每天晚上回到住处，都得迅速整理当天的调研记录、总结当天的调研心得，不是因为我特别勤奋，而是因为张翔师兄会准时打电话来追问有没有新的发现，而且紧抠细节，很多时候问得我哑口无言，只好说："师兄放心，我明天一定去把它搞清楚。"于是，每天晚上我开始习惯性地等待师兄的电话，以至于有时候电话声没有按时响起，我都不敢安心睡觉。如此日复一日，我开始熟悉服务中心的内部运作机制和主要风险隐患。不觉到了暑假，张翔师兄终于得空前来调研，刘老师也派来了翟宇航、宋岳、刘坤等师弟师妹一起参与调研，区金融办在服务中心为我们安排了一间专门的办公室，我们白天观察和访谈，晚上讨论和整理，积累了大量的资料，发现了 29 个风险点，提出了 77 项风控建议，还参与起草了一些内部的管理办法。

2012 年 9 月，服务中心的调研告一段落，我也返回学校开始博士阶段的学习，并在读书会上向邱老师汇报了调研情况。邱老师听完后就敏锐地指出，这个案例背后关联着政府—市场边界、社会转型中的规则形成等理论议题，值得从社会学角度深入挖掘，鼓励我继续跟踪研究，并在这个田野调查的基础上完成博士学位论文。对于刚刚读博的我来说，研究对象的敲定来得太快，而且几乎没有前人研究过，我心中十分忐忑，却也无暇彷徨。

研究对象确定之后，接下来最大的挑战是提出研究问题。这个过程并不简单，尽管我 2012 年 5 月就进入了田野，但直到 2014 年 9 月才真正提出博士论文总的研究问题。其间，我和师弟张树沁等多次返回服务中心进行实地调研，追踪其最新的发展情况，一直试图提出几个"为什么"的问题，却往往难得要领。难处在于，"为什么"的问题既要紧扣现实又要具有理论新意，需要透过纷繁的现象探寻潜藏的逻辑关联。之所以形成这样的问题意识，也是受到张翔师兄的影响。师兄非常喜欢罗纳德·科斯（Ronald H. Coase）和周其仁老师的研究风格，主张从真实世界的现象中提出"既重要又令人困惑"的研究问题。调研过程中，师兄总是不断追问我要研究什么问题，每当我支支吾吾地说出一个，师兄马上会问："然后呢？那又怎么样？这个问题有什么奇怪的吗？"我一番回应之后，师兄便会逻辑严密地解释一番，而后说："不就是这么回事嘛，这有什么奇怪的？"我一听师兄的解释，觉得好像确实没什么奇怪的，感到一阵挫败，就只得再去琢磨。如此来来回回，我们不知道讨论过多少次，慢慢地，我在师兄的持续精准"打击"下变得坚强起来。回头来看，师兄其实是在有意无意地训练我的问题意识和提问方法。

与张翔师兄的"步步紧逼"式追问不同，刘老师总是微笑式地追问，邱老师则是鼓励式地追问。在每周一次的读书会以及"经济社会学"的课余时间，刘老师总会问我近期在做什么。当我汇报正在整理田野资料思考研究问题时，刘老师总会微笑着说："你觉得田野中最有意思的现象是什么？"然后引导我思考可能的提问角度和理论解释。正是在刘老师的指引之下，我梳理出田野观察中感到最有意思又充满困惑的几个现象。不过，尽管梳理了这些现象，我却还没有找到一个大的理论思路和线索将它们勾连起来，尚未切中诸多现象背后的理论要害。邱老师敏锐地发现了这个问题，并且一直鼓励我不要放弃、要坚持探索。邱老师每次和我们去食堂吃午饭时，都会追问我们的研究进展情况，包括思路的推进和遇到的困惑等，并给我们提出化解难题的建议。记得邱老师很早就对我说："你这个案例里面最核心的是风险分担问题，就是政府、市场、社会围绕风险分担如何形成规则和秩序的问题，涉及政府和市场的边界。"可那时的我觉得老师的话太抽象，一时理解不了，甚至常常因为迟迟没有进展而沮丧不已，邱老师却坚定地让我继续思考琢磨，嘱咐我不要随意更换研究对象。邱老师的教导在我脑海中萦绕，成为鞭策我竭力寻找现象间关联的核心推力。

2012—2014年，张翔师兄、刘老师和邱老师的这些追问、指引和建议，持续地冲击着我、启发着我、鼓励着我。虽然每当我陷入服务中心纷繁琐细的现象时，总有一种"剪不断，理还乱"之感，但我没有放弃，不断地带着这些困惑去寻找理论资源、听取相关课程，比如听周其仁老师的"新制度经济学"课程、田凯老师的"组织与制度分析"课程等。特别是田凯老师的这门课，给了我很多直接的帮助。田老师带着同学们阅读组织与制度研究的跨学科经典文献，引领大家探讨基础理论和方法论层面的问题，鼓励自由研讨，同时也分享自己的研究心得与困惑。这样的课程既让我不知不觉、循序渐进地积累了一些基础文献，得以暂时悬置服务中心那些纷繁复杂的现象而静心阅读理论，同时又让我在毫无压力的环境中思考讨论田野现象与经典理论之间的关联，以及背后的方法论问题。随着时间的沉淀，上述所有因素汇集起来，帮助我在博三上学期提出了总的研究问题。之后，我开始进入密集写作的阶段。之前零散的材料，开始围绕一组相互关联的研究问题而排列起来，材料之间的逻辑线索也逐渐明朗。

不过，研究问题的提出毕竟不等于对研究问题的回答。其中一个很重要的因素在于，田野调查中收集的各种材料，包括研究对象对自身行为选择的阐述，并不能够直接成为回答研究问题的答案，而是需要研究者在理论层面上对经验发现进行总结和概括。事实上，当时提出研究问题后，论文的因变量已经浮现，自变量却迟迟没有明确，我可以从经验话语的角度讲出故事背后的道理，但却未能找到一个恰当的理论概念来进行概括。给我留下深刻印象的，正是这个概念化的过程。博士论文开题答辩时，我提交了两万字的开题报告，并汇报了研究思路。当时，我强调了金融交易中投资者最为忧虑的经济风险以及地方政府最为担心的社会风险，以此来解释地方金融治理中的诸多现象。在场的老师纷纷点评和提问。张静老师指出："你这个里面最重要的是不同性质的风险之间可以相互转化，这是解释的关键。"张老师的点评让我茅塞顿开。邱

学缘：我和北大社会学

2015年7月，向静林（前排左二）博士毕业，与导师刘世定教授（后排左二）及师门好友合影

2015年7月，向静林与导师邱泽奇教授合影

老师进一步强调，经济风险、社会风险和政治风险之间的转化，是很多现象的根源，需要着重加以分析。刘老师则补充，要注意一些影响风险转化的重要因素。老师们的指点让我豁然开朗，当时我就感觉一直苦苦寻觅的解释机制终于出现了，或者说田野发现终于可以被概念化了，即"风险转化"。这一概念出现之后，文章的逻辑框架和结构布局很快就变得更为清晰。2015年3月，当我完成论文初稿进入预答辩环节时，老师们都评价新的分析思路和框架结构比开题时提升了不少，并提出了进一步的修改建议。

多年过去了，每当我回忆起做博士论文的过程，总会庆幸自己遇到了这么多可敬的老师，经历了这么多真切的磨砺。正是因为老师们认真的追问，我才在一个完全陌生的领域和诸多纷繁复杂的现象中寻找到一些理论要素的关联。博士论文的写作实际上是一个社会互动的过程，这个互动过程所改变的，不仅仅是论文本身，更是研究者自己。

三、有家可归的成长

工作以后，除了整理发表博士论文中的内容之外，一个新的挑战逐渐浮现，那就是怎样突破博士论文的框框开展新的研究工作。这几年，自己开始努力进行一些探索。一是对博士论文的研究议题进行延续和拓展，力争由点到面，持续深入地关注金融治理的议题。二是在分析层面上力求突破和拓展，力争从微观分析走向中观和宏观分析，将博士论文中看到的微观案例放在更大的结构中去考察，在政府与市场、中央与地方、国家与社会的多重关系结构中解析微观案例。三是跳出金融治理这个经验领域本身，为自己的经验研究寻找一个更基础的理论定位，探讨更基础的理论问题。目前的思考是，我的研究工作其实一直聚焦于一个主题，即金融化和数字化背景下的国家治理问题，这也是自己未来想要持续研究的议题。

实际上，这些方面的探索面临很多挑战，自己心里常常是没底的。也正是在这样的心境下，师友们的指导、关怀和鼓励总让我倍感温暖，是支持我不断前行的重要精神力量。刘老师退休之后仍然坚持带领我们开读书会。无论是李国武老师和艾云老师组织的金融社会学读书会、何蓉老师组织的韦伯读书会，还是王水雄老师组织的博弈论读书会，刘老师都会跟我们一起研读基础文献。邱老师一直叮嘱我们作为研究者要回应当下的时代，并通过定期召开技术社会学研讨会的方式把大家聚起来，每年在这个会议上我们都能了解不少数字社会方面的最新研究进展。周雪光老师引领我们持续关注国家治理的议题，鼓励我们始终以学生的心态学习新的知识，不断在理论上突破自己。每当有机会见到张静老师、周飞舟老师、渠敬东老师、刘能老师、李建新老师、周皓老师、卢云峰老师、孙飞宇老师时，老师们总会亲切地关怀和鼓励我们，并叮嘱我们有空多回系里看看。无论是老师们引领的学术共同体建设，还是老师们关怀鼓励的温暖话语，对于踏上研究之路的我们都弥足珍贵，这意味着，学术旅途中的我们始终是有家可归的。

在我的心里，有一群质朴的人，他们孜孜以求地做一件事，那就是认识中国社会、提炼理论新知，他们的一生饱含着对社会和学术的深情。这就是我感受到的北大社会学系。

学贵求通

我在北大社会学系收获的心得

张巍卓 湖南长沙人,2014—2018年在北京大学社会学系就读,获博士学位,师从谢立中教授。现为中国人民大学社会与人口学院副教授,主要从事社会理论和思想史研究。代表成果有著作《伦理文化:滕尼斯社会学思想的源起与要义》,译著《共同体与社会——纯粹社会学的基本概念》《论哲学术语》《霍布斯的生平与学说》等。

学缘：我和北大社会学

坦率地说，我在北大正式就读的时间并不算长，只有博士期间的四年，也不像母系的"土著"们，在此接受了完整和充分的基础教育并有很多最好的青春年华里的难忘回忆拿来分享。不过我坚信自己是母系"兼容并包""但开风气"氛围里的受教者、获益者，也是她始终生机勃勃的生命的组成部分。

2014年，我考入北大社会学系，有幸在谢立中老师的悉心指导下攻读博士学位。虽然直到博士才入北大，但我很早就熟悉她了。在人民大学读本科的时候，我去清华旁听渠敬东老师的"社会理论"课程，后来就一直在渠老师的读书会跟着渠老师读书，并且认识了好多北大社会学系的朋友。记得那时每周五下午，我们就聚集到清华社会学系的会议室，一起读黑格尔的《精神现象学》。通常我上午没事的时候，就先到北大校园里逛逛，去野草和博雅堂书店淘书，或者找北大的朋友聊天，天上地下无所不谈。也由于渠老师的读书会，我

张巍卓与博士生导师谢立中教授

经常来北大这边活动，像看电影、排戏，或者单纯和大家聚到一起吃饭散步，当时黑格尔读书会排的两部戏《雷雨》和《威尼斯商人》，都是在北大"首演"的。

之后我到北大蹭课就成了惯例，人大和北大两所学校距离不远，当时既没有严格的入校权限，也没有疫情下的封锁与阻隔，来往都非常自由，那时觉得自己的学习空间无比广大。虽然我的专业一直是社会学，但对文史哲尤其是哲学充满兴趣，从开始接触社会学起，就觉得所有问题归根结底都是求人生问题的解答，唯有此才能调动我不顾一切投入的热情。本科时期在北大蹭课，印象比较深的是听社会学系周飞舟老师和渠敬东老师合开的"中国社会学史"，但更多是旁听哲学系的课程，像李猛老师开的"自然法研究"，吴增定老师讲解《理想国》等。

在此回忆旁听哲学系课程的经历，并非同在北大社会学的求学氛围无关。社会学系和哲学系师生之间的互动本就很热切，但更重要的是，从一开始亲近北大，我就觉得"通识教育"并非一个需要摆在台面反复考证、辩论、动员的问题，在这里读书，培养自己成为一个视野广阔、想大问题、心怀大局的"通人"而非专家是件自然的事情，是学子们无须言说的、忍不住的关怀。现在想来，无论正式入北大之前还是之后，我都觉得她是自己求学阶段的中心场域，很庆幸在她的怀抱里亲历了当代中国学术的关切与变迁。

好多老师和前辈都回忆了北大社会学系积蕴的学术传统，如理论学习和调查实践并举。跟着渠老师读书，他常常说，北大社会学系的教育立足三块——理论、历史和调查。我不重复了，就在这里简单地讲讲在母系读书时，对我至今都影响很深的事吧。

2014年至2018年读博期间，我见证了北大社会学系的新发展，更朝着"通"的教学和研究的格局迈进。2014年渠老师调入北大社会学系工作，我们的读书地点也自然转到了北大，一起读书的朋友更多了。教育学院的刘云杉老师和李春萍老师也加入进来，大家一起读《论法的精神》，还有《存在与时间》，跨学科交流是家常便饭。我慢慢懂得了，好的研究根本上取决于心胸的格局和广阔的视野。在母系读书，我觉得特别好的氛围就是：这里以问题意识而不是专业意识为本，不用一开始就为"写的是不是社会学"这个问题而纠结，浪费大量怀疑和解释的时间，为自己的想象力设限制；只要思考回到事情本身，思考有价值的内容，就是好的。

记得入学不久，张静老师接替谢立中老师做系主任，渠老师手把手地带着我们整理北大社会学系的系史材料，回溯老北大和燕京大学的双重传统，系楼的空间布置焕然一新，系的"群学"标识也设计出来了。这项工作大概持续了一个学年，但我觉得对于每个多少参与其中的人都有潜移默化的影响，也许这种影响不一定马上反映在当下的研究里，却像为我们注入了一股激活生命的源泉，让我们的思与行都有家可归。

2016年，北大文研院成立，渠老师任常务副院长，为文研院的创立付出了巨大的心血，我个人也见证了文研院最初创办的艰辛。现在文研院已经成为北大文科教育与科研的一张名牌，"近者悦，远者来"，海内外各学科最好的学者来此驻访。文研院是我在北大读书时光顾最多的地方之一，也参与过一些跨学科的会议，从倾听到思考再到参与，我觉得自己见识到了什么是真正好的研究，自己的视野也打开了，甚至后来和很多驻访学者成了好朋友，比如罗祎楠、高波、袁一丹等。在我心里，关于文研院和母系的记忆常常重叠在一起，它们都是北大甚至中国学术不灭的活火。

前不久我上课,给学生讲解梁漱溟先生的《东西文化及其哲学》,讲到梁先生所说:"北京大学复为中国最高之学府;故对于东方文化不能不有点贡献,如北京大学不能有贡献,谁则负贡献之责者?"我对我的学生说:"这句话就像是从我的心里流出来的,我觉得我懂了,我也希望你们未来能够明白其背后的真义。"

找到平静自洽的生活

郭　冉　河北保定人，2012—2019年就读于北京大学社会学系，2015年在周皓教授指导下获硕士学位，2019年在陆杰华教授指导下获博士学位。现为中国社会科学院社会发展战略研究院助理研究员，主要研究领域为人口经济学、教育与社会分层、志愿服务研究。代表论文有《新中国成立70年人口流动的社会变迁》等。

找到平静自洽的生活 / 郭　冉

时光荏苒，从 2019 年博士毕业算起，离开校园已三年有半。对我来说，与社会学结缘是一件非常偶然的事情，而与社会学系结缘则是一件非常幸运的事情，开启了我人生中的重要阶段。胸中有千言，下笔无一字。在我之前已经有很多优秀的前辈分享了自己在社会学系的成长历程，那我就从自己的求学经历讲起吧。

一、初识

来到北大社会学系攻读硕士研究生之前，我就读于华东政法大学社会学系，在上海松江度过了四年的本科生活。当然，可能如绝大多数人一样，在学习这个专业之前，并不知道"社会学"是一个什么样的学科、要学什么内容以及自己未来能够做什么，这和那个经典的"我是谁，我从哪里来，我要到哪里去"的三段式提问非常相似。由于高中时期学的是理科，初入大学，我对社会学这种文科专业还是比较有距离感的，跟同学们相比也有很大差距，最主要的就是阅读量不够、知识面太窄。不过受益于本科时宽松的学习环境，我有很多时间可以去补充社会学专业方面的阅读，也拓展阅读了很多其他社会科学、哲学方面的书籍。虽然大多是一知半解，但也帮助我逐渐地熟悉了这个学科，还结识了一帮爱读书的朋友。记得自己那时候最喜欢读哈贝马斯，以至于说话写字都是学他那种长难句和满是从句的表达风格，现在偶尔跟老友调侃起来也是一时的趣事。但彼时的我对于如何"为学"做研究毫无概念，甚至一度以为读硕士、博士也只是要读更多的书而已，以为学术研究就是从书本到书本的单一过程。

后来，我很幸运地进入了北大社会学系学习，并且一待就是七年。在社会学系学习的这几年时间，是我从一个初出茅庐的研究生转变成一个相对"成熟"的研究者最重要的阶段。我的硕士生导师周皓老师与博士生导师陆杰华老师都是人口学背景，所以我受到的也是统计量化方向、以应用为主的学术训练，关注的问题也从一些抽象性的概念转向了更加具体的研究领域，如教育、人口迁移流动、人口老龄化等。很显然，研究生阶段的学习任务、学习方式与本科是截然不同的。现在回想起来，自己在那个时候是非常懵懂和茫然的，也花了很多时间重新适应新的学习阶段。相比于本科时更重视通识教育和打基础，读研以后更重视实践，包括调研、收集材料、形成论文和报告等各个步骤，都需要重新学习。

二、启程

万事开头难。对于人口学方向的我来说，在研究生阶段需要掌握的第一门基础技能就是计量研究方法，包括统计方法和统计软件。统计课是周皓老师给我们授课的，2012年周老师从美国访学回来，就给我们上了这门必修课。记得初学"高级社会统计学"，周老师在讲到回归分析的时候，强调了回归方法的基础性和重要性，也穿插着讲了很多研究的实际案例。说实话，我属于脑子比较笨、基础又很差的学生，学得慢、理解得慢，所以学第一遍的时候没能完全理解，期末考试考得也不好。

找到平静自洽的生活 / 郭　冉

后来作为助教又学了几遍，大概学到第四五遍的时候，结合自己的经验和经历，才感觉慢慢理解了统计学的一些方法。

当然在对统计方法的整个学习过程中，我也学习了很多其他专题课程。郭志刚老师的"高级社会统计专题""SPSS 统计分析"等，李建新老师的"分类数据分析"，都讲得深入浅出，娓娓道来中夯实了我们的基础。社会学系还经常邀请海内外知名学者来开设暑期课或专题课，印象最深刻的是邀请郭申阳教授开设"倾向值分析"课程，还有邀请涂肇庆教授开设"P 值检验"等系列讲座，他们对于统计方法学术前沿的介绍也让我们耳目一新。当然，我们也有很多其他院系课程包括暑期课的选择，比如有经济学院、政管学院等几个院系开设的相关课程，尤其是统计方法这一块，有很多同学去旁听学习。我印象比较深的两门外系的课，一是人口研究所裴丽君老师开设的"流行病学方法"，二是政管学院薛领老师开设的"计算空间经济学"。前者在方法上与社会学、人口学方法共通性更多，但应用在具体学科情景中，解决问题的思路也有自己的特色；后者则用计算社会科学的方法来理解宏观世界，也让我学习到了复杂性等相关理论，接触到了一些模拟分析的方法，极大地拓展了我的知识边界。

运用统计软件是另一个必备技能。作为社会学的学子，应该对大名鼎鼎的统计软件 SPSS 都很熟悉，或者至少有所了解。记得当年我在本科学习统计学的时候，绝大多数社会学专业的课程仍在配套使用 SPSS，但用起来感觉很复杂。后来开始流行 Stata，从零学起也是非常痛苦的一件事，学不好就是"望洋兴叹"，学好了就是"路径依赖"。当然再往后，统计方法的发展就更快了，R 语言和 Python 都流行了好一阵，这是后话了。我记得做助教时，周老师给不同的班上课配套使用的软件不同，有的用 SPSS，有的用 Stata，修改课件还是挺费劲的，还要做到实时切换。但这个时候打下的基础也让我受益良多。

后来我作为老师也登上了讲台，给学生们讲的也主要是社会统计学和统计方法相关课程。学生跟我说有些内容不太好理解，我就把一些不好理解的部分的讲解录成视频发给他们。我跟他们说："我深知有些内容的难度和复杂程度，达到真正理解掌握需要长时间的使用和实战；结合我自己的学习经历和体会，有些内容可能一时半会儿是消化不了的，大多数知识在未来也未必用得到，但你们需要知道哪些点比较重要，等未来如果真正需要用的时候可以回过头来再学。"老师可能不会带学生们一路走到底，但老师可以给学生在必要的路段做好标记，如果他们迷路了，可以循着这些标记找到出发的起点。这也是我的老师们教给我的。

三、求证

除了读书之外，社会调查也是社会学系的学子学习和实践的重要方式，深合"读万卷书，行万里路"的古语。对于专业方向而言，社会调查的名称和方式都有所区别，比如人类学的"田野调查"、社会学的"抽样调查""实地调查"等，不一而足。当然，这几种方法并不冲突，方法只是我们解答问题的手段途径，尤其是在研究团队合作的时候，每种方法都会糅合起来使用，这样可以取长补短。人口学强调实践，也更需要在统计数字的背后了解更为真实的背景信息，所以实地调查是非常必要的。

有几次印象比较深的调查。首先是 2015 年去贵州做出生人口性别比的调查，这次调查也让我第一次非常深入地了解到一个地区人口的宏观结构和全貌，大致理解了形成人口现状背后的原因。性别比话题近些年可能是讨论比较多的，既是新闻热点，也是学术热点，不必赘言。众所周知，由于我们国家基于国情长期推行一孩政策，加上传统文化中"养儿防老"和"重男轻女"的观念，加重了新生儿出生性别的男性偏好。但是政策的制定和实施既是灵活的，也具历史性，例如部分少数民族可以生育二孩，农村也部分存在"一孩半政策"等。2015年初，正值"单独二孩"政策推动一年有余，"全面二孩"政策酝酿中的这段时间。我们可以看到在不同时期、地区和民族，计划生育政策的执行体现出多元的特点。贵州省是少数民族人口比例较高的省份，所以平均每对夫妇的生育数量相对于东部地区省份要多一些，性别选择不突出，性别比更加均衡。从不同地市之间、城乡之间来看，出生人口的性别比也会随着时间有规律地变化。正如李建新老师所讲，我们看人口指标，不能仅仅看规模，也要看结构。我们把时间拉长，就自然能够发现更多藏在数字下的秘密。

印象比较深刻的还有关于海南"候鸟人口"的调研，这次调研时间持续很长，我第一次参与是在2016年，那时候陆老师带领的研究团队已经有了很多研究成果的积累。对于我而言，主要收获有两个：一是了解了流动人口的异质性，二是加深了对我国行政多样性的了解。"候鸟人口"属于流动人口，但特殊性在于这个群体中的人的年龄、来源地、流动时间高度趋同。通俗地讲，候鸟群体就是冬天从北方寒冷地区来南方（尤其是海南等地）过冬的中老年人。与一般意义上的外出务工的青壮年流动人口不同，候鸟群体受过更高的教育、年龄偏大且一般是退休人士，换言之，候鸟群体普遍具有较高的社会经济地位。候鸟群体的社会资本也一直是流入地希望能够借助使用的。当然，从数字上看，可能一百几十万候鸟人口并不是太大的规模，但要考虑到流入地的承接、社会服务等，就成了突出问题。2016年，海南全省常住人口规模还不到1000万人，高比例候鸟人口带来的社会服务压力大的问题就已经凸显出来。除了候鸟老人外，也有更多的年轻人会季节性地涌入，这些都会造成当地吃穿用度各方面的负担。如中老年人需要医疗卫生服务的比例显著高于年轻人，看病就医、医疗护理就会在特定时段非常紧张，还有老年人医保异地报销等问题，都是非常现实的难题。以往觉得政治和行政是一个非常刻板僵化的过程，地方政府守土有责，但也不能随便涉足辖区之外的范围。但在海南，尤其是在三亚等城市，为应对管理服务候鸟群体方面的季节性周期性的压力，会创造性地和黑龙江等省市进行合作，包括建医院、异地医保报销，开展各项深度政务合作等。所以这次调研除了常规的议题之外，也让我对中国地方行政、治理与合作有了新的理解，与教科书上公式化、教条化的行政过程完全不同，这种行政过程的灵活性和复杂性也是其非常突出的特色。这种特色我在后来的很多次调研中也深有体会。

除了社会调查以外，也会有很多的实地走访。记得中国人口学会2017年年会在云南昆明召开。抗日战争时期，云南是我国的大后方，名震一时的西南联大也为我国保留了学术的火种。会议之余，周皓老师带我们到西南联大旧址走访，还带我们回忆了他的导师查瑞传先生在抗战时期的学习经历。时过境迁，原来的各个建筑也都进行了翻新和重建，旧址已经看不到往昔破败的校舍，也没有战火洗礼的灼烧感，但仅是看到留下的影像、文字，就足以被老一辈学者的精神所折服。

工作以后，各种调研、出差更是家常便饭，对于很多问题的理解更加全面且深入,也更加深了之前求学时代的所感所学。新冠疫情以来,整个社会的形态发生了很大的变化,比如学者们常说的"例外状态"下的生存等,也经常见诸报端和各类学术文章。对于研究方式的影响就是,我们的很多调研也都转移到了线上,包括访谈、座谈会、问卷调查等。不过,结合我不严谨的阅读,我发现目前好像还没有专门针对线上调研做方法论分析的文章,包括评估效果、影响以及背后具有的社会意义的讨论。另外,即便是稳态的社会结构之间的阶段性过渡,其中巨大的变迁涟漪,可能也需要用更宏观的视角来把握。

结合这些调研,我最大的体会是,我们不会自动"拥有"某种普遍性的关注视野,看似不证自明的知识更需要经过推敲才能进行验证。甚至所谓"普遍性"概念也是很脆弱的,需要更多的、更扎实的积累,了解更多的特殊性之后,才能对普遍性逐步加以修正。

四、身教

学术研究的一端是严谨。社会学系的老师们在研究中的一丝不苟和认真求实给我们树立了良好的榜样。张静老师在论文写作课上,对每一个可能出现的问题都事无巨细地做了剖析。记得刚刚开始模仿着去写学术论文的时候,总是觉得词不达意、找不准问题,老师对我们也始终是报以鼓励和期许。当真正攻克了一个又一个难题的时候,我发现前期的"寻找"是值得的,老师给我们提供的经验也让我们切实地少走了弯路。

学术研究的另一端是责任。在外界看来,人口学、定量研究就是计算数字。通常情况下,这种说法是对的,但很多时候数字的背后也需要承担巨大的责任。人口数据以及很多具有全国代表性的大型数据库，都是国家的基础数据，很多基于此的研究结果也关乎很多影响国计民生的政策的制定。因此，准确的人口指标和统计指标对于政策制定及调整的意义不言而喻，例如总和生育率（TFR）等。陆老师也曾告诫我们，做研究首先要从基本的常识出发，慎之又慎，一个错误结果带来的危害会远远超出一篇文章的范畴。

学术训练最好的方式是启发。从我读硕士的时候，周老师就经常跟我讲一些我听不懂的统计方法，什么内生性问题、选择性偏误等。我那时候完全不能理解这些方法对于研究的意义。后来随着研究做得越来越多，知识学得越来越多，我发现好像有些东西我可以理解了。样本有偏，得到的结果就是偏差的，就好比我们叙述某件事情，所说的话都是真话，但汇总起来只是一部分事实，得到的结果也是错误的。一直到现在，周老师也会经常和我分享他的研究、讨论一些问题。这些问题也给我带来了很多新的启发。

五、下山

在北大的生活是平静而自洽的。但正如武侠小说中徒弟学成后拜别师父下山闯荡，在社会学系几年的学习生活很快就结束了。在老师的指导下，2019年我顺利毕业，入职中国社会科学院社会发展战略研究院。在社科院有很多从社会学系毕业的师兄师姐，他们很多人已经取得了不错的成绩，有些前辈也已经成为所在研究领域的佼佼者。平时与他们多有交流，获益匪浅。

由于工作安排，我目前主要做的是志愿服务研究，还承担了一部分

《中国志愿服务研究》期刊的编辑工作。这些工作对于我而言,是非常有挑战性的。许多知识技能需要重新学习,甚至是从零开始搭建研究框架,原有的专业自然也不能放下。几年下来,虽然非常吃力,但总算感觉跟上了工作的节奏。下一步,要想在自己原来的专业方向上发力并取得进步,我仍需继续坚持和努力。

一切幸运,始于与北大社会学系的相遇

陈　龙　山西榆次人,2015—2019年就读于北京大学社会学系,在佟新教授指导下获博士学位;2019—2022年博士后,合作导师为刘爱玉教授。现为中国农业大学人文与发展学院副教授,社会政策与发展研究系系主任,主要研究方向为数字经济与平台劳动管理、劳动关系与权益保障、社会政策理论。代表成果有著作《探寻社会学之旅:20位当代美国社会学家眼中的社会学》,论文《"数字控制"下的劳动秩序——外卖骑手的劳动控制研究》《两个世界与双重身份——数字经济时代的平台劳动过程与劳动关系》。

一切幸运，始于与北大社会学系的相遇 / 陈　龙

一

2014年6月初的一个傍晚，当时正在武汉大学读硕士研究生的我从图书馆匆匆赶回到宿舍，在一通电话确认以后，便买了一张第二天中午从武汉到北京的高铁票。彼时，高铁发展正如火如荼。乘坐高铁从武汉到北京，只需5个多小时。

但我此行的目的地并非北大，而是北京顺义的一家有机农场，也是全国首个社区支持农业（CSA）农场。那一通电话便是与农场负责人确认我可以前去做志愿者，同时他们愿意为我提供免费的食宿。我之所以迫不及待地想要前往这家有机农场，除了对社区支持农业的发展模式感兴趣以外，还有一个重要原因是我想找一处栖身之所，等着与北大的老师见面。此前不久，武汉大学的周长城老师得知我要考博以后，便推荐我去北大。

这当中还有件十分有趣的逸事。那就是周长城老师一开始是向刘爱玉老师推荐了我，但那时候已经有实力非常强的学生报考了刘老师，刘老师便把我推荐给了佟新老师。后来，经过激烈的笔试和面试，我十分幸运地成为佟老师的学生。博士毕业之后我打算申请博雅项目，想继续留在系里开展博士后研究工作，佟老师给我推荐了三位博士后合作导师。当三位老师的名字出现在我眼前时，我心里其实就已经有了答案。我记得当我敲开刘爱玉老师办公室的门，告诉她我的想法以后，刘老师

便十分爽快地答应了我的请求。这是后话。

在农场生活半个月之后的一天，佟老师约我到她办公室见面。那是我有生以来第一次进入北大，我感觉自己就像乡下人进城一样。第一次见佟老师，我的内心无比激动，以至于连说话都语无伦次。但佟老师的和蔼可亲与平易近人让我很快平静下来。佟老师向我了解我的研究兴趣与专长，还给我讲了很多她自己当时关注的问题与思考。那是一次非常愉快开心的交流，也是那次交流让我对北大社会学系更加心驰神往。我记得佟老师最后送我出门时还叮嘱我，要我回去以后好好准备（考试）。

于是在完成农场任务以后，我便回到武汉开始认真备考。那一年，中国社会学会年会在武汉大学召开，我作为志愿者参与了大会的服务工作，并见到了沈原老师——那时的自己绝不会想到五年后，沈原老师会坐在我博士答辩的现场。也是在那次会议上，我见到了自己未来的两位师姐——马冬玲和马丹。后来我能考上北大社会学系，与两位师姐为我在佟老师面前"背书"有很大的关系，她们当初给予我的鼓励和帮助我一直记在心里。

2015年3月，我如期参加了北京大学博士研究生入学考试。尽管那时候博士研究生招生已经改为"申请—审核"制，但仍然与以往一样，先笔试再面试。记得笔试成绩出来那一天，我远在武汉，是佟老师的两名硕士生，也是我后来的师妹——毛一凡和刘洁先发信息告诉我的。她们那时候比我还要激动，而我在短暂的冷静之后也立即进入了手忙脚乱的状态——反复登录北大社会学系网站，反复查看成绩、反复核对自己的考号与信息。后来我才得知，我的笔试成绩排在报考佟老师的所有同学中的第一位，但比同样报考佟老师的第二名同学只高了0.5分。但就是这0.5分的幸运，让我开始了与北大社会学系的缘分。我人生此

一切幸运，始于与北大社会学系的相遇 / 陈 龙

后的幸运，也都从此开始。

二

2017年4月的一天，我乘坐美国联合航空的飞机从波士顿前往芝加哥。我此行的目的是采访包括安德鲁·阿伯特在内的三位芝加哥大学社会学系的教授。当时，我有幸获得中国国家留学基金委的资助在哈佛大学参加联合培养项目。在合作导师弗兰克·道宾（Frank Dobbin）教授的鼓励和支持下，我决定采访20位当代美国顶尖的社会学家，请他们各自从深耕多年的社会学领域的教学与科研经历出发，回答他们眼中的社会学究竟是什么的问题，同时分享他们的求学故事、执教经历与发表经验。这样的想法听起来就让人蠢蠢欲动，但在异国他乡执行起来却并不容易。起初，我没有把握能够在接下来的几个月里去美国十几个城市完成20位"大家"的访谈。就连弗兰克后来在为这本访谈录写的序言中都坦承，他一开始也担心我能否完成这一计划。不过我心中始终隐隐有一丝笃定，笃定我能做成。

我在北大社会学系前后待了近七年时间，发现老师会给予学生充分的自由与信任。他们从来不会对学生提出明确的期待与要求，但是却没有哪个学生不努力的。老师对学生的关心是从课堂内到课堂外的。这种来自老师的关心在逐渐积累的过程中会发生质变，质变成学生奋发向上、努力拼搏的动力。回想当初出国，我和田志鹏找了我们各自的导师为我们俩共做担保。佟老师和爱玉老师两位老师在北京市海诚公证处没有空调且人满为患的狭小空间里坐了近一上午，为的就是给我们办理公证。她们没有丝毫的不耐烦，看到我和志鹏等得耐不住性子，还让我们

别着急。报答老师恩情的想法就这样在潜移默化中根植下去，并逐渐演变成自己不断努力拼搏的动力。我笃定自己能够做成，也一定要做成的原因就在这里。

在美国的采访从一开始就如设想的那样举步维艰。我发出去的大量请求采访的邮件最终石沉大海、杳无音信。但芝加哥大学的几位老师却给予了我非常积极的回应，尤其是安德鲁·阿伯特教授。事后回想起来我才发现，一切幸运其实都和北大社会学系有着千丝万缕的联系。

记得那天，我按照约定时间前往阿伯特教授位于芝加哥大学社会科学研究大楼的办公室。那是我第一次见阿伯特教授，却受到了他的热情欢迎。阿伯特教授带我参观了芝加哥大学社会学系的会议室，向我介绍墙上挂着的一幅幅从芝加哥大学诞生的著名社会学家的照片，还向我介绍了城市同心圆模型的草图，甚至还拿出他收藏的一些芝加哥大学社会学家的图书借阅卡片向我展示。当我正为阿伯特教授的热情感动得不知所以时，他办公室的一张海报吸引了我的注意力。那是阿伯特教授在北京大学举办的系列讲座的海报，它被非常醒目地摆在了一进门的桌子上。当我看到海报的一瞬间，泪水就已经止不住地在眼眶里打转，因为在那张海报上，我一眼便看到了"北京大学社会学系"几个字，还看到

阿伯特教授向陈龙展示他收藏的图书借阅卡片

了张静老师的名字。这熟悉的地名与人名瞬间戳中了我的泪点。虽身处异国，我却第一次真正感觉到自己离"家"不远。原来半年前，阿伯特教授受渠敬东老师所在的北京大学人文社会科学研究院的邀请前往北大讲学。我想，北大一定给这位教授留下了深刻而美好的印象，以至于他把这份美好也投注到了北大来访的学生身上。

三

自进入北大社会学系，我就发现从事劳工研究的老师们总是鼓励学生们从不同的劳动群体入手展开调查研究。佟老师以前就常在我们面前说，研究未必非要搞得多么深才行，哪怕仅仅是记录这些不同的劳动群体，也很有价值。导师一向"不高"的期待，反倒让我们做田野时能够甩开思想包袱，从最基本的记录与描述入手。

周飞舟老师常说："田野调查是社会学的基本功，做田野才能真正学好社会学。"北大社会学系也一向重视学生田野调查能力的培养。我在入学以前，就已经跟着佟老师在武汉做调查了。博士后期间，我跟着刘老师一起到浙江余姚做调查。我发现，跟着老师一起做调查是最能学到本领的时候，也是最开心的时候。观察老师如何发问、接话，如何转向、深入，这些都是学问。渠老师曾说："学是无处不学，问是无处不问。"我想就是这个意思。跟着老师一起做调查，处处可学、可问。能够得到老师的言传身教，是做学生最幸福的时刻。

2017年底，我开始着手准备博士论文。佟老师敏锐地注意到当时在城市大街小巷穿梭忙碌的外卖骑手，就让我去研究这个劳动群体。我也二话不说就决定去送外卖，想通过这种方式开展我的田野调查。但是送外卖并没有我想得那么容易，几经波折我才在第二年3月进入外卖骑手的团队。后来有人夸我做田野十分扎实，能够坚持半年之久。我却心虚得后背冒汗，因为我知道我的田野调查在北大社会学系可不算什么。比我时间长、有深度的田野调查多的是。我不过是运气好，但与师兄师姐的田野调查比起来，我的田野调查真的是不值一提。

相比田野调查，撰写博士论文才真正磨炼人。我博士论文的标题是《"数字治理"下的劳动秩序》。后来我时常用这个标题说明写论文与导师沟通的重要性。当时我因为感觉自己论文写得不好，不好意思拿给老师看，而越是不愿意把论文拿给老师看，问题就越难以被发现。久而久之，问题越写越多，修改起来也就更加困难。我记得我拿着我的博士论文初稿去请教渠老师，渠老师看完我的论文说："你这写的不就是数字治理吗？"我又拿着我的博士论文给佟老师看，佟老师看完我的论文说："你这研究的不就是劳动秩序吗？"于是两位老师分别提出了我博士论文的两个核心概念——数字治理与劳动秩序。我后来经常想，我对自己博士论文的最大贡献，就是在渠老师和佟老师提出的两个核心概念之间加上了"下的"两字，把"数字治理"与"劳动秩序"连在了一起。通过写博士论文，我真正意识到了与导师沟通的重要性，论文写作绝不是闭门造车，更不存在"丑媳妇怕见公婆"。论文越讨论思路越清晰，文章越修改语言越精练。

北大社会学系的郑也夫老师曾经基于三校优秀硕士论文集做过一个统计：一篇优秀的硕士论文平均修改4.3次，导师平均指导3.9次，论文平均耗时6.5个月。我的论文在这几个指标上应该都超过了郑老师统计的平均水平。但我觉得还有一个非常重要的指标是郑老师没有统计的，那就是获得不同老师指导的次数。我的博士论文是在佟老师的指导下完成的,但渠老师、爱玉老师、周飞舟老师、张静老师、卢晖临老师都给我的论文提出过非常好的建议。我的论文最终成形与几位老师的指导密不可分。而且在毕业以后,我才发现我的博士论文能够通过答辩也非常幸运,因为我论文三分之一的内容是在讲故事。后来我到其他学校讲课,有老师看过我的博士论文以后就说,这篇论文要是放在他们学校恐怕很难通过,所以由衷庆幸自己是在北大社会学系,是北大社会学系的包容、开放与多元,才允许我以这样"离经叛道"的方式完成博士论文。

四

博士毕业后,我幸运地申请到博雅项目继续留在北大社会学系从事博士后研究工作。我也得以有幸加入刘爱玉老师的师门。

刘老师给我安排的第一项任务便是组织大家开读书会。北大社会学系有两个优良传统:一个是前面提到的田野调查,另一个便是开读书会。每位老师都会带着自己的学生读书,每周或每两周一次,雷打不动。如果说田野调查是开展经验调查,为的是从实践中获取新的认识,那么读书会则以经典阅读为主,为的是从历史中汲取经验知识。田野调查与经典阅读构成学术研究的两条腿,人只有靠两条腿走路才能行稳致远。

我们的读书会以劳动问题为特色,既包括劳动问题的经典阅读,如《资本论》《劳动与垄断资本》《充满斗争的领域》《制造同意》《劳工的力量》《心灵的整饰》《时间、劳动与社会统治》《大转型》等(有的书在不同学期反复读过多次),还包括劳动问题的经验研究,如《生活的

2019年底最后一次读书会结束后的师门聚餐,大家还佩戴了"劳动最光荣"的胸签
(前排左五为刘爱玉教授,右一为陈龙)

政治》《她身之欲》《建筑中国》《跨国灰姑娘》《找工作》《美丽的标价》等;有时候不仅涉及劳动问题,《"读书的料"及其文化生产》《生老病死的生意》《回归家庭?》《父权制与资本主义》《性/别、身体与故事社会学》等教育社会学、经济社会学、家庭社会学和性别社会学的经典文献也时常进入读书会分享序列。

  读书会上,不时会有已经毕业的师兄师姐回来参与讨论。有师兄师姐的参与,读书会只会更加热闹有趣。记得2019年底,师门组织了那个学期的最后一场读书会,家炽师兄、学军师兄、大傅师兄、孙超师兄、付伟师兄、阿拉坦师兄、潇潇、志鹏和晓菁都回来参加,那次读书会好不热闹。可惜紧接着不久,新冠疫情来袭。一晃三年过去了,虽然读书会从未中断,但大家都十分期待线下重聚。因为读书会早已不是简简单单的读书交流,而是凝聚深厚师门情谊的纽带。有读书会在,就有家一样的乐趣与幸福在。

一切幸运，始于与北大社会学系的相遇 / 陈　龙

2021年，佟老师60岁生日，来自天南海北的师兄弟姐妹相聚一堂
（前排左六为佟新教授，后排左六为陈龙）

五

我时常觉得，与北大社会学系的相遇，是我一切幸运的开始。

马克思说："人的本质是一切社会关系的总和。"既然人是社会关系的总和，那么人的幸运也应该嵌在关系之中。因此，与其说是与北大社会学系的相遇让我此后的人生十分幸运，倒不如说我的一切幸运，是因为北大社会学系的人。

在北大社会学系，有大师。何为大师？我的理解是站在他们面前，无论在为人还是学问上都感觉自己十分渺小。但他们身上强大的为人与治学之道又强烈地吸引着你，以至于让你觉得能有机会静静地伫立在他们身边就是一种无上光荣。你不需要多说一句话，只需站在他们身旁，默默地听他们讲，就已经觉得人生幸福得不得了。

在北大社会学系，有家人。老师和师门兄弟姐妹给了我第二个家。这种感觉随着我离开北大社会学系才愈加明显。入学时我是师门里最小的师弟，但这几年我也逐渐成了师弟师妹口中的大师兄。我其实一点都不愿意做大师兄，相反我更愿意跟我的师兄师姐们待在一起，每次见到冬玲师姐、马丹师姐、梁萌师姐、熠慧师姐、范譞师兄、旅军师兄、苏红师姐、雅静师姐，我都格外激动和开心。因为有他们在，我就还是小师弟。师兄师姐们也总是给予我莫大的关心与帮助。

在北大社会学系，还有一群默默无闻、甘于奉献的行政老师。北大社会学系的图书馆十分有名，藏书井然有序，与龚芳老师、刘彦岭老师有很大关系。于小萍老师则是我遇到的最厉害的研究生教学秘书，大家按期提交不了论文送审的时候，于老师总能施展化腐朽为神奇的力量帮大家尽量拖延。智庆民老师是北大社会学系的大管家，事无巨细而且无所不知。每年的毕业生典礼上，几位行政老师都会被邀请上台接受毕业生的答谢，没有人会不愿意为他们这样做，因为他们用看似普通却不平凡的努力赢得了全系师生的认可与尊重。

我在北大社会学系收获的一切幸运，都是他们给予的。

后记

《学缘：我和北大社会学》一书脱胎于 2022 年北京大学社会学系恢复重建 40 周年暨燕京大学社会学系建系 100 周年的庆祝活动，其中，创办"北大社会学"微信公众号是系庆活动的重要一环。2021 年底，在周飞舟老师的主持下，北大社会学公众号工作委员会成立，除了田耕、王迪、凌鹏和范新光几位老师外，系学生工作办公室黄嘉成老师帮助招募了许多热心勤勉的同学加入，如负责主要工作的宋丹丹、陈鸣、徐毅萌、龚之璇、林上、谷诗洁、王朗宁和郅宇轩等。师生们的共同心愿是，在 2022 年能以灵活生动的形式回溯几代北大社会学人的理想和实践，将北大社会学系——我们共同的家的样子呈现给读者。

最终，我们在"北大社会学"下设立了五个专栏。"先声"，主要推送甄选出的燕京大学社会学系前辈的论文；"学缘"，推送北大社会学系培养出的学者回忆在母系的求学时光；"家书"，为学术工作之外的系友的抒怀；"砥行"，刊载的是部分北大社会学系教师的代表作品；"新语"，则是北大社会学系毕业生优秀学位论文的节选。与其他三个主要呈现学术作品的栏目相比，"学缘"和"家书"两个栏目讲述了历届系友与北大社会学的缘分,特别体现了北大社会学系作为一个生生不息的家园的历史与情感。

系友们写下的文字先经王迪老师汇总和初审,交文献组的同学们完成复审,再移交给设计组和推送组的同学们进行设计和排版,微信制作推送预览完毕后,发给作者和工作委员会进行最后的审定。2022年,我们一共推送了28篇"学缘"和19封"家书"。尽管相关工作繁复、辛苦,在疫情中度过的40周年系庆也没有如愿在线下迎来系友们重聚母系,但这些情意深挚的文字,仍然是对北大社会学最好的祝福,也把我们的心联系在了一起。

系庆系列推送结束后,我们决定精选"学缘"和"家书"两个专栏的文字结集出版(综合考虑作者的入学年份和年龄等因素对文章进行排序),作为纪念,也是送给更年轻的北大社会学人的一份礼物。衷心感谢各位作者的授权!公众号工作委员会的师生们再次审校了本书的底稿,尤其是田耕和王迪两位老师,以及何奇峰、宋丹丹、薛雯静、王思凝、方弋洋、王朗宁和谷诗洁等同学,为书稿最终成形付出了艰辛的努力。最后,感谢北京大学出版社社会科学编辑室的徐少燕主任和本书的责任编辑武岳老师,武老师细致耐心的工作为本书增色不少。

希望本书的出版,能鼓励更多年轻的北大社会学人,让我们的学缘继续。

北京大学社会学系

2023年8月